岁月随影

—— 叶振环散文自选集

叶振环 ◎ 著

吉林人民出版社

图书在版编目（CIP）数据

岁月随影：叶振环散文自选集/叶振环著.--长春：吉林人民出版社，2021.8（2024.1重印）
ISBN 978-7-206-18419-2

Ⅰ.①岁… Ⅱ.①叶… Ⅲ.①散文集—中国—当代 Ⅳ.①I267

中国版本图书馆CIP数据核字（2021）第173585号

责任编辑：韩春娇
封面设计：清　风

岁月随影——叶振环散文自选集
SUIYUE SUIYING——YEZHENHUAN SANWEN ZIXUAN JI

著　　者：叶振环
出版发行：吉林人民出版社（长春市人民大街7548号　邮政编码：130022）
咨询电话：0431-85378026
印　　刷：北京一鑫印务有限责任公司
开　　本：880mm×1230mm　　　　1/32
印　　张：13　　　　　　　　字　　数：310千字
标准书号：ISBN 978-7-206-18419-2
版　　次：2021年8月第1版　　　印　　次：2024年1月第2次印刷
定　　价：58.00元

如发现印装质量问题，影响阅读，请与出版社联系调换。

序一
做新时代真善美的追随者

刘　岸

　　文友叶振环出散文新著《岁月随影》的消息，我开始是在今年4月中旬微信上得悉的。后来他打电话直接将此事告知了我。对于一个喜欢舞文弄墨的作家（不管是专业的还是业余的），不用说出个人专著，就是在报刊上发表几篇文章，也是一件值得欣喜可贺之事。作为作者的好友，我理所当然地为老叶说几句发自内心的褒奖之语。始料不及的是他还给我交代了任务，嘱我替这本散文新著写序。说实话，我当时的心里是矛盾的。一方面，作为要好朋友，盛情难却理应遵命；另一方面，当时我牙病时有发作，疼痛难熬，有点身心俱疲，故想以此作为借口"逃避"。哪知叶兄不用应辩地说道："不急，书的正式出版将要在今年七八月份，你忙完自己的事情后再写来得及。"就这样，听着老叶殷切的嘱托，看着他那信任的目光，我无法躲闪，而是诚心乐意地接受了这样一个写序的任务。

　　叶振环和我成为文友纯属偶然机缘。那还是前几年的事。2018年11月下旬，福建省作家协会、武夷山市文联和海峡文艺出版社举行《百名作家与武夷山》的采风撰稿活动，以此宣传武夷山的天然美景和人文旅游的胜地。在这个活动中，我和老叶均在被邀之列，也碰巧在一次观摩演出的过程中相识并交谈甚欢，由此得知他是一名著述颇丰的上海作家，时在《上海外滩》杂志社（月刊）任责编和记者。又得知我们两人都有从军参警的经历，都在政法部门的研究室岗位从事文字起草的艰苦生活，再后来又一起成了作家……同样的经历必然有共同的语言。分手不久我就在武夷山市和上海的媒体上看到他写的《朱子故里品五夫》《岩茶之王大红袍》等几篇优秀文章。后来几年中，我们在电话和微信上话题最多的恐怕还是写作和办刊的感受，两人都对当下互联网的飞速发展后纸质媒体的前景堪忧。即使如此，他仍常为我供职的《厦门文学》杂志赐稿，其中有小说，比较多的是散文随笔，文笔犀利，章法严谨，给我留下了很深的印象。老叶作为业余作家年近古稀，能有这样的好文笔实属难得。

今年5月中旬，老叶如约将洋洋洒洒30余万字的散文新著《岁月随影》（电子版）发给了我。尽管杂务缠身，但老友所托是不能含糊的，于是忙中偷闲认真地阅读了全部的书稿内容，得知还有一位知名作家在另一篇序言中作了详尽的介绍和评论，那我就省一点笔墨，着重就这本新著的风格特点，笼统地谈谈我个人的感受，顺便也就散文的写作发表一点个人见解。

文思泉涌，题材广泛。文章的实录故事和描写，从16岁当兵离开故乡到2021年崇明举办中国第十届花博会，其时间跨度超过半个世纪。看了老叶的文章，你会感觉到文如其人，字里行间透露出质朴和坦诚。老叶生于农家，并不是天生的作家，但由于他长期从事军警这一特殊职业，养成了对生活认真观察，反复思考，细微剖析，融会于心，然后执笔写成文章的习惯。而且多年如一日，坚持不懈，有了今天的成绩。除了这本《岁月随影》散文自选集外，他还先后出版了散文集《绿叶情怀》，中短篇小说集《旁观者迷》，主编了纪实文集《老骥伏枥向阳红》，许多散文随笔和人物通讯散见于全国各种报刊，共计170余万字。

处处自然，不事造作。老叶文章的真正功力在于写实，在于情景交融。作家孙犁说："作家永远是现实生活真善美的卫道士"。看老叶的散文集，他不管是描写军警生涯的艰苦环境，还是体会亲朋好友的真情实感；不管是诉说游览祖国如图如画的美妙景色时的心里联想，还是读书随笔的有感而发，都是一种真情的自然流露，反映出作者对真善美的追求，也再现了作者的文化素养和人格品质。作者为人的坦率真诚，为文的平易诚恳，在逆境中乐观向上的精神，都给人们留下深刻的印象。可以说，与老叶这样的人交朋友不仅放心，你还会更好地理解真善美，心灵会得到净化。

感受深刻，生动感人。读老叶这本《岁月随影》，我们时时感受到他的感性，并且因此而感动。其中，我特别感动于老叶那些描写故乡和亲情的篇章。《炊烟，也是难以忘怀的乡愁》《芦苇赞》《在冬天里想念雪》《醉酒人的田野追忆》等文章，使我们领略到了中国第三大岛的奇异风光和乡土风俗，也感受到作者热爱家乡故土的一腔乡愁之情。还有真正意义上的立传式的文章，如《朝模好公》《"朝天算盘"叶六耈》就是这样。朝模是崇明农村中一位多才多艺、急公好义、乐善好施的文化人，叶六耈是一位勤俭持家、富有远见卓识、智商和情商均过人的普通农民。老叶通过一系列的细节描写，尽情展现了这两个普通人物的内心世界。写作人通常都知道，但凡要把一个人写得形神兼备，最好的办法恐怕就是让细节说话。老叶肯定是深谙此道的。我特别欣赏其中的两个细节：一是朝模好公在自己的灶台上亲笔写了一副对联"虽无山海味,也有菜根香",好就好在把朝模好公的人生态度全盘托出了。二是叶六耆在家境窘困,家人贫病交加的不利境遇中,省吃俭用,精打细算,从逆境中创造了奇迹。为了培养两个儿子上大学成才成功,他不惜将自己家的三间房屋卖掉了两间,以付昂贵的学费,最后一个儿子成为高级工程师,一个儿子成为大学教授。老叶对我说,这样的人物是农村的"灵魂人物"。而我要加一句的是,因有了这样人物的存在,我们的农村才在精神层面上显出了生动与光彩!

老叶的那篇《无尽的思念》《父亲的"背影"》,我以为可视作他为父母亲立传。父母亲情永远是诗人与散文家绕不过去的题材。古人且不说,当代艾青的《大堰河,我的保姆》,写的虽是保姆,面对的其实是母亲。朱自清则有写父亲的《背影》,这些均成为脍炙人口的传世名篇。我无意于将老叶的作品与之相提并论,但我以为自有他的感人之处。妈妈见着远道回归的儿子,拿着蒲扇为儿子去热赶蚊子,直至将儿子送入梦乡……去码头送儿子光荣参军时爸爸的热泪盈眶,临走时渐行渐远的父亲背影……这些感人的情景描写,都会在读者心灵中引发一场地震,给人以强烈的震撼。

花开满苑,芬芳馥郁。书中100多篇的散文,是作者从他多年来在撰写和发表的文章中遴选结集的,若分类的话,我以为可分为抒情小品、山水游记和人文情结三大类。作者将其冠名为《岁月随影》,取材于名著《红楼梦》诗句"岁月留影踏苍苔",形容时间的流逝如影随形般在苍绿的青苔上轻快地划过,与孔夫子"逝者如斯夫"的慨叹有异曲同工之妙。可以说,这里面有作者人生的履痕,有对生活的思考,有对亲情的展现,有对乡情的怀恋。作者取材于身边的人和事,用清纯的文笔，叙说着心中的爱憎，没有哗众取宠，没有虚张声势，自然地、率真朴实地表达心中集存的情景，有一种平淡的美。人生就是一次又一次旅行。人生也好，社会也好，实际上是放大了的旅程。老叶退休以后的几年，远离了繁杂忙乱的环境，有机会去领略外面的世界，凭吊历史遗迹，领略风土人情，感受大自然的美妙。老叶所到之处，绝不空手而归，名山胜水给他的生活留下了精彩的一页。画的山水，歌的岁月，是作者人生的阅历与体验。如今他把它们结集出版，让人们再一次看到他的心灵历程和生活的精神世界。

当然，老叶的好作品并不局限于故土亲情和山水游记，他还写了许多很好的思悟篇章，他有着更多的是军警情结。如《〈军歌〉引我向前》《戎马一生乃胸腔里的忠诚》《我的警察生涯和文学创作之路》《漫道征途映丹心》《警察的赤橙黄绿青蓝紫》及《为了天下无贼》等优秀篇章。

应该说老叶这本书的题材是十分丰富的，他写山、写水、写梅、写树、写人、写神……或以文采取胜，或以哲理见长，都可以让人抚读再三。

老叶是勤奋的，用勤能补拙四个字概括老叶的写作很恰当。但凡弄文字的人都知道，写作既要几分灵气，更需要几分傻气。可能正是因为道路崎岖，反而激起了这些"傻子"的勇气和志气在不断遭受挫折和冷遇之后，仍然从事这个迷人的、费力难讨好的苦差。老叶退休八年出版四本书，令人刮目相看。当然，对老叶来说，无论内容、风格、写法上都还需要进一步的拓展，需要更绚丽灿烂，这不能说是一种渴求。如何在表现自我中突破自我，如何做到生活的真实与艺术的统一，使自己的写作进入个性化的审美境界，一直是文学工作者认真思考的问题。人生三境

界：一是原始的本我；二是发现了自我，表现自我；三是超越自我，达到所谓天人合一的境界。一般人能够发现自我，表现自我就很不容易，要超越自我，更不容易，它受一个人德才学识诸多方面的限制。可是要想不断前进，要想成为一名大家，写出能够存活下来的散文，就必须有超越自我的勇气和信心。

作家严文井说："每一篇能够存活下来的散文都是与历史直接相关联的，是历史的小小侧面或折光，是地球上东西南北的气流所引起的特异的微风。这些微风，都是情感的波动，人的呼吸就要求我们必须从小我中跳出来，把抒个人之情与时代之情、民族之情结合起来，本身就闪耀着一种理想的光辉，这种理想是作家赋予它的，这种理想来自作家的心灵。"因此，要写出大气散文，还是要在提高自身素质上下功夫。这是我在读叶振环散文自选集时审视自己的一点感悟。作为文友，愿我们共勉：不仅要有很好的艺术感觉，抒发丰富的情感，宣泄娴熟的语言驾驭能力，还要有深邃的思想，有广博的知识，有深刻的生命体验，有忧世伤时的慈悲为怀，永远做现实生活真善美的卫道士，努力用手中的笔写出能够存活下来的散文。

是为序。

2021年5月21日于厦门

（作者系国家一级作家，厦门文学院院长，《厦门文学》杂志主编）

序二
岁月葱茏染芳华

朱超群

前些日子,叶振环兄请我为他主编的一部书《老骥伏枥向阳红》联系设计排版和印刷单位。我尽力为他落实后,就和他一起忙了一阵子封面设计、内页排版和改错工作。期间,他欣喜地告诉我,他有一部散文集即将要出版,烦请我为此书写一篇序言。虽然写序并不是我的强项,但我还是欣然答应了,因为我们之间有着深厚的文缘。

我们有何文缘呢?因为我在2014年年底加入上海市作家协会时,他与我不约而同在一批。于是,我们从不认识到熟悉,直至后来双方成为要好的文友,其中有着许多千头万绪的故事。前些年,我在上海市作家协会青浦文学营组织文友活动时,曾邀请他也参加了,我们倾心畅谈,并交换了各自出版的书籍。他赠我的书是中短篇小说集《旁观者迷》,是2014年12月由文汇出版社出版的。在作者简介里说,前一年,他已经出版过一部散文集《绿叶情怀》。就这样,我对他刮目相看,情谊倍增。

后来,在我主编的多本小说、散文、诗歌文集和《西桥东亭》杂志中,多次推荐和发表过叶振环兄的作品。他曾邀请我组织一批文友到他的家乡崇明采风，从此，我们的友谊得到了进一步的升华。后来，我在微信公众号上开设《文笔精华》微刊，他只要有作品，经常投稿给我发表。我前年组织的嘉定文学协会，主编《嘉定文学》杂志时，他也积极支持参与，发表了不少作品。他在家乡成立三岛文学社，组织在《嘉定文学》杂志上出专辑，还参加由我引领上海分会主席的中国现代作家协会，也组织一批人参加，并任上海分会副主席。

今年5月初，在确认叶振环兄主编的新书《老骥伏枥向阳红》已印刷出版后，我终于有暇阅读他的散文自选集书稿了。他将准备出版的这本新书取名为《岁月随影——叶振环散文自选集》。叶兄告诉我，"岁月随影"四字，是取自《红楼梦》诗句："岁月随影踏苍台"，是挺有诗情画意的。在我认真阅读了叶兄的这部洋洋洒洒的书稿后，发现其中大多篇幅是他近年来不辍耕耘，陆续撰写的。其中有不少文章曾在我两年前主编的微信公众号《文笔精华》微刊上发表过；有些作品，则在我主编的几本文集、《西桥东亭》杂志和《嘉定文学》杂志上都采用过。作者现在将这些文章汇集起来，并精心编排，归类为"故土亲情""读书随笔""行旅散记""光阴留痕""军警生涯""访谈实录"六辑。全书条理清晰，纲举目张。

"故土亲情"专辑，是他精心习作。其中最多的是作者对自己年少时趣事和亲人感情的亲切回忆。

《童年的夏夜》《童年的小河》中，作者回忆了小时候的有趣故事，那种在农村老家生活的真切往事，读来令人感动不已。是的，乡下夏夜的纳凉情景是丰富热闹的；童年的"小河"，是那样的亲切温馨，那样的舒心愉悦！除了钓鱼后获得了物质上的享受外，夏天在"小河"里的游泳戏水还给了作者精神上的愉悦，并通过着墨不多的"救人"描写，指出了戏水中也存在着潜在的风险，其场景描写和心理描写得活灵活现，栩栩如生，读来颇感细腻和生动。

在《写给天堂里的两位妈妈》一文中，他满怀深情地怀念自己和爱人的两位已到天堂的妈妈，抒发了发自内心的真挚深情，读来令人潸然泪下。

作者除了写对亲人欢聚的回忆和怀念外，还在《炊烟，也是难以忘怀的乡愁》《老家的杨树》《芦苇赞》等文章中，描述了自己眷恋故乡的情结，抒发了对故乡浓浓的深情。

即将召开的崇明花博会，听说已经有很多游客从四面八方来到崇明展地，捷足先登，先睹为快，流连忘返。叶兄则写了一篇《花博会开幕前的遐思》的散文，在对花博会进行了浓烈的称赞和期许后，他还写了自己的养花实践和感想。

"业余时间，养花弄草曾经是我的一个爱好。早些年为了养好花，我还买了一些书进行学习。从植物生长机理、配土施肥到病虫害防治，的确也花费了不少工夫。北方常见的月季、君子兰、菊花到南方的米兰、兰花、茶花，我都养过。养的最多的时候，家里与单位加起来竟有几十盆花卉。"

"我在想一个问题，人们为什么这么喜爱鲜花，而淡远盆栽花卉呢？其中一个重要原因，就是盆栽花卉只能是自我或少数人欣赏，而鲜花能够为多数人欣赏并能传递友谊。我参观过云南昆明的花博会，看过苏州园林精品花卉和盆景艺术的展出，其精心培育的品种和造型独特的树木，的确让人唏嘘不已，赞不绝口。"

"赠人玫瑰，手有余香。一束看似普通的鲜花，正在悄然改变着人们的生活，改变着人们的观念，我想，这就是鲜花无可比拟的魅力吧！为此，我要赞美鲜花！更想着鲜花她存在的

意义……"这些描写，真切感人！

"在建党100周年的庆贺时刻，我想首先将鲜花献给长眠于中华大地的英烈们！其次要把鲜花献给正在用鲜血和生命保卫祖国安宁的现役将士们！再次要把鲜花献给我自己和退出现役的复转军人战友们！"

"行旅散记"则纵情驰骋，竭力抒写了他参军后的第二故乡，写东北，写海南，写北京，所到之处，天南海北都留下了他对优美景点、历史人物的考察和评论，行文如行云流水，娓娓而谈，常常令人生发遐思，引人入胜。

"光阴留痕"专辑抒发他对自己生活的真切感受。在《保持乐观心态的美妙结果》中，他有力揭示了"同一件事情，切入角度不同，所持心态不同，形成的看法也不尽相同"的观点，希望人们通过"学会感恩""与乐观者同行""学习他人""帮助别人""投身自然"等视觉和触觉角度，去感悟人生的美好，去享受美好的幸福人生。同时，他认为"这既是一种心态、一种情绪，更是一种素质、一种智慧。"在《憧憬》这篇美文中，他阐述了"生活中有两类人的迥然不同、鲜明对照的生活态度。"读来如醍醐灌顶，发人深省，从而得出这样一个结论：人生如戏，没有一个人充满终生的坎途，没有一个人具有一成不变的命运，每一个人都应该善于把握自己的命运，争取摘取人生的辉煌。在《蓝天畅想》里，他抒发了对蓝天独到有趣的感悟。"第一次坐上飞机在低空和天上，俯瞰了祖国万水千山的英姿，也领略了蓝天畅想的爽快。"

在《漫道征途映丹心》《我的警察生涯和文学创作之路》的文章中，他又纵情抒写了自己那些极其难忘的军队和警营的生涯。其中有新兵连气候异常寒冷和饮食不习惯的体验；有随战士文艺演出队赴海防哨所、军舰码头、高山岛屿时的演出情景以及途中遇险排险的惊人一幕；有不分昼夜地"熬油"写作的拼搏经历；有不顾生死冒险救火的场景描写；有入党提干和投稿录用后愉悦欢喜的心情……作者无比自豪地说："这么多年来，我在部队多次立功获奖，回地方公安在担任调研工作中，先后有7篇调研论文被公安部和市委办公厅全文转发。尽管如此，一有空我还是惦记着那块属于自己的自留地，报纸、杂志能时常刊登我的文学作品，就是对我的鼓励和褒奖。多年在高层机关工作的经历，加上长期跟随领导出入案（事）件的现场，深入基层调查研究，使我对社会形势大局的判断分析上，在对公安民警以及各阶层干部群众心理变化的把握上，不断由感性认识上升至理性认知的高度，也为我日后的文学创作特别是公安题材的文学创作奠定了思想基础，提供了大量的创作素材。迄今为止，我在全国多家媒体发表小说、散文、报告文学、诗歌等共计170余万字。其中，20万字的散文集《绿叶情怀》于2013年10月出版发行，书中分为'往事钩沉''笔走心缘''游憩悠哉''书海掠影'四辑。"这些艰辛而卓有成效的创作历程，确实感人肺腑，百读不厌。

倾心读着"访谈实录"专辑，我不禁思绪万千。《为了天下无贼》《百年黄浦渡船》《不负使命，续写荣光》以及《最难人间风雨情》等，这些铺叙广阔社会题材的纪实作品，都纵横捭阖，既有广度，更有深度。在叙述作品主人公感人至深的细微情结时，让读者啧啧称道的同时，不禁热泪盈眶。细读《军功章里各有一半》，一个个有血有肉、感人至深的"军旅情歌"余音袅袅，始终在你耳边萦绕。

纵观《岁月随影——叶振环散文自选集》书稿，琳琳琅满目，色彩缤纷：有对故乡见闻的乡愁思绪；有对自己年少时的美好印记和对亲人们的深情怀念；有对读书后的深切感慨和精致评论；有对旅游途中山水景点的精彩描述和对历史名人的称颂赞誉；有对各类社会现象的精细解析和情感褒贬；有对军警生涯的倾心眷恋和深切缅怀，还有对身边感人事例的真实采撷和倾情访谈……作者娓娓道来，扣人心弦，无不展示着他热爱祖国、热爱亲人和热爱生活的炽热的人文情怀。这部文集文笔清新洗练，语言质朴，叙事生动，妙趣横生。作品生活气息十分浓厚并颇接地气，读来如沐春风，亲切感人。在文集的许多篇章中，蕴含着他本人和周边人，在人生岁月里随时留下的影子，并将深深镌刻在文字里作为永久的纪念。这实在是难能可贵的一份宝贵财富。

叶振环同志的这部文集，从表达方式上看，有叙事、有叙人、有抒情、有纪实，文章的表现形式是多种多样的，真可谓丰富多彩，淋漓尽致。从作品的文笔上看，大多数篇目都写得入情入理，入心入肺，隽永耐读。当然，金无足赤，事无全美，在作品集中，尚有个别篇章写得还显肤浅；在艺术描述和人物刻画上，有些地方还须进一步斟酌提高；但瑕不掩瑜，文集总体水准是令人钦佩的，也是令人赞赏的。如何百尺竿头，更进一层，多向名家学习，把每一篇文章写得更细腻、更精美、更深刻，并形成自己独特风格，写出形散而神聚的成功之作，还需值得进一步的探讨和研究，"会当凌绝顶，一览众山小"！

愿作者在日后的创作中"欲穷千里目，更上一层楼"，将有更优美、更精彩、更耐读的精品佳作问世！

是为序。

2021年5月20日于金都书斋

（作者系上海市作家协会会员、中国散文学会会员、中国龙文学奖组委会秘书长）

目　录

第一辑　故土亲情

朝模好公 …………………………………… 002
"朝天算盘"叶六苟 ………………………… 006
父亲的"背影" ……………………………… 009
无尽的思念 ………………………………… 014
写给天堂里的两位妈妈（母亲和岳母） …… 018
崇明岛草头盐齑 …………………………… 022
尘封的童年梦幻 …………………………… 025
童年的夏夜 ………………………………… 027
童年的小河 ………………………………… 030
童年，梦一样的字眼 ……………………… 033
乡　路 ……………………………………… 037
乡　愁 ……………………………………… 040
乡音，乡情 ………………………………… 043
春之歌 ……………………………………… 045
仲春蒙蒙雨 ………………………………… 048
醉酒人的田野追忆 ………………………… 050

读　树……………………………………………………053

种　菜……………………………………………………055

炊烟，也是难以忘怀的乡愁………………………………058

老家的杨树………………………………………………061

远走的蝉声………………………………………………064

秋…………………………………………………………068

秋日的承载………………………………………………070

秋色之美…………………………………………………072

芦苇赞……………………………………………………074

难忘土布衣服的情结……………………………………076

上元述往…………………………………………………079

推磨的记忆………………………………………………081

令人动容的另一种母爱…………………………………084

也谈"感恩"………………………………………………087

又见"老虎灶"……………………………………………090

长江畔的遐思……………………………………………092

长江之恋…………………………………………………095

谛听潇响的潮音…………………………………………098

花博会开幕前的遐思……………………………………100

第二辑　读书随笔

读书艺术的遐想…………………………………………104

| 目　录 |

清凉悄然逼近 …………………………………… 107
文如其人写大爱 ………………………………… 110
闲话旧书趣 ……………………………………… 117
闲聊读书 ………………………………………… 121
心灵的感应 ……………………………………… 123
心态决定命运 …………………………………… 127
扬扬其香　幽幽其芳 …………………………… 131
在书摊无以为保的尴尬 ………………………… 136
琢磨之心 ………………………………………… 138
听　琴 …………………………………………… 140
叶天士"治贫" …………………………………… 142
王安石的"点铁成金"和"点金成铁" ………… 144

第三辑　行旅散记

第二故乡大连行 ………………………………… 148
冰城之行 ………………………………………… 154
海南，海南 ……………………………………… 157
合肥拜谒包公、李中堂 ………………………… 161
红叶的思悟 ……………………………………… 167
青　海　情 ……………………………………… 170
望海楼拜"见"范仲淹 ………………………… 173
朱子故里品五夫 ………………………………… 177

| 003 |

西栅情思 …………………………………………… 182

夜市的妙想 ………………………………………… 185

心安于山水间 ……………………………………… 188

心中的古城 ………………………………………… 190

岩茶之王大红袍 …………………………………… 192

遗梦那寂寞的沈园 ………………………………… 196

幽幽白玉塔 ………………………………………… 201

在鼓浪屿感受不一样的艺术时光 ………………… 204

赞美大山,她美丽而纯朴 ………………………… 208

长白山印记 ………………………………………… 210

这方景致让人醉 …………………………………… 215

正是春浓忆周庄 …………………………………… 218

走过西北的乡村 …………………………………… 221

长城,你可曾听见? ……………………………… 223

参观世界文化遗产 ………………………………… 226

第四辑 光阴留痕

保持乐观心态的美妙结果 ………………………… 230

泡一杯茶,在岁月里等你 ………………………… 232

憧　憬 ……………………………………………… 235

春节的文化意义 …………………………………… 237

此刻就是幸福 ……………………………………… 240

| 目　录 |

冬天的诗情画意……………………………………243

丰满人生得失间……………………………………245

真诚乃真实诚恳……………………………………247

古筝唱晚……………………………………………250

好心或有好报………………………………………253

湖畔雏菊冷月无声…………………………………255

唤取春来同住………………………………………257

价　值………………………………………………260

静寂随想……………………………………………262

良言一句三冬暖……………………………………264

灵感来源于生活……………………………………266

秋，灵魂里的醇香…………………………………268

秋夜斗蚊……………………………………………270

让自己感动自己……………………………………272

人生中的三把伞……………………………………274

人生重要的是学会登场，学会收场………………277

如梅女子……………………………………………279

生活是部大电影……………………………………283

诗意生活……………………………………………285

水仙情结……………………………………………287

有多少往事追忆……………………………………289

在冬天里想念雪……………………………………294

冬天的诗情画意……………………………………297

珍惜拥有，感恩相守……………………………… 299

夕阳颂……………………………………………… 301

第五辑　军警生涯

《军歌》引我向前…………………………………… 306

蓝天畅想…………………………………………… 309

两首歌曲伴一生…………………………………… 312

戎马一生乃胸腔里的忠诚………………………… 315

我的警察生涯和文学创作之路…………………… 317

漫道征途映丹心…………………………………… 320

了解别人明白自己………………………………… 327

警察的赤橙黄绿青蓝紫…………………………… 330

取景框里的美好生活……………………………… 333

第六辑　访谈实录

百年黄浦渡船……………………………………… 338

军功章里各有一半………………………………… 352

不负使命，续写荣光……………………………… 360

为了天下无贼……………………………………… 366

最难人间风雨情…………………………………… 373

目　　录

书　评…………………………………………… 379
后　记…………………………………………… 389

第一辑

故土亲情

许久了,那种思念就如春夜里蝉儿吐的丝,一圈一圈地缠着,把自己越缠越紧;她像是蚀去的岁月里消失的恋人,一遍一遍地勾起我甜而苦涩的痴想:她还好吗?她还记得我吗?这思念的滋味恰如醉酒的滋味,是所有眷恋长江的人们共有的滋味——一江春水,流不尽万古沧桑,流不尽人世悲欢,流不尽未来企盼。

朝模好公

在家乡崇明岛堡镇以东数百里内,有一位闻名遐迩的民间艺人和佛教高人,他叫叶朝模,人们尊称他为"朝模先生"。他是我祖父的堂弟,我们管他叫"朝模好公"。朝模好公生于1898年10月8日,卒于1968年12月25日。虽然他老人家已离开我们很多年了,但依然常常让我想起。

虔诚信佛,淡泊人生。朝模好公坚持每天拂晓起床,在家拜佛诵经。那时我们年幼好奇,常常学着他的样子向佛像跪拜施礼,但却怎么也听不懂好公的诵经内容。此时,老人家会为我们耐心讲述佛、菩萨的来历和普度众生、济世救困的大恩大德,深入浅出地讲解佛经上关于如何行善处世、积德做人等内容。他始终坚守佛教戒律,一日三餐素菜淡饭,节衣缩食从不浪费。记得他在家里的灶台上方,亲笔写下"虽无山海味,也有菜根香"的苍劲大字,抒发了他淡泊乐观的人生态度。

温文尔雅,柔中有刚。朝模好公日常手不释卷,不但精通佛教经书,还阅读大量的古代、近现代的文学作品,在当地算得上是知识渊博却没有文凭的学者。他对乱扔字纸的行为十分反感,每次的外出,见有字无字的各类纸张,他一概捡起带回家中,放在一个专用的大瓷缸内焚烧。当时似乎不得其解,现在看起来起码可以理解为读书人应尊重文化,岂能践踏文字。朝模好公认为,一个真正有素质的人,应具有外表形象端庄和内心世界美好的一致性。他说，一个男人，若要做一个顶天立地的好汉，其言行举止应力求做到"站如松，坐如钟，躺如弓"。在我的记忆中，朝模好公肤色黝黑，身材魁梧，衣冠整洁，双目炯炯，声若洪钟，加上他自幼爱好体育锻炼，很多年里一直保持有一副好身板，据说在年轻时他能把150多斤重的石臼毫不费力地单手举起，一口气能走200多米。正是由于他身强力壮，从而帮助他在紧要关头临危不惧、处惊不乱。有一次他家遇强盗抢劫，在一家人被捆绑、生命随时遇险的紧急时刻，他趁人不备，用剪刀剪断捆绑双脚的麻绳，夺门而出并大喊"抓强盗"，强盗见势不妙落荒而逃，避免了一次生命财产的重大损失。

他特别痛恨那些猎鸟的可恶行径。常说："春天燕子来，秋季大雁飞，给人类带来多美好的感觉啊！因此，要通过宣传使人懂得'劝君莫打三春鸟，鸟在巢里盼母归'这个道理。"

循循善诱，乐善好施。朝模好公对晚辈教育是多样化的，时而讲孝子的故事，时而讲岳飞精忠报国的故事，时而讲狼来了的故事。其实他反复讲的道理就是如何做人、做事。作为长辈他更重视身教示范。对灾区来的讨饭人他同情善待，不仅给饭吃，临走时还给杂粮或盘缠。三年困难时期，他常将饭堂里领来的自己那一份饭菜送给上门讨饭的不速之客，而他却为此挨饿整整大半天。据长辈们分析，朝模好公后来得的胃病绝症，与他在难以饱腹的情况下常常救济别人有一定关系。除了乐善好施，朝模好公还是一个调解民间纠纷的高手。在方圆十几千米的范围内，哪个村一旦发生邻里纠纷，只要他出场立马解决。有一次，邻村的一个族群为利益分配不均大动干戈，一场人仰马翻的恶斗眼看发生，朝模好公闻声前去劝解，用摆事实讲道理的方法，解开了双方的疙瘩，避免了一场冲突。在乡亲眼中，朝模好

公是一位慈善老人,大家有事没事都愿意到他家坐坐,许多人称他是"活菩萨"。

吹拉弹唱,多才多艺。首先,朝模好公对道教音乐具有很深的造诣。新中国成立前,崇明东半岛无论是婚丧喜事做道场,还是镇宅、祝寿和解新象,甚至做官、生子办满月酒,通常要请一个吹拉弹唱的专业班子,热热闹闹,或将死人送入天堂,或将新人接入洞房,或为升官生子者庆贺捧场。由于朝模好公精通管弦乐的各种乐器,加上他具有一呼百应的组织才能,全体艺人对他心悦诚服,尽管跟着他日夜兼程、马不停蹄,也毫无怨言。最难能可贵的是,他对一些相对穷困的人家做到网开一面,以少收费甚至不收费的方式,帮他们减轻负担。一时间叶家艺人班底由于"手艺高、态度好、收费少"在崇明岛东部地区声名鹊起。

其次,朝模好公是"牡丹亭"的灵魂人物。所谓牡丹亭,是指一种丝竹加锣鼓的独特的演奏形式。所用乐器既有江南丝竹演奏时用的京胡、二胡、三弦、竹笛、箫、笙、管、琵琶,艺人们把它们称之为"八细",还有常见于北方民间打击乐所用的大锣、小锣、镗锣、大钹、小钹、铙钹、板鼓、星(碰铃),艺人们把它们叫作"八粗"。演奏时,乐手们一边吹奏一边徐徐前行。朝模好公因为各种乐器样样精通(特别是箫的吹奏能力在崇明无人可及),因此,当地举行庙市庙会时、结婚喜庆和庆典节日时,他既是"牡丹亭"中吹奏乐器的多面手,又是乐队的指挥者。老人们至今念念不忘,那时候叶朝模所在的"牡丹亭",所到之处盛况空前。

如今斯人已去,精神犹存。作为音乐世家的叶家宅,尽管物是人非,但音乐方面仍然后继有人,这在一定程度上归功于朝模好公。我可算得上是他的第三代弦乐传人。记得我跟他学二胡时，因为他教的乐谱是工尺谱，与我原先学的简谱完全两样，给学习带来许多困难，由于朝模好公手把手地耐心教，我反复体会认真地学，爷孙俩终于形成默契，像模像样地在众人面前琴箫合奏如三六、慢三六、中花六板、云庆等江南丝竹，受到了众人的称赞。正是凭借那时他教会我的二胡技艺，从而为在20世纪60年代末我顺利参军并在部队长期从事文艺工作，打下了良好的基础。十分可惜的是，在我入伍即将离开家乡的时候，朝模好公因病永远离开了我们。时间虽已过去很久远了，但朝模好公一身正气的高风亮节连同他的音容笑貌，一直出现在眼前、萦绕在脑际。

朝模好公，我们想念您！

（2013年2月）

"朝天算盘"叶六耇

我祖父的堂弟叶朝觐,又名叶六耇,我们一直尊称他为六耇好公。他自幼天资聪颖,因其心算了得,被四邻八舍昵称为"朝天算盘"。那个年代生产队分粮食、分柴草是按户数、按人头计算的,因为人多户多,生产队会计在打谷场分粮、分柴时忙得团团转,此时六耇好公的"朝天算盘"起到了关键作用,只见他眼睛一眨,口中念念有词,一家家的粮草数据很快就有了结论,并与会计复核的数据一点不差。就这样,"朝天算盘"叶六耇闻名遐迩,不少邻居遇到心急火燎的计算难题时就找他。

六耇好公生于1911年3月,卒于1990年10月,1928年结婚后先后生养了十个孩子,其中七男三女。因为家贫人丁多,无法维持生计,其中七个男孩有三个送别人家养育,一个中途夭折;三个女儿中有两个送别人家养育,自家养育了三男一女,我的叔伯姑妈曾在北京著名的秦城监狱工作,2012年90岁至今仍健在。在亲朋好友和远近邻居中,六耇好公的勤劳善良、远见卓识和节俭机智,一直在当地传为美谈。

勤劳解多难。在旧社会农民生活本来就非常贫困,破屋偏遇连夜雨。在六耇好公的爱人(我们称之为好婆)30多岁时得了抑郁症,为此六耇好公多年四处求医无效,好婆病情加重,后来竟变成了胡言乱语的精神失常者,常常不吃不喝四处乱跑。于是,当年的六耇好公既当爹又当妈,既要养育四个嗷嗷待哺的儿女,负责全家人日常的吃用开销，又要照料病态的妻子，还要起早摸黑地下田种地。即使下雨天也不得闲，一个人推磨碾米、搓绳押帘子，挑水做饭菜，总之，他不动手就饿了一家人。20世纪50年代，为了改变台风大潮引发的水涝灾害，改变农村旱涝不均灌溉受阻的落后面貌，崇明县政府下令大力兴修水利工程，六耆好公也加入了离家3.5千米多的六滧港水闸筑堤工程的民工队伍，因为家中的特殊情况，他必须每天天不亮早早起来做饭做菜，妥善安顿好家里的病人和小孩的家庭事务后，才急急地背上午餐用的干粮水壶赶路。在工地上忙碌劳累了一整天后，又要匆匆赶3.5千米的路程回家为病妻和儿女做晚饭（别的人就近住宿用餐在工地），就这样，来来回回地坚持了半年，直至工期结束。

远见出人才。六耆好公不仅干农活做家务是一把好手，而且在培养教育子女上也颇具远见卓识。为使孩子多读书早成才，六耆好公在吃苦耐劳、精打细算和勤俭持家的同时，他想尽一切办法让孩子安心读书。每逢几个孩子寒暑假快结束，新学期即将开学时，六耆好公一定是急得团团转，日思夜想去凑满学费，为的是让孩子们高高兴兴去上学。于是他在集市上出售了所有家养的猪、羊、鸡、鸭和蛋，钱不够的部分就设法到亲戚家借，凑够了钱径直送到学校交学费。20世纪50年代，六耆好公的大儿子、二儿子分别考上了南京和扬州的两所大学，面对学费昂贵和家中一贫如洗的尴尬局面，为了培养孩子早日成才，他毫不犹豫地卖掉了家中仅有的三间房子中的两间，供养两个儿子在高等学府读书深造，直至大学毕业。后来大儿子成了南京建筑公司的一名高级工程师，二儿子成了南京林业大学的一名教授。小儿子投笔从戎复员回地方后，也成了具有高级职称的骨干教师。他不无骄傲地说，培养儿子读书成才要比有钱存银行还有价值。

节俭又机智。六耆好公常说，做得好不如算得好。20世纪60年代，由于种种原因，生产队许多人家里做饭用的柴火不够

用,只好花钱去买。六耆好公不仅家里做饭的柴火够用,而且还有不少多余的柴火出售。究其原因,他认为灶头烧火也有诀窍,要将少许的硬软柴火缠绕在一起,送进灶膛锅底的合理部位,如此,火势集中,火苗不会乱窜,既省柴效果又好。他每次做饭定人定量,从不浪费,每次吃饭结束时,六耆好公总是将饭碗舔得干净铮亮,并把外孙们掉下的饭粒捡起吃掉。

六耆好公也是一个爱憎分明、机智勇敢的人。在兵荒马乱的年代,盗贼四起。记得有一年冬天,他闻见兄嫂被强盗抢劫吊打的紧急情况,他不顾个人安危,穿着十分单薄的他,箭步冲出家门,迅速从宅沟寒冷的冰上扑将过去求援,临近住宅的救援人员闻讯后敲锣打鼓纷纷赶来,硬是吓跑了这一伙凶残强盗,解救了危亡之中的兄嫂。

六耆好公因病于1990年9月谢世,享年79岁。尽管他老人家离开我们很多年了,但作为后人,我们一直在深深地怀念他,他的高风亮节和音容笑貌也将永远留存在我们的记忆中。

(2014年5月)

第一辑　故土亲情

父亲的"背影"

　　今年10月17日是父亲仙逝29周年的忌日。此时此刻，作为未能很好尽孝的儿子，我心情十分沉重……因为从军参警45年的久远经历，使我与父亲实际生活在一起的时间竟然不到20年，但父亲生前那熟悉的音容笑貌却时常出现在脑际和梦里。

　　记得29年前的今天早上6点，我被一阵急促的电话铃声惊醒，被告知父亲突然犯病不省人事，正送往医院的途中……驾驶员开足马力将我和妻子送往堡镇医院。见父亲双眼紧闭，胸脯呈不规则地起伏，生命已进入了倒计时……任我们扯着嗓子拼命地呼唤，父亲仍紧闭双眼一声不吭，忽见父亲的嘴巴微微有点颤动，几滴眼泪清晰地从眼眶流出，我想那是父亲弥留之际的意识反应……尽管经医生的全力抢救，严重的大面积的脑出血还是夺走了慈父的生命。让我们始料不及的是，在父亲弥留之际，上苍留给我们陪伴父亲的最后时光，仅仅一个小时十分钟。任凭我们泪如雨下、心如刀绞，不停地哭喊，也唤不醒已经仙逝的父亲。1992年10月15日上午10点11分，父亲那颗疲惫的心脏永远停止了跳动，享年69岁。从此父子阴阳两隔，我将永远失去了亲爱的父亲，但父亲生前那点点滴滴的往事常常浮现在眼前。

　　记得1969年3月8日那天上午，我作为参军入伍的新兵，随新兵连即将离开崇明家乡，父亲在堂兄振赢哥的陪伴下，前往南门港码头为我道别，因为锣鼓喧天，我听不清父亲叮嘱我的话，

009

但看得出，父亲脸上的笑容是强装出来的，那双眼显然还噙着泪水。随着队伍开拔的哨声响起，我们一个个新兵肩扛手拿着行李跨上了海军登陆舰的舷梯，我下意识地回过头去，只见父亲的背影渐渐消失在送行的人群之中……

13年的军旅生涯，与父亲远隔千里，尽管鸿雁传书不断，但父亲依然十分牵挂儿子，先后两次到部队看望我。转业后长期从事繁忙的机关文字工作（常常加班加点），也很少去乡下探望父母，即使去也是来去匆匆，父亲并不因此责怪于我，相反希望我安心认真地做好工作。现在想起这些，我既感激父亲，又感到万分的愧疚！这，算是忠孝难以两全吧！

父亲生于1928年5月，读过几年私塾（小学毕业）。受家族的影响，父亲年轻时能吹笛子、唢呐等民乐乐器，跟随长辈从事做道场、拜忏、"牡丹亭"等道教活动。在我幼小的印象中，父亲在乡下也算得上是一个写算精通的文化人。父亲在外温和谦逊彬彬有礼，是一个与世无争乐善好施的好好先生。父亲的家务活、自留地里的农活可以说样样皆能。父亲很少发脾气，但如果随意改变他的计划，他也会对家人动怒发火，但很快就会雨过天晴烟消云散。

父亲，您虽然离开了我们29年了，但您的养育之恩，您的助人为乐，您的言传身教，将永远镌刻在儿子脑海里。此刻，我毫无睡意，静静地坐在书房里，用文笔寄托着对父亲深深的哀思，深情怀念父亲生前的点点滴滴。我想，我们对他的无限思念，他在天堂会感受得到的。

在父亲离开人世之后，每每在这个日子的前后，我都会写一些关于父亲的文字来祭奠我的父亲，怀念我的父亲，如果父亲现在还健在，不知道父亲究竟是怎样的一个暮年，可是，父亲总是定格在他人生的69岁。虽然岁月在他的额头留下一道道皱纹，亦把他的鬓发渐渐染白，但在我的记忆里却是那么年轻、有活力……父亲的人生，在我们儿女的心里，分明是一部厚重的书，在书的字里行间，我总能不断地读懂父亲生前的点点滴滴。尤其随着时光的流逝和记忆的模糊，许多陈年往事不知道忘在何时何地与何处，但父亲的许多被人称道的闪光点却依然历历在目，貌似刚刚发生！其中有两件事，足以反映出我父亲的高尚品行，也一直让我无限期地记忆着、赞美着，难以忘怀！

乐善好施。父亲先后在村豆腐工厂和粮食加工厂工作，看到和他搭档一起工作的人年岁大，他总是早出晚归，主动挑重活累活干，尽量减轻别人的工作量。每次搭档身体不适，就力劝其休息，把一天所有的活全部揽在自己身上。有几次我看到父亲很晚回家，从头到脚满是粮食粉末，眉毛胡子全是白的，像是一个从风雪中钻出来的雪人，家里人心疼极了，可他却乐呵呵地说，别人家排队等了很长时间，家里等着下米做饭，我晚一点下班是应该的。有几次碾米人粗心大意，将碾好的米袋子忘记在粮食加工厂，父亲就一次次背起米袋，逐家逐家地送还到失主家。父亲的农活手艺高在周边邻居中有点名气，生产队有几个年老体弱的长辈，每年春夏之交时，父亲总是义务帮他们搭白扁豆棚、西红柿架和西瓜秧窝（瓜秧四周围起来的小土围子）。周围人家办理婚丧喜事和造房修屋，父亲总是有求必应，甚至不叫自到。因为乐善好施，我父亲在村子里总是以好好先生被人称羡和赞扬。

坚持原则。记得三年困难时期，时兴大办食堂吃大锅饭。那几年，父亲因为有点文化，担任了两个食堂的会计，我知道父亲顶真的脾气，平时挨饿忍忍也就过去了，或者到公家地里偷点半生不熟的东西充饥，但饿得实在吃不消的时候，我想父亲总得管管儿子的身子骨吧！可我想错了。有一天下午在学校放学早，肚子饿得咕咕叫，回家的路边也找不到可吃的瓜果蔬菜，心想，父亲的食堂里说什么也会有点充饥的食物吧。谁知道吃了个闭门羹不算，父亲铁青着脸还把我骂了一通，硬生生地把我赶出了食堂门，我哭着回了家，为此父母在家里大吵了一回。从此，我再也不敢走近父亲担职的那个食堂一步。现在想想，父亲那种公私分明、坚持原则的做法是难能可贵的。

我的父亲虽是一位极其普通的农民，在人生道路上只留下60多年的春秋，但在我的记忆里却留下了一道道陪着我前行的光。有人说，父亲是一盏灯。我想，我的父亲是无愧于这样的一个比喻。因为在我迷茫的时候，在我迷失自我的时候，在我彷徨的时候，或者在我取得成绩的时候，我总会不自觉地想起生前的父亲，是他曾经的一次次鼓励、安慰和训导，陪着我前行。父亲的严格教育，让我在人生的道路上基本做到了严于律己、宽厚待人，让我懂得善良是做人的本分和基础，善待他人的"爱"字，其内涵是多么的丰富，其分量是多么的沉重！

我的父亲生前不爱说话，可是那种无声的爱总是那么的宽厚实诚。每次回家探望父母，在离开时，他手头无论有着多少的活儿，总要腾出空陪着我们，将我们送到村的十字路口，一直到我们乘坐的公共车消失为止。父子之间的一次次分别，渐渐让作为儿女的感受着离开亲人的那一份份牵挂，那一份份的父爱……多年之后，成为人父的我，在教育孩子的时候，总会回想父亲生前的目光：一个父亲对于儿子的依恋，一个父亲对于儿子的牵挂，一个父亲对于儿子的期望！

记得那时，父亲在学习上从没责备过我，每每我做错事情，或成绩不太理想时，父亲恨铁不成钢的目光像针一般会刺疼着我，于是，从很小我就懂得父亲的心情，因此，即使遇到一些困顿，我也会像父亲所期望的那样，不断地坚守着自己人生的一份执着，不断地抒写一个大写的人生。20世纪70年代初，村支书将我在部队入党提干的喜事告诉父亲后，他连续写了几封信，信上没有更多的溢美之词，而是谆谆告诫我要戒骄戒躁、继续努力，不能辜负党组织的培养教育。

父爱如同一座山，我们儿女就是父亲这座山上的一棵树，我们就在父亲这座山上成长，不断地被父爱滋润着，一代接着一代，在人世间繁衍！

缅怀父亲，繁衍父爱，再将此文献给天下的父亲！

（2021年10月）

无尽的思念

母亲离开我们已经整整十三年了。这十三年最大的变化,恐怕是做儿子的我在年龄概念上已进入了老年的行列,而不变的是对母亲无穷无尽的思念。

母亲在世的时候,每逢秋风萧瑟天气转凉,她总忘不了叮嘱我,多穿点衣裳,别伤风感冒了。这些话听得多了,就不免感到有些絮叨,忍不住问母亲道:"我都老大不小了,这些小事还用你操心吗?"母亲说:"你就是到了七八十岁,还是姆妈的囡呀。"虽然母亲说得十分在理,但我却不以为然。直到女儿已经长大出嫁了,我们夫妻也是如此这般的时候,才切身体会到了母亲对子女的浓浓关爱之情。现在,当我再想听一次母亲的叮嘱时,却是已经不可能了。

20世纪60年代末,小小年纪的我体重不足45公斤,但在我态度坚决加之有一点文艺特长的情况下,接兵部队的首长破例成全了我参军的强烈愿望。开明的父亲一口答应了儿子的心愿,母亲尽管没有公开表示反对,但离开家前的那段时间她几乎天天在抹眼泪,反复问的同一个问题就是,"你那么小,一人在外能照顾得了自己吗?"到了部队,我坚持定期给父母写信报平安。在信上我隐瞒了冰天雪地的北国寒冷,也隐瞒了一级战备的临战气氛。可堂姐后来对我说,那时你母亲天天盼信,每一次听我念信就掉眼泪,原来对新闻漠不关心的她,竟然坚持每天听广播新闻，或者逢人便打听，关心的是东北边境战争的形势，心里惦记着自己的心肝宝贝。正所谓"儿行千里母担忧"。20世纪70年代初开始我在部队入党、提干的消息陆续传到父母的耳朵里，他们高兴是自然的，特别是母亲最关心的是儿子什么时候回家探亲。不久，在那年炎热的夏天我第一次获准休干部探亲假。离家4年多了，进门见着两鬓飞雪口掉牙的父母，我惊呆了，几乎难以置信。我进屋叫爸妈的时候，喉咙发紧哽咽得说不出话来。此时，母亲却满心欢喜地笑了，其含义就是儿子长大成人了，她放心了。见我心酸发呆的样子，她反而劝慰我，说心里怎么怎么开心，家里一切都好等等。盛夏的家乡闷热难忍且蚊子多，母亲好像一点睡意都没有，拿着芭蕉扇在我挂着蚊帐的床头使劲地扇啊扇，希望能降低热浪的温度，驱散成群结队的蚊虫，用一种特别的母爱送儿子进入梦乡，直到后半夜听到我呼呼的鼾声后，她才放心回屋睡去。第二天见母亲笑容满面却又疲惫不堪的样子，我的眼泪情不自禁地淌满了脸颊……

尽管岁月长河的滚滚波涛会将人头脑里很多记忆冲刷走，但却无法衰减对亲人的怀念之情。母亲经常说起她与家的故事，极平静的叙述语气，却能令往事如晚霞，熊熊地燃烧着。我总是默默地听着——她的人生往事，家里的种种变故，听着听着我的眼睛时常发热。因为家贫，母亲在13岁的时候就成了祖母家的童养媳，从小学做家务，也干农活。结婚生子后，因为父亲有病，家庭十分拮据，生活的重担落在她一个人身上。为此，母亲起早摸黑，天天纺纱织布，积攒到一定数量后，身背一卷卷面纱或一匹匹白粗布，在叫作"砂锅港"的渡口乘上木帆船，每次经过长江水面三四个时辰的颠簸，到达江对面的长兴岛或横沙岛后出售，换来的钱贴补家用。多年来，母亲以一个大字不识一筐的瘦弱女子，撑起了整个家庭的日常门面，受到了四邻八舍、亲眷朋友的啧啧称赞。

　　自从我从部队转业回地方工作后，父亲因脑出血早早离开了我们，也因工作需要我与妻儿离开家乡走进了大城市，为了支持我们的工作，母亲十分理解地选择了住进县城的敬老院。尽管一江之隔，对于年迈体衰的母亲来说，无论是儿子一家人的衣食住行，还是身体状况，无一不在牵动着她的心。十多年前仲夏的一天我去家乡看望她，因为牙床发炎的缘故，我的左脸颊肿得好高，看起来有些吓人。母亲见了心疼地直皱眉头，她老人家连忙用冰凉的湿毛巾，一遍又一遍地敷在我的肿胀之处，还关切地问疼不疼？直到确信并无大碍，在叮嘱了不要吃辛辣食物以及喝酒等禁忌后，这才依依不舍地让我回上海。

　　自从我记事起，母亲从来就是将家里好吃的东西省给父亲和我兄弟俩吃，每当我们劝她一起分享的时候，她总是"骗"我们说"已经吃过了"，或者说"不喜欢吃"，看到我们那种享受的样子，她的脸上分明写着"心满意足"四个大字。记得那是母亲进敬老院的第三个年头，她因做好事为隔壁的老太倒洗脚水而摔成了骨盆骨折，为了省钱，她没住一天医院坚持躺在敬老院的床上保守治疗，这一躺就是三个多月。为了减少敬老院阿姨的麻烦，病情稍有好转，她尽量设法自理生活，为此，在房间里不知摔了多少次跤，爬起来后总说"没事、没事"。

　　母亲虽然不认得几个大字，但却深受《朱子家训》中传统的伦理道德的影响，常常对我们兄弟俩讲"家和万事兴"的道理。她说："媳妇进了吾眤屋里的门，就是一家屋里人；凡事一定要多谦让，一心一意过日子。"每次我爱人为她老人家洗头、洗脚、剪指甲后，她逢人就夸媳妇就像自己的亲闺女，甚至比亲闺女还亲。邻居们对此都有目共睹，很是羡慕。

如果有一段时间没有见到儿子和儿媳的面，母亲总忘不了托人打电话问长问短、叮嘱一番。十年前一个寒冬的夜晚，细雨霏霏、寒气袭人。接到母亲病重的消息，我与爱人、孩子星夜赶赴崇明南门敬老院，并打算送中心医院干部病房治疗，陪伴守护她老人家安静地临终。见到我们去后十分难过的样子，她却反过来安慰我们"不要紧""你们工作忙，注意休息。"我原以为，这只是常常听到的叮嘱而已。怎能料到，这竟然会是最后一次听到母亲的声音了。真是悲莫悲兮生离别啊！

或许，在世界的眼中，你是一个名家伟人，或者是一个普普通通的平民百姓，但在母亲的心目中，你永远是个孩子。

苏联伟大的无产阶级作家、诗人高尔基说过："世界上的一切光荣和骄傲，都来自母亲。"

是的，母爱如同暖阳、如同甘露，照耀着我们，滋养着我们，呵护着我们。

母亲，您在天堂能否得知儿子无尽的思念呢？我想能够知道的。因为，在人类的各种情感中，还有什么能比得上像大海一样深厚的母子之情呢？

（2020年1月）

写给天堂里的两位妈妈（母亲和岳母）

当有人问："在已逝的亲人中，你最怀念谁？"

我的回答一定是妈妈！因为妈妈，是这个世界上最伟大的女性。

因为妈妈，是为儿女甘愿奉献一生的老人家。

因为有了妈妈，才让我们有了家的感觉。

因为有了妈妈，才有了孩子们最幸福最完美的青春年华。

前几天，就是妈妈逝世10周年的纪念日，今天是岳母逝世的3周年。每每想到两位老人家，我们做儿女的总是满心的思念，满眼的泪花。

俗话说，这世上最温暖的地方是家，这世上最牵挂儿女的，永远是妈妈。

20世纪五六十年代，家事国事天下事，老百姓能填饱肚子就是大事。为了能让一大家子有饭吃，有衣穿，妈妈每天总是起五更爬半夜，忙得脚不着地，没有一刻清闲。

在最困难的日子里，哄妈妈开心就是做做假，哄自己开心就是做做梦。

人们都说，妈妈的世界很小，只装满了我们，而我们的世界虽很大，却忽略了一生艰辛的妈妈。

小时候的我们，就像街头散放的小猫小狗，整天在外面蹦啊跳啊，除了贪玩再也没啥。只有玩累了的时候才想起家，而回家的第一件事就是找妈妈。

小时候，我们不懂得攀比，却已经明白臭美是啥。

小时候，我们不会掩饰自己，饿了就知道喊妈妈。

小时候，我们忘记了冷暖，顶着夏日奔跑，迎着冬雪玩耍。

小时候，我们因为嘴馋挨过骂，还有时因为贪玩受过罚。

我敢说，在这个世界上，最能迁就我们的，一定是妈妈，不是她老人家没脾气，而是舍不得亲手喂养大的娃。

经常问你干吗的人，一定是妈妈，不是她老人家闲得慌，这往往是爱的表达。

相信对你最贴心的人，也一定是妈妈！不是她老人家欠你什么，而是满满的牵挂。

在我们的童年世界里，家，就像一个充满温馨浪漫的港湾，妈妈，就是港湾中的一叶小舟，她无私地承载着膝下的儿女们，任凭在风浪中摔打。

童年的幸福，来自妈妈的那张笑脸，还来自妈妈在家的那份守望和牵挂。

妈妈呀，儿女们以为，只有和您在一起的时候，那些平时的本真，还有那些寻常烟火的一粥一菜所带来的小欢喜，都是最真实的幸福和心中最大的满足啊。

妈妈呀，您老在世时，虽然我们吃得不算饱，穿得也不太暖，但您老人家以乐观向上的心态，支撑着这个其乐融融的一大家。

其实人活着，也许就是为了一份心的从容。犹如：春天来时，去看一场花开；夏天来时，去听一场雨落；秋天来时，去赏一场叶舞；冬天来时，去观一场雪花。

是啊，尽管我们经历的年代不同，但我们仍真真切切的痛苦过、舒心过、哭泣过、微笑过、执着过、放弃过，甚至也无奈地求助过。

妈妈！您就像一面镜子，对照镜子，儿女们学会了忍耐，选择了无悔，并勇敢地把各种酸甜苦辣一同咽下。

妈妈！是您教会了我们推开岁月的天窗，让明媚和忧伤都开成夏花般的灿烂，在时间的滴答声里，静坐流年，安守光阴，珍惜年华。

妈妈！在儿女们看来，历经磨难的您，就像一杯清澈的水，简简单单，从从容容，纯纯静静，朴实无华。

妈妈！您老的一生，又像一杯浓烈的咖啡，有一缕缕说不出的回味。儿女们需要时，用它排解寂寞，消除疲劳，安然入睡，有时在睡梦中还甜甜地喊着妈妈。

感谢您妈妈！是您给了我们通往生命的列车，一遍又一遍地让我们领略人世间一切的美好和伤痛，失败和泪水，书写着一个个永生难忘的故事，为自己的心找一个家。

两位亲爱的妈妈！你们已经分别离开我们多年，我们也一天天变老，每一天都在和昨日挥别，但甭管时间过得再快，你们依旧是儿女们心中最最伟大的妈妈！

孩儿始终信服，人类最不能动摇的情感，也许就是那深深的母爱，人们心底最深的牵挂，就是生养我们的妈妈。

妈妈的恩情比天高，一生一世一个妈。

请天下的儿女们，要好好善待一辈子原本就不容易的妈妈！

亲爱的两位妈妈，过了元旦又临近春节，您老人家在那边还好吗？

妈妈！请您老人家放心，你们的儿女以及孙女孙婿和曾孙每年总会聚在一起，为你们清扫墓地，描写碑文，亲手点燃蜡烛，送上鲜花，让您老人家的音容笑貌永远在儿女们的心中驻扎！

要过年了，愿在天堂的两位老妈一切安好！

叩首！叩首！再叩首！

（2018年2月）

崇明岛草头盐齑

崇明人将苜蓿的腌制品称为"草头盐齑"。苜蓿，又名金花菜，被崇明人叫作草头。草头盐齑已有几百年历史，是崇明人用独特的腌制方法制作而成。崇明草头盐齑，外观土黄色，卖相并不突出，一旦入口，却是酸甜生津、开胃爽口，别有一番风味，老幼皆爱。2015年，草头盐齑制作技艺被评为上海市非物质文化遗产。

崇明人所说的"草头盐齑"的"齑"的使用，起码可以追溯到宋朝，词人朱敦儒《朝中措》词中所写的"自种畦中白菜，腌成瓮里黄齑"的"黄齑"，翻译成崇明方言，就是"黄腌齑"。

近日，农业农村部和中国旅游协会向社会发布了2019年全国乡村特色产品和能工巧匠目录，880个乡村特色产品和220名乡村能工巧匠入选。其中，崇明岛的"农本"崇明草头盐齑入选全国乡村特色产品。为此，我专门走访了生产商、上海市非物质文化遗产项目保护单位——上海农家酿酒有限公司。

公司坐落在崇明区政府所在地城桥镇南门港以西的利民路南侧。接待我的是公司总经理、我的多年挚友俞建荣。以前我只知道他在崇明岛创办酒厂，农本牌的崇明老白酒不仅在崇明岛独占鳌头，竟然还冲出海岛走向世界，成了中国2010年上海世界博览会的地方特色专用酒。前不久，当我得知该公司生产的"农本"崇明草头盐齑在遴选全国乡村"特色"产品中金榜题名时，我内心激动不已，为朋友的事业有成点赞，更为家乡特色农产品的扬名出彩而高兴。看得出，此时此刻的俞总也兴奋不已，在介绍草头盐齑的历史和特点时，他的脸上绽放着骄傲和自信的神色。

腌制草头盐齑的传统方法比较讲究。一是时间上的选择。清明节前后，草头花逐渐开放了，嫩草籽也快要结了，这时候的草头，已经由嫩转向有些老，是腌制的好时候。草头太嫩水分足，腌制后容易坏；草头太老，腌制出来的腌齑不好吃。二是种植地的选择。旱田（大面积的庄稼地）草头与稻田草头也有区别。旱田草头不比稻田草头那样僵板和瘦瘠，旱田草头叶大、糯性，不同于叶小、硬性的稻田草头。同样土生土长，两样的土质生长出来的草头，自然具有两样的品质。三是腌制过程的讲究。腌制草头盐齑的关键，除存放草头的坛清洁和盐适度外，就是要紧密地腌制，使劲地把草头往坛里窒（崇明方言叫"跌"）紧。窒满一坛以后，坛口塞满稻草，再覆盖上布或竹笋壳，上面还用竹片爿绷紧。腌制草头盐齑的坛，有些人家通常将其倒扣在宅沟的淤泥之中，使之处在完全的封闭状态。三四个月过去，草头腌齑就腌熟了，开坛的时候，一股清香扑面而来。开坛时的草头盐齑就像收割的稻柴和麦秸那样金灿灿。曾经鲜活的绿色经过腌制，成了金黄的颜色了。尝一口，觉得有几分咸，几分酸，几分鲜，这正是草头盐齑开胃的主要因素所在。

作为崇明草头盐齑传统制作技艺的传承人，俞建荣告诉我，草头盐齑的腌制和烹饪方法，近几年也悄悄地发生着变化。就腌制而言，一端是随着工厂化生产的形成，企业的腌制规模趋向大型化了；一端是随着家庭生活水平的提高和食品种类的

丰富，家庭腌制草头盐齑趋向小型和稀少了。他所经营的上海农本专业生产合作社，种植有800多亩旱田草头，年剪鲜草头10万多公斤，腌草头盐齑7万多公斤。虽然草头盐齑生产有了一定规模，但腌制工艺还是保留着传统的一套。

谁承想，草头盐齑——原本是乡村僻野中一道农家菜，到如今销售一路走好，以至前往崇明旅游的岛外人一谈起草头盐齑就津津乐道，纷纷购买。草头盐齑炒饭还成了宾馆饭店里的一道特色主食，让人啧啧称道。

（2019年5月）

第一辑　故土亲情

尘封的童年梦幻

每年春天都有桃红柳绿、细雨绵绵，更有蓝天白云、风筝蝴蝶。记忆中的春天却是不同的了：蓝天里有五彩缤纷的风筝，有风筝下面孩子们明朗的笑脸，但也有童年梦幻的苦涩。

也总是在那春寒料峭的日子，平展展的绿毯子上，这儿一个，那儿两个地蠕动些灰不溜秋的影子。哦，是童年的伙伴在挖野菜，那其中有我：衣衫不整，提一个半新不旧的篮子，手握一把木柄的斜尖铲刀，或弯腰或蹲着，睁大了寻觅的眼睛，常常会为偶得一棵"特大"的荠菜惊喜地叫起来，然后高高地举起，在同伴们惊羡的目光中炫耀，那样子活像运动员得了金杯，把它高高地举过头顶。

这种以简单的劳动替代儿时的娱乐，因时因地也本无可非议，但往往也有不幸的时候。那次挖野菜一回家，饭就摆在桌上了，祖母踮着小脚，用围在身上的那条蓝花头腰裙为我擦去满脸灰，一边疼爱地说："污小囡，饿坏了吧？"我得意地说："阿婆，这次我挖得最多，他们都没有我的多。"说这话的时候，脑子不知怎的一闪，想到了那把木柄斜铲刀，急急地奔到篮子一边伸到底下，一摸，没那个冰凉的东西，"糟了，肯定是丢了！"心跳手颤，立刻想起高高举起的笤帚疙瘩。

"怎么办？趁家人还没有发现，快逃！"正要挪脚，妈妈端着一大碗烧熟的青菜从灶头间出来，说："吃饭了！"

"我……我去坑棚,马上就来!"我不敢看妈一眼,撒了个谎,拔脚就往外跑,也不顾肠胃剧烈地反抗,一口气跑出了村,站在一条离江不远的河边,回头望望,并没有人来追我,于是在河边一间攀鱼舍里席地而坐,想想这也不是长久之计,要是找到了斜铲刀就好了!赶紧到走过的地里找找吧,万一能寻着呢?

我抱着万一的希望搜索了好长好长时间,便彻底地绝望了,暮色渐渐四合,我饿得头晕眼花,还不敢回去,只觉得似乎末日到了。

天黑时,不小心被哥哥逮个正着,他还未开口,我就鼻子一酸,"哇"的一声大哭起来……

如今,春意浓浓的田野上,再也看不到那些蠕动的影子了,当今时日,有哪家孩子还在旷野寻觅荠菜?那段梦已消逝在尘封的历史中。而我,从一个敢"指点见山,激扬文字"的青年,已步入了花甲之年,倘若在那些绿色里偶然发现一棵荠菜,带给我的,是喜悦,还是酸楚,我说不清……

(2014年3月)

第一辑　故土亲情

童年的夏夜

童年，我对于荏苒的光阴常起一种流连眷顾的感觉，结果常令我自觉地和故意地一心想念着有些特殊甜美的时光。直至今日，那些甜美的时光还是活现在脑中，其中，依稀如旧和挥之不去的，是镂刻在记忆中那一个个难忘的夏夜。

一年四季的乡村夜晚中，夏夜是最迷人的。当火辣辣的太阳劳累了，躲进西方天际之后，便是一个叫人感到浑身轻松惬意的夏夜。

故乡的习惯是每到晚饭过后，家家户户都把吃饭用的方桌搬到院子中心，或铺上一块块大大小小的门板，搭起简易的床铺，坐着或躺着乘凉，把蒲扇摇得呼呼响。

夏天正是瓜果成熟的时候，大家就到自留地里摘上几个西瓜、甜瓜，把它们放进吊桶，下井浸入水中。晚饭过后，满院子的男男女女、老老少少在一起，人声鼎沸，热闹非凡。男人们说着奇闻趣事，女人们离不了街谈巷议、家长里短，小孩们也有他们"小人国"的谈笑打趣，但他们最不忘的是提醒大人捞取浸在井里的瓜果……不久，家家门板通道的小桌上摆满了凉凉的、甜甜的瓜果，香溢满院，温馨宜人。

夏夜，村里的左邻右舍还互相走动。田埂小路上随时都能看见蒲扇在月光下晃动。当然，人们最乐意的向往之处，便是夏夜内容最丰富的地方。什么猜谜啊，乐器对板（齐奏）啊，讲故

027

事说书啊……热闹极了！那个地方便是我的老宅。

我在夏夜猜得第一个谜语应该是这样的：一个白发老头子，沿路撒下棉花籽——这不就是我亲手喂养的山羊吗？

在记忆中，我生平第一次受到众星拱月般的礼遇和吹捧，好像也在夏夜。拉二胡，是我在学龄前跟宅上叔公（祖父的弟弟）学的，不知是天分还是认真，我身体与二胡差不多高的时候，就与叔公（吹箫）、大伯（弹琵琶）一起像模像样地合奏江南丝竹了，不仅引来了众多的乡里乡亲，阵阵的掌声中竟然有人还喊起了"小天才"，使我额头上汗津津的，难为情的小脸上红一阵白一阵，但心里却是很得意的呢。后来证明，我之所以年少时被部队破格录取并多年从事文艺和文化工作，是与童年夏夜的经历不无关系。

夏夜去捉织布娘娘也是很有趣的——在瓜棚下、草丛里，仔细地根据声音判断织布娘娘的位置，然后把两只手轻轻地合拢，缩小包围圈，便可一举捕获。

最难忘的，还要数我在那时候听到的说书人说的故事了。乡亲们围坐在一起，请一个识字的人念旧小说，大家听得鸦雀无声。

最早听的是《珍珠塔》——我很为落难的小方卿担心过。

后来又听了《西游记》。几个小伙伴便时时争论着西天佛国是怎么样？还商量好：等长大后，养几头牛结伴去取经——我的家乡没有马，只有牛。为此还在麦秸堆上苦苦地练着翻筋斗……

我童年的心灵，总是和善良的农民一起，把同情给弱者。

我仰慕那些路见不平、拔刀而起的好汉。

我为牛郎织女的隔河相望而愤愤不平……

童年的夏夜，使我隐隐约约知道了另外一个天地。

童年的夏夜，使我朦朦胧胧产生了很遥远的联想……

（2014年4月）

童年的小河

家乡崇明岛是真正意义上的泽国水乡。岛外四面环水,岛内河网密布,连祖上住宅四周也曾开凿了小河,俗称"宅沟"。在我的记忆中,最难忘的是小时候家门口靠近江岸的那条小河,叫作岸转河。

童年的小河是可以朗读的,但更多的时候应该默念。那充满韵律的起承转合,行板如歌,在心头浅唱低吟,时而激荡起一圈涟漪,时而停留于一泓深潭,唤醒儿时并不如烟的记忆。

在那春意浓浓的时节,小河边除了一片片冒青吐绿的芦苇外,一簇簇各色各样的野草花争芳斗艳,有紫紫蓝蓝的玫瑰,有红红白白的野菊,更多的是匍匐在地上的毛耳朵草,它尽管身材矮小,但盛开的各色花朵数量多,持续时间长。给我影响很深的是一种"拉人草",叶边如锯,状似眉刀,常在我的胳膊和腿上拉出血淋淋的口子。大人们说鲁班就因为手被"拉人草"拉了个口子而发明了锯子的。秋风起兮,河边芦苇花漫天飞絮,纷纷洒洒,我们农家人常将大一点的芦花拔回家做扫帚,更多的芦苇花则在河边形成白茫茫一片。那棉絮般的芦花多半被河水带走,小半被水草羁绊,成为鱼儿的点心。像柳叶样的翘白嘴鱼(乡音叫蚌丝条)在水底水面穿梭着争抢食物,倏地一下,鬼魅一样迅疾,激起河面波光点点。夕阳照在水面上,满河流金哪。

河水晶亮亮地流淌着,云影驻足,天光徘徊。水颤酥酥地从光洁的鹅卵石上滑过，薄薄的透明的水片儿，就像冰糖葫芦上挂着的那层薄薄的透亮的冰糖，惹人怜爱。常有山雀对着它梳洗打扮，濯足沐浴。小河的水既是她们光洁明亮的铜镜，又是她们一尘不染的九龙池。

清晨，小河笼罩在一层浓密的轻纱之中。我骑着牛路过小河时，看到下河洗衣淘米的婶子和宅上的堂姐们，只能看见她们上半身的衣裳。回家后，我将这种情况告诉婶子和堂姐们，她们说只能看见牛背上的我，不辨坐下的牛。"小脑袋晃晃悠悠的，神仙一样的飘着哩！"清晨的小河变成了传说中的仙境，西天王母娘娘的瑶池。

记忆中，小河的夏天是个热闹的季节，也是我最快乐的日子。整个夏天我都是在忙两件事：钓鱼和洗澡。一到夏天，小河里的"老板"鲫鱼（家乡方言）最喜欢在用于淘米洗菜的河边水桥旁觅食，一条条、一群群，有时为争食还会出现"火并"，瞬时溅起阵阵不小的水花。偶然还在水深的温草下见到色彩斑斓的红鲤鱼，头部呈赭褐色，尾部和上下的鱼翅泛着橘黄色，身上的鱼鳞呈金黄色，漂亮得像一个花枝招展的小姑娘。我常常到家宅的后竹园里砍一根水竹，再到妈妈的针线盒里偷几根针（说来奇怪，每到夏天，我就长"偷针眼"，眼睛肿得像个烂桃。妈妈一见就笑着说，肯定是偷针了。我瞪大眼睛既不摇头也不点头，但心里很相信是偷针偷的。）在灶洞里或煤油灯下烧红了，用夹钳弯成鱼钩，拴上线，找几个细一点的高粱秆或是剪一根鹅毛竿做浮漂，钓鱼的利器就有了。鱼饵是到菜地里挖一点蚯蚓或是到饭篮里拿点米饭团。那"老板"们纷纷抢食，不一会儿就能钓上来一大碗鱼。想起当时大大小小的鱼儿在岸上蹦跳的样子，至今还兴致勃勃，正是"食鱼不如钓鱼香"。当妈妈把几碗烧好了的香

喷喷的鲜鱼端上桌子,一家人都"闻到腥,胀断筋"。在那个物质极端匮乏的年代,小河给了我许多物质上的享受。

　　小河给我精神上的享受就是洗澡。每天中午,都约几个小伙伴跑到小河的中游一个叫"砂锅港"的地方游泳。天火辣辣的热,水格盈盈的蓝。裤头、背心一脱,精光光地一个猛子扎到水底,好半天才在远处像鸭子一样露出黑黑的小脑袋。又从河岸上像下饺子一样"扑通扑通"学"高台跳水"。我女儿的大表舅也是我的玩伴,他家住在离我家不远的西村里。常在我们面前吹嘘他游泳怎么怎么厉害。有一年夏天,我们约到"砂锅港"比画比画。他一下水就像个秤砣一样往下沉,害得我们几个伙伴手忙脚乱地把他捞起来,但已经喝了好几口水了。谁知他到河岸上后,一边用手抹脸上的水,一边大声说:"我们那里的水漂,你们这里水不漂!"啊?水不漂?我们全都大笑起来。

　　这一笑就是四十多年前的事了,童年的小河仍在记忆的河床上清晰地流淌着。去年盛夏回老家,我没有去家乡新开发的美丽景点,而是特意来到童年玩耍的小河边,芦苇依旧,河水依旧。看着穿着各种颜色游泳裤在河水里扑腾的孩子们,眼里充满无限爱意,心中涌起许多暖意,不知不觉就像小河一样的泪水在脸上缓缓地滑落……

(2014年7月)

第一辑　故土亲情

童年，梦一样的字眼

  一个人独处时，这些回忆时不时地划过心扉，撞击并洗涤着这颗日渐物化的心灵，静静地带给我一片淡泊洒脱的心灵，让我寻回失落的心灵伊甸园。

——题记

  童年，梦一样的字眼，就像生命之流中浪花扬起的飞沫，转眼消失，还没有玩味出童年应有的欢乐，稚嫩的欢歌在浪花的低吟声里已经永远成了过去，更没有体验出人生那本应该有的萌动情感，儿时的小男孩已长成了花甲之年的老头子。一切就像昨日夕阳的余晖，清晨看时已经荡然无存，留下难以言尽的遗憾和怅惘。

  曾经在长江边的堤岸树林里追逐着演绎"八路抓汉奸"，曾经在绿草黄花间捕捉晚霞中的红蜻蜓，曾经把白色的小纸船放流在岸转河的水面，曾经在家宅附近的河浜里戏水、捕鱼、捉蟹，曾经在蔚蓝的天空下放飞纸鸢……记忆依然鲜活，而曾经的曾经都悄悄逝去，留下的只是畅想时寂寞的慰藉，以及对似水流年的无限感慨。

  我不知道那个一年四季不得闲的小孩子到哪里去了，那个走路生风，大声笑放声哭的自己，是经历了怎样的蜕变才会变成今天这个有些陌生的成年人。

或许会有人说这是成长所必须付出的代价，三道杠、红领巾、儿歌、跳棋、小红帽、花手绢、跳房子、踢毽子，这些最珍贵的财富只是活在记忆的一角，我们在成长中学会遗弃、学会承受。

匆匆地，带着些许疑惑、些许迷惘，改变了自己的节奏迎合着这个世界的节拍，被无形和有形的压力催促着向前，然后就被告知已然长大。于是终于惶惑地看着镜中的自己——有些陌生的身影，表情里那么多的不可思议。那上面已经看不出童年的半丝痕迹，唯独记忆的碎片还悠然恍惚在眼前。

童年的幼稚与轻狂，童年的天真与无状，搁置在不可重复的当年；童年的希望与幻想，童年的委屈与不满，停留在偶然闪现的记忆片段中。一个人独处时，这些回忆时不时地划过心扉，撞击并洗涤着这颗日渐物化的心灵，静静地带给我一片淡泊洒脱的性灵，让我寻回失落的心灵伊甸园。

回想昨日童年的种种，常常是哑然失笑，毕竟曾经的自己竟是那样的顽劣和执迷，一幕一幕的细节反复重放，历历在目，突然发觉童年的回忆是如此之多，也许是因为消逝的美好只能留给记忆去品味，文字是那么的软弱无力，太多的细腻不可言说。

但我不会拒绝成长。生命的年轮自始至终有它适宜的节拍，经过了无忧无虑、天真烂漫，相信我会有另一番体验，在上下求索的旅途中我学会了用心地感悟生活的赐予，在生活中保持心灵应有的那份澄净。

岁月宛如一条静静流淌的小河，从生命之源的山谷中流出，流向那遥远的村落，从我的脚下流过。恍惚间觉得自己也变成了一条清浅流淌的小河，从故乡的源头流出，流向那遥远的角落。

第一辑　故土亲情

想当年，身上的稚气未干，熏黄了指甲的我烟瘾不小，歪着头颅斜靠着墙误几回错把这当成了潇洒。徘徊、哀婉，我只有用孱弱的身躯蒙挡那季节的风霜，在别人轻蔑的眼光里和肤浅的谩骂中去寻找失落的幻想和真挚的情感。

如今独自踟蹰，在夏日清凉的林荫下，孤身沉寂，在七月夕阳的余晖里。无语沉默，有语自言。无意点上一支烟，凝视着眼前淡淡飘忽的薄雾，仿佛是池塘边柳梢上的袅袅炊烟。夕阳、炊烟、田野，这一切是夏日余晖中故乡的昨天。此时，一样的夏天，我只能在夜的微风中独坐遐思。

我是长江和海岛的儿子，江水滋润过我，海岛也给我心中一片翠绿。那是夕阳归来的、牛背上骑着放牛的我，还唱着母亲教给我的歌。

一根铮亮发黄的扁担，半世纪的沧桑，那是父亲辛勤劳作的见证；我头上的隐约可见的伤疤，这是慈母望子成龙的永恒的印记。

像一朵白云，我从故乡的田野中飘来。寻找一块土地，变成雨，渗入、渗入，在干枯的土地里滋润出自己的希望。四十多年来，梦想几时成了现实，现实几时又是迷茫。最忘不了的是破灭的希望，最令人痛苦的是今日的惆怅，最使人追忆的是往昔的辉煌，最促人振奋的对昨日的背叛。四十多年，岁月没有让我留下一丝丝的痕迹，四十多年，岁月却刻在我心头无数的记忆。十多年的戎马生活，三十多年的警营工作，使我获得了许多，又好像失去了什么。多年的追索，却仍是一无所获，只好向隅而泣。在这泣声里，仿佛过了一个世纪。情独专书，无非只是心灵的寄托；拼命追索，期待的是明朝的收获。

思念里不能没有故乡的那条小河，那河水里曾经有过我们

儿时的欢歌。像一朵沐浴在阳光中的芙蓉花,浑身发出迷人的清香。在晚霞辉映的河水中,我有过朦胧的梦。再去追寻,景移人去,一切只有在思念中追叙。

曾几时,我独自拼命在命运的河流中,为了寻找一个生命的支点而披波击浪。当我拖着疲惫的身躯爬上对岸时,才发觉希望的终点仍是那么遥远,前方等待着的仍是泥泞的阻途。一种困惑又如村头的炊烟袅然从心中升起。然而,这只是一刹那,希望像柔和的轻风拂散了心中的雾霾,希冀的翅膀重新从双臂生起。

抹去心头的阴影,抖掉身上的灰尘,理好散乱的头发,不是为了有个潇洒的人生。曾经在别人面前抬起了自卑的头颅,却失去了一颗待人火热的心。然而,在今夜,热的天气,热的追寻,热的渴望与憧憬,胸中跳动的更是一颗火热的心。

走在路上,那些认识不认识的小学生、中学生甚至大学生亲切地喊我"爷爷"时,我知道我再也不是原来的天真的我,也不是当年活力四射不知累滋味的我。读着朱自清先生的《匆匆》,感叹于岁月的飞逝。但我不能感叹,人生需要的不是感叹,不能在彷徨中度过,需要顽强的拼搏,失败后新的探索。成功虽属于过去,希望却伴随着未来,但现在靠的是拼搏。也许前方是一片荒漠,但我愿意做一头沙漠中的骆驼。独自迈着艰辛而沉健的步伐,虽然黄沙漫漫而始终不渝,寻找着那生命中既定的绿洲。

虽说"近黄昏",夕阳无限好。

(2015年6月)

第一辑　故土亲情

乡　路

乡村的路纵横交错，它像一条条长蛇弯弯曲曲地伸向远方，它也是许多人回乡的必由之路。它们由窄到宽，由不平坦到平坦，一直通到乡村家家户户的门口。它们就像人身上的血脉，由动脉到静脉，由粗到细，一直通到末梢神经。它们连通着一道道沟坡，一片一片田垄，一个个村落，一缕缕炊烟，它们与我的血脉贯通，深藏着我童年和少年的梦想。

离开故土数十年后每每回故乡探亲，有人总要问我一个同样的问题，家乡什么变化最大？我会毫不犹豫地说是"乡路"。多年来，随着农村改革的深入和社会主义新农村建设的不断推进，崇明三岛的道路市政建设飞速发展，除了乡级公路外，纵横交错的白色水泥路已在村庄周围四通八达，一直通到每家人家的自留地。每每驻足眺望那一条条漂亮的现代化乡路时，我会情不自禁地想起儿时阡陌纵横的乡间小路，引发不小的联想。

我家住在靠近长江南岸的一条岸转河畔，宅旁两条乡间土路，分别从东西和南北穿过村子的中心地段，再向两头延伸。在记忆中，土路留给我的惨痛印象就是雨天。不管是夏天的滂沱大雨，还是冬天淅淅沥沥的毛毛细雨，土路如同糯米粉和上了温开水，泥泞难行，给上学的孩子和上镇赶集的大人增添了极大的麻烦。夏天还好，可以拎起雨鞋赤脚走，尽管影响了一点行进的速度，可冬天呢，只能高一脚低一脚的艰难前行，顾得了脚下，却顾不了上身，走两三里的路程往往比平时多出两三倍的时间，因浑身上下淋湿，因而到学校后的第一件事就是设法替换父母早已准备的衣服……由于种种原因，这几条土路存在了几十年，也被人们诅咒了几十年。

乡间的土路，真的说不清它从哪个时代走来，也说不清它已经存在了多少年。这看来是封闭的土地、封闭的村庄、封闭的心灵同外部世界连接、沟通的仅有通道。然而，土路本身也是封闭世界的产物。当道路两旁田野里金黄色的油菜花和波浪起伏的稻菽催不开乡人紧锁的愁眉时，土路感受到自己对于这片土地的历史使命应该完结了。

随着历史的变迁，特别是近几年社会主义新农村建设步伐的加快，原有的那些乡间土路业已消失，取而代之的是一条条宽阔的水泥路，路边水泥杆顶部的弧线形灯架挑起一盏盏漂亮的路灯；从菜花地里飞来的彩蝶追逐过往行人；一辆辆家用小轿车、面包车徐徐而过，也有满载农产品或工业品的大卡车减速降声而行，以避免破坏这里现代田园诗般的宁静和温馨。

无须描绘一侧别墅式的村民住宅如何美丽、舒适，也无须描绘道路另一侧的乡村小学如何气派、宽敞……今与昔比，这里确实已经换了人间。

土路的消失与陈年百辈子的旧草房、旧瓦房的消失同样具有历史意义。这一新旧交替的时间是在20世纪70年代末后的四十年间。历史长河中的四十年，正是弹指一挥间，然而奇迹毕竟出现了。政治上翻了身的农民寻求经济上的大翻身，自然还得依靠党的政策。当农村改革的战鼓擂响的时候，村里的带头人从原先的土路上骑车出村、出乡，向外界探求改革和科学致富的法道。"路"终于找到了。

这是神州大地百万千万条变化了的乡路中的一条。悠悠岁月，漫漫长路。当粪担、手推车、老农犁地的吆喝声渐次被现代化的耕作方式替代的时候，当单一的农田经济渐次被一业为主、多种经营的新经济模式替代的时候，当村村有文化活动室、队队有体育锻炼场所时候，乡村的田野屋宇间便真正注满生态的活力。

乡路的变化是划时代的。乡村经济的变化是划时代的。乡人生活方式的变化是划时代的，而一切的变化都起始于脚下：殷殷地探求——默默地劳作——持之以恒地从这一段迈向另一段，从一个台阶跨向另一个台阶。这便是成功之路。

对于少小离别家乡数十年的我来说，难忘以往的那条泥泞土路，尽管它无意中似乎难为了我许多许多，但它锻炼了我的意志，正是这条乡路成了奠定我人生道路的基石。如今的乡路还给我带来无穷的乐趣。在那里，可以摆脱大都市里的喧嚣和拥挤。置身于宁静、悠闲、浪漫的环境；在那里，你会被路旁农田里的庄稼和成片的树林深深吸引，仿佛置身于绿色的海洋；在那里，你可体味到淳朴的民俗民风，让心灵得到荡涤。

真的，我爱家乡的乡路。

（2015年9月）

乡 愁
——我的情怀

乡愁是什么？对于古人，或许是"久在樊笼里，复得返自然"，是"此身如传舍，何处是吾乡"。而对于今日的我，或许是家乡的沟河小浜，竹林草木，村间小巷，乡俗民情。乡愁，浓缩了一个地方的生活，是每个人对乡村特有的情感，是文化认同的情感投射，更是当今乡村农家乐旅游的魅力所在。

每当我想起故乡——美丽的祖国第三大岛——崇明，心不由得魂牵梦绕，闭上眼睛，一切仿佛就是昨天，总在眼前浮现，想抹也抹不去……

故乡的春天，冰雪融化了，柳树发出了嫩芽，长长的柳枝荡漾在水面上，拂去冬天的寒冷，迎来春天的温馨暖意。

清晨，来到竹林深处，鸟鸣一声连着一声，像一支乐队似的。听，杜鹃在哀鸣，凄凉的鸣叫环绕于耳，使我体会到望帝的悲切；夜莺在欢唱，欢乐的歌声让我陷入了梦境；麻雀在附和叽叽喳喳的叫声，此刻也是一种音乐。想走近再仔细听，却踩断了竹条，发出了响声，所有的"歌唱家"都张开翅膀发出一阵扑腾的声响，便没了踪迹，搞砸了音乐会。走出了竹林，一切惊心动魄的演出刚拉开序幕就谢幕了。但抬头仰望黎明的天空，远处的树木竹林在晨曦中只透露出淡淡的影子。天红起来了，像是被点燃了，越来越红，越来越红，那边的天空，已成了红色的云海。突然，一颗血红的火球从东方的地平线上跳出，然后，一直弹跳，一会儿，猛的射出了万道金光！日出，如此壮观。清晨的我，喜欢摘一段柳枝缠在头上，静静地欣赏故乡那生气勃勃的清晨。

故乡的夏天，天气炎热了，柳树的叶子不再是新生的嫩绿，添上了几笔浓浓的凝重。狗儿热了，伸出舌头不断地喘着，母鸡咯咯地叫着，抱怨那炎热的天气……

正午，难得的雷阵雨，使得故乡披上了神秘的面纱，河边沟畔，田野地陌，树木竹林，看上去都雾蒙蒙的，让人感觉此时此刻身处仙境，天与地没有隔阂，朦朦胧胧，亦真亦幻。而后，七色的彩虹成了蓝天的菱纱，仿佛一个绝世的仙女身边飘着七彩金纱；丝丝夏雨，也浇开了广袤大地的野花，洁白如玉的花朵上，停歇着一群群蝴蝶，如诗如画，那朦胧的如玉盏的花瓣中，花粉纷纷扬扬地飘落……每家每户种植的瓜茄绿蔬茁壮茂盛……

故乡的秋天，再厚的门板也挡不住诱人的果香，各种各样的水果在中秋、国庆节前后集中上市，至今我也说不全它们的名字，买几个放在家里，连梦都是甜的。这时的我，也总是拿着小尖（镰刀）跟着大人来到田间收割稻谷，田野里一片金黄，大家干得热火朝天。

傍晚，夕阳西下，粉红的云霞从头顶的天空铺向天边，由浅及深在地平线那里浓缩成了一抹亮丽的艳红，每家每户烟囱上飘着缕缕炊烟，给夕阳添上了一抹抹乳白。忙碌了一天的人们轻松了。男人们扛着锄头铁锸回了家，悠闲自在地谈家常话、邻里间发生的新鲜事。农家院子里，小孩在嬉戏追逐，老人们看着小孩，坐在板凳竹椅上，眼望天空……看到小孩的笑容，似乎想到了什么,脸上不由得漾起满意的微笑,妇女们在厨房里忙碌得不可开交;晚饭后,一家人围坐在一起,谈着、聊着、笑着……

故乡的冬天,树叶掉了,光秃秃的,田野里一垄垄冻得蔫兮兮的麦苗,倔强地生长着,人们真的盼望着下场大雪,"瑞雪兆丰年"呢!冷飕飕的天地里,农人在忙碌着,给麦苗施肥壅土……偶有看到几头牛羊在闲着的田垄里寻找枯黄的草叶,它们有时也撒欢儿追一追,碰碰角……

夜晚,静了,静得安逸,寒风只是轻轻撩过,没有一丝痕迹;天黑了,黑得美丽,漆黑如墨,但繁星却点缀其中,有的大,有的小,密密麻麻,看得人眼花缭乱。这样的夜晚,仿佛是个美好的童话……家家户户门窗紧闭,在油灯烛光下,一家人说说笑笑,好不热闹。除夕夜,一家人围坐在一起,或品着热腾腾的蒸糕,或吃着香喷喷的糯米团子,酒酿糕丝;人们穿着棉衣棉裤,戴着棉手套,出来放烟花……那一束束绽放的烟花,寄托着辛劳了一年的人们对新的一年的美好期待,也寄托着对远方他乡亲人的思念,在鞭炮声中新的一年来到了……

可是,故乡那春天清晨的鸟鸣日出;那夏天正午的雷雨彩虹;那秋天傍晚的农家欢乐;那冬天夜晚的宁静安逸,那除夕夜的辞旧迎新……早已在那鳞次栉比的幢幢楼房,耸立的烟囱和清澈如许的沟浜河道以及宽敞平坦的乡间纵横水泥道中逝去,而于我的那些美好的记忆和对故乡刻骨铭心的情怀只能在遥不可及的梦中寻找……

(2015年10月)

第一辑　故土亲情

乡音，乡情

　　故乡的声音就是乡音。乡音是家乡的方言土语，它也许不是世界上最动听的语言，也许在外地人听起来是那么难懂，但它的确是家乡的母语。

　　母亲曾用它哼着摇篮曲哄我们入睡，也曾用它来教我们咿呀学语会语，而那些乡里乡亲，祖祖辈辈就用它来传递着朴素的情感。

　　乡音难改，乡音亲切。一声声乡音，陪伴我们走过多少个春夏秋冬，走过迎来送往多少个日出日落。在乡音里，我们成长，我们快乐，我们忧伤；在乡音里，我们学会走路，学会做人，学会感恩，乡音啊，已深深地扎根在我们心灵深处，在我们身上留下了家乡的烙印。或许你在外求学，或许你在外打拼，身在异乡，只要猛的听到了一声乡音，感觉是那么悦耳那么亲切，仿佛一下就拉近了距离。

　　也许你刚刚离开家乡，也许你已离家乡数十年，但改不掉的是乡音。那声声普通话里，夹杂着些许家乡的味道，或许你自己感觉不到，但别人一听，就知道大概你是哪里人。于是我想起唐朝诗人贺知章的《回乡偶书》："少小离家老大回，乡音无改鬓毛衰。儿童相见不相识，笑问客从何处来。"

　　乡音亲切，乡音渐远。父辈们对于乡音，有着浓厚的感情。记得村里有一个孩子外出数年，有次回家探亲，操着变了调的崇明口音。其父斥责他："你这个小囡不会好好说话吗？"然而，随着改革开放，经济发展，对外交流，五湖四海人员融汇的增加，普通话

的推广，乡音在城市里很难找到立足之地，在城市里的年轻人，已记不起乡音，说不准方言。在崇明农村，"爹爹、姆妈""公公、阿婆"这种称呼，已逐渐被"爸爸、妈妈、爷爷、奶奶"替代，而那些朴实的乡音，在年轻人的口中，已夹杂了些许陌生的味道。

传承乡音，留住乡愁。我们常常说要留得住乡愁。乡愁是什么？是乡音，是乡情。那一缕缕乡音，分明是一丝丝乡情。乡音难改，乡情绵绵。著名作家席慕蓉说："故乡的夏天，是一支清远的笛，总是在有月亮的晚上想起。"乡音已渐渐成了离乡人的记忆，乡音留在了家乡淡淡的月光里，留在了早晨袅袅的炊烟上，留在了儿时快乐的笑声中。

乡音里，我看见村里的那棵老椿树，历经百年风雨，树干已粗壮，在树梢上的枝丫里，每年都发新芽；还看见那片林，从儿时记忆起，就年复一年地茁壮生长，春天新苗破土而出，推陈出新，生生不息，见证着村庄的变迁。

乡音里，我闻见村旁那几条小河、泯沟的水还在缓缓地流，慢慢地淌。没有人知道，它流淌了多少年，它还要年复一年地流淌着，滋润着小河、泯沟两边的土地，滋润着那里的人们。乡音里，我闻到左右邻舍的餐桌上，摆着的是自己家种的青菜，虽然不是什么山珍海味，但它来自乡间，散发着泥土的清香。

月亮升起来了，皎洁的月光静静地洒在村庄家家户户的房顶上，远处传来浓浓的乡音，像在述说古老的故事，村庄在乡音里安然睡去。

然而，我蓦然想道：乡音啊，是那样的亲切，可似乎离我远去，渐行渐远；于是，我大声疾呼，传承乡音，留住乡愁，快来拯救故乡的声音！

（2015年11月）

春 之 歌

远远地，轻轻地，一缕来自东海岸的微风，于夜深人静之时化解了冰封的河流，唤醒了沉睡的万物，一切仿佛都在瞬间换了新颜，我知道，又到了那个"莺嘴啄花红溜，燕尾点波绿皱"的时节。

清晨，红灿灿的朝阳慢慢升起，蔚蓝色的天空一望无际。穿着礼服的燕子们唱着歌儿从南方列队归来，伴着温柔荡漾的轻风挥舞着画笔，描绘着千姿百态的白云，这里浓浓，那里淡淡……

早晨坐车经过市区的一个街心公园，只见灰蒙蒙的草地上冒出了许多新绿，一种紫色的野花在风中摇曳。春天真的来了，缩着脖子的我不由自主地伸直了脖子。前段时间因气温忽高忽低，曾误以为春天提前到了，急忙收起冬装，结果一场大风过后，气温速降，不得不又重新武装好自己。即使今天阳光明媚、春风习习，我也不敢怠慢。我国民间一直有"春捂秋冻"的说法，意思是劝人们春天不要急着脱掉棉衣，秋天也不要刚冷就穿得太多。春天的气温变化很大，乍冷乍热，倒春寒的天气容易让人受寒得感冒。

前几日回家乡崇明岛踏青，我几乎被眼前的春色醉倒！

远远近近的田野里成了花卉的海洋，一丛丛，一片片，粉红色的桃花，红艳艳的杜鹃，更多的是金黄色的油菜花。水杉丛

林摇曳着春水一般的新绿。在河边垂柳展示着她的细嫩婉约。

柳丝下，春水里，一群撑开翅儿，眯着眼儿，悠闲地享受着春光的小鸭子，分明是"竹外桃花三两枝，春江水暖鸭先知"的南国春意图。一望无际的芦苇荡绿油油、黑压压，就像画家笔下一幅幅浓重的泼墨佳作，浑然天成。蔚蓝色的天空里，穿着礼服的燕子们唱着歌儿从南方列队归来，伴着温柔荡漾的清风挥舞着画笔，描绘着千姿百态的白云，这里浓浓，那里淡淡。远远地，轻轻地，一缕来自东海岸的微风，抚过我的脸颊。我知道，那个"莺嘴啄花红溜，燕尾点波绿皱"的季节又到了。

忽闻远处有笑声。循声而去，原来是早就耐不住阴冷气温的孩子们，快乐地在河边的草地上奔跑。他们仰着头，手中牵着长长的线，一会儿放低，一会儿举高。顷刻间肥硕的会转动眼睛的"金鱼"，矫健的能发出哨音的"老鹰"，妩媚的似披着纱丽的"蝴蝶"，柔美的如风中仙子的"蜻蜓"，各色各样、大大小小的纸鸢，欢闹着、争先恐后地将晴朗的天空绽满。

黄昏时分，半个月亮穿越层层暮霭，爬上长江江堤凉爽的背脊，轻抚黑夜来临夕阳留给四野的最后一缕情愫，透明的空气里，似乎流动着淡淡的胭脂。温柔在蔓延，随花粉一起在春日游荡，飘落到每一个微笑的、快乐的人敞开的心扉。

春天的小雨总是喜欢在人们不经意的时候悄然落下。连绵的，柔和的，滋润着大地，抚摸着大地，轻声地呼唤着大地。不知不觉，他们竟汇成小河，给重生的万物送来甘之如饴的生命的源泉，而树木花草之下的泥土似乎也悠悠地散发出沁人心脾的香气。此刻，我站在海岛的江堤旁，微微眯起双眼，似乎影影绰绰地看见那个撑着油纸伞的如丁香一样颜色，一样芬芳的姑娘。

"春风又绿江南岸""蒙蒙春雨动春犁"。多么美好的诗句!但这满眼的色彩又何止是"绿"?春天的色彩,是春姑娘手中撒落的片片花瓣,是稚气的孩子们天真的装扮,是春雨淅淅沥沥中一把把撑开的小伞……

尽情享受春色怡悦的人们,你是否已在春天放飞一个理想,希望你在金秋之时硕果满篮!

(2013年4月)

仲春蒙蒙雨

帘外是轻柔的细雨,风从窗外飘然而入,夹着些凉意,似乎还携了一丝似浓还淡的檀香味。这雨,这风,这味不期然地牵着我的思绪,掠过云外千峰,飞到了江南,飞到了故乡。

这个时节的大地有一种空灵的秀美。故里崇明岛的垂柳早就吐出了鹅黄的嫩叶了,大片大片的油菜花将海岛淹没在金黄色的海洋之中,柔柔地拂扬充满生机的岁月。明澈的风中时而飘来新翻泥土的气息,以及各种野花、青草的淡淡香味。春天的海岛一尘不染。在这秀美中,最耐人寻味的或许是故乡仲春的蒙蒙烟雨。

春雨,淡淡然,悠悠然,未蒙纤尘,有着一份无法捉摸的飘潇。在一年最欣荣的时节里,它悄悄来了,蒙蒙的,如烟似雾,宛如江南温柔多情的佳人,却总带着一丝淡远的愁郁。

"多少楼台烟雨中"是形容春天雨景的绝妙诗句。每回韵读到此句,便会体味到一种清灵韵味。烟雨迷茫中,江岸隐约,一抹如黛;青箬笠、绿蓑衣稀疏散落田间;箪食壶浆便是田头的清供……

无声的雨静静洗涤着人间蒙尘的真实,而就在这酥润的雨中,蛰伏着一份返璞闲逸的生命——城中桃李愁风雨,春在溪头荠菜花。"细细鱼儿出,微风燕子斜"给人的又是一种勃发的抛却俗事羁绊的逍遥适意。此刻的家乡也因这雨再添姿色。以"天然湖泊、茂密森林"著称的明珠湖公园,有潭深水清的明珠湖、曲径通幽的森林氧吧，园林与湖泊交相辉映。此时此刻的明珠湖烟雨最为应景，真是个雨如烟，柳如烟，湖也如烟。人儿、舟儿都在烟雾中行进，身临其境，顿有落入梦乡仙境之感。对着如此潇潇春雨洒江天，古往今来多少文人墨客都为之咏叹不已，不知用了多少清词丽句来形容它，也曾以它为背景写下了多少传奇。至今它依旧是文人笔下的爱物，看不尽，猜不透。

　　从前在故乡家中时，每逢春雨飘洒的晚上，我燃上一炷檀香，可以去寻一份夜卧听雨的韵味。静夜里的雨声从不会单调，反而会带给人一种难以言及的诗情画意。这时候我会用心"绘"一幅海岛烟雨图；细细咀嚼皇甫松"夜船吹笛雨潇潇"的绵绵乡愁；独自品味"独自废话轻似梦，无边烟雨细如愁"的缠绵……偶见斜斜窗格上疏落有致的花影。便涌起"夜来风雨声，花落知多少"的感叹。可心念刚起，旋即又释怀了，家乡蒙蒙春雨始终脱不了那份斯文秀气，又何必担心明朝会徒剩一地落花呢！于是留神再听那雨声：稀疏滴落，余韵无穷，如奏一支千年古曲……

　　一夜无眠。雨后的清晨，早早起来，推窗而望，潮润清凉之气立刻拂面而来。满眼的花草，都因雨的润饰而愈发清幽动人。那如珠串般的檐溜，偶尔落下一滴轻盈的水珠，溅起了一点纤巧的雨脚……

　　故里蒙蒙春雨，水乡不死的精灵，始终难以言说，难以刻画。不知哪位诗人写的那句"沾衣欲湿润杏花雨"该最能表达蒙蒙春雨的轻柔了，但我仍觉得欠一份神韵。家乡春雨集家乡的灵秀文气而成，有着父老乡亲的品德风范，惹人怜爱，令人回味。

　　帘外之雨，依旧绵绵，蒙于心头的却是故乡永远系人的情思——独有情种，万般珍重。

（2013年5月）

醉酒人的田野追忆

家乡崇明岛曾是名副其实的酒乡。在我的记忆里,几乎每户人家都酿老白酒。外人来家做客,未进门即闻到一股撩人味觉的酒香。

岛上出名的老白酒通常有两种:一种叫作"菜花黄",每年四五月份酿造,像菜花一样黄色的米酒未喝先醉了;一种叫作"十月白",每年九十月份酿造,那奶白色的老白酒经过锅灶里烫热,香气诱人。小时常见喝酒的大老爷们红红的脸颊上的神情异常兴奋,鼻孔里喷出那股夹杂着佐酒菜味的浓浓的酒香几米远就能闻到,只见他们一个个手舞足蹈地粗话连篇,说笑着各种开心的话题,女人们则纷纷投来嗔怪的白眼:十三点吃饱了撑的,无聊!而醉酒人不以为意,依然得意地唱着小曲,恍恍然走动在稻谷飘香的田野……

故乡,走动着声嘶力竭唱着崇明山歌的醉酒人。尖锐高亢的音符,划破纷乱迷人的思绪,像光芒潜入时空。醉了,此时,醉酒人的生命,酿成了一团红红的火焰,泛着生命的晕光,在田野燃烧村庄的外表,穿戴着绚丽的霞光,朝他走来。四周,一望无际的稻浪淹没在黄灿灿的金色中心,铺天盖地的稻穗像燃烧的宇宙,不停膨胀着酒的气体——释放出生命,爆炸的激情。

天仍然很老,黄昏,流淌着酒精撕扯的内心。怀抱着酒坛,醉酒的人红红的眼睛,喷涌着一团团燃烧的火红色阳光,汹涌澎湃的热浪，淹没了浩浩荡荡的长空。天地之间，飘荡的酒歌，呼吸着往事。呼吸着大地沉重的气息。老天，看着他。看着在村庄深处苦苦思索的男人，把灵魂种在稻田，把头颅埋进稻园。回忆的脚步，追随着想象的眼睛。往事，浸泡着一串串的记忆，深深嵌进日夜操劳的大地。好累啊。家乡和亲人的农活，像一张张春种秋收的日历，飘荡着心事的风景。生活之中无数的向往，全部植进令人心痛的地方。为明天的农事准备了很多苦做苦吃的种子，为明天的生存准备了很多累死累活的汗水和伤口。把稻谷，当成心肝，种在水田，小心捧好。

阳光四射。不知是"双抢"还是"三抢"的时节，生产队长像突击队的指挥员，全体农民个个是参战的战斗员，起早摸黑，农田水地到处是奋力干活的身影。据说不抢时节，玉米、水稻等庄稼的收成也许减半。所以，抢，争分夺秒，抢，时不我待。

泥土的气息，一浪接着一浪，在天地中央，起伏着铺天盖地的绿浪，照耀着大地上来回奔波的头颅和四肢。看啊，地平线，劳动的姿势，像光线，不停扭曲的火焰，挣扎在耕耘的伤口。命运的大地，铺天盖地的绿，在时空里沸腾。守护着农民的心情，温暖着农村的平静。种子，点亮农事。骨肉撑开大地，一望无际的田野。绿油油的水稻，不停翻滚的姿势，在大风中成长。水田里的蛙声，在白天夜里不停地叫着。尘世的亮光在天空行走，劳碌的日子，沿着岁月的田埂，跟跄走来。时间像水，涌出苍凉的歌声。追逐。拥抱。在世界的中心，光芒开始沸腾，梦想迸出岩浆，头颅正在燃烧。

"白米饭好吃田难种"。为了好吃，必须俯下高贵的头颅，俯下唱歌的身体和四肢。别人可以挺胸阔步向前进，而栽秧

人则是相反，一身泥水一头汗地倒着走。天气迈动着风雨的脚步，在火球般气浪不停蒸煮着的稻田，水也是热的，广阔的稻田刻着地老天荒的足迹，在人世间顽强执着地延伸。所有的汗水都流进稻田。所有的日子都长在稻田。雨水，源源不断。阳光源源不断。日子静静流淌，耕开大地，收割的时光越来越近。

眼前，一望无际的水稻田里，令人心跳的疼痛越来越近。歌声，从大地流来。水稻，拥抱着炽热的阳光。感情越来越浓，所有的血汗都在开花。所有的心脏都在挂果。沐浴着歌声，日晒雨淋的村庄，养活了沉甸甸的稻穗，终于可以，在秋天丰收。结满茧壳的手心，左边紧紧地抱着稻稞，右边拿着镰刀。收割的姿势这样沧桑。

丰收的村庄，把稻米酿成琼浆。汗水，在人世间，不停的留下。沧桑的梦想，感受得到铭心刻骨的疼痛，感受得到稻米的身体里喷发出来的思想和情感。热烈的心跳，体验着老白酒的芬芳，令人呼吸时是那样的兴奋紧张。

酒一定有情感和体温。欢笑着，一次次，流着热泪，喊着饮酒人的乳名。心肝，活在大地，是否真的很好？是否真的和老白酒活完生生世世。一辈子，甚至更久，他一定会在老白酒流淌出来的时候，倾听幸福的心跳。透过老白酒，他甚至可以看见老白酒的质感，流淌着血液的歌声，在天地间回荡。所以喝啊，所以醉了。怀抱着酒坛，扯着嗓子唱酒歌，晃荡着红红的嘴脸。这个浑身散发着酒气的男人，长得像头野兽，又长得像人。他的叫声、喊声、唱歌的声音，绕过漫长的田野，穿越万里长江，传遍四方疆域……

（2021年2月）

第一辑　故土亲情

读　树

　　陪朋友去家乡崇明岛，游森林公园已成惯例。打道回府，一路上大家侃得最多的是树，感慨最深的也是树。连睡梦也犹如徜徉在绿的世界，遨游在树的海洋……随着岁月的流逝，许多往事淡漠了，唯有对树的酷爱依旧，似乎是一种无法割舍的情结。

　　树是多姿的，田野间亭亭玉立的桦，山丘上威武庄严的松，溪水边秀发垂地的柳，路道旁高大挺拔的杨。这些生于自然、长于自然的树木或苍劲葱茏，或凝重凛然，或婀娜轻柔。它们吸山川之灵气，溶岚岫之清辉，承甘露之润泽，得日月之精华，在陶然静处，纳秀吐芳，于喧闹声中，孤高昂耸。

　　树是多彩的，红的枫、绿的槐、青的柞、翠的柏……

　　树是多情的，春天的树绿映枝头，娇嗔满面；夏天的树，滴沥吐翠，爽怡清凉；秋天的树，婆娑静谧，娴雅秀丽；冬天的树，银装素裹，晶莹剔透。

　　如果说观树是一种欣赏、一种享受，那么读树则是一种心灵的交流、情感的沟通。

　　老家的草宅在长江边上，小时候在种满水杉树的岸边玩耍，总感到树是高大的，高不可攀。在绿树成荫的堤岸边，仰望蓝天下那对称排列的枝叶，无论是从动到静，还是从静到动，极富韵律，而且具有一种优雅的风度，即使是由于残缺而泛黄，仍反映着内在的自尊和倔强。树干有直有弯，但始终保持着向上的

姿态。风雨雷电能使它折断，但它很快吐出新的枝丫来，这些芽不卑不亢、不屈不挠，直至长成参天大树，树根蜿蜒曲折，深扎在或贫瘠或丰沃的泥土里，都能从容地吮吸营养，支撑着树干的葱茏，仿佛贮存了无穷的力。

走进了城市后，常常漫步在宽敞洁净的街旁马路上，两旁的松柏、梧桐都以沉默的方式来抵御浅薄的喧哗，用绿色装点着城市，美化着人们的心灵。

由此，我感到了"树高无须仰视，树低不必俯察，用心读之，方可进入境界"的道理。这几年因公出差或与家人出游，先后走过了许多地方，观赏了一些名山大川、亭台楼阁，然而最钟情的还是树。南国的榕、北疆的桦、香山的枫、海南的椰……每每能观"树"生情，总要浮出几丝联想来。

（2014年3月）

第一辑　故土亲情

种　菜

退休后,与老伴有了常回老家看看的时间,每次去也免不了"经营"一下自家楼房前的小花园,但每次去都大失所望,杂草丛生几乎将整个草坪盖住了,这哪是花园,准确地说是疯长了的草原。无奈之下只好一次次请朋友帮忙用割草机除草才能恢复原样,我知道,这绝非长久之计。为了改变这个窘境,今年年初我们决定"开荒"种菜,用老伴的话说,种菜同样起到绿化的作用,还可以获取各种各样的果蔬,再加上能够锻炼身体,可谓有"一石三鸟"之功效,何乐而不为呢!

决心一下,行动紧随。不久,就在集市购买了农活需要的锄头、铁搭、钉耙等"十八般"兵器(农具),夫妻俩起早摸黑地深翻土地、清理草根、剔去砖屑,然后埋种浇水施肥,忙得不亦乐乎,在一个多月的时间里我们分批、分畦、分垄种上了黄瓜、西红柿、豆角、茄子、花生、西瓜、甜瓜、金瓜、冬瓜、南瓜,还要定期拔草、浇水、除虫、打杈、领架,每次都是利用早晨和傍晚的时间,一干就是几个小时,对于从未正儿八经干过农活的我们,除了老老实实请教老农邻居外,还真的一身黄汗一身泥土地在地里干得很欢,每次都是汗流浃背、腰酸背痛,但每次都是心情愉悦、收获感悟颇丰。一是种菜要有爱心,要像伺候小孩一样精心拔草、松土、浇水、施肥,有的要铺上地膜使之长得快并防止杂草过多滋生,有的要寻找架柴适时绑架并领架,营造良好的生长环境。二是种菜不能溺爱,要根据不同菜种不同习性不同对待,不能施肥过多烧坏菜苗,也不能给辣椒等不喜欢水的菜浇水过多并尽量种在垄背上,同时对西红柿、茄子等品种不能任由其恣意发展,要确定两个主枝并定期打掉小杈,到一定高度还要掐头,否则就会光长秧,影响结果。三是种菜尽量减少误伤,尤其在锄草、行走时要尽量减少误伤菜苗,一旦误伤往往是最大的苗。

说得容易,真正种起菜来,投入的时间和精力非常大,尤其在脱离了以种菜为生的境遇再翻回头种菜,很有点像佛家的"苦行",更引起别人的不理解,妻子就说:"100元能买多少菜?"并半开玩笑地说我尽管是一个文人,但始终就没脱离农民的本性,我尽管不高兴,可看着绿油油的嫩苗一天天长大,我还是有一种成就感,到真正吃上自己亲手种的绿色环保、无毒无公害、随吃随摘、绝对新鲜的小白菜、生菜,吃上嫩嫩的黄瓜,甜甜的西瓜、甜瓜、西红柿,还可以与亲人、朋友共享,丰收的喜悦早已取代了不悦,尤其通过劳动发现自己的身体状况和精力均有明显改观,也就明白劳身优于劳心、心态决定状态的道理。喜悦的同时,倒是妻子那句"劣根"的话语提醒了我,不管丰收的是菜、叶、茎、果,都可以统称为"果",饮水思源、执果寻因,不难发现所有的硕果都是土壤下的菜根孕育的,也就赞叹明朝万历年间哲人洪应明的《菜根谭》寓意深远和流传生命力顽强,如果顺便再往前追溯一下,"种瓜得瓜,种豆得豆",种什么种子就会结什么果,也可以说,种的是因,结的是果。所以我否认不了是农民的儿子,叶永远不愿缺失劳作的心、不愿忘本。

一分耕耘一分收获,体味着"锄禾日当午,汗滴禾下土,谁知盘中餐,粒粒皆辛苦"这首诗的含义,愈加明白,菜如人生，种菜如养儿，要有爱心、不能溺爱、减少误伤，而通过种菜，也明白根的重要、本的可贵，明白前因后果，可以说，种的是菜，收获的是人生。感恩菜，我愿在闲暇时守着我的小小菜园，与季节一起轮回。

（2018年10月）

叶振环散文自选集

炊烟，也是难以忘怀的乡愁

清晨，我在海岛江堤上散步。突然被不远处民居里飘出的炊烟所陶醉，多么亲切的炊烟啊！多年不见了，它缥缈如云，朦胧似梦，此刻，它让我不知自己身在何处何时，恍惚又回到了童年时代……

许多年前，在故乡的每一座瓦房或茅草房的前边，都有一根矗立的烟囱。每当人们即将用餐之际，你站在故乡的任何一个点，就会看到几十根、甚至上百根烟囱里冒出来的青烟，这样的景象，比任何一幅山水风景画都壮观十倍。

小时候，天刚亮，母亲就会系上围裙点燃起灶火，瞬间我家烟囱里的炊烟袅袅升起。灶坑前，火光映红了母亲的脸，她把一根根柴火添进炉膛，将锅里的水烧沸。不一会儿，我就吃上了热乎乎的饭菜，然后，背着书包高高兴兴上学去。

早晨，当一家烟囱里的炊烟升起，袅袅炊烟随着轻风升腾起来。于是，好公家的、大伯家的、三婶家的，不多时，整个宅上十几户人家都充满了浓浓的生活气味："当当当"的切菜声、"噼噼啪啪"的柴火声，红红的灶膛、浓浓的炊烟……

伴随着初升的太阳，缕缕炊烟掠过屋顶，如雾般随风飘荡，在故乡的上空打着旋，转着圈，像恋家的游子一样，舍不得离开却又不得不走，他们亲密地拥抱着、追逐着、嬉戏着，你扯他的衣服、他拉你的手，一起向高处、向远处，越走越淡，散也散在一起。

炊烟从未离开村庄，它们的气息游走在房檐下、缠绕在南瓜藤的茎蔓间、萦纡在树梢上、掩藏在草垛里、回荡在鸟鸣中，还有那村边优哉游哉流淌着的小溪底，那一块鹅卵石与另一块鹅卵石的缝隙间……

炊烟总是让人感觉温暖的，那烟火的味道和着饭香，让远行的人感到安心。无论你走多远、离开多久，当你看到那片炊烟，你就会知道：房檐还在、南瓜藤还在、树梢还在、草垛还在，还有你所钟爱的鸟鸣与鹅卵石、养育你的村庄与土地、看着你长大的父老乡亲都还在。

很久以前，父亲手指炊烟对我说："人活着就是要像这炊烟，向高处走，向远方走。"从那时起，我就记住了父亲远望的目光，记住了炊烟的方向，记住了头顶那一片纯净湛蓝的天空。

我一直想，我离开炊烟的时候，一定要是满怀希望的，我相信连那无言的炊烟都会为我感到骄傲！

后来，我如愿远行。从故乡到东北部队，从部队转业至县城，1997年10月，我奉调至上海公安局研究室工作……

我在我和炊烟都憧憬的城市里，奔波于生活，浪迹在异乡，艰难地在城市里穿行着。但是，我在灯红酒绿、推杯换盏中，总会时时怀念起故乡，怀念起那炊烟飘动的村庄。远离了村庄的炊烟，我的生命似乎成了一条断流的河，一块荒芜的田地。只有炊烟，以及村庄里那些与炊烟站在一起的风物，才能让我的生命保持长久的美感、幸福和丰盈。

多少年来，那淡淡妖娆的炊烟一直轻盈缥缈在我的记忆

中，它如一幅永不褪色的多彩画卷，定格在我的心里，缠绕在我的心头，牵引着我思乡的脚步。不管我回到故乡还是行走到异国他乡，只要看到那飘悠升起的炊烟，闻到空中散发燃烧柴草的清香，我的心中就会感觉到少有的温馨。

（2018年5月）

老家的杨树

小时候,每当冬天被妈妈从温暖的被窝里拎起来,披星戴月地去上学时,总要先去看看窗外的树动不动。每当看到大树晃动,树枝发出呜呜的怪叫时,便恨起这丑陋的满身裂皮纹的家伙。此时,爸爸总是认真地劝诫:"没有树,大自然便没有生气,人类也无法生存……"也许因为年幼,这些道理我不懂。

春天小鸟在树枝上歌唱,我们这些顽童用树上的小枝叶做成伪装的草帽,装扮成"游击队",埋伏在堤岸边打"鬼子",手持用树枝做成的弹弓打鸟儿。夏夜在树下纳凉,听长辈们讲述一个个遥远的故事。秋天便到住宅池塘边大爷家的果树上采橘摘柿子,吃饱了还拿着点乐呵呵地回家。冬天去堤岸边的树丛里扫树叶,供母亲烧水做饭之用。童年生活中,一年四季真的离不开树。

后来长大了,禁不住懊悔起对树的"非礼之举",对树产生了真正的感情,特别是那些即将被砍伐的大树,心里总有一种依恋之情。遗憾之余,便去苗圃向工作人员软磨硬泡,免费弄到了不少小树苗,栽种在房前屋后以及自留地的沟脚边。妈妈慈爱地说:"等树长大成材,可以给你结婚打'家具'。"后来成了家,虽然没有用上这些树做成的家具,但是乡下老家那个用于刀斩斧劈的菜墩子,就出自我当年栽种的树桩。每次看到菜墩子,就会勾起我对童年一些往事的回忆。

在我老家宅沟边曾有棵杨树,是我读小学二年级时亲手种下的。这棵杨树恰如鲁迅先生屋前那棵枣树一样,与其他树没有什么两样。那么多年过去了,我早已走南闯北,搬进了大城市的高楼大厦,可我家宅沟边那棵已长得老高老粗的杨树,早已深深地长在了我的心里,春吐嫩芽,夏展浓荫,秋呈萧瑟,冬傲严霜……

一枝一叶总关情,那棵杨树与我似乎已有了类似"发小"般的感情。每当日头悬挂在树梢上的时候,我往往坐在临窗的写字台前沉思或走笔。那树似乎能够听懂我那些发自内心的灵魂絮语,平静地微笑着,我发觉到了人与树之间的那份平静的友好。"相看两不厌,唯有敬亭山",其实,我家宅沟边的那棵杨树也有着敬亭山一样的灵魂。

每当我在写字台与书柜之间徜徉笔耕,我的心也像窗外的鸟,时而跃上树梢,时而振翅远飞,去采撷文思的花朵。在我无垠的想象世界,有着山水世界的青青翠翠和花木世界的郁郁葱葱。

看似寂静的树,无时不在成长着。其根系钻过沙层石缝,叶片与阳光进行着光合作用,向世界提供着新鲜的氧气。

每当想起那棵杨树,我总在想:我们每个人如果都像那棵杨树那样,在各自看似平凡的岗位上,寂然无声将自身潜能最大化地发挥出来,同时控制住易于膨胀的欲望,这样才能像树木那样,于人于己都有利,在宁静中不断成长,与世无争地开自己的花,结自己的果。

尽管人生已近花甲之年,但树在我的心目中永远是年轻的、美丽的和充满诗意的,就像永不消失的梦中情人。是的,树是一部丰厚的书,每翻过一页,都有道不尽的故事;树是一幅美丽的风景画，常常流淌着浑然天成的诗意；树是人类历史的见证，能令人读出兴衰荣辱和民族气节。静坐当思，看树读树，总让人能悟出些许人生哲理。随着四季的变换，树有枝繁叶茂的时候，也有枯黄叶落的时候。历史车轮滚滚向前，岁月如斯无情流逝，不信你可以读一读树的年轮。

（2015年2月）

远走的蝉声

夏天的暑热还未退尽，秋已被莫名的手快速地翻了一页。

黄昏时分，我端着一杯热腾腾的绿茶立于窗前，在拂面的温润里目送着夕阳渐渐远去。暮色苍茫中的水杉树林，无风不语，在江岸旁肃立成绵延不断的层层深绿，只有河中往家洄游的一群鸭子时而发出欢快的"嘎嘎"叫声——这种安静，让我无端的有些惘然与不甘。当滚烫的茶水在我的舌尖回旋，一种久违的热烈开始从我的齿间一丝丝地飘出来，缠缠绕绕的，复活了沉在我心头的流音霓裳，渐成画面。

我知道，我是有些怀念夏天里起伏的蝉声了。

如果，一个人的情感会日久相异，一定是时间做的祟。

小时候，有多么讨厌蝉声，那些塞在我耳朵里的棉花团是最清楚不过了。我家住在崇明岛横运河的南岸，岸边就是我上学的小学校，河两边长着清一色的水杉树林。炎热的夏季，河边的水杉树林就成了无数的蝉儿奏鸣的歌台。此起彼伏地鸣叫，淹没了河水的潺潺。而且，似有魔力一般，无论你在河边走出多远，那躁动的声音都会紧紧依附在你身上，充满韧性地跟随着你，大有亦步亦趋之势。而我对这声音的恼怒，是从夏季的午睡开始的。

炎热的中午，在老师的厉声下，躺在教室里的课桌上或窄窄的椅子上，睡上一个多小时，对蹦蹦跳跳的孩子来说，简直就是一种折磨。偏偏我的觉奇少,为了维护自己事事积极事事优秀的形象,我必须委屈着自己,老老实实地躺在那儿,闭着眼睛忍受这有些漫长的一个多小时。假如四周是安静的,我或许能够漫无天地的编几个美梦,在自我的陶醉里迷糊一阵子。可事情不是这样。越是同学们进入梦乡的时候,杉树上的蝉声就越发听得真切,不管是一声声的"吱吱",还是一片片的"知了",都好像贴着我的耳膜在鼓噪,让我不胜其烦。翻来覆去地乱动,必遭老师的白眼,可一动不动,又赶不走这恼人的声音。无奈之际,我想出了笨办法,每次躺下,就揪上一团棉花塞住耳朵,算是避而远之了。

到了暑假,蝉儿叫得更欢。它们伴着阳光的炽热,释放着空前的激情。我特别喜欢在午后到河边的杉树下看书,学校订阅的报纸,同学家里借来的小人书、连环画,几乎都是在这河边树林里被我翻烂的。只是,靠在树荫下看书,耳根子总是不得清静。隐藏在树叶间的蝉儿,根本无视我的存在,在它的歌台上不知疲倦地欢奏着我永远听不懂的和声。即使我在耳朵里塞上棉花,心情毕竟是不畅的。小小的幽怨让我年少的眉头拧在了一起。我曾经看见一位村民,除了草回来,在河里洗了手脚擦了背,走进河边的杉树林,扯下短衫铺在沙地上,枕着长长的锄头把儿,一会儿工夫就鼾声如雷了。我觉得他真是一个奇人,不然,怎么就能在一浪高过一浪的叫声里很快进入梦乡呢?

后来,离家参军、转业大都市工作,倒是顾不上去注意蝉声了。

几年前,局机关办公地点搬迁到了树林茂密、绿化特好的城市中心地段,从而,再一次近距离与蝉儿相遇。只要树叶一稠密,太阳的脸蛋儿刚刚滚烫一点,蝉儿们就鬼使神差一般飞来了。报到的方式单调又老套，一只蝉领头引吭，"吱……""吱……"声音几乎没有落地，千军万马的翕动立刻就此起彼伏地应和，一种极具穿透力的回响庄严地向你宣告着：我来了！没有固定的音高，也听不出什么有规律的音长，似乎一支滥竽充数的乐队，握着有些破败的乐器，追随着太阳的脚步，吹拉弹唱不亦乐乎。你欣赏也罢，你厌恶也罢，完全不管它们的什么事。它们只是伏在树干上，枝条上，甚至一片轻薄的叶子也不放过。一只独处，几只群居，鼓胀着圆圆的身子，两片短小的羽翅极有节奏的上下震荡，起劲地鼓动着它们的生命之音。没有人能弄懂它们是在高歌还是悲鸣，是在无休止地进行合唱彩排还是继续着开不完的音乐盛典。声音太杂了，确定不了它们到底唱的什么词，更多的我倒觉得是嘶哑的尖叫，你叫我也叫，越叫越兴奋，好像这就是它们整个夏天的使命了。只有当人走近树林，它们才会偶然暂停一下，陌生的窥你几眼，一旦你的前脚就要迈出树林，早有胆大的蝉儿一振翅，热闹闹的歌唱于是又在林间回荡，蝉儿们的世界又得意扬扬的了。

小小的蝉儿，自有的倔强与坚韧是我没有想到的，而对枝头高歌的神往和执着，更让我心生敬畏之情。

查了资料，发现蝉儿的一生其实远比我们想象的要悲苦。用尽力气鸣唱的雄蝉，呼朋引伴约请雌蝉前来约会，在短暂的激情里孕育着新的生命。而当新生命开始萌动，它们双双不得不面对死亡。它们的后代，要在黑暗的泥土里慢慢地等待下一个光明的瞬间，一年或十几年。据说，有一种蝉叫美洲鸣蝉，它需要在泥土里沉眠十七年，才可以在某个清晨或黄昏钻出地面，迎来久违的天光。这样的沉睡与等待，这样激情鸣唱的时日，在它们一代又一代的生命轮回里，是何等的不成比例啊！

由此看来，蝉儿一生里可见的光明是何其的短暂，难怪它会用高歌枝头来礼赞这光明的一瞬。而这样的礼赞，即使是自私的声嘶力竭，即使是用树木的汁液润喉，我们是否可以报以谅解的一笑呢？浓到极处的热烈总是至深的悲哀，只有蝉儿，用世人无解的激越昂头歌唱着，在一夜长风后走向寂寞的消亡。这样的无畏与坦然我们可曾有过吗？

　　和爱妻在林间漫步的时候，看到一棵树枝上悬挂着一只残破的灰色蝉蜕。薄薄的蝉衣，似乎在回味着风的窈窕，露的清凉，恍惚间，蝉声又起，而又倏然远去，落在草丛里，落在落叶飞舞的年轮里，落在人们蓦然回首的时光深处，落在生命最亮丽如花的高点上。

　　怀念的理由，总在怀念之后才清晰昭然于我们的手上。

　　远走的，何止是蝉声啊！

（2016年7月）

秋

默默来、默默离开。我们牵不住的除了身边的人,还有时光。对于季节的流转,我总是心怀感伤。毕竟,年年岁岁花相似,岁岁年年人不同。繁花硕果一番,人就又老了一岁了。

秋天描写了人生的两个极端,一面硕果累累,一面衰败萧条。胜利者收获耕耘的果实,失意者收拾满地忧伤。播种、耕耘、收获,仿佛并没有人们想象的那样顺理成章。有时候,有心栽花花不开,无心插柳柳成荫。对于勤奋耕耘的失意者,更多了几分悲情英雄的嗟叹。

我会在这个季节更多的发呆,在长江堤岸旁边的岸转河边的柳树下,看着树叶旋转着飘落于河面。这样的谢幕,仿佛一次美丽的舞蹈,轻落于水面的声音,仿佛是生命最后的一次吟唱:此生无憾!杨树的叶子落得粗犷。在记忆中,二十几年前我曾供职的县政府后院里种满了杨树,深秋落叶时厚厚的一层,散发出植物腐败的气味儿。晨练,我穿着当时比较时兴的旅游鞋在里面蹚着走,树叶和尘土在早晨的阳光中,挥扬成一团雾气,在树与树的间隙当中,形成一道屏障,透出几分魅惑的气息。而我最爱的,是银杏的叶子。在扬琴老师家门前,有着很多细小的银杏,秋天的时候,树叶黄透未落时最美。小小的扇子形状如同雕琢,美得刻意,我喜欢这种"做作"。植物和人一样,你的状态与他人的评价是无法完全契合的,如同我赞美了银杏,却用了"做作"这词。而我，却坚持着想用这个词来形容她的美丽。

  长大成人，经历的秋天越多，越是不愿去踩干枯的落叶，不愿去登高望远，感叹天凉好个秋。我宁愿掩盖了心中的宁静伤感而去为收获狂欢。失意带来的阵痛若是必须经历，又何必以弱者的模样？在为成功的朋友庆功的同时，自黑一下，也未尝不是让自己变强的一次锻炼。

  我们想要留住时光，如同想要留住身边来来往往的过客一样，心有余而力不足。时光太瘦、指缝太宽，我们捧不起的咸涩海水已经渗透到心底，成为抒发伤感的眼泪。我们用无数次的放声大哭，从婴儿长成青年，我们又用多少次悲情的隐忍，从青年又走向迟暮。

  迎来送往，对于季节、对于朋友、对于亲人，我们在四季流转当中不断的放下手中的、再接过他人给予的、上天给予的、命运给予的。好的欣然接受、不好的默默承受。将肯定褒奖作为鼓励，将批评与轻视当作动力。因为无论如何，我们需要继续前行，就算我们想要退后，也无法完成，人生本就无法逆流成河。

  含着眼泪奔跑，无论前面是朝霞还是夕阳。我们在前进的路上，不需要计较那么多里短外长，无论成功还是失败，大哭一场都未尝不可。重要的是我们的人生，自己学会登台，自己学会收场。

（2017年10月）

秋日的承载

己亥年立秋后的第一场暴雨昨夜疯狂而至。大风大雨把我家乡的楼下几个房间灌了半地儿水,害得我夫妻俩为拖地汲水整整忙乎了一整天。这场雨虽然有些姗姗来迟,却带着令人无法抗拒的欣喜。雨水赶走了令人烦躁的炙热,天似乎也一下子变得高了许多,湛蓝湛蓝的,像刚刚洗过了一样,干净得让人觉得每一个细胞都很舒畅。

当太阳直射渐渐远离北回归线,空气中便逐渐嗅到了来自西伯利亚的凉爽。而正是在这场雨后,才感觉到秋天真正地来了。虽然白天阳光仍很刺眼,却少了往日咄咄逼人的气势。早晚时候更是凉意倍增。为避高温躲在空调房一夏天的身子终于又可以与自然亲密接触了。睡前打开窗户,让凉凉的风拂过全身,听着窗外秋虫的吟哦,那种消失了很久却始终依恋的感觉一下又找了回来。那是小时候母亲半夜为我盖好踢开的被子,我在朦胧中醒来,望一眼屋外黑黑的空间,伴着满耳的虫鸣又幸福地睡去。

秋天承载了太多我儿时甜蜜的回忆,对于秋天,我总有一种别样的感情。那是一种迷恋,迷恋她的含蓄,迷恋她那母亲一样的情怀。经历过春天的繁盛、夏天的热烈以后,她不再追求浮华,不再气势凌人,更加庄重从容。虽然不再拥有繁花锦簇,却换来了硕果满枝。她付出自己最珍贵的青春年华,默默守护着,像母亲守护自己的孩子,等收获来临,便完成这一轮回的使命。

趁着初秋天高、风轻、云淡，不妨约几位友人，去征服几座山。登高远望，秋水天长，目光穷尽处，世事皆淡然。此时此刻，唯有美景相伴左右，尽情流连。天晚也不必着急下山——当夕阳西下，天边酡红如醉，衬托着渐深的暮色，晚风带着撩人的凉意。情景难得，怎就此归去？

过不了多久，初秋的凉爽又会被寒意所取代。接着草木凋零，北雁南飞，曾经到处生机的大地上变得一片肃杀萧条。春夏秋冬本来只是自然的更替，在多愁善感的诗人那里，秋天也被赋予了特殊的意义。他们写诗咏春风、夏荷、冬雪，当提到秋天，却笔锋急转。纵观古人写秋天的诗句，大多是伤怀的："平湖三十里，过客感秋多"。也许但凡文人骚客，在才华横溢的背后，都有着极为敏感的神经，容易受外物环境所影响。因此看到"是处红衰绿减，苒苒物华休"，心生惆怅也就不足为怪了。

相比之下，我更欣赏刘禹锡《秋词》："自古逢秋悲寂寥，我言秋日胜春朝，晴空一鹤排云上，便引诗情到碧霄"。欣赏诗中蕴含的豪情与洒脱！谁说秋天就意味着萧条？明朝的涨潮就说："春听鸟声，夏听蝉声，秋听虫声，冬听雪声"。四季皆有美之所在，只要心中有景，何处不是花香满径？

有了这样的胸襟和坦荡，就会发现人生平坦有平坦的顺意，曲折有曲折的跌宕。得意时，就好好欣赏高处的风景，身处逆境，就停下匆匆的脚步，享受暂时的宁静。只要心还在，就没有过不去的沟沟坎坎。话说回来，再不济，我们还可以效仿太白："人生在世不称意，明朝散发弄扁舟"。

（2017年10月）

秋色之美

　　金秋时节，一场连续数日的秋雨过后，迎来了暖阳，太阳给云朵涂上了金边，大片稻田里，碧叶金穗，稻浪翻滚，仿佛镶了许多金线的薄纱在艳阳下飘逸。田间地头一群群白鹭，忽而齐齐盘旋，忽而静静落下，形成了一道道风吹稻浪白鹭飞的壮观美景。河道边芳草萋萋，河水清清，流水潺潺，浮萍游移，鱼虾嬉戏，在阳光的照耀和秋风的吹拂下，构成了一幅幅人与自然同框的田园诗画，家乡崇明处处洋溢秋天浪漫多彩的气息。

　　秋高气爽，暖阳高照。行走在一排排绿意葱茏、小河相伴的乡路上，秋阳下的银杏树叶泛着金黄，与翠青的樟树高大树冠和火红的栾树花交相辉映。然而，这些高大茂密的树木，繁花彩叶，艳丽妩媚，争夺着土地和阳光，炫耀着各自的身姿，尽显活力。

　　那一幢幢别致的农家别墅映掩在绿树繁花间，家家宅院里种植金银桂花，满树的淡黄小花，空气中弥漫着浓稠花香。这里除了花草树木之外，还有那红红的柿子、橙黄的橘子、翠绿的甜芦粟、青紫的葡萄等时令水果。还有那白扁豆、紫扁豆、香酥芋、金瓜、糯玉米等时令蔬菜，俨然一个个勃勃生机的多彩果园，更是家乡崇明整洁安宁、详和静怡的田园风光。

　　那一条条乡间的路上，犹如一根根长长的织线，那精神抖擞、南来北往的乡亲，便是一枚枚小小的织针，他们从绚烂的朝霞中织起，到艳丽的暮霭里收梭，他们在金灿灿的田野里，编织出一张张希冀的网,捉住了一个个美满的收获,撒播上一个个绿色的期望。

晨曦中,河面的雾霭从田野上飘然而来,秋风夹着泥土的腥气掠过舒畅的水波之上,水波不兴,清澈透明,水草含情脉脉摇曳着婀娜的身姿,如婉约的女子款款而来,触而不及,不由得令人顿生"可远观而不可挚玩焉"的感慨。

午间,柔和的阳光铺天盖地洒遍整个河面,波光粼粼,散发着碎金般的光芒,几只水鸟悠闲地游着,站在岸边树枝上的几只喜鹊,时而摇头晃脑,左顾右盼,引吭欢歌,时而飞到田间休憩,悠悠散步。这里有几个张网和垂钓者,他们手持网杆和鱼竿,正聚精会神地蹲守在河岸边,每当起网或垂钓到鱼儿时,引来过路人的驻足围观,好不恬静、惬意。

当晚霞将西天染成艳红的时候,暮霭萦绕着整个村庄,那一团一团的雾气混合着农家宅院冒出的袅袅炊烟在微风的吹拂下缥缈着,在水面、在田间、在树梢,影影绰绰,像梦、像仙境,像一场天上人间的爱情传说,唯美得让人不忍直视。

2010年的十一国庆节,适逢八月十五中秋节,也正是月儿最亮最圆的时刻,看到那深蓝色璀璨的星空挂着一轮明月,倒映在清澈的水面,岸边芦苇随风摇曳,令人心荡神驰。有道是:因秋风起兮思故乡,更为美味而念故乡。"秋风起,蟹脚痒,菊花开,闻蟹来"。时下,正是那青背、白肚、金爪、黄毛的崇明清水蟹成熟上市,喜迎食客来这里品闲情。

皎洁的月光如流水,温柔朦胧,静静地倾泻在故乡的土地上,美丽明净,如一朵花开放在凉爽惬意的秋风中和缓缓合拢的暮色里。

(2010年10月)

芦苇赞

我爱我的家乡——崇明岛,我爱长江边上家门口的岸转河,我要赞美岸转河边的芦苇。那遍地的芦苇似乎也有几分灵气,让人充满了自豪。

春光明媚,岸转河边的柳树最先发出嫩芽,河滩上的芦苇叶不甘示弱,根根争先恐后的吐露新芽,它们吮吸着春天的甘露,勃勃生机,老柳树见了那一片绿地叶甘拜下风。选一个晴朗的日子,登上堤岸,随手摘一根芦苇芯用嘴吹响,它会给你带来无尽的回忆。当片片苇叶摇曳在春风里时,又向人们展示出"春风又绿江南岸"的诗情画意。

夏日炎炎,河滩上的芦苇已经长得很高,一阵风吹来,芦苇荡变得活跃起来,它们前推后仰沙沙作响,运气好时,你能看见一些小水鸡穿梭在芦苇之间,自由自在,它们把这绿色屏障当作自己的家,觉得安全舒适,我想,这些芦苇以它弱小的身躯,默默无闻地为岸转河装点了一点姿容,那么,我们做人是否也可以像芦苇那样不图名利默默奉献呢!

秋风送爽,芦苇已经枯黄,但它们仍然笔直地挺着,秋风吹过,纺锤似的芦苇叶全都平平地顺风指向一边,好像无数个风向标。深秋,当大雁南飞的时候,也正是芦花怒放的时候,那洁白的芦花将百里江滩打扮得一片如银。那一束束洁白晶莹的芦花,经农家之手变成了一双双御寒的芦花靴。在那艰苦的岁月里，多亏它温暖了江边穷人和他们孩子的光脚丫，帮他们熬过了凛冽的严冬。现在，"芦花靴"已经成了奢侈品。

  冬意凛然，两岸的芦苇日渐稀少，东一片，西一摊，显得格外丑陋，岸边散落的一片一片芦苇叶难免显得凄凉，只有那些手拿镰刀割芦苇的村民和停靠在岸边拖运芦苇的汽车才显露一点生机。哦！我知道了，它们又踏上新的征程。

  别看芦苇是小小的植物，它又是抗击风浪的斗士。难忘1997年的第11号台风，更是见证了芦苇的品质和价值。当狂风、暴雨、高潮兄弟三个一齐向人们滥发淫威的时候，江滩上的芦苇挡住了狂风，顶住了恶浪，抗击着高潮位，即使被风浪压下水底的时候，它们会重新抬起头来，挺起腰杆，忠诚地守护着江堤。此情此景，这芦苇不就是江边的青松、而在某种意义上又胜过青松吗？

  别看芦苇是平凡的植物，它也是净化水质的好手。芦苇用那发达的根系，将沟河污水中的富营养物质吸收得干干净净，用它辛勤的劳动换来了一汪汪甘甜的清水。它不就是天然的净化器吗？

  别小窥了芦苇的作用，它在战争年代还是杀敌御寇的好武器呢。抗战时期海岛的游击健儿，就是利用芦苇这个青纱帐作掩护，与敌周旋、打击日寇的。芦苇为抗战的胜利同样立下不可磨灭的功勋。

  芦苇带给人们的是生机，是奉献，是希望，是温馨，更是幸福。崇明人民钟情于芦苇那也是情在理中。然而，不知在什么时候一声"灭芦清障"的号令使芦苇这个人类的好朋友在沟河边消失得无影无踪。好在百里江滩上还留下了丰富的根源，相信不久的将来重见它挺拔的英姿。

  芦苇，我们歌颂你，我们更怀念你！

（2016年3月）

难忘土布衣服的情结

  黄梅季节过后在家翻箱倒柜整理衣物日晒时，发现几十年前从部队转业时带回的几套土布制作的内衣、内裤、短裤和假领头依然平整地"躺"在衣柜里。睹物思人，心里难以平静。我想起了小时候母亲纺纱织布裁衣的情景。因为家里穷，所以，从小到大穿的衣服几乎全部是母亲劳作制成的土布衣服。说心里话，那时也并不羡慕别人家孩子穿得体体面面风风光光，也没觉得穿土布衣服寒酸不堪，相反时间长了，觉得母亲制作的衣服穿在身上更服帖舒服。后来的后来我才体会到了唐朝诗人孟郊的《游子吟》中"慈母手中线，游子身上衣。临行密密缝，意恐迟迟归。谁言寸草心，报得三春晖"的深切含义。因此，在20世纪60年代参军北上辽宁的军营时悄悄带上了几套土布制的内衣、内裤，白天训练不能穿就晚上睡觉穿或星期天休息时穿，直至十几年后转业地方工作，我也没舍得扔掉一件土布衣衫。

  记得那年夏天我提干第一次休探亲假，母亲见我依然穿着她织剪的土布衬衫，她眼里"唰"的眼泪直奔，嗔怪我部队发了薪水只管往家里寄钱，连一件好一点的内衣也不舍得买。第二天，她瞒着我去附近的向化镇百货店里买了一件我平生第一次穿的的确良衬衫。自从入伍后，我知道家里时刻等着钱用，所以，不管是当战士还是当军官，部队月初发津贴或工资时，第一件事就是往邮局跑。记得我戴上手表的时间应该是部队提干的第三年，也就是说那三年带兵出操训练的时间掌握，须有戴表战士的帮忙提醒。1981年冬天我和爱人在部队结婚时穿的也是军装，没有添置一件"新郎官"的新外衣，最难以忘怀的恐怕是第一次穿上了由爱人从上海带来的一套针织内衣、内裤……

以上这些，其实我并没有刻意也没有必要来表白和自夸，而是抚今追昔，没敢忘记小时候穷怕了的苦日子，认为必须珍惜眼下来之不易的好日子。小时候一家四口曾住在一间半的破房子里，家里人轮番生病，从不敢想什么好吃好穿的，直至我在部队十几年服役转业回地方后，才逐渐还清所借的债务，改变了令人难堪的窘境。特别是随着改革开放后国家经济的迅猛发展，我们家的生活才有真正意义上的"翻身解放"，家里的日子才有了芝麻开花节节高的景象。

让人费解的是，现在提起"艰苦朴素"四个字不但年轻人不理解，甚至度过艰苦岁月的中老年人也不屑一顾了。诚然，自改革开放后，人们物质生活得到了很大的改善，随之而来的却是忘记了"艰苦朴素"这一传统，讲排场，比阔气，铺张浪费、浮华奢侈成风。

由此，我们不妨看看先辈，不用说战争年代，就新中国成立后老一辈无产阶级革命家，他们的毛巾、衣服都打补丁。

我国历史上不少皇帝和位高权重官员奉行艰苦朴素和清正廉洁而千古流芳。隋文帝杨坚当政初期，就力倡节俭生活，皇上躬行节俭，他儿子杨俊多造宫室，生活奢侈，即勒令禁闭；当大臣们为其说情，杨坚却说，皇子和百姓只有一个法律。宋朝包拯为官，不仅自身清廉自律，生活艰苦朴素，还立碑刻上《戒贪家训》，即"后世子孙仕宦，有犯赃滥者，不得放归本家，亡殁之后不得葬于大茔之中，不从吾志非吾子孙"，以此警示子孙后

代。再说清朝郑板桥为官，反对奢华，力亲为朴，每次察看民情，从不坐轿骑马，只是身穿便服，脚踏草鞋，在田间地头与百姓谈家常民情，即使夜间外出查巡，也仅有一个人提灯笼引路，绝不打着"回避"的牌子，鸣锣开道。

古语讲："历览古今兴亡事，成由节俭败由奢。"现在物质条件今非昔比，我们并不提倡穿土布旧衣，但我辈特别是年轻人应继承和发扬我国我党我军艰苦朴素的优良作风，从我做起，从现在做起，厉行节约，艰苦朴素，唯有如此，我们方可尽早打造强大的国防，建设强盛的国家。

（2018年6月）

上元述往

元宵节古时也被称为上元节，我们崇明老家管正月十五叫"正月半"。孩提时代的元宵节那热闹景象至今难忘。稍大一些时，才知道正月十五其实叫元宵节。正月十五吃元宵，晚上，除了孩子们拎着一只只形态各异的纸糊"六角灯"外，大人还要放"洋灯"（又叫天灯，纸糊的灯笼里点上大蜡烛或火油罐）上天，掼"火球"、掼"炼柴"（用柴火捆成长条状后点燃成火把），此时，大人小孩"炼柴，炼柴，大家发财"的阵阵呼喊声此起彼伏，如此这般，天上地下红火一片，喻示今年每家人家撞好运、发大财。孩提时代的元宵节那热闹景象至今难忘。

对元宵节更深一层的了解，是我已经离开崇明到东北当兵服役时。外头的世界大，过十五闹红火要比家乡热闹许多。看烟火、逛灯会、猜灯谜，所有这些精彩热闹的场景十分吸引我，同时书籍里对元宵节的介绍与论述也让我感兴趣。从书中得知，正月十五还有一个文绉绉的称呼——上元节，之所以这样称呼，大抵是因了这一天是上元天宫赐福的日子，其中的传奇神秘的意味儿真是让人浮想联翩。元宵节在古时候可是一个很重要、很热闹的节日，似乎比过新年还热闹。在宋代，元宵节还是男女相约相会的最佳日子，因为那时礼教的藩篱浓重严密，闺秀在平日里是不许踏出闺门的，只有在元宵节前后，才可以不分男女，一同玩乐，称为"元宵弛禁"。还有就是，古时候的元宵节不止一天，

在唐代，"灯节"就有十四、十五、十六三天了，到了宋代，更是增加到五天，从正月十五一直持续到正月十九。只是这些风俗随着朝代的更迭、社会的变迁也就渐渐地消亡或变化了。但我却由此设想，那过节嘛，只是一天的事儿才算精当，倘若拉得太长，便也就淡乎寡味了，只是不知古人作何感想。

古时候的文人还留下了许许多多描写元宵节的诗词，其中最有人生况味的自然还是要数李清照的《永遇乐·落日熔金》、辛弃疾的《青玉案·元夕》，这两首词都借元宵夜繁华热闹的灯火景致衬托一种凄楚的身世之感。热热闹闹的背后，掩藏着浓重的难以明言的感伤，国事家事夹带着几多对人生的惆怅沧桑，偏偏就在元宵节这个本来热闹、欢快的时刻，不合时宜地爆发出来，看来，人世间真是没有完满、完美的事儿。而梁羽生笔下的元宵节则又是另一种的人生意兴，火树银花的元宵夜偏偏被侠客搅弄得惊心动魄，就连传奇话本《兴唐传》里的瓦岗英雄，也同样将起事的日子选在了元宵夜，秦琼弟兄六人就是借着元宵夜的热闹劲儿混入长安城，大闹长安城的。可这些毕竟是文人的杜撰，传奇的成分太浓，满溢着活蹦乱跳的意味儿，只是让人看看乐乐罢了。

无论是最为流行的称谓——元宵节，还是古时候曾经有过的称谓——上元节，内中都蕴含着不同凡俗的韵味，就算我们偏远一隅的崇明岛，把正月十五叫作过正月半，不用说，也是个吉祥的称谓，人们那样称呼它，正是把它当作过年一般来对待的。当然，在我记忆深处最为鲜明的还是儿时在南海村里过十五时做祭祀、挂灯笼、放鞭炮，还有在县城里看红火、看大戏，至今回想起这些事儿，还是那么真真切切，热闹、古朴又醇厚，在记忆的脑海里难以忘怀。

（2019年2月）

第一辑　故土亲情

推磨的记忆

近日去豫园逛街。估计半年左右的时间没去了，觉得游人寥寥，大部分的小商店依然封闭打烊，只有少部分的饮食店和小商品店在开着，店主说也是开张不久，顾客少得可怜。只见一食品店门前的一个假人不停推着的石磨吸引了众多游客，引发了我许多联想。

大概出生于20世纪60年代以前的人都有过推磨的记忆，那是那个年代农村生活必不可少的加工粮食的器具，因从庄稼地里出的小麦、玉米、高粱、大豆之类的必须加工后才能食用。起初，碾磨粮食的唯一办法就是用石磨。

石磨大都是由精巧的石匠制作而成，一般的石匠不会錾磨。石磨的材质大都是石匠从大山里精选结实的石头，先是用锤子、錾子雕制成两个圆形平面的石碌子，也就成了石磨的上扇和下扇，下扇是不动盘，上扇是转动盘，留有磨眼，便于漏下粮食。再用錾子在两扇磨的接触面上錾成像牙齿的纹理状，用以磨碎粮食。这样，把雕制成的石磨撂到磨盘上就成了。加工粮食的时候，粮食从上扇磨的磨眼进入两扇磨的接触面，沿着有规律的纹理向外推移，在滚动过两盘磨时，被磨碎，接二连三地磨成粉末。上扇石磨上还要錾出两个对称的磨棍眼，用于推拉磨。

我对推磨之所以有着很深的印记，就是因为当年我家宅的公堂屋的正中间安置着一盘石磨，这盘磨比我出生的早，我刚记

081

事就认识了它。如今那里的这个物件不知踪影。

我们宅上的那盘石磨，是我祖上花钱请人用錾子精心凿出来的，祖母一直夸它很好用，伯伯婶婶等人也都说它很好用。由于推磨好用，所以也有不少的邻居前来借用推磨。

宅上的石磨一般都是女主人打理的，我家的玉米等粮食大多由祖母和母亲招呼着推磨。记忆中我也愿意和小伙伴们游戏似的推着石磨玩，一次，我和邻居小伙伴推着石磨空转，玩得正尽兴时，被祖母发现了，她当场制止了，打压了我们的兴趣。我当时感到不解，祖母就说："你们这样推着磨空转，对磨的损害最大，把磨牙都磨平了，这磨还怎么'吃'粮食？我们怎么吃粮食？"从此以后，我才知道磨也有"牙"，就再也不推着石磨空转了。

石磨，再现了那时乡村百姓的真实生活，我宅上的石磨招徕了街坊邻里来推磨，有端着笸箩来碾玉米面吃的，有提着袋子来碾地瓜干喂猪的，笸箩、筛子什么的就摆满了庭院，欢声笑语笑遍了庭院，一边拉着家常呱，一边推着磨，厢屋里、庭院里处处充盈着欢快热闹的气息，整个庭院都随之灵动起来。

后来我很小去当兵出外了，部队转业回家时那个推磨已不知去向。据说村子里有了粮食加工场，尽管如此，有些粮食依然不能磨，再说了，加工厂离家一里多，来回倒腾两次，到了那里还要排号，有时觉得还真不如用自家的石磨磨起来方便，想什么时候磨都很顺心随意，自己磨出来的粮食还好吃，感觉特别香甜。现在，有些会享受的人，宁肯多花钱买来石磨，那磨出来的小麦、小米、玉米面等就是香，比加工厂机器磨得好吃。如此看来，石磨的影响还是深远的。

推磨，是时代的印记，也在我脑海里留下了很深的印记。

推磨不知走过了多少岁月,那一圈一圈里留下了许多历史的脚印,也记载着我许多青葱岁月的美好记忆。

推磨,推过了艰难的岁月,也推过了曾经的若干时代。

(2019年4月)

令人动容的另一种母爱
——记我家的"猫咪"妈妈

看惯听惯和体会了人类的母爱是那样的无比伟大之后,有机会能看看动物的母爱,你就知道天底下所有的母爱,都是感天地、泣鬼神的。

因为朝九晚五上班族的缘故,以前我接触家猫的机会并不多。印象比较深的就是曾经忙碌的20世纪80年代,尤其是朔风劲吹的寒冬腊月,为了急于完成领导的讲稿和其他文稿的任务,常常在深更半夜挑灯写稿"熬猪油"。当别人呼呼大睡在梦中酣游时,只有我家里的那只大灰猫常陪伴在我左右,只见它一会儿跳在桌子的一角,眯着眼睛轻声"喵"地叫唤一声,意思是陪夜的朋友到岗了;一会儿又跳在我的胸前,嘴里发出"呜呜"的低鸣,意思是为我取暖来了。由于工作需要,我调到大城市工作后,这种情况也不复存在了。随着几年前退休后,回老家的机会多了,接触猫的机会也就多了,于是感受母性猫那种舐犊之情的场景和故事也就多了起来。

我家的那只芦花色母猫没有具体的名字,大家习惯地称它"猫咪"。它身体不算魁梧威严,但见了野猫或者发现猎物,就会弓身将猫毛竖起,两眼发光,虎视眈眈,嘴里不断发出"唬唬"的声音;而当它见了主人就温顺地轻叫示爱,像一个充满怜爱的"乖乖女"。严格地说,"猫咪"是它自我推销跑来我家的,因为我家有养猫爱猫的传统习惯,于是热情接待了这位不速之客,它也觉得咱家厚道好客,几天后竟然带了一帮"孩子",前来安营扎寨了,这样自然而然形成了收养与被养的亲切关系。不同于城市的那种吃喝玩乐的宠物猫,农村的猫主要任务是替主人捉老鼠。"猫咪"经常将捉到的老鼠、鱼、黄鳝等战利品叼到主人家门口显摆邀功,待主人表扬了几句后才美滋滋地饱餐一顿。作为母猫,"猫咪"的另一重任务就是"养儿育女",由于它们不存在"计划生育",因此,"猫咪"平均每年的生育不下三次之多。它每次"三月怀胎"也是十分辛苦,为了躲避各种不测的风险,在"一朝分娩"时,"猫咪"往往选择远离人们视线和比较安全的地方作为"临时产房"。有一次怀孕的"猫咪"突然不见了,家里人知道它去神秘的"产房"待产了。果不其然,过了几天的一个早晨,天刚蒙蒙亮,"猫咪"在门外"喵、喵、喵"地叫个不停,此时家人将早就为它准备好的"坐月子"美食补品犒赏它,只见它"狼吞虎咽"地饱餐一顿后,撒腿就奔回产房为"儿女"喂奶去了。在连续的十多天内天天如此。后估计小猫们"开眼"自行饮食后,可把猫妈妈的它忙坏了,它不但顾不上自己吃饱,竟然连续一次次地来回到主人家讨食、叼着食物回"家",不但为孩儿们喂食,还不厌其烦地分别给它们喂奶。有一次,它感觉那个临时的"产房"被人发现了,有了不安全感。为了避险护犊,"猫咪"果断决定连夜"搬家",将小猫们逐只逐只地叼在嘴里,送到新家。小猫们日渐长大,可以自食其力了,但"猫咪"依然不放心,有时出入野地"狩猎",它亲力亲为地为它们做示范,把抓到的老鼠分给儿女们吃;有时在主人家里得到犒赏时,"猫咪"愣是动也不动,爱怜地站在一边看着孩子们饱餐美食。若见野猫来侵占领地时,"猫咪"会奋不顾身地用猫巴掌击打驱赶来敌,最后轮到它自己吃时只剩一点点残羹剩滓了。是的,猫妈妈那种深沉的母爱之情和认真负责的护犊之心,谁见了会不感动呢?

随着小猫们长大后各奔东西,家里只剩了一老一小两只猫,它们的长相、毛色一模一样。母子俩经常一起出入院子,有时躺在平房屋顶上晒太阳,有时躲在院子汽车下纳凉,有时站在墙头一同朝远处眺望,有时爬树捉迷藏,总之它们形影不离,相依为命。有一天,我从沪上回家不久,发现那只小猫在我的座驾下睡着了,我环顾四周不见老猫,于是我冲着小猫"哇"的一声大叫,小猫被我惊醒。我蹲下来装作友好的样子,拍着手叫小猫到我这儿来,小猫慢慢地走过来,我则恶作剧地突然用力跺脚,小猫被吓到了,站在那儿"喵,喵"叫个不停。我看了猫的此番窘相,不禁大笑起来。正在我得意之际,那只老猫从房顶上"嗖"地跳下来,弓着身子,目不转睛地盯着我,似乎要随时扑上来拼命的样子。我见状后真有点害怕,连忙跑进楼道,紧紧关上门,深深地呼了口气,紧张的心这才放松下来。我三步并两步上了楼,打开阳台的窗户,再寻找那母子俩,发现老猫则不停舔着小猫,好像在说:"我的宝贝儿,受惊了,不用怕,有妈妈在呢!"

看着这一温馨的画面,我心里洋溢出一种说不清的滋味,联想小时候自己的妈妈,她何尝也不是这样呵护着我吗?

感谢猫妈妈,让我进一步懂得:不论是动物还是人类,都充满着无私的母爱,我们应该对她们致以最高的敬意!

(2019年5月)

第一辑　故土亲情

也谈"感恩"

　　前几天朋友来电,嘱我"感恩节"写点什么。说心里话,我认为这是美国人的节日,故不屑一顾。后来仔细想想觉得不对劲,因为,感恩是人类共同追求的"普遍真理",抒发一点个人的切身感想,何乐而不为呢!那就从部队第一次探亲谈起吧。

　　记得1971年11月中旬,我在部队提干后第一次回老家崇明探亲,阔别几年回故里,故大包小包、肩扛手提买了许多东西,准备回家孝敬父母,给亲友送礼。从大连坐船36个小时抵达上海公平路码头,然后转辗乘车到吴淞码头,准备继续坐船去崇明,一路还算顺利。可是那天下雨,66路公交车到达吴淞后,还要徒步走1.5里路才能上船。80多斤的行李在肩上手里,如果平时天气好,走一段休息一会儿,咬咬牙也能挺过去,开始此时天上下着雨、地上水汪汪,这对于体重刚过100斤的小个子的我,实在是勉为其难。正在一筹莫展的焦虑之时,贵人出现了。来人是码头行李房工作的一名年轻人,后来知道他叫周根宝。"解放军同志,外面下着雨,你的行李又那么重,反正今天我休息,我来送你上船去崇明吧。"后来,他一路径直把我送到家里后才返回上海。当时不记得说了什么感谢之类的话,只晓得当时感动的泪目了……此事到如今四十多年了,我与根宝亲如兄弟,莫逆之交的朋友关系一直保持到现在。我没有多想,从我的角度看没有什么更多的大道理,就是想一直好待这位兄弟,会一辈子感恩他。因

为，素不相识，他竟然如此热心地出手相助。

其实，感恩是一种处世哲学，是一种美好的道德情感，是生活中的大智慧，也是中华民族的优良传统。

第一，感恩是一种追求幸福地过程，也是一种利人利己的责任。每一个想成就一番事业的人，都必须要有众人的鼎力相助，否则，就会一事无成，甚至一败涂地。中外历史上很多英雄豪杰，成在"振臂一呼，应者云集"，败在"离心离德，孤家寡人"。可见，感恩其实就是对自己、对他人、对社会的一种责任。

第二，感恩是一种不求回报的自觉和奉献。一个真诚、坦诚忠实的人，是知恩图报之人。鸦有反哺之义，羊有跪乳之恩。当感恩成为一种人性的自觉，一种健康的心态时，我们的身心和灵魂便会在感恩中得到超越和升华。

第三，感恩是一种对自然、社会、他人的尊重，是对自然规律、社会规律和生命价值的敬畏与崇拜。学会感恩，就会懂得尊重他人，懂得如何看待身边的每个人，尊重每一份平凡的劳动。在现代社会这个分工越来越细的巨大链条上，每一个人都有自己的职责、自己的价值，每个人都有意无意间在为别人付出。当我们感谢他人的嘉言善行时，常该反思的是今后应该怎样做，怎样为别人做得更好。

写到这里，我还想说感恩的还有一个非常重要的方面，那就是坦然面对人生的起伏、挫折和不幸。人生在世，不可能一帆风顺，种种失败、无奈冷不丁地出现在你眼前，只需要我们去勇敢地面对。这时，是一味地埋怨生活，从此变得消沉、萎靡不振？还是对生活满怀感恩，在哪里跌倒了就在哪里爬起来？你感恩生活，生活将赐予你灿烂的阳光；你不感恩，只知一味地怨天尤人，最终可能一无所有！感恩，可能，会使我们在失败时看到差距，在不幸时得到慰藉。就像换一种角度去看待人生的失意与不幸，对生活怀一份感恩的心，则能使自己永远保持健康的心态、进取的信念。

感恩，是新时代的一种崇高的精神境界，是一种优秀的道德品质。人人都从我做起，从现在做起，那么，整个社会就会成为美好的世界！

（2016年2月）

又见"老虎灶"

　　近日参观"上海市庆祝改革开放四十周年主题展览",在一展厅中看到了仿制的一座"老虎灶"。笔者驻足细看,寻思良久。这土里土气的"家伙"不就是我小时候在镇上常见到的"热水大炮台"吗?尽管它销声匿迹了几十年,却勾起了我许许多多的往事。

　　老虎灶起源于19世纪70年代,是江、浙、沪一带的古老传统。老虎灶以形状而得名,因为它有一个翘起的尾巴和灶头。最初盛行老虎灶的时候还没有煤、煤气等方便的燃料,所以,废木料就成了引火烧水的唯一柴火。原来的老虎灶全部是人力来开办,如木桶挑水,舀子打水,人工烧火。老虎灶一般有二至三口锅,最前面的是直接烧开水的,后面的几口锅利用前面锅的余热,将水加温预热了,一旦前面的那口锅里的开水用得差不多了,后面锅里半开的热水就陆续补给至前面锅里,如此循环往复,既节省了燃料,又防止了供应开水的速度减慢。

　　新中国成立后,老虎灶变成了"国营经济",已经加以改造了,有自来水和出水龙头,装水的是一个大水箱。整个看起来像一个锅炉,但是仍然保留了一些老虎灶原有的特征,所以人们仍旧称它为老虎灶,仍旧去打热水。记得80年代我在崇明政府机关工作时,每天早晨第一件事就是到老虎灶泡开水,一暖瓶开水五分钱。

第一辑　故土亲情

记忆中，老虎灶给我留下许多深刻的印象。小时候有时跟着父亲上镇赶集或到镇上医院看病时，在街上总与老虎灶照面，出于好奇总要缠着父亲一起去看看老虎灶和里面的茶馆店。只见外面的老虎灶热气腾腾，排着队的打开水人一个个将几分钱的硬币咔嚓咔嚓地扔到烧水工准备的铁盒子里。在老虎灶里边的茶馆店里可就热闹了，茶客们通常自备点心和茶叶，边吃边喝，相互间天南海北地侃大山，散布着来自多种渠道的各式各样的信息，估摸着上午10点左右，茶客们开始起程回走，有的茶客还咿咿呀呀地哼着小调，心满意足地离开。有几次茶馆店举办书场演艺会，一男一女的说书人，手拿着琵琶、三弦，一会儿唱着好听的评弹曲调，一会儿又眉飞色舞地说着故事，可惜那时年纪小听不懂苏北闲话，一听到大人们哈哈大笑，我们不明就里，也傻乎乎地跟着乐。这一乐就是几十年以前的事了。

资料显示，上海自建埠伊始，老虎灶就盘踞市街了。20世纪50年代初鼎盛期，全市共有2000多家老虎灶。以后随着供水系统的不断完善逐步递减，直到20世纪90年代中期，市区的老虎灶渐渐式微，至2003年10月，随着上海南市老西门最后一家蔡氏老虎灶的关门，市区的老虎灶基本已绝，取而代之的是一个个富于各种特色的茶室和咖啡馆。

老虎灶尽管已消失殆尽，但老虎灶的温暖依旧留存在岁月的记忆里。

（2016年5月）

长江畔的遐思

崇明老家的住宅紧临长江。在老人们的嘴里从来不叫长江,而称之为"南海",到江堤上玩,叫作到"南海"上白相。

听大人说,以前每年的春天和秋天,经常洪水泛滥,特别是"八月初三大潮没",家里的鞋被冲走,田里能划船……举家开始拉着鸡鸭鹅猪值钱物品往北搬迁,或将家什寄居亲戚家,有的临时搭棚,想必那是一片热闹,一片悲凉。

等洪水猛兽过去,人们再回去,又是一番重新置办收拾打理,想想那时的人们真是受尽苦头。

初秋,天气是忽冷忽热,让人有点不习惯。古人说,春困秋乏,近日是初夏,因为文案事多,常常笔耕至深更半夜,故总感觉做什么都提不起劲,哈欠连连,可以用"夏乏"这冠冕堂皇的借口来安慰自己吧。

早起,看到掉落在枕头的头发,心头掠过一阵难过,生来头发十分茂密,不管是部队还是转业地方以后,理发师傅总要对我的厚密的头发理论一番,说是都像你这样,我们的收入可就减半啦!这下可好,奔七之时,竟然头顶发亮、两鬓飞雪了,不由得悲从心来。

人和人注定是不同的,有人60岁依然身形健硕,有人未老先衰,有人50岁发稀齿落,有人80岁还能吃蚕豆,耳聪目明,还能穿针引线。

见人头发浓密得发愁，我却羡慕得不行。有人喝水都会发胖，而有人想胖就是胖不起来，仿佛一切都是老天注定，不属于你的就是得不到。

看着自己今年年初的写作计划，却没有完成一半，这两个月的写作量加起来不如之前的一个月，不免越想越着急。

总会有段时间，感觉焦虑无比，不知道未来何去何从，有时不知不觉会在家人或要好朋友面前发一点无名之火，不一会儿就自责后悔。说心里话，我真的没有想过得罪人，但人的情绪有时很难控制，不顾一切地发泄完了，就会一身轻松，但定心下来就想找一个地洞钻进去……

看看同期写作的文友们，有些已出版三五本书了，心里总有那么一种难以言说的焦虑和着急。其实，每个人的发展方向和速度都是不相同的，但每个人的焦虑肯定是一样的。

在我烦恼时，我就喜欢去长江岸上走一走。海子的诗《面朝大海，春暖花开》，是他最经典的传世之作。我特喜欢他的那些暖人的诗句，也会学以致用。

此刻，我应该改成长江，面对这滔滔江水，脑海里只是想到，同样的江水。

唐后主李煜曾说，问君能有几多愁，恰似一江春水向东流。

苏东坡却说，大江东去，浪淘尽，千古风流人物。故垒西边，人道是，三国周郎赤壁。乱石穿空，惊涛拍岸，卷起千堆雪。江山如画，一时多少豪杰。

人的心境不同，格局思维不同，时代不同，同样是江水，有了不一样的诗句。

走在长江岸上，看着江上穿梭的大小船只，有载人的，有拉货、有捕鱼的，自有种别样热闹。

忙碌在江上的他们是无心看风景的吧，长江只是他们工作的背景产所，身在此江中的人们早没有欣赏之心。

一如，很多外地人来看我们的崇明乡下，而自己人却是不屑一顾，我们都不过是别人的风景。

这几天发现长江岸的一端，在造崇明大道和观光大道，供过往的人欣赏，同时也增加了故乡的美观感，这是利国利民的好事。

烦闷，焦虑，心情不好时就去长江岸上走一走，江的宽阔，水的流动，总带给我很多触动。

那些未完成的梦想清单，也就顺其自然吧，何必把自己逼得太累。人生除了梦想还是品味生活。

江水在缓缓地流淌，岸边的柳树随风摇曳着，我贪婪地吮吸着新鲜的空气，心中逐渐畅快。将一些事看开，放大人生的格局。

（2015年5月）

第一辑　故土亲情

长江之恋

　　许久了，那种思念就如春夜里蝉儿吐的丝，一圈一圈地缠着，把自己越缠越紧；她像是蚀去的岁月里消失的恋人，一遍一遍地勾起我甜而苦涩的痴想：她还好吗？她还记得我吗？

　　我初次见她，是小时候跟着父亲去家南边的长江堤岸上拾柴，扶着灯塔的漆黑栏杆，我踮起脚怯怯地往外一望，就发现她也正在羞涩地看着我，后又躲在晨雾里，怯怯地摇着两点帆影。父亲说她有很多名字：金沙、荆江、杨子、长江，我们家乡的人也许长年固守海岛的缘故，故称岛南江面叫作"南海"，岛北江面叫作"北海"，因为人们喜欢她，所以给她许多称呼——听到这我喊起来了："我也要有好多名字！"

　　多年后，当我一遍遍唱起《龙的传人》："古老的东方有一条江，她的名字叫长江……"那单纯深情的旋律，萦绕出无数鲜活的图景，风掠过油菜花地掀起明艳鲜软的浪花，春雨霏霏中灰黑的树梢萌出一粒绿芽，吱吱溜溜的水车，打碗筷的歌女，泛着腥味的码头鱼市，迟缓的江中客轮……它们交错着，重叠着，跳跃着说——这都是长江的。

　　我经常找来地图册，抚摸着她，想象着她从雪山下清脆地笑着，跑到沙里打滚，然后穿过巫峡，朝忧伤的神女偷偷地一望，九曲回肠之后，才义无反顾、浩浩荡荡直奔东方。她古老，见过许多世面，诸如屈原散发行吟、李白登楼辞友；诸如洋舰横

095

冲直撞，解放大军南渡。她年轻，总哼着自编或偷听来的歌谣，"家住长江里，两小无嫌猜"啦，"君住长江头，我住长江尾"啦，晃着脸儿，得意自己"风情万种"。喝了苏东坡那杯还酹江月的酒后，更晃悠悠地满怀思绪，梅雨来临，溢水三千尺也难赋其深情。沧桑胸襟，少年情怀，就这么浓烈地交融着；时而沉默，时而惆怅；时而缠绵，时而奔放！

母亲经常说起她与家的故事。极平静的叙述，却能令往事如晚霞，熊熊燃烧。我总默默听着——她的音容笑貌，家的辗转漂泊——渐渐的，我的眼睛发热。

——妈妈，后来怎么样？

——你们那时很乖喔，你就爱到江滩上捡石子，扔石子，消磨一天又一天。妈那时天天纺纱织布，积攒了一定数量后，身背一卷卷面纱或一匹匹白粗布，在叫作"砂锅港"的渡口乘上木帆船，经过长达三四个小时的颠簸到达江南的长兴岛或横沙岛，将出售换来的钱贴补家用。一年到头来来去去，妈为了这个家，风里来浪里去不知吃了多少苦头。

那些穿着灰蓝布服，满口外地口音的舵爷们，是她的子民哪，而我们是吗？我们血管里有她的脉息么？曾经一个船老大对我逗趣：

——你家在哪里？

——在南海边（家乡话中靠近长江的南边江堤）。

——那你不是长江的人喽，你不是这儿长出来的。

——可我天天和她玩呢！

——小囡，家是生长你的，玩的可不是哪。

我实在不懂，长江为什么就不是我的家。我喝着长江水，吃着长江蟹，唱着紫竹调，捡的也是长江边的细云石呢。然而周围的哈哈大笑告诉我,长江虽曾与我朝夕相伴,我的家的确在一块陌生的或者说热闹的地方。浩淼的长江东去不回,而我呢,也是"少小离家老大回,乡音未改鬓毛衰",尽管脚印遍布南北各地,但依恋长江时时深铭于心,即便在闽南花香弥漫的夜晚,在北京落叶萧萧的清晨,不管是在冰天雪地的北国站岗,还是在波涛汹涌的海上巡逻,她的黛痕鹭影,也依旧明明白白地昭示着一种别离,尽管都在中国国内。

别离酿就的思念之酒,有多浓烈?多少杨柳歌,多少秦娥咽,多少征夫泪,尽融其中;多少天地怆然,死生阔别,尽发于外!这思念的滋味恰如醉酒的滋味,是所有眷恋长江的人们共有的滋味——一江春水,流不尽万古沧桑,流不尽人世悲欢,流不尽未来企盼……

"宁将万樽酒,挹入长江水;竟邀千秀峰,和吾踏歌声……"在我轻吟的时候,长江,她听见了吗?

(2014年5月)

谛听潇响的潮音

故乡在江畔。

飞鸥,流霞,帆影,一排排如肃立站岗的水杉树林,一幅江畔铺延的织锦。

多年羁旅江的彼岸,时常涌起浓浓的乡情,却没有江畔画意的梦。梦里唯有大江的律动,潇响的潮音。大江奔湍,大潮滂沱。听潮音四起,惊若雷霆,直薄天穹,多像庄严的乐曲在天地宇宙间飞旋回荡。潮音,何等雄奇、激昂、恢宏。它有时也浅唱低吟,如母亲温柔的低语,报告着家乡生命之源的汩动,传递着希望和收获的预言。这又总使我油然想起一位作家的比拟:这是伟大的母性之声。

可是多少回潮音侵入枕边,也曾惊破了游子酣梦。梦游童年,我看到了自己被沾湿衣襟、呛噎喉咙的狼狈,夏日游泳闻见砂锅港装满西瓜的船只时贪婪的嘴馋(真希望船上掉下一个西瓜!)的吃相;也梦见过江滩上祖传几代的家园在大潮中沉湮,给人们留下了忧戚和伤怨。

缺少理解,就无法成为大潮的知音。我努力去理解,终于领悟了大江永流不息的奥秘。大江的生命在于流动,有流动就总会有流失。江水滔滔流动中,建起了两岸辉煌文明的大厦,创造了新的生活和新的世界。潮音,不总是那样的美妙动听吗?

在生活中也有一股磅礴奋进的潮流,这就是改革之潮。我们都感受到这股潮流的壮阔,它将改革一切陈规陋习,冲破僵硬体制的羁锁,给我们的生活带来新的希望和活力。可是,改革与大江之潮一样,有创造,也有流失。也许,应该得到的还没有到来,不应失去的却正在失去,于是就难免带来一些人的忧虑和怨言。

让大江之潮给予我们启迪。

朋友,眼下四处是改革的潮音,你不觉得这是最动听的、最令人振奋的音乐?

(2013年6月)

花博会开幕前的遐思

第十届中国花博会开幕在即。听说已经有很多游客从四面八方来到崇明展地，捷足先登，先睹为快，流连忘返。

从古至今，爱美之心人皆有之，尤其花卉是多数人的钟爱。从文人墨客到普通百姓，不喜欢花卉的人少之又少。自古至今咏梅、赏菊、诵荷的诗词书画不胜枚举，其名家的作品更是家喻户晓，耳熟能详。唯独鲜花，这种以产业方式进入人们生活的花卉，却少有人赞之。

业余时间，养花弄草曾经是我的一个爱好。早些年为了养好花，我还买了一些书进行学习。从植物生长机理、配土施肥到病虫害防止，的确也花费了不少工夫。从北方常见的月季、君子兰、菊花到南方的米兰、兰花、茶花，我都养过。养的最多的时候，家里与单位加起来竟有几十盆花卉。即使这般，充其量也是一个初级的业余爱好者。近些年来我的养花兴趣似乎逐渐降低（不会养，大多无疾而终），原因在于这种耗时费力的结果，只能是自我欣赏，所以也就慢慢地放弃了。日常我所接触的养花之人，大体的经历相似，少则十天半月新鲜，多则一年半载都无疾而终。其中有一个朋友投入很多专心侍弄兰花坚持了十几年，可算是我们养花人之中的高手了，然而，其最终结果也是一样。

鲜花的发展则大不相同，从最初恋人间传递的玫瑰，到今天代表喜结良缘的百合、祝福健康的康乃馨，为多数人所接受。

不用说青年人之间常用鲜花表达自己的情感与浪漫,就连中老年人也都欣然接受。母亲节女儿送老妈一束康乃馨,瞬间整个脸颊都绽放出了灿烂的笑容,嘴上说用不着,其表情掩盖不了内心的喜悦。看望病中的老友送上一束鲜花,他的心情立刻好了许多,苍白的面容有了些许玫瑰的红色。结婚、祝寿是欢乐的世界,更是鲜花的海洋。每年的情人节,不仅是恋人们的节日,更是鲜花店老板最期盼的时刻。鲜花已经深入人们日常生活中的方方面面,成为相当一部分人精神生活中不可或缺的内涵。

我在想一个问题,人们为什么这么喜爱鲜花,而淡远盆栽花卉呢?其中一个重要原因,就是盆栽花卉只能是自我或少数人欣赏,而鲜花能够为多数人欣赏并能传递友谊。我参观过云南昆明的花博会,看过苏州园林精品花卉和盆景艺术的展出,其精心培育的品种和造型独特的树木,的确让人唏嘘不已,赞不绝口。但是它们不能复制,价格不菲的花卉,只能够在少数人之间传递欣赏。我也参观过浦东南汇等鲜花种植基地,数十个连体大棚里,成片的玫瑰、蝴蝶兰、百合花含苞待放,从灌溉施肥,几乎全是自动控制,整座大棚里看不到有人劳作的身影,完全颠覆了我对花农的传统印象。无论春夏秋冬,按照人为的节奏控制着鲜花生长。他们不是在养鲜花而是在制造鲜花,叫他们花卉工人更为确切,当成批的鲜花发往各地的时候,同时也把美丽和友谊奉献给了人们。

赠人玫瑰,手有余香。一束看似普通的鲜花,正在悄然改变着人们的生活,改变着人们的观念,我想,这就是鲜花无可比拟的魅力吧!为此,我要赞美鲜花!更想着献花她存在的意义……

在建党100周年的庆贺时刻,我首先将鲜花献给长眠于中华

大地的英烈们！其次要把鲜花献给正在用鲜血和生命保卫祖国安宁的现役将士们！再次要把鲜花献给我自己和退出现役的复转军人战友们！

祖国啊母亲！战友啊军营！我们千万个退伍官兵，退出现役但不褪军人的本质和风采。我们千万个复转军人，将随时听从祖国的召唤，随时准备拿起武器誓死捍卫母亲的尊严，随时佩戴鲜花奔赴炮火连天的前线战场，将一腔热血洒在共和国的疆场大地，将鲜花铺满大地、遮天蔽日……

（2021年7月）

第二辑

读书随笔

　　晨光中读书，使人神清气爽。月色下读书，犹如魂归故里。手捧好书，令君流连忘返不识今夕是何年？品味佳作，如遇知音，大呼相见恨晚。一本书，若静立书柜就好比待嫁秀女，羞答答企盼出阁良辰；若置于几上案头窗下，则以景物点缀，顿觉蓬荜生辉。

读书艺术的遐想

让一名"五零后"谈对读书的理解,实在是一沉重的话题。由于"文革"开始后的"自然辍学",我被逼离开了教室和老师,连初中文凭都无法拿到。尽管后来在十分艰苦的情况下,依靠业余时间不懈发奋地努力读书,按层层书面考试答题的严格程序,总算如愿以偿地拿到了初中、高中和大学文凭,但每每想起无书读的伤痕年代依然心有余悸。实践让我深深体会到,作为一个求学者,争取课堂正规的教育固然重要,但重视业余读书,特别是懂得读书的艺术尤为重要。

读书或书籍的享受素来被视为有修养的生活上的一种享受,而在一些不大有机会享受这种权利的人们看来,这是一种值得尊重和嫉妒的事。当我们把一个不读书者和一个读书者的生活上的差异比较一下,这一点便很容易明白。那个没有养成读书习惯的人,以时间和空间而言,是受着他眼前的世界所禁锢的。他的生活是机械的,刻板的;他只跟几个朋友和相识者接触谈话,他只看见他周遭所发生的事情。他在这个"监狱"是逃不出去的。可是当他拿起一本书的时候,他立刻走进一个不同的世界;如果那是一本好书,他便立刻接触到世界上一个最健谈的人。这个谈话者引导他前进,带她到一个不同的国度或不同的时代,或者对他发泄一些私人的悔恨,或者跟他讨论一些他从来不知道的学问或生活问题……孟子和中国最伟大的历史学家司马迁都表现过同样的观念。一个人在十二小时之中，能够在一个不同的世界里生活两小时，完全忘怀眼前的现实环境——这么一种环境的改变，由心理上的影响而言，是和旅行一样的。

不但如此，读者往往被书籍带进一个思想和反省的境界里去。纵使那是一本关于现实事情的书，亲眼看见那些事情或亲历其境和在书中谈到那些事情，其间也有不同的地方，因为书本里所叙述的事情往往变成一片景象，而读者也变成一个冷眼旁观的人。所以，最好的读物是那种能够带我们到这种沉思的心境里去的读物，而不是那种仅在报告事情的始末的读物。我认为人们花大量时间去读报纸，并不是读书，因为一般阅报者大抵只注意到事件发生或经过的情形的报告，完全没有沉思默想的价值。

所以，我认为读书和对食物的嗜好一样，必然是有选择性的。教师不能以其所好强迫学生去读，父母也不能希望子女的嗜好和他们一样。如果读者对他所读的东西不感兴趣，那么，所有的时间全都浪费了。袁中郎有过类似精辟的论述："所不好之书，可让他人读之。"

所以，世间没有什么一个人必读之书。因为我们智能上的趣味像一棵树那样地生长着，或像河水那样地流着。只要有适当的树液，树便会生长起来，只要泉中有新鲜的泉水涌出来，水便会流着。当水流碰到一个花岗岩石时，它便由岩石的旁边绕过去；当水流涌到一片低洼的溪谷时，它便在那边曲曲折折地流着一会儿；当水流涌到一个深山的池塘时，它便恬然停驻在那边；当水流冲下激流时，它便赶快向前涌去。这么一来，虽则它没有费什么气力，也没有一定的目标，可是它终究有一天到达大海。世上无人人必读的书，只有在某时某地，某种环境，和生命中的某个时期必读的书。纵使在封建时代如《圣经》之类的必读书，

读这种书也有一定的时候。当一个人的思想和经验还没有达到阅读一本杰作的程度时,那本杰作只会留下不好的滋味。孔子在《论语》中的训言以及他成熟的智慧,目前全世界都在研究和宣扬,但实事求是地说,一个读者在文字和思想均未达到一定水平的时候,是难以从中受益,更难谈欣赏的。

那么,究竟什么是读书的真艺术呢?简单的答案就是有那种心情的时候便拿起书来读。一个人读书必须出其自然,才能够彻底享受读书的乐趣。

(2014年6月)

清凉悄然逼近

天热,希望能读到有着薄荷味儿能满嘴生风的清凉的东西,最好是透出古旧微凉的气息那才叫好。

于是,再翻出了汪曾祺。是较早的版本。面目慈祥和蔼的汪老坐在自家的被磨压得发出紫光的椅子上,眼睛望着窗外透着亮光的地方。好似平和地问着身边的人:这样是否可以?

汪先生出生在南方,他的小说自然离不开水。白花花的水,缥缈缈的水,浩荡荡的水……炎热的夏季,读这水做的文章,实为一种难得的享受。

你只需放松了身体,放缓了节奏,放下了积极的心思,沉默地默读。初时,他的世界是远的,陌生的,是我们没有经见过的,文字平淡如水,叙述平淡如水,故事平淡如水,一篇小说读完了,放下书,拿起桌上的零食,边吃边露出一个心领神会的微笑,笑过了,书却又捡起来,重新开始再读。字字句句又仿佛是初次见的面,还是陌生的不熟悉的,却是看出了些什么,心底里慢慢有清浅的水咕涌上来,先是湿了人的眼睛,渐渐就湿了人的心腹,等自觉时,心上已然有了湿漉漉的青苔,也许,还会开出一朵莲来。

放下了书,从窗口向外望出,太阳是没有层次的白花花的样子,热浪和着喧嚣被古旧的清凉挡在了外面,模模糊糊的城市的轰轰隆隆的声音,变得遥远且更加模糊,在尘嚣的上捎,飞扬

着花开时的声音……

汪曾祺先生继承了沈从文先生的尊重事实和个人印象的创作意图，却较之沈从文老先生更有一份对文字的耐心琢磨和仔细推敲，赋予一个字一个词切实的感受和完整的意义。

他在小说自序说：我是主张适当地用一点四字句的。理由是：一、可以使文章有点中国味。二、经过锤炼的四字句往往比自然状态的口语更简洁，更为传神……

手拿汪先生的经典小说集，少不了细细品味《受戒》《大淖记事》，当然还有《鸡鸭名家》《八千岁》《故里三陈》。

黄子平先生在《汪曾祺的意义》里说："……突然，出来了一篇充满了内在欢乐的《受戒》，而且这欢乐是'四十三年前的旧梦'，是逝去的'旧社会也不是没有的欢乐'。"小说撇开了几十年统帅一切的政治生活的纠缠，用水洗过了一般清新质朴的语言叙写单纯无邪的青春和古趣盎然的民俗……

那句"用水洗过了一般清新质朴的语言"最贴切，太多的人，在他的小说里，看到了被水洗过的文字，闻到了被水的清凉湿润过的气息。还有就是小说里语言的筋，着筋不是筋骨的筋，不是坚硬，而是我国北方形容面条或锅盔大饼的口感，筋道，有嚼头。他在《受戒》开篇，写明海小的时候，他舅舅给他相面，说他准能当个好和尚，"于是明海就开蒙入学，读了《三字经》《百家姓》……每天还写一张仿。村里人都夸他字写得好，很黑……"看着"很黑"两字，就叫筋，就是那面条或大饼的嚼筋。写出了不识字的农村人对字的看法，就像我的家乡人说：这小囡字写得交关好，有笔锋。

《八千岁》里的八千岁，和儿子那比别人短了半截的老蓝布二马裾，常年不变的草炉烧饼，门上毛边纸发黄的对联：僧道无缘，概不作保。一个活脱脱的吝啬人物就站在了你的面前。但他经过了种种艰难曲折，亲眼看了别人的一桌满汉全席的制作过程，他用一盆清水将大家"概不作保"的字条闷了闷，刮下来，也舍得做了一身阴丹士林的袍子，长短与别人一致，精彩的是结尾处：吃晚茶的时候，儿子又给他拿了两个草炉烧饼来，八千岁把烧饼往桌上一拍，大声说：给我去叫一碗三鲜面！情文相生，顿生新意。

汪先生最是讲究小说的含藏功夫，他讲究"逢人只说三分话，未可全抛一片心"。他以侯宝林的相声段子《买佛龛》为例，先是张扬对佛龛的恭敬，不能说买，要说请，当问多少钱时，老太太大声说：就这破玩意儿，八毛……再不多说一个字，恰到好处地结束在该结束的地方。"都说出来，就没有意思了。"要"话到嘴边留半句"……他的小说《异秉》的结尾，就完全实现了他自己的主张，结束在了"裉节儿"上。

一篇成功的小说，语言是要紧的，没有富有张力、耐于咀嚼的语言，小说是吸引不了人的。汪先生小说里的语言，平实、朴素、宁静、古致，真正水洗过一般。他说，小说作者的语言是他的人格的一部分。语言体现小说作者对生活的基本态度。可见他对小说的语言看得多么要紧。贾平凹说，善良与宽容的作家，才能写出温暖的作品。汪先生用宽容的笔法，清洁地描述故乡里的人与物事，在他的小说里，没有狠巴巴的争斗，也没有气汹汹的态度，有的只是洁净的文字，掌控有度的节奏，遵循着文学自身的规律，给你讲讲那些古旧微凉的故事，不知不觉间，清凉就会悄然逼近。

（2018年7月）

文如其人写大爱

——读施永培的散文集《小鱼闲情》

欣闻好友施永培即将出版散文集《小鱼闲情》，我打心眼里高兴。前不久，永培如约拿来了一叠厚厚的书稿。开始我只以为让我先睹为快，或者说在个别字句上让我捉捉"漏"。后来他竟提出了一个让我措手不及的要求，即为他新书写序言或书评，理由是我俩是相识相知多年的老友，彼此又是"爬格子"的同道兄弟，所谓知根知底。见我支支吾吾，他似乎有了些许嗔怪："你是兄长和作家，你不写谁写？"这一下可把我唬住了。说实话，但凡为文数十年，曾写过各种体例的文章，但序言却从未碰过。之所以想婉拒，恐怕写砸了给添乱，有损书的光辉"形象"，有负挚友的盛情重托。但后来还是应了恭敬不如从命的约定俗成，也就有了这篇小文。

估摸用了十天多的时间，我推辞了许多缠身的琐事，认认真真地拜读了永培的那本《小鱼闲情》。其实，"小鱼"着实不小，全书洋洋洒洒近四十万字，分为《生活随笔》《乡野拾取》《闲话漫谈》《情感存放》等四大板块。掩卷遐思，脑海里突显出"大爱"两字。是的，我以为永培配得上这两个字。他爱事业，爱家乡，爱亲人，爱长辈，爱同事，爱生活，爱他的所爱——这就是本书的主题和核心，更是永培为文、为人的写照。

（一）

苏联现代文学创始人高尔基曾经对具有卓越贡献的人才或天才下过这样的定义"……究其本质而言，只不过是一种对事业、对工作过盛的热爱而已。"这句话，用在永培身上不为过。

经阅读永培这本书中的叙述，加之平素对他的了解，我对永培他那种不畏艰难、热爱事业的赤诚之心和追求进步的强烈愿望有了进一步的深刻理解。

曾几何时，我俩工作在同一条马路边的县政府机关，虽不在一个单位，但所做的都是写写弄弄的文秘工作。也许是老家住地和工作单位相近的缘故，我老早就知道永培与我一样，也是从田埂上走出来的农家子弟，在面朝黄土背朝天的艰苦环境下度过了难忘的孩提时代，高中毕业后在农村这块广阔天地里"苦其心智，劳其筋骨"，得到了不小的锻炼。后我参军去了东北，他在20世纪70年代恢复高考后成为第一届大学毕业生，后来当了教师，不久又升任小学和成人学校的校长，后又经公务员考试进了县财税局，再因才气出众又被调入市财税局办公室从事文秘工作，直至大前年退休。永培在他书中《写稿子》一文中有这样的描写："四十年的职业生涯，竟是主要用笔杆子作为赖以生存的劳动工具的。好在自己清风刻苦，夙兴夜寐，如饥似渴……"除按时按质完成任务外，十几篇相对重量级的文章，经领导审定后，先后在县级、市局级、市政府级和国家级等刊物上发表。有播种就有收获。由于他的不懈努力，得到了领导和同志们的普遍认可，不仅职级连续晋升，还获得过不计其数的荣誉证书，其中含金量相对较高的有：市教育局颁发的"教育改革中的先进校长"；市政府颁发的"上海市优秀教育工作者"；市财税局颁发的"优秀共产党员",等等。

工作岗位的"责任田",永培是劳苦功高、收获满满。工作之余的"自留地"他也是精耕细作,果实累累。不论是在农村当农民,在小企业当临时工,还是走上事业单位、公务员岗位甚至当了领导,永培从没有放弃过对文学的爱好,也未停止过文学创作。从18岁高中毕业开始为公社、县广播站投稿并被录用,到退休后的近几年,他笔耕不止。几十年来,他结合多年对生活的观察理解、悉心剖析和归类整理,写成了大量的文学作品,数十篇具有独到见解的随笔散文,散见于《崇明报》《解放日报》《新民晚报》《经济日报》等国内多种媒体。眼下集结的《小鱼闲情》,只是他从中遴选的部分优秀文章。于是,我想起了曾国藩的一句话。他认为,士人为人处世,第一要有志,第二要有识,第三要有恒。有志,则断不敢为下流;有识,则知学的无尽,不敢以一得知足;有恒,则断无不成之事。此三者缺一不可。永培对事业的大爱也足以诠释了这一点。

(二)

读了《小鱼闲情》,我进一步深深地理解了古代圣贤孔子关于"仁则爱人"的内涵。大爱是人生的最高境界。永培在书中用很大的篇幅阐述了对至亲、师长、朋友、同事的浓浓的爱。他在书中写的《父亲的"傻气"》《母亲的厚爱》《岳父的人好》《岳母的智慧》以及回忆爷爷奶奶、外公外婆和娘舅老师的文章,字里行间,充满了一种发自内心的爱,也捧出了一颗鲜活生动的感恩之心。他对我说,在写这些文字时似乎有一种带血的情感,有一种虔诚的敬畏,有一种含泪的感恩。写着写着常常泪满眼眶不能自已。看着他的文章听着他的实话实说,我的面前仿佛出现了许多画面:爸爸所做的桩桩件件乐意助人的"傻事";妈妈不畏辛苦、样样全能的女强人形象;爷爷奶奶、外公外婆操持家务精明能干的历史,以及舅舅老师为人师表、诲人不倦的亲切嘱托……是的,一个人的成长离不开他的所处环境,离不开亲朋好友的帮助。尤其是父母亲则是人生第一个老师,他们言教身传的示范作用形成了良好的家风,进而代代相传,成为子孙后代前行成长的不竭动力。书中《忆宋俊老师》一文着实令人动容。在"文革"中吃尽了苦头的宋老师胸有大爱,复出后不改初心,一如既往地热爱教学事业,他对学生的关爱犹如己出的孩子,教学上满腔热情,学习上关心具体,生活上关爱备至,困难时关照入微。正是在宋老师的殷殷嘱托和悉心帮助下,永培在"文革"后的首次高考中"金榜题名",正因为如此,永培也一直把恩师放在心上,坚持数年常去探望问候,对老师的一往情深在书中约在纸上。

　　上则敬老,下则爱小。这是永培大爱的另一个侧面。书中《机灵的小孙子》《参加孙子的毕业典礼》,描述了他对第三代的殷殷之情。文中写到与孙儿互动的场景时不吝笔墨,写了"警察与小偷""医生与患者"的生动情节,读来煞是有趣好笑。为了开拓孙儿的想象空间和逻辑思维,他不仅忙里偷闲与孙儿玩游戏互动,还在面积不大的家里专门腾出一个柜橱摆放着孙儿做成的"作品",有"农家别墅""变形金刚""潜艇""汽车"等等。在得知孙儿幼儿园毕业典礼通知后,永培兴奋得像一个老小孩似的,按照园方穿着要求,专门与爱人到商场选购了合适的衣衫和鞋子,兴致勃勃地坐在幼儿园会议厅观看了孙子班级的毕业典礼全过程。要知道,以前因为忙于工作,他儿子的小学、初中、高中毕业,甚至是大学、去英国留学的毕业典礼,从来没有参加过一次。每每说到小辈出息有成就,谈起四代同堂其乐融融的时候,那种无法形容的爱意、骄傲和幸福感十分明显地写在他的脸庞。怪不得他不吝笔墨,用数千字的篇幅记录了《参加孙子的毕业典礼》的全过程,字里行间浸润着祖辈的浓浓深情,也体现了老一辈对后代的殷切厚望。

(三)

如果说永培在书中描写至亲好友时饱含深情、催人泪下的话,那么"生活随笔"和"乡野拾取"的章节里,他则用另一种大爱描述了内心对生于斯长于斯的家乡的怀念之情,令人感慨万分,浮想联翩。在"小鱼之乐""小草的心愿""小鸟闹枝头"等章节里,将小动物一举一动的各种形态描述得活灵活现,看到妙趣横生处令人捧腹。一方面反映出作者对生活、自然界和动物世界的基本态度,即人与自然、人与其他动物理应和谐相处,不可相克相残;也体现了作者观察事物的能力,可谓洞若观火、见微知著。另一方面,文章采用借物喻人的拟人化手法,为生活在底层却为创造世界作大贡献的平民百姓歌功颂德、大唱赞歌。

"我想,那些生活在泯沟河浜里的小鱼,不以己悲,乐知天命;没了烦恼,生活美好。这也许就是小鱼快乐生活的根本,或者是全部所在。"

——《小鱼之乐》

"是啊,小鸟在春天的枝头呈现在人们眼前那欢唱忙碌热闹的背后,是它们熬过了酷寒峻冷的冬天,挺过了狂风暴雨的夏秋,是它们对生活执着辛苦负责的付出,更是人类重视环境保护,为小鸟的生存提供了优良的空间。"

——《小鸟闹枝头》

"人类不要忽视那些不起眼的、弱小的、贱下生命的作用,我们小草多么希望被人类合理利用啊……当我们小草家族充分发挥出了作用,自然界的环境会大大改善。"

——《小草的心愿》

"忽一日,我发现、我思考、我感悟到这种普通的梧桐树并不普通。春夏秋冬,它根据人们对四季变化的需要,以各种姿态展现在人们面前,顺势生长,无私奉献,它在我眼中总是那么高大、挺拔、可敬。"

——《眼中的梧桐树》

浓郁的地域风情,多彩的乡野拾趣,是永培笔下的又一亮点。书中的第二章节以长达二十篇目的文章,采用对比倒叙的艺术手法,写"阡变陌化的新农村",写"沿路大河的世纪变迁",写"卖棒冰""称稻草""看柴幢"以及捞鱼摸蟹的成长经历和劳动场景,还写了乡下的"老宅""炊烟""夏夜""草头"和"露天电影"等具有瀛洲特色的浓郁风情,让人过目难忘。尤其值得称道的是永培写各种各样的捕捉毛蟹的方法技巧,细致入微,几成教科书一般,没有深深的生活经历断然写不出这种文章,同为乡下人,我正是叹为观止、连声叫好。

永培的这本散文集还用不少篇幅"闲话漫谈"了生活中点点滴滴的杂感随笔及引发的各种联想,间接道出了作者对"生活""工作""生病""时间"的看法及所持的态度,可以算作他本人的世界观、价值观和处世哲学,以浅入深地给人以启迪,引发读者对生活作不断地思考、总结,活出质量,活出精彩。

写到此应该搁笔交差了,应该说"小鱼闲情"中的大爱深深感动了我,品读感慨后也尽所能写了一点心得体会,但仍觉得意犹未尽,仍然有挂一漏万的担心。好在序文或书评只起引言、导语的作用,更多的留待广大读者去阅读去品评。正如《菜根谭》所言:"文章做到极处,无有他奇,只是恰好;人品做到极处,无有他奇,只是本然。"

(2019年2月)

闲话旧书趣

昨天在离家不远的文庙书摊上陶的一本旧书，让我一直到现在还兴奋着，爱不释手。

该书是上海书店1989年出版，达世平、沈光海编著的《古汉语常用字字源字典》。买书人对这本书不怎么稀罕，原价5.70元的字典标价4元，被我乐得屁颠儿、屁颠儿带回了家。

回家以后翻阅，竟然收获了很多乐趣。

一直想找一本标注字源的书，家里有《辞海》《说文解字》《古汉语常用字典》，但都嫌太厚，翻阅起来不方便。而这本字源字典真是货真价实，功夫到家，对每一个字的字源都有简明的注释，点到为止，不拖泥带水，不虚张声势。

仔细观察，居然发现整本字典的注释都是手写的！想象一下，当年的书写者是多么小心翼翼，勤恳谨慎！甲文、篆文、金文都一笔一画写就，一个个仿宋字体，是那么整齐均匀清晰有力。真正让生活在数字时代的现代人叹服！我一页一页地翻看字典，仿佛仰视勤勉时代一个个坚实的背影。

庄子说："各是其所是，各非其所非，则莫若以明。"可人非圣贤，谁能对人间是是非非看得清楚，保持内心的清明？很多时候，我们普通人是随波逐流人云亦云的，总被一股无形的力量牵着走，所以很容易被某些浮躁所影响，成了不理智时代的一员。

手头这本旧书，就是警醒我大脑的清新空气。

读旧书是一种品味，宛如游览中国古典建筑。

有人讲：衣不如新，人不如旧。读书亦然！

书是值得珍惜而宝贵的东西。它终究不是普通的生活用品。先贤所说，书是人类进步的阶梯、书是人类智慧的结晶、书是前人经验的宝藏。

以前做学生时，有好心的导师给我们开具读书目录单，那是最幸运的事。做学生能受到师长的指点，进步必然很快，免得一个人在偌大的图书馆里转半天，不知借什么书看好。踏上工作岗位以后就只有靠自己了。好在，读书永远不觉得晚。随时随地，只要有书可读，心灵就可以安定下来。比如兵书，先人哲学，古典文学，都是心境里一份闲适的享受。读书写读后感，随意的感受，或多半是摘录几句书中的经典，更加怡然而畅快。

作为传统的读书人看来，有些中国古典是非读不可的。在此不用列举书目，四书五经之类，关于传统文化的经典之作，无论对于理工科、文史法、政治财经公关关系，为人做事，都大有裨益。比如经书、史书，一些国学类经典，遴选而读。

北宋诗人黄庭坚曾说过，人不读书则尘俗生其间，照镜则面目可憎，对人则语言无味。现实生活中，面目可憎、语言无味的有之；忙于工作、忙于生计，没有时间读书者亦有之。殊不知，读书之气乃清新爽朗之气。

诚然，爱新书更爱旧书，乃因为旧书之沉淀，旧书之内容可幻想从前记忆，好比老屋子墙头的青苔、好比宅沟边那棵丈余高的老槐树、好比门口青石板路印记的脚步。没有深厚的积淀，是丰富不起来的。可是，我们的脚步还是落在眼前现实的土地上，不能永远盘旋在美好的记忆里。丢下旧书，肚子饿了、口渴了、犯困了，还得一口饭、一口水、一顿觉来充实躯体。

读旧书，掺杂一些古文，多有裨益。比如文言文中的章法句法词法都很有讲究，一两句话就可描绘一幅美景、一番深情，流传千古，看一个人从小信手拈来几句古诗词，朗朗上口，视为很好的教养。旧书的可爱，还在于它的情趣。大大小小，字体各异，形形色色的排版、装帧，饭后睡前，在书架、在案头、在枕边，信手拈来，爱不释手。一时间，忘了锅中熬的红豆汤、桌上新沏的普洱茶，香味四溢，于心间、于嘴边，总相宜。

如今的书店里，琳琅满目，书籍的装帧是越来越精美、豪华。所以，越来越青睐以前那些装帧朴素、简洁大方的旧书了。一本旧书在手，不说那份素面朝天的从容淡定，也不说岁月留下的沧桑况味，只那略微发黄的纸页上飘出的淡淡墨香，便如陈年老酒一般让人沉醉不已。

在旧书摊上淘到心仪的好书，那种意外惊喜的感觉，就像在废墟之中发现珍珠一般，记忆特别深刻。大概十多年前吧，一个春雨绵绵的下午，在杭州西湖边的马路上独自无聊地闲逛，见到一个临时的流动小书摊，居然从中买到一套上海古籍出版社1978年版的《诗人玉屑》，另有一本清代围棋国手施襄夏的《棋诀图释》，这让整个旅途心情由阴转晴，特别愉快，且充满古趣。

淘书的乐趣，绝不仅仅是价格便宜这样简单。由旧书构成的氛围能把人带回过去的时光，让人重温从前纯真岁月中那些美好片段带来的温馨和感动，暂时逃离琐碎庸常的现实生活。而淘到的旧书，不少都是以前动心过、关注过，却因种种缘故错过没能得到的，如今重拥入怀，自有一种久别重逢的亲切感。就像曾经的恋人，几经沧桑，终于又走到一起了。这样的结局在现实生活

中是难以实现的,我们便可借淘旧书来弥补这种传奇的情怀。

当然,阅读旧书本身的乐趣,也是新书无法比拟的。一本旧书在手,轻便柔和,带着岁月留下的温馨气息,可在沙发上歪着看,也可在床上躺着看,还可以大大方方折上一角做个记号,便如多年的老友一般随心自然,不必担心对方高不高兴。相信,不单是我对旧书情有独钟,相信诸君人过中年,都会油然而生如我一般的旧书情怀。

我们家住在市区的老西门,离文庙、豫园都非常近,那里总是洋溢着一种繁华,热闹非常,尤其是夜光下的夜市,总是透着几分浪漫和自由。每当傍晚时分,太阳刚从西边落下,月亮悄悄露出了头,路边的灯光也次第地亮起来,摆摊的人们就开始在路边儿练摊,水果摊、小吃摊、啤酒摊等热闹极了,而我最欣喜的却是那些旧书摊。

每当夜晚归来时,总是不由自主地停在那里,带有温暖的手抚摸过每一个沧桑而熟悉的文字,也总是精心挑选着那些带有历史线索的书页,那些泛黄而散着淡淡香味的书,吸引着我。我的目光在那些路灯下注视,我的脚步也随着停留,不由自主地靠拢,弯下腰,蹲下身子,扫视着那些喜爱的书籍。

不舍的旧书,填充着我多半个新书架,也同样填充着我的生活,捡起每一本也都捡起了我旧日情怀,突然有一种很富足的感觉。

已经解甲归田奔古稀的我常常问自己,还有多少旧书未读呢?

(2016年5月)

第二辑　读书随笔

闲聊读书

　　读书论是自古至今的文人墨客难违的永恒话题，尽管纵横捭阖、争辩不休，却也莫衷一是。

　　如何读书（准确地说是如何有效地读书），也实在是困惑所有读书人的一大难题。劳作之余，在走亲访友中，时而闻有书友们见仁见智的读书心得，颇受启发，当然也有不敢苟同之处。作为闲聊的参与者，试将一鳞半爪的看法书面函寄家乡的报刊，希冀求证于更多的仁人智者，正所谓抛砖引玉吧。

　　在当今知识爆炸、网络无孔不入的信息时代，要想更新知识了解世界只需举手之劳。然而，无论是瞬息万变的网络，还是无所不能的电子书刊，都无法与一本本实实在在的传统图书相比。

　　图书不分华丽素雅，读书人不只览其心悦、悟其精髓，更偏爱其便于存取。机场车站码头，抓紧片刻时间为我所用；街头林间小巷，一树一墙一栅栏，随时随地斜倚阅览。春天，携卷漫步溪边柳林，觅一片青青嫩草，席地而坐欣赏美文佳句，徐徐春风拂面而来，书香草香浑然一体，令人心旷神怡。盛夏，凭窗聆听雨打芭蕉，读书观景两相宜，书亦消暑。晨光中读书，使人神清气爽。月光下读书，犹如魂归故里，手捧好书，令君流连忘返不识今夕是何年？品味佳作，如遇知音，大呼相见恨晚。

　　一本书，若静立书柜就好比待嫁秀女，羞答答期盼出阁良

辰，若置于几上案头窗下，则似景物点缀，顿觉蓬荜生辉。

读书如交友。友有好友，书有好书。择书如择友，交友不慎，懊恼悔恨；择书不佳，无聊味乏。所谓"得好友来如对月，有奇书读胜观花。"与书交流似与好友对话，只有轻抚图书，细品慢呷，闻其墨香，观其文字，才能领会其中滋味。如读《塞上》"大漠孤烟直，长河落日圆"。合上书、闭上眼，那景致那风情飘然而至，带来无限遐想，就好似身临其境。

初识新书，最先感受的是那封面的装帧，好的当然是眼前一亮。信手翻来，插图与内容遥相呼应，勾勒得恰到好处。启开扉页，作者、编者、出版者；字数、印张、年代一应俱全，不但令读者增长见识，同时还揭示了成书背景，且从另一侧面显现有无收藏价值，供读者自由取舍。

好书不分国界，备受世人推崇。一年一度在德国莱比锡举办的"世界最美的书"评选活动，每年都有30多个国家、630多种图书参选，而中国图书《梅兰芳戏曲史料图画集》《曹雪芹风筝艺术》和《诗经》等传统图书先后入选，为国载誉。"世界最美的书"不但从封面、插图、装帧、纸张、开本、版式、艺术创意等方面独占鳌头，更可贵的是充分发挥了图书的阅读功能，令人爱不释手。

阅读图书既可在书上圈圈点点，有感而发，又可印鉴名章、闲章、藏书章装饰欣赏。若干年后重读此书，如同知遇故人，别有一番滋味在心头。因此，面对多种阅读媒介，窃以为，不妨把最具亲和力的纸质图书珍爱收藏，慢慢品味。至于电脑网络，权当查查资料、读读新闻、看看热闹而已。

（2017年4月）

心灵的感应

——俄罗斯作家蒲宁小说的诗化叙述

伊凡·阿历克谢耶维奇·蒲宁（1870—1953），俄国著名诗人、小说家，俄国批判现实主义的杰出代表，俄罗斯文学史上最后一个古典作家。他曾两次获普希金文学奖，并于1933年获诺贝尔文学奖。

蒲宁出生在沃龙涅什省叶列茨县一个败落的老式贵族家庭，从小生活在浓郁的文学气氛和优美而寂静的田园中。他的作品继承了俄罗斯古典文学的传统；他的小说简练、紧凑、优美，擅长人物语言、形象、心理和自然景色的描写，有对往昔充满依恋的挽歌情绪。

读蒲宁的小说，充分感受到一种田园诗般的意境美，作家久远的回忆、美丽的憧憬、浪漫的情调甚至忧郁和感伤或浓或淡弥漫其中，加以优美的语言装饰，小说展现出诗的绮靡。

置身于蒲宁小说营造的意境之中，犹如观摩一幅印象派画家的巨幅画卷，通过作者心灵的屏幕透视其眼中绮丽的世界，获得一种欣赏的共鸣。

"初阳已透过雾霭，照暖了阒无一人的堤岸，眼前的一切无不光莹四射。然而山谷、日内瓦湖和远处的萨瓦山脉依然在吐出料峭的寒气……萨瓦山消融在亮晃晃的晨岚之中。在阳光中难

以辨清，只有定睛望去，方能看到山脊好似一条细细的金线，迤逦于半空之中，这时你才会感觉到那边绵亘着重峦叠嶂。近处，在宽广的山谷里，在凉飕飕的湿润而又清新的雾气中，横着蔚蓝、清澈、深邃的日内瓦湖。湖还在沉睡，簇拥在市口的斜帆小艇也还在沉睡。"（《静》）

作家对日内瓦湖景物的观察和描绘，"是从固定的视点进行写实的描摹，即是对'眼中'之物的描摹，是在一种物理真实的基础上发挥情感与想象，构成诗的意境。"（《中国现代小说的抒情倾向》）

作品留给读者巨大的想象空间。这是一个入门还在沉睡的秋日的早晨，优美的文字将读者带进一片湖光山色之中，跟随作家笔触的引领，人们不仅调动着充分的想象，"看"到阳光下的山脊"好似一条细细的金线，迤逦于半空之中"，欣赏着被"细细的金线"勾勒出的重峦叠嶂的雾蒙蒙的壮美；并且"感觉"到阒无一人的堤岸的"静"和被透过雾霭的初阳照射的"暖"，以及远远近近的山谷、湖面"吐"出的料峭的寒气，顿时让人产生了一种不忍惊动还在沉睡的"蔚蓝、清澈、深邃的日内瓦湖"和簇拥在市口的斜帆小艇、只能尽情地吸吮着"凉飕飕的、湿润而又清新的雾气"的真实感受。

蒲宁的小说《雾》所抒发的情感带有启示心灵的意味，这种启示既带有虚幻的色彩又是附着在现实的基础之上实实在在的人生哲理。

"在这个我们所不理解的，由太空、迷雾和海洋汇成的世界中，那温柔、孤单、始终郁郁寡欢的月亮冉冉升了起来，让幽深的子夜笼罩万汇……就跟五千年前，一万年前一模一样……雾紧紧地箍住我们，叫人看看也毛骨悚然。在迷雾中央，就像某个神秘的魅影那样,残夜的一轮黄澄澄的月亮一面向南方坠落,一面呆定地停滞在苍白的夜幕上,好似人的眼睛,从光晕构成的向四周远远扩散开去的巨大的眼眶中俯视着人间,为轮船照出一个圆圆的深邃的孔道。这原型孔道中具有某种《启示录》式的东西……同时,某种不属人间的、永远沉默的奥秘存在于这坟墓般的岑寂中……存在于今天的整个长夜中,存在于轮船中,存在于月亮中,此刻月亮正近得惊人地紧挨着海面,以惆怅而又冷漠的表情,直视着我的脸庞……海水低低地卧在右舷外,平坦的几无一丝波纹。它,那海水,神秘地、悄无声息地摇晃着,流入浴满月光的似轻烟一般的迷雾之中,闪烁出粼粼的波光,活像是无数忽隐忽现的金蛇。可这闪光在离我二十步外就渐渐消失,再远些只能隐隐约约地看到了,变得就像失去了光泽的死人的眼睛。我举目仰望,重又觉得这轮月亮是某个神秘的魅影所变幻成的形象,而这无边的寂静则是一种奥秘,这种奥秘有一部分是我们永无可能认识,永无可能索解的……"(《雾》)

"艺术的存在,与哲学、宗教一样,根本的目的好似寻求宇宙人生的真谛。艺术表现宇宙人生的'真'的途径,不是通过逻辑论证或从现象进行推论、玄想,而是通过心理观照现实而产生的艺术境界——意境。歌德曾经说过,一切艺术境界都是意境只是意境的层次有高低之分。追求客观再现的艺术,则主要通过对艺术家'身之所容'的世界,从中回顾人生、窥测人生的本质。而追求主观表现的艺术,则主要通过对艺术家'目之所瞩'的世界的描绘,暗示和象征那不可视见的主体'意之所游'的心灵世界。"(《中国现代小说的抒情倾向》)

在《雾》中,作家"身之所容"的世界是夜色中月光下雾气升腾的大海;作家对"目之所瞩"的月亮、雾、海水等自然景物用诗样的语言赋予人的情感：月亮是"温柔、孤单、始终郁郁寡欢的"，好似一个失恋已久的少女；雾"紧紧地箍住我们，叫人看看也毛骨悚然"，颇有些凶神恶煞独霸海面的恶魔的样子；海水"低低地卧在右舷外，平坦的几无一丝波纹""神秘地悄无声息地摇晃着"，就像一个饱经沧桑的老人，在静静地观望着世事的变迁。自然景物有了人的灵性，也就"自然"平添了人的惆怅：月亮"呆定地停滞在苍白的夜幕上"不知道在疑惑什么，思考什么；"此刻月亮正近得惊人地紧挨着海面，以惆怅而又冷漠的表情直视着我的面庞。"好像是在表现自然与人某些互不理解的隔膜。人与自然，自然与人被作家在作品中用浪漫的笔触溶在同一个狭小的时空之中互相猜疑又互相解惑。同时，作家赋予自然景物人的心灵寄托：海水"流入浴满月光的似轻烟一般的迷雾之中，闪烁出粼粼的波光，活像是无数忽隐忽现的金蛇……我举目仰望，重又觉得这轮月亮是某个神秘的魅影说变幻成的苍白的形象，而这无边的寂静则是一种奥秘，这种奥秘有一部分是我们永无可能认识，永无可能索解的……""无边的寂静"暗示和象征作家那不可视见的主体"意之所游"的心灵世界，而无边的寂静中的"永无可能认识，永无可能索解的'奥秘'亦是对尚未可知的自然现象，以及通过观察自然现象经过想象而引申出的一种暂无法破译的诠释。"其实，人生就是在这种观察、思考、探索、认识、升华之中实现着应有的价值。

读蒲宁的小说，能够感受到诗一般的意境美，能够产生一种浪漫的心灵感应，能够让现实插上理想的翅膀，追求想象中美好的希望。

（2019年8月）

心态决定命运

——读《心态好，一切都好》一书

心态，是社会学的一个概念，属于人的意识或精神范畴，但它会直接作用和影响我们有形的物质世界。心态源自人们实践中的经验，反过来在人们的生活中又不自觉地指导人们的实践。前一时期正在热卖中的《心态好，一切都好——影响人生成败的心态故事》一书，着重阐述了心态端正与否对人生的重要性。作者张伟先生，是我二十几年前在家乡崇明岛县政府机关一起供职的挚友，以后他走南闯北在商海里闯荡就失去了联系，最近才知他在商战之余勤于笔耕，用了几年时间，七易其稿，从心态与结局的角度，把168个故事编著成书，提出了针对实际问题解决的常识性方法。拜读后如春风抚煦心田，总想以文字形式示敬示贺，同其他读者交流心得，于是就有了这篇小文。

《心态好，一切都好——影响人生成败的心态故事》以"积极进取""创新求变""超越突破""辩证统一""坚持付出""创业求知"和"自私愚蠢"等八大心态，分类展开具有不同魅力和感触的赢家心态小故事。每个故事之后都以"阿伟领悟"作引领性的点评，一方面则是作者领悟到的智慧一角，另一方面引领读者的悟性，鼓励人们思考如何更积极、主动地改进心态。

《心态好,一切都好——影响人生成败的心态故事》以细腻的笔触、朴素的语言、生动的故事、实用的技巧,告诉我们一系列深刻的道理;纵然现实中有太多的不如意,只要你从不抱怨,就能登上事业之巅。如果你不能改变自己的命运,那么就从改变自己的心态开始吧!切记:心态决定命运!

在生活中,一个人总是要扮演多种社会角色,面对来自不同方面的事情,常常有一种人,他们在遭遇挫折或失败时就会感叹自己命运的不幸,取得进步和成功时则会为自己受到了上天的眷顾而欣喜。他们不相信命运可以由自己掌握,总是以消极被动的姿态面对一切,无心也无力去改变什么。

然而,事实真的如此吗?有人能成功,赚更多的钱,拥有不错的工作、良好的人际关系、健康的身体,快乐地过着高品质的生活;而有些人忙忙碌碌却只能维持生计,难道这都是命运的安排吗?

其实,人与人之间并没有太大的区别,人们对待事情的不同心态,往往会导致结果出现巨大差别。生活中的任何事,都好比一枚硬币,有着截然不同的正反两面。当它朝你飞过来的时候,究竟哪一面冲着你,那当然是你无法掌控的。如果反面对着你,而你想看正面,反过来看就是了,这也是心态积极的人思考问题和做事情的方法;而心态消极的人,发现反面对着自己,就会唉声叹气、怨天尤人,这样事情永远不会出现转机。

每个人都渴望成功,人人都想成为令人羡慕的成功者。但成功没有统一的标准,也没有统一的途径。有人说,谁想成功,谁就经常与成功的人在一起,犹如要提高自己的球艺,就必须多与比自己水平高的对手比赛一样,这是不无道理的。可是,成功者往往有自己的圈子,普通人一般是无缘进入这个圈子的。那么，如果没有条件与成功者在一起怎么办呢？我们可以研究和揭示成功者的奥秘：那就是成功的道路千万条。张伟先生用心完成的《心态好，一切都好——影响人生成败的心态故事》，编得精致，悟得透彻，带我们进入了很多原本无知的地带，谅必能为我们能够成功增添很多智慧。

《心态好，一切都好——影响人生成败的心态故事》一书，根据成功者的规律，所精选、改编和创作的影响人身成败的赢家心态小故事，犹如一颗颗多味的橄榄，让人回味无穷。这些故事有些上至富豪大亨、下至平民百姓的真人真事，有些是出于名家之手的经典寓言，有些是编者在生活中的珍贵发现，故事虽小，意味却深长，给人一个看得见的彼岸。许多故事给人以强烈的震撼，甚至因受到启示而改变人一生的命运。

在这个世界上，人生从来就是一个竞技场，从人生的意义上说，其过程比结果更为重要，因为结局往往大同小异，而过程却千差万别，同样的成功，不一样的道路。人与人之间原本只有微小的差别，但却造成了巨大的差异，其原因正在于心态。我想，《心态好，一切都好——影响人生成败的心态故事》一书之所以受到读者的广泛称道，这是因为它深入浅出地告诉我们，调整好心态对人生是如此的重要。积极的心态将改变无数深陷逆境的人们；积极的心态，是走向成功、实现人生目标的灵丹妙药。积极心态的力量是巨大的，它能让你正确思考，充满信心，受人喜欢，赢得幸福；积极的心态能帮你总结经验，吸取教训，吸引财富，知足常乐；积极的心态能让你激励自己和他人，立即行动去争取成功。而积极的心态中又有各种不同的心态，纵观古今中外数不尽的大小赢家，他们有一个共同点，即善于因时、因人、因情运用各种不同的积极心态把握时局，驾驭命运。

当你阅读并研究《心态好，一切都好——影响人生成败的心态故事》一书，会自然而然地得出这样一个结论：有什么样的心态，就有什么样的人生。因为每个人的心态链都是一样的，即：播种一个理念，收获一种态度；播种一种态度，收获一种心情；播种一种心情，收获一种行动；播种一个行动，收获一种习惯；播种一种习惯，收获一种性格；播种一种性格，收获一种命运；播种一个命运，收获一种未来。

心态是一种觉悟的境界，他能使你成功，也能使你失败，要改变自己的命运，首先就应该改变自己的心态。由此可见，今天的你是由昨天的心态造就的，明天的你将由今天的心态铸就。我们如果要改变未来，就要从现在开始改变心态。因为——心态决定命运。

（2014年6月）

扬扬其香　幽幽其芳

——略读《明朝那些事儿》随感

很久以前就想动笔为这本书写点什么了，却迟迟没有动笔。不是因为它被排山倒海的粉丝称赞过而望其项背，不是因为它被许多专家墨客不屑过而羞于表达，也不是因为豆瓣上那一篇又一篇精辟独到、难以逾越的书评而难措其辞，只是有太多的感慨汹涌于心间，激荡、徘徊，却又难以名状，就像暴风骤雨前变化莫测的阴云，和着声声雷阵，道道电光，却不知何时才是一场酣畅淋漓的大雨。

静下心来读一部史书，起码对我来说，是需要勇气的。看一看《指南针法律法规汇编》能充实我的法律业务，甚至读一读曼昆的《经济学原理》也能使我在各财经专家在电视上夸夸其谈的时候，不那么容易被各种专业术语说迷惑。可读《明朝那些事儿》，委实难以带来什么立竿见影的效果，但正如梁文道先生所说："读一些无用的书，做一些无用的事，花一些无用的时间，都是为了在一切已知之外，保留一个超越自己的机会。人生中一些很了不起的变化，就是来自这种时刻。"于是，带着这样一种无关功利的心，某个闲适的周末，我打开了这本书。

有人说："一千个人心目中就会有一千个哈姆雷特"。而我看到的，是书中描绘的一个气势恢宏、海纳磅礴的世界——它展现了一段精彩纷呈的传奇,从金戈铁马到儿女情长,从权谋诡谲到山河悲壮,应有尽有;它还原了一个并不完美的世界,从朱棣到朱厚照,从于谦到张居正,无论成败,无关善恶,却都在为各自的信念在那个遥远的时空中倾力奋斗、角逐与抗争。深入其中,我有时会像一个游荡的灵魂,随着作者细腻的刻画进入人物的身体,感同身受的与他们一起失落、欢喜,一起与命运抗争,一起在挫折中历练成长。这书像是一场梦,一段回忆,来过,离去,却将汹涌的情感留在了人们的心底。

无关世事变迁,无关记忆与忘却。

斗转星移,沧桑历变,很多人对于那段发生在几百年前的故事,早已淡漠。而在《明朝那些事儿》中,在字字饱含情感的记录中,我重新认识了那段历史,那些人。他们就站在那段历史里,无关世事变迁,无关记忆与忘却,即使沧海横流,岁月磨砺,却依然以超然的气节与品格感动、激励着许许多多人。

这是一段在"还乡团"被推翻后作者对被他们陷害致死的名臣于谦的一段叙述——

"其实于谦并不需要皇帝的所谓嘉许,因为这些所谓的天子似乎并没有评价于谦的资格。明英宗之前有过无数的皇帝,在他之后还会有很多,而于谦是独一无二的"。

人们不会忘记,正是这个人在危难之际挺身而出,力挽狂澜,保卫京城和大明的半壁江山,拯救了无数平民百姓的生命。

他从小满怀以身许国的志向,经历数十年的磨砺和考验,从一个孤灯下苦读的学子成长为国家的栋梁。

他身居高位,却清廉正直,在他几十年的官场生涯中从没有贪污受贿,虽然生活并不宽裕,却从未滥用手中的权力,在贫寒中始终坚持着自己的操守。他不畏惧困难和风险,在国家最为危难之时挺身而出，承担天下兴亡。

他是光明磊落地走完了自己一生的人，是值得钦佩的，而如果他还能做出一些成就，那么我们就可以说，这是一个伟大的人。

于谦就是一个这样的人。

他的伟大不需要任何人去肯定，也不需要任何证明，因为他的一生就如同他的那首诗一样，坦坦荡荡，堪与日月同辉。

每每读到这段话，我的心情很难平复，想起他以一屡弱文官之身挺身而出，组织起北京保卫战的气概，想他关键时候舍生忘死，挑起了守卫京城德胜门的重任的决绝，想他家国天下，却最终被奸人所害的悲哀……此时的他在我心中，已不是一个遥远的姓名，一段漠不关己的历史，一粒历史大漠中的尘埃，而是我举头仰望浩瀚星河中，最闪亮的一颗。

读这本书时，我没有机会去到杭州于谦墓前叩拜，也没有办法看到那游人寥寥的墓园中，于谦神态从容的微笑。但我很庆幸，因为无论在部队机关，还是转业回地方警营，多次出差北京，路经明朝无数历史发生的地方。此后的我，每当经过德胜门，都会驻足、凝望，然后心潮澎湃……这座城楼在我眼中、心底已不再是一座翻新过无数遍的古建筑，而是一个改变了中国历史的地方，是于谦和将士们曾经誓死保卫的地方，也是他实现理想报效国家的地方。五百多年过去了，他似乎从来没有离去过，他始终站在这里，俯瞰着这片他曾用生命和热血浇灌过的土地，俯瞰着那些他曾拼死保卫的芸芸众生。作为同行，我真为保卫首都的公安民警们骄傲，你们所守护的不仅仅是这方土地上的人们的幸福安康，你们还守卫着这一段令所有中华儿女值得自豪的历史。

无关成功与失败,无关好与坏。

通过这本书,我了解了许许多多的历史人物,不是认识,而是了解。在书中,我感受过朱元璋站在濠州城门前那份"待得秋来九月八,我花开时百花杀"的豪迈,或者兵败身死,或者开创霸业;在书中,我看到了那个意气风发、文采卓绝的明朝第一才子解缙,他带领文渊阁的学士们,呕心沥血,终于完成那部空前绝后的《永乐大典》,全书三亿七千万字,全部由手工一笔一画抄写而成;在书中,我看到了才气横溢,精通权谋的一代名臣张居正,正是通过他的努力,明朝重新焕发了生机……

无疑,他们是成功的,但在他们成功的背后,却有着难以评定的是非——朱元璋,取得天下之后却将刀指向了曾经出生入死的兄弟们、战友们,曾经的浴血奋战、患难与共在权利面前变得如此的脆弱;解缙,在权谋与欲望的官场中越走越远,曾经傲骨铮铮的才子最终在一场利欲熏心政治投机中赔上了自己的性命;张居正,在权倾朝野之时贪污走上不归路,其死后被抄家……而后我明白,他们是成功的,可是成功的人不一定完美。

在书中,我也看到了这样一些人,他们由于种种原因为世人诟病,却让我在字里行间感受到了他们鲜为人知的一面——张永,朱厚照时期霍乱朝廷的宦官集团"八虎"之一,但他也曾当机立断,帮助杨一清除掉霍乱朝纲的刘瑾,关键时刻又站出来维护了平息宁王叛乱的王守仁;还有我最想说的,便是明朝的最后一任皇帝——崇祯。

正如书中所说:"崇祯的故事就是这样,他挨棍子的数量,估计比《渴望》女主角要多得多,抗击打能力更强。"最不幸的是,他的故事没有一个好的结局——他的努力,终究失败。但比最不幸更不幸的是,崇祯知道这点。

然而他依然尽心尽力、全力以赴、夜以继日、勤勤恳恳、任劳任怨、不到长城心不死,撞了南墙不回头,往死了干,直到最后结局到来,依然没有放弃。

这是一个了不起的人。明知不能成功,依然慷慨而行。一般说来这种行为有着很多称呼,比如愚蠢、不自量、飞蛾扑火等等,在西方人眼中,这更是不可思议的违反逻辑的行为。而在中国古老的哲学中,这种行为有着一个恰如其当的名称:明知不可为而为之。我深信,这正是我们这个伟大民族的魂魄。小时候,我们总是喜欢用好人或者坏人来衡量人,后来,我们学会用成王败寇来评价人。但岁月那么久,历史那么长,谁又能真正衡量好坏,定义出成败?知名的,不知名的,成功的,没有成功的,但是,他们努力过,奋斗过,甚至动摇过,但无论如何,他们与命运抗争的过程仍然让我肃然起敬。

《明朝那些事儿》为我们描绘了一个伟大的朝代,经济繁荣,文化灿烂,无汉唐之和亲,无两宋之岁币,天子守国门,纵横天下,万国来朝。这部书,让我了解了历史的灿烂与美妙,让我学会了剖析与思考,让我找到了精神上的楷模,也让我明白了什么才是人生中追寻的目标——一颗勇敢的心。这勇敢是知其不可为而为之的决绝,是面对困难与艰险时挺身而出的魄力,是为国效忠为民请愿的执着,更是面对一切误解与是非的坦然。这品质,亦如一株茕茕子立的兰——兰之猗猗,扬扬其香,众香拱之,幽幽其芳。

(2014年2月)

在书摊无以为保的尴尬

这些年,进书店的次数越来越少,但书我还是常买的。不过十有八九不是在堂皇的书店,而是在街头地摊。前几年上海文庙的旧书摊很火,去文庙的大多是书迷,每到双休日,淘书的人里三层外三层,青年学生和中年读者居多,当然我也是其中之一。这些旧书摊,卖得多是名人大家早些年"糊弄"文学青年的书籍。这些年,因为"落伍",因为浮躁,它们只能在风吹尘落的地面上等那些以文为荣的我类购去,在与"物质"无缘的情况下,"精神"一番。

那一天天将黑,我在花花绿绿的临街服装摊中走过,倏发现一个这样的旧书摊,摊主是个戴眼镜的中年汉子,穿着土灰色的衫,留着已少见的"三七分",镜片后一双眼阴阴的,漠然。凭直觉,他不是真教书的老师就该是个"文人"。

喜欢这样的摊儿,是因为在这样的摊上,我总能淘出可以"精神"一阵子的"货"。当然,这次也不例外。刚蹲下,我就看中了两本。这两本书是20世纪80年代初"三联"的版本,粉底定价虽被刀片刮去了,但还是没几人翻过的八九成新书。

拿了书问价,才十几元。可当我准备付钱时,却翻遍身上所有兜仍少一元。"便宜点咋样?"我不愿放弃"精神"的机会,商量。"便宜点?你到书店看看,新版书50块能买来就不错了。"中年人白了我一眼。这一点我信,遗憾的是钱包缩在了家里。"明天你还来不?"想了想,我问。"来。"中年人随口说。"我真忘带钱了。这样吧,这钱你收着,这两本书我拿走。明天我来给你送一块钱。""哪有这样做生意的呢?"中年人连连摇头。

曾经有过一文钱难倒英雄汉的传说,而现在却是少一元钱,那两本书我拿不走。其实,我倒想用衣服、眼镜什么的作抵押,可又不愿这么做。好歹这中年人也是读书人模样,我一直觉得,在金钱和脸面之间,读书人会毫不犹豫选择金钱以外的东西的。于是,我说:"这样吧,书我先拿走,我用人格保证,明天一定把钱给你送来。""你先拿走一本,另一本我给你留到明天就是。"中年人折中道。不过,他的话让我颇不舒服,甚至怀疑自己的直觉有问题:他到底是不是读书人啊?"不就是一块钱吗,难道我用人格保证还不行吗?"我脸一红说。"不是我不信你,明天你拿钱来不也一样?"中年人笑道。

磨了半天嘴皮子,我一本书也没买就气鼓鼓地走了。临走,我嘟囔:"难道我的人格还不值一块钱吗?"不想,中年汉子笑了。"你笑什么?"我莫名其妙。"虽然你人格不是一块钱能买到的,可我凭什么信你呢?"中年人看着我,露出一脸坦诚的笑意。

笑意中,我忽有了从来没有过的惭愧:是啊,凭什么让别人相信我呢?

(2019年7月)

琢磨之心

治玉为琢，治石为磨。正派善良的人，琢磨事；心术不正的人，琢磨人。

治玉为琢，治石为磨。所谓"琢磨"，就是雕刻和打磨。

《荀子·大略》有云："人之于文学也，犹玉之于琢磨也。"好的文字，往往是反复琢磨得出的。同样，出类拔萃的人生，也常常是被多姿多彩的生活修炼、琢磨出来的。被生活琢磨过而脱落出来的人，才会拥有不同凡俗的精气神，才会拥有美丽的人生。尘世之间，有所成的人，大抵都有一颗琢磨之心。

韩愈说：行成于思，毁于随。意思是成功需要不断地思考和琢磨，不仅仅是把前人的知识装进脑子里，更重要的是善于反刍质疑，凡事必问一个为什么。意大利物理学家伽利略，推翻了亚里士多德关于"物体降落的速度与它的重量成正比"的观点，提出了"自由落体定律"，就是不迷信，善质疑用心琢磨的结果。一个善于琢磨的人，为了做好要做的事，会自觉地将良好的习惯转化为个人的需要和准则，并用来支配自己的行动，从而融入创造性的工作之中。

光有琢磨之心是不够的，还得看有什么样的心灵走向。有一种人，只琢磨事，不琢磨人；有一种人，只琢磨人，不琢磨事。

有这样一个故事：两个职场新人同时进入公司，都做着销售工作。一个言语不多，从走上工作之日起，便极尽所能收集资料，和客户电话沟通，和同事交流销售经验。另一个呢，则显得八面玲珑，不是夸女同事衣服好看，就是与男同事磨叽闲聊，更不忘抽时间陪部门经理吃喝玩乐，看似颇有人缘。随着时间的推移，前者业绩飙升，后者业绩平平。一年后，一个担当重任，一个原地踏步。人事部经理因之感慨地说："职场新人的首要任务是充实自己，干好工作，做出成绩，而不要将大多数精力花在附和领导和老板身上。他们需要的是多琢磨事，少琢磨人。"

君子做事，小人做人。所谓"小人做人"，是指这类人善于把主要精力放在琢磨人上面。谁有什么背景，谁有什么喜好，谁会有升迁喜事，等等，他张口就来。在此基础上有目的、有选择地溜须拍马，投靠依傍。这样的人，从不脚踏实地、专心致志地工作，总想着投机取巧，走"终南捷径"。这些琢磨人的人，在琢磨事的人的眼里，往往被认定为心术不正之徒而敬而远之。

很多时候，亲情也需要琢磨。它们不只适合藏在心里，更需要适时地表达。如何表达，就需要多花点心思去琢磨。家人上班前几声温柔的叮咛，下班回家后一个开门的动作……

人生最大的敌人是自己，站在对方的角度反观自己，就更容易看出自己的短板。世上只有想不通的人，没有走不通的路。遇事善于琢磨，往往能在前进的道路上不断地修正自己的脚步，从而取得步步领先的成效。

正派善良的人，琢磨事；心术不正的人，琢磨人。琢磨事的人，是明智的人，是有理想的人；琢磨人的人，看似事半功倍，一不小心，就会断送了本应美好的前程。

（2013年6月）

听 琴

> 本性好丝桐,尘机闻即空;
> 一声来耳里,万事离心中;
> 清畅堪销疾,恬和好养蒙;
> 尤宜听三乐,安慰白头翁。

这首《好听琴》是唐代大诗人白居易的作品。全诗叙述了作者自己生性喜好古琴,每当琴声传来,人世间的烦心事就会离我而去。心情愉悦可以减少疾病,和谐的音乐可以修身养性,益寿延年。这就是诗人的境界。

是啊!明快的琴曲通过节奏与旋律而振奋人的精神,节奏轻缓的琴曲则能给人们以舒畅的感觉。琴曲节奏与旋律的变化会影响人体相应的脏腑,从而产生情志的波动,也就会达到怡情养性的作用。

学过琴的人想必都知道,比起弹琴,更难的是听琴。因为弹琴注重地是手指、眼睛和大脑的配合,最多再加入一些心灵的感受,那样便是很了不起的演奏家了。而听琴,不是靠耳朵,而是纯粹只靠心灵的感受。当你在什么也不知道的情况下,猛然流淌出一首曲子,你便能从中听出曲调的内容和演奏者此刻的心境,那你便是大家了。

一个安静的午后,漫步大兴街,随意拐进了幽静的茶馆,刚刚落座，尚未茶饮，一阵优美而低沉的古琴声从附近的书画院中传出。提到古琴，或许只有在热播的宫廷剧中才能见到。但就在这一天，古琴这个相对陌生的古典乐器就这样悄无声息地走进了我的世界。于是我特地到音乐书店购买了有关介绍古琴的书籍和碟片，反复看、反复听，居然对古琴有了些许感性和理性上的理解。弹奏古琴的人，由内而外散发着一种优雅的气质。他们坐在古琴旁边用心弹奏，他们弹奏的不仅是琴音而是一种心绪。古琴的琴声低沉而悠扬，这琴声将我带到了大漠孤烟的战场，他们为了各自的国家民族而征战沙场；我隐约可见一个富有韵味的女子在纱帐内弹奏哀曲，似乎在盼望着自己的丈夫能够早些从战场上凯旋……想着想着，我又被一阵喧闹的声音拉回到了现实之中。

音乐可以养生古已有之，不仅如此，日前奶牛、蛋鸡听音乐可以多产牛奶和鸡蛋的报道曾屡见报端。前不久我回故乡拜访20世纪60年代曾一起在文艺小分队玩乐器的老友，他字斟句酌地给我讲了他用音乐培育水果的实验，即用一台四喇叭收录机放在种植西红柿和西瓜的地里，天天播放动听的音乐，结果与邻近人家种植同样品种的水果相比，个大味甜水分足，生长期短，四邻八舍的农友见了均目瞪口呆，为我证实了那几乎难以置信的真实事例。音乐对动物、植物都会产生那么大的影响，更何况富于感情的人了。

偶然独处时，一个在寂寥的夜晚，细细品味白居易《好听琴》的这首诗，再欣赏一曲贝多芬的《生命交响曲》，此时，我已分不清是诗还是古典音乐让我陶醉，进一步体会了听琴的益处。学会听琴，久而久之用音乐来缓解压力、消除疲劳、振奋精神，以良好的精神状态投入工作、修身养性，想必人生一定会活出不一样的精彩。

（2013年7月）

叶天士"治贫"

叶天士,名桂,号香岩,又号上津老人,江苏吴县人,生于清代康熙五年(1666),卒于乾隆十年(1745)。叶天士的著作《温热论》,是对治疗温热病的大量临证经验的高度概括和总结,是温病学派的开山之作。叶天士医术精明独到,医药领域的研究著述颇丰,为人善良正直,在中国近代医疗史上具有显赫地位,也为后人所不断称道传颂。

一天,叶天士正在药房给病人号脉,忽见一个衣衫褴褛的人冒冒失失地闯了进来。他不等主人问语,就拱一拱双手说:"向先生请安!听说先生是当今的活神仙,能治百病。我有一致命的病症,不知先生能否治?"叶天士说:"只要我能治得好,一定效劳,你有什么病直说无妨。"那人说:"人不欺病,病难欺人。其实我一无内患,二无外伤,只是太贫穷了,你可会治贫吗?"叶天士还没有回答,一旁看病的人却火了:"我看你这个人是无理取闹!走遍天下,哪有医生能治贫的?"不料叶天士捋着长须笑道:"贫也算种病嘛,既无佳肴滋补,又平添忧愁伤身,可谓有损元气。不过要治它也不太难。我看这样吧,我给你一枚橄榄,只许你吃肉,光留核,再把它种下,到明年自然就不穷了。"一旁看病的人听了这番话,像堕到五里雾中摸不着真山实水。来人也觉得种橄榄核与治贫是风马牛不相及的事,本当不信,又见叶天士说得诚恳,便拿着一枚橄榄满腹狐疑地回去了。

那人抱着试一试的想法，照叶天士的话办了。第二年，橄榄树就长高了。挺拔的小树上长满了绿叶，就是不开花，不结果。那人想：无果树有啥用？就去问叶天士。叶天士笑道："到时候了，过几天自有人送钱来。"那人还是不相信，悻悻地回家了。没过三天，怪事出现了，买橄榄叶的人竟像赶庙会一样，后脚跟着前脚地接踵而来。虽然每人只买几片，价钱也便宜，但一树浓叶何止千万，所以那人为此发了个小财。再以这笔钱做个小本买卖，不久就成了小康之家。他十分感激叶天士，抽空带了一份厚礼去向这位神医道谢，并探问其中的奥妙。叶天士婉言谢绝了对方的馈赠，把买橄榄叶的秘密告诉了他。原来，叶天士早料到这一季节有某种传染病流行，配制医疗此病的药物少不了橄榄叶，所以在开药方时，每方必加几片。俗话说："药不分贵贱，能治病就是好药。"可满城的药肆就是没有这东西，病家只好在叶天士的指点下，到那人的住处买橄榄叶了。这也是叶天士平时遵循医德，乐善好施，对贫苦人的一片心意。

（2018年3月）

王安石的"点铁成金"和"点金成铁"

"点铁成金"也作"点石成金",原本是传说中道家的一种法术,文章学上用来比喻修改诗文效果极佳。"点金成铁"是与之相反的。

北宋大政治家、大诗文家王安石有改诗的癖好,他不但修改自己的诗和同时代的诗,还修改前人的诗。诗文之道本无定准,他有点铁成金的时候,也有点金成铁的时候,也有仁者见仁、智者见智的时候。下面举例谈谈。

一年春天,王安石乘船路过与京口隔江相望的瓜州,见江南山花红似火,江水碧如染。想到此地离金陵(南京)钟山不远,不久将与家人相聚,顿时诗兴大发,写了一首题为《泊船瓜州》的七绝:

京口瓜州一水间,钟山只隔数重山;

春风又到江南岸,明月何时照我还?

诗写成后对第三句中的"到"字总觉得没有写出春风的神韵。于是圈去"到"字,改为"过"字;仍感不妥,又改为"入"字,"满"字……一时竟找不到满意的字眼。搁笔出舱,让春风吹吹头脑,突然,他想到了王维的两句诗"春草明年绿,王孙归不归?"心里陡然一亮,快步回舱,将第三句敲定为"春风又绿江南岸。"一个"绿"于彼时彼地的情与景，再贴切不过了，使全诗大为生色。

与王安石同时代的刘攽（字贡夫，著名文史家）在自校书郎任泰州通判赴任前夕，写了一首《题馆壁》诗：

璧门金阙倚天开，五见宫花落古槐。

明日扁舟沧海去，却将云丽望蓬莱。

最后一句的"蓬莱"是代称馆阁的，表明刘攽有些留恋校书郎的生涯。王安石见了，将末句的"云里"改为"云气"。蓬莱仙阙在传说中是五云缭绕，远望只见一团云气。见不到馆阁还要"望"，更能表现出依恋之情。相当自负的刘攽这回也服善采纳了。

以上讲的是点铁成金。下面讲点金成铁。

六朝诗人王籍的《入若耶溪》中有一句称颂不衰的名句："蝉噪林愈静，鸟鸣山更幽。"王安石却很不以为然，他反问道："既云'幽'，为何还有'鸟鸣'？"在自己的《钟山即事》中将这句点化为"一鸟不鸣山更幽"。王安石之所以闹这个笑话，是因为他不懂得文艺的辩证法。

在王安石当宰相时，一天，看到广东有个秀才有这样两句诗："明月当空照，黄犬卧花心。"王安石认为这两句诗不合情理：明月能叫吗？花心能睡得下一条狗吗？于是，他把诗改为"明月当空照，黄犬卧花荫。"在变法失败下野后，王安石来到潮州，才知道"黄犬"是一种黄色小毛虫，"明月"是一种在晚上特别是在明月夜鸣叫的鸟儿，那位秀才写的是当地的风物啊！

一个人的知识总是有局限的。博学多才的苏轼就曾被王安石"三难"过。这不禁使我们想起了苏轼《石钟山记》中一个充满哲理的反问句："事不目见耳闻，而臆断其有无，可乎？"

（事情没有亲眼看到和亲耳听到，而只凭感觉断定它的有还是没有，这难道行吗？）

王安石改诗的正反面经验，对今人的写作和思考问题都仍有借鉴意义。

（2016年5月）

第三辑

行旅散记

依旧是江南的黛瓦白墙,依旧是古镇的朱门镂窗,依旧是水乡的石桥木船,依旧是亭中的水阁茶屋,被一道道的雨帘装饰得朦胧而悠长,浸润得苍老而又柔曼,犹如古旧宣纸上的一幅水墨丹青,韵味自在其间。而我们这些散客,只不过是这幅图画上活跃的墨点,带着这个时代的气息,走向陌生的过往。

第二故乡大连行

应朋友之邀,在转业离开部队四十多年后重返曾经"从军"的大连旅游,心情很难不激动。那里,我曾服役十多年,把青春年华献给了祖国的海防事业;那里,我与战友们摸爬滚打,留下了并不如烟的美好记忆。重游第二故乡,感慨系之,欣然命笔。

美丽中飞行

从上海飞大连,是我多少年往来于连沪两城之间的第一次(以往都坐船)。飞行中透过飞机舷窗看到的景致,与我之前所有飞行经历几乎都不一样。以往是:一概的蓝天、白云,云层下是没有个性的山峦、河流、道路,临近降落的城市,先是杂乱无章、扁平庸俗的一些田地、房屋,接近城市时高楼大厦,同样杂乱无章、扁平庸俗,如此而已。

然而,让我没想到的是,从上海起飞,飞机没有像在其他地方升空那样,发疯地刻意要冲上万米高空,而是在几千米的高度就水平向前,很自如地保持了一种绅士风度。我随意看窗外,却随之一喜,我看到了大海——风平浪静的大海、蔚蓝的大海、镜子一样的大海、温柔如少女一样的大海。我这样说大海,是因为从高空往下看,虽然大海依然壮阔,但却波澜不起来,巨浪不起来,更滔天不起来。海面自然有船舶往来,但在无垠的水面,居然只是星星点点，如同我们儿时折的纸船一般，离我们更近，或者块头大的船，也只如跳跃在海面的水鸟……

这样的画面从上海一直向大连延续。当空中小姐通知20分钟后飞机即将降落时，景致有了变化，从左面舷窗望下去，海浪渐渐现出了轮廓，船也开始慢慢变大，月牙形状的大连港湾就在这"渐渐""慢慢"中扑入我们的视线，如匆忙的人群一样，进出港的船在海面上划出白波，划出白线。此时飞机右侧的人发出了惊叫，我的眼睛随了这惊叫飞出舷窗，立时就被金红灿烂的光波照射得一片迷蒙：夕阳在天空中燃烧，霞光在无垠的海面上反射，把大海染成绚丽的彩练，这彩练又是有生命的，波动跳跃，让人联想出凡·高那些色彩炫目的画，心中响起贝多芬热血燃烧的音乐，但又不全是这样的热烈——由于海水的参与，让人又能感受到一种夕阳飘荡在草原上的抒情，心里要哼出施特劳斯圆舞曲的温馨，甚至是惊叹在藏族姑娘水波一样的舞姿中……

不过，这样的销魂时分，也就是几十秒，就被飞机掠过。机舱里已换过一个小女孩的声音："妈妈，飞机下降了——"果然，飞机正优雅地掠过海面，掠过船，掠过码头。让我欣慰的是，那种"销魂"仍在延续，随着飞机的不断掠过，连环画一样闪现又消失在我们眼中的，是阳光下让人目不暇接的一排排红色屋顶的欧式建筑、鲜花绿草组成的草坪……当飞机"吱"一声停下时，我分明降落在异国风情中：我在电影、在风景照片中看到的欧洲情调。

这是我生平经历的第一次在美丽中飞行，在美丽中降落。

我惊奇，中国居然也有这样很个性化、很艺术的机场。能在降落中让人从心里生出美感，生出浪漫，生出神奇的机场，这在我以前有限的行程中，也只在夜色中的厦门机场、冰雪中的长

春机场感受过；首都机场、上海机场都没有这样的艺术韵味，也没有这样的迷人气质！

星海广场

星海广场是大连的名片，也是大连人的自信。

星海广场有四个天安门广场大，是亚洲最大的广场。宽阔、浩然、大气！

广场是一幅画，背倚都市，面临海洋。环绕广场周围的是大型音乐喷泉，顶天立地的各式建筑。广场中央大道北行500米是国际会展中心，南行500米是蓝色的大海，喷泉水景、艺术雕塑巧妙地分布在广场两边。中央大道红砖铺地，绿树、鲜花、草坪簇拥两侧，每隔20米就是一座航标石柱灯，一线排开，气派地伸向大海，在海浪与大连牵手处，星海广场平坦宽广的大道倏地变为舞蹈一样的造型，舒展成巨大的曲线。大连人说，这曲线是翻开的书形，寓意着大连由渔村建为城市百年后，面对无垠的大海又翻开了新的一页。但我更愿意把它想象成飞翔的翅膀，绝妙地与大海激荡成新的美丽，要飞上蓝天。

让人叹服的是，这个广场可以随地坐下——非常洁净。

而且，海面的来风很清很爽！阳光又在那些大厦的玻璃墙上反射出让人目眩的光波。

"扑啦啦——"一群白色的鸽子飞向蓝天，把人的眼睛和心也带向了天空。

星海广场的前身是海滩——但是，你千万不要把它想象成美国夏威夷那样的海滩。大连人的描述中，那时乱石滩、废弃盐场，再加上这个城市倾吐的垃圾，夏天时，臭气熏天，人不敢近，到了秋冬，孤冷肃杀，没有一点人气。今天这样一番景象，是大连人用智慧、才情、灵性创作的——他们的理念是，一座城市的人，要将自己生存的城市艺术地与大自然结缘。于是他们创造了一个当今中国的城市奇迹。

这样的奇迹，甚至让我感到一种作为的自豪感——听这里的人讲解，说美国加利福尼亚圣莫妮卡与圣地亚哥海滨虽然有着浓郁的西班牙风情，但却没有这样大气的海滨广场，新加坡狮身鱼尾广场尽管也很出名，但其气量太过狭小，不能让人心生豪气与浩荡。

哦，星海广场不负大海，不负中华！

景观大道

与上海浦东黄浦江边的滨海大道同名，大连也有一条滨海大道。

大连的这条景观大道有30多公里，沿着海边，依随高低起伏跌宕的山势，穿行在大道上，一边是长满针阔叶混交林的山峦和盛开着火红杜鹃的山麓，一边是烟波浩渺的大海和千姿百态的礁石岛屿，可以看山，看书，看草，看海，还能够听鸟叫。路上和路旁，你休想找到一点垃圾，空气清新如水，阳光透明如同玻璃。没有修筑道路时，全部是山林。修筑道路，当然要破坏原来的生态植被。但是行进在这条道上，却找不到一处我们在其他城市看到的"悲剧"：路两旁到处是狗啃过一样露出的泥土、乱世。在这条路上，被破坏了植被的地方，全都种上了鲜花，植成了草坪，于是这路就是在花草中穿行，如小溪一样在鲜花绿草丛中流淌。

在中国可能只有这个城市有这样的30多公里,而且在美丽的海边大道。在道路临海一边的山体中,偶尔会发现掩映在树丛中红色屋顶白色屋体的欧式小楼,但是,在临海一边,就全是与海岸相连的树林、青翠的山。杂乱无章的建筑在这里是"上无片瓦,下身无立锥之地"。

草坪、花坛、绿树、阳光、海风、童话一样的欧风建筑,让人有一种"出国"的迷离。有一位朋友告诉我,看到美国圣莫尼亚与圣地亚哥那弥漫着西班牙风情的海滨,置身于拉斯维加斯夕阳下那如同亚热带海滨城市风情时,会情不自禁脱口而出,"这就是大连的景观大道风情呀!"

这样的景观大道是要融化在人的心灵与记忆中的!

在这条清新、优美的路上,你不想温馨也不行,你不想宁静也不行,不想幸福也不行。大连人浪漫地把这条路命名为"情人路"一点不为过。我们坐车在这条路上观赏时,经常就有这样的"风景"撞入我们的眼睛,成双成对地走走停停的男男女女,在路边、在草坪、树林下,旁若无人地走走停停,或搂搂抱抱,或卿卿我我;拽着一袭白纱长裙的新娘花枝乱颤西装领带武装到牙齿的新郎红光满面,在那种相机的摄影师跳上跳下的吆喝中,做出各种造型拍婚纱……这条路简直就是专为情侣、专为拍婚纱的人准备的。这里的人有充足的理由把自己生命中最甜蜜的时刻托付给这里的草坪、绿树、鲜花、红瓦、蓝天、海滩,托付给这条路。这座城市里那些准备要进入情侣队伍的人,那些筹划着要拍婚纱的人,都会因为这条路而怦然心跳。哦,因为这条路的存在,这个城市的人就生活在浪漫中、童话中、传说中……

与自然共生,与自然相依为命,大连这座城市选择了让大自然活得有尊严。与此同时,这座城市也得到了尊严。

和大连人交往，觉得他们很有自信，很大气，很尊严，很有底气。这种底气不需要他们用眼睛、神情、说话、动作表达，他们只要站在你面前甚至就是拿背对着你，你也会嗅得出来。这是从他们身上自然地流出来的，就像是森林中流出的溪水一样。我原来不解，现在，当流连在大连的景观路上时，找到了答案。

哦，大连不负大海！

（2013年10月）

冰城之行

在东北服役十多年，也许是军务繁忙抑或军纪难违，笔者极少涉足北方的一些大城市，如冰城之称的哈尔滨。转业回地方后有一年冬天的一次偶然机会，如愿以偿地去了一次哈尔滨，领略了一番千里冰封的北国风光。

下火车的时候已经是早晨七点钟了。这一天的天气出奇的好，万里晴空给滴水成冰的哈尔滨增添了不少暖意。

"你们真幸运，赶上了哈尔滨少有的高温天气。"迎接我们的朋友兴奋地说。

高温？我下意识地低头看了看自己的裤腿，怀疑自己是否像夏天一样只穿了一条西装短裤。因为下火车的瞬间我的膝盖像是被寒风扎了一下，隐隐地有些疼痛。朋友见我一脸的疑惑，笑着说："前两天白天最高气温零下二十多度，夜间气温零下三四十度，现在都十一度了——当然也是在零下。"随后，朋友介绍超低温天气里的种种经历，什么洗完车以后车辘被冻在地上啦，早晨上班开车打不着火只好叫拖车啦，等等。

朋友对寒冷的描述直让我目瞪口呆。

汽车沿着冰雪的路面缓缓前行。阳光反射过来，路面晶莹闪亮，吓得我总是下意识地用右脚做踩刹车的动作。司机的驾驶技术可真了得，打死我也不会在这种路上开车。

车窗外是冰雪的世界。峰谷相间的山峦在天边尽情地舒展婀娜的曲线、迷人的身姿，挺拔而茂密的白杨树裸露着结实的黑褐色肢体。硕大的松柏树冠颤巍巍地抖落着身上厚厚的积雪，房顶上支棱着烟囱的红砖房被"圈"进了黑褐色的栅栏。好一幅自然天成的画卷。

欣赏了仰慕已久的林海雪原，又赶往晶莹剔透的灯宫冰殿。

来到哈尔滨你就会发现，冰雪是这座城市的主题。

马路的隔离带里是神态各异的冰雕作品，其中有一个小孩吹号的雕塑栩栩如生，给我留下了深刻的印象。马路上的路灯也是雪花的造型，只不过那路灯是用塑料制成的。一些宾馆、酒店门口有冰雕"守门"，让我想起了北京四合院门前的石狮子。最简单的冰雕当数"鱼雕"了——把冰块切成圆饼的形状，在相邻一个等份里装上一颗黑色的眼睛，然后把加工好的圆饼立着放在大冰块底座上，一件"鱼雕"作品就完成了。

上千件超大型冰雕作品集中展示，用"气势恢宏"来描述一点儿不为过。据朋友介绍，这些通体透明的冰块取自松花江的原水冰，将整块冰加工成冰砖并刨光，以水为黏合剂，建造出冰建筑和冰景，艺术家们利用园林、雕塑、绘画等艺术表现手法对冰景精雕细刻，再将不同颜色的灯安放在里边，从而成就了这些千姿百态的冰雕艺术作品。

在晚上零下二十多度的冰城里吃着冰糖葫芦欣赏冰雕作品，真是冰中带冰、寒中带寒——那糖葫芦已经成了冰葫芦。虽然自己"武装"起各种防寒"装备"，但是刚拍了几张照片手就僵硬的不能动弹，脚趾头也失去了知觉。照相机不工作，我还以为是没电了呢，可更换了电池它还是没有反应。朋友看了看说，是因为超低温引起相机"罢工"。唉！把大家"骗到"这冰城里心甘情愿的"挨冻"，这哈尔滨人真是高明。

除了冰雕艺术让哈尔滨"名利双收",将飞舞的雪花凝铸成栩栩如生的雪雕作品则是哈尔滨人又一绝妙的创造。

朋友介绍说,制作雪雕先要做一个木质结构的框架,然后再将紧压的雪填充其中,当其坚固成形的时候将木制框架拆掉,再对"雪块"精雕细琢。

因为雪的洁白,雪雕作品像汉白玉般耀眼。带着满心的疑惑偷偷摸了一下"圣诞老人"的衣服,我的手指头上立刻变得湿润起来——还真是雪做的!戴着小红帽的圣诞老人眉目非常传神,形体动作也很流畅。因为没有冰雕那样的承重力,所以雪雕没有太大的建筑,圣诞老人应该是雪雕里最高大的作品了。

冰雕似碧,雪雕如玉;巧夺天工,浑然天成。在这里,冰雪被赋予了艺术的生命。

(2013年1月)

第三辑　行旅散记

海南，海南

作为久居中国第三大岛的崇明人来说，第二大岛海南无疑是一个近在眼前远在天边的地方，令人神往。大前年盛夏的有一天，当飞机在海口美兰机场徐徐降落时，我心里的一块石头才落了地，我的海南之旅变成了现实。是的，海南岛对我来说，就像卡夫卡小说中的城堡一样，神秘而永恒。

椰子树可以说是海南的象征。一走出机场，跃入眼帘的就是那葱葱茏茏的椰子树，像一排排仪仗队欢迎我们的到来，在以后的行程中，椰子树就再也没有从我的眼前消失过，在游览的景点，在住宿的酒店，在农家的屋舍，在公路的两旁，在迷人的海滩……

旅游车带我们到达的第一个地方是神秘谷。因为这里居住着仍然保持着原始生活习性的当地土著居民。进了野人谷，我们观看了野人的特色表演和他们祭祀的礼仪，还与土著女孩子围成一个圈跳舞，冰河可爱的小鸽子一起拍照。出了野人谷，我们去了万泉河乘竹筏漂流。呵，万泉河两岸的风景真美啊！郁郁葱葱的树木倒映在清澈见底的河水里，漂亮极了。我们一群人坐在竹筏上，一边在竹筏上玩起打水仗的游戏，一边买上几个香甜的椰子解渴。玩到后来我也拿着水枪，看见哪只竹筏靠近就射一枪，虽然浑身湿透了，但玩得很尽兴。午饭后，我们乘船去了博鳌的玉带滩。这是我第一次看到中国南海的大海，心里的激动和惊异可想而知，水的颜色跟我们崇明岛边那浑浊的长江水完全不同，海水湛蓝湛蓝，美丽得让我兴奋不已。玉带滩的风景很是别致，它位于万泉河的入海处，一边是平静万泉河，一边是的波涛汹涌的大海。我觉得大海像巨人一样，把玉带滩紧紧抱着，一看见大海，我就迫不及待地跑进海里。

第二天的中午我们来到了兴隆，这里有海南著名的热带植物林，还有著名的兴隆咖啡。这里的居民不是真正意义上的海南人，他们的先辈是国际上的流浪华侨，他们带着各地的民族风情来到了这里，因为它是一个值得尊敬和值得一来的地方，为那飘香的咖啡，也为那美丽的热带雨林。这个热带植物园占地3500亩，走两天也走不完！我进去一看，树的品种繁多，有：霸道的见血封喉，纤细的红槟榔，庄严的菩提树……出了植物园，我们去了分界州岛。这个岛的一边是热带，另一边是亚热带，所以有人为它起名为分界州岛。岛的形状像一个睡美人，人们又叫它美人岛。海南岛的海水湛蓝清澈，是潜水的好去处。虽然价格贵得让人咋舌（潜15分钟左右要收300元），但还是有很多人参加。我在这里第一次尝试了潜水。我穿上潜水服，戴上氧气面具，随教练潜入海中。我发现海里有许多漂亮的东西：五彩缤纷的珊瑚礁，各式各样的贝壳，奇形怪状的鱼儿……

出于好奇，我还独自去了南山。看到了慈禧寿字碑，一个"寿"字，连同旁边石碑上雕刻的"南山"，再加上一前一后抬手抬脚做成的"比"字，就成了"寿比南山"的造型，别有一番情趣。

最后一站是三亚。这里有鹿回头的传说——一头美丽的梅花鹿被一个黎族猎手追啊追，它没命地跑。猎手一直追到天涯海角，在那个悬崖边，前面就是一望无际的大海了，那头小鹿看见没有了退路，就蓦然回首，绝望地看着猎手。它那孤独的身影在海风的吹拂下，在夕阳的怜悯下显得是那样的悲壮。我想这时这只小鹿是含着眼泪的，它多么希望猎人能够给它一次延续生命的机会。果然，猎手缓缓地放下了弓箭。那该是怎样的一种惊心动魄的一幕啊！难怪让黎族猎人骄傲和回味了几千年。站在鹿回头，足以让现代人震撼的不应该是小鹿变成了一个美丽少女和猎手结婚的结果，而是它那具有超前意识的精神内涵和相辅相成的生存意义。

三亚最令人向往的地方无疑就是天涯海角了。面临汹涌波涛，不由你不念"天地之悠悠"。那是一个让人无限流连同时也无限迷茫的地方。也许不是为了美丽的白沙滩，也不是为了展翅的海鸥，更不是为了无边无际的海水，只是为了刻在海边乱石上的四个字——"天涯海角"。就是这四个字让人可以忘记生命中所有的疲惫，忘记生命中所有的愤慨，忘记生命中所有的苦闷，忘记生命中所有的不安。这是一个容易让人产生骄傲的地方，也是一个容易产生悲观的地方。不知道这里有多少人在这里豪迈过，也不知道有多少人在这里悲伤过。总之，这里不是一个有普通意义的旅游胜地，而是一个历史与现实、生命与自然、文化与愚昧绝妙焊接的象征。

站在天涯海角，还有什么可以去耿耿于怀的呢？还有什么可以念念不忘的呢？天是如此的高，海是如此的蓝，水是那样的清澈，鸟是那样的自由。秋水天长，潮水阵阵，无丝竹之乱耳，无案牍之劳形，如果更兼有穷且益坚、不坠青云之志的崇高心境，让思考去深化，让理想去升华，那该是一件多么快意的事情啊！

在海南，在三亚，在天涯海角，感受的不只是美景，更有

心灵的触动。或许，这就是海南独特的魅力所在吧！

在古代，由于舟楫不便，海南成为荒僻遥远之地，有一些官员因故被贬到这种地方，或许甚感孤单凄凉。而今天，现代科技和经济的发达使荒僻之地成为旅游热土，当我们站在天涯海角的沙滩上，极目远眺遥远的海天景色时，感受到的是心旷神怡。

再见了海南，再见了蓝天、碧海、椰子林，再见了海水、阳光、沙滩、海浪。

（2015年7月）

合肥拜谒包公、李中堂

应邀参观生态园林城市合肥的时间已经是深秋，但这里所呈现出来的景象还是让大家赞叹不已。马路两边树形端庄，枝叶扶疏的广玉兰依然绿意盎然。

踏进这座有两千多年历史的城市时，我马上想起人杰地灵四个字，且不讲当代，即使在古代、近代历史上，安徽出了许多大名鼎鼎的重量级名人。诸如皋陶、夏启，老子，庄子，管仲，姜尚，陈胜、吴广，曹操、朱元璋，包拯、朱熹、戚继光、李鸿章……这些众多人们耳熟能详的历史人物，对安徽、中国乃至人类发展做出了不朽贡献。所以，此次合肥之行大家很自然地关心起合肥的历史来。

在我有限的阅读经历中，合肥应该是首次出现在司马迁那部不朽巨著《史记》的卷一百二九，即《货殖列传》中："合肥受南北潮，皮革、鲍、木输会也。"《史记正义》注曰："合肥县，庐州治也。言江淮之潮，南北俱至庐州也。"可见，早在秦汉时期，合肥就已经是州郡的治所了，且地饶物丰，商贾云集。其实，关于"合肥"名称的由来，北魏时的郦道元在他的《水经注》中就有过直接的描述："夏水暴涨，施合于肥，故曰合肥。"需要解释的是，文中"施"指施水，即现在的南淝河，"肥"指淝水，就是现在的东淝河。至于后来唐人引《尔雅》，称"归异出同曰肥"，我认为有续貂之嫌，不足为据。

据介绍，在安徽省的历史上，合肥并非一直是省会城市，而是几经变迁。清代乾隆中期，即18世纪60年代，有金陵门户之称的安庆以其"南滨大江，北界清淮。淮复之屏蔽，江介之要冲"而成为安徽省会。100年后，中国历史上最为波澜壮阔的农民战争——太平天国爆发，安庆很快就成了主战场之一，清政府于1853年将省会移植庐州府治，即今合肥。这也是合肥历史上第一次成为安徽省会。太平天国起义被镇压后，同治元年，即1862年，安庆"悉复旧制"。1912年，中华民国成立，安庆仍为省会，但是很快"淮上明珠"蚌埠因津浦铁路的开通，一跃成为南北通衢、水路枢纽。之后三十多年间，包括日本入侵时期，蚌埠一直是省会城市。抗战时期，安徽省会在六安、金寨（当时叫立煌县）、霍邱等地变迁。抗战胜利后，1945年12月，国民党政府决定在合肥成立省政府。解放战争时期，由于国民党军队节节败退，省会又有数次转移，先是安庆，之后芜湖，再后是屯溪。新中国成立后，由于一省变为淮北和淮南二行署，没有筹建安徽省。1952年8月，新中国的安徽省人民政府在合肥正式成立。之后，合肥的省会城市地位才没再发生更改。

听完介绍，当道主安排我们参观了包公祠和李鸿章故居。在接待者和参观者眼里，包拯和李鸿章俨然就是合肥这座城市的文化符号，而更让我感兴趣的却是其中的价值取向和取舍变迁的过程。

说合肥人以北宋名臣包拯为荣，几乎没有人反对，因为几乎所有安徽人都引以为自豪。虽然古有《包待制陈州粜米》的杂剧常演不衰，虽然时下大人小孩都能哼上几句"开封有个包青天"，但是包公并不是河南人，而且他在开封为官的时间也仅仅只有一年多。包公的出生地和归葬地都在合肥，他一生中的绝大多数时间都是在故乡合肥度过的。在合肥留下的遗迹甚多，高尚景行，引人凭吊。

包公的事迹不敢说是"地球人都知道"，但在中国算得上妇孺皆知。中国封建社会贤相名臣不胜枚举，但是像包公这样生前死后都享有崇高盛誉的，实在罕有伦比。他一生在很多地方做过官，无论在何地为官，都不仅能做到清正廉明，而且；力所能及地轻徭薄赋，整顿吏治，不畏强权，为民请命，因而广受尊重，百姓称之"包青天"。所以，几乎所有他任过职的地方，比如河南开封、广东肇庆、安徽池州等地，都建有包公祠。而知名度最高、影响最大、历史最久的当属合肥包公祠。

合肥包公祠全名叫"包孝肃公祠"，位于合肥城东南的包河公园香花墩上。据说，此处为包公幼年读书处。始建于宋治平三年，即1066年，是国内外包公祠、庙的祖庭。祠内有正殿、厢房、廉泉井、流芳亭、回澜轩等古建筑以及大片碧水、园林组成。

享堂内包公塑像高大威严，当是题中应有之义。倒是东面耸立的六角龙井亭颇引人驻足。亭内一井，名曰"廉泉"。传说贪官污吏喝了井水就会偷偷难忍。清末举人李国苇书《井亭记》说："抑或孝肃祠之井为廉井，不廉者饮此头痛欤，是未可知也。"

再者，祠后不远处就是包河。据说是宋仁宗所赐，河中有藕，开红花，断之无丝，迥乎别处的藕断丝连。所以，合肥地区流传一句歇后语"包河藕——无丝（私）"。

包公祠内匾额、楹联、诗词、曲赋众多，而我最喜欢的是

一副楹联:"借问好游客来何所闻去何所见,别有会心者山不在高水不在深。"显然,包青天,廉泉,包河藕,是佳话,更是民愿。

合肥包公祠已有近千年历史,多次扩建、重修,现存的祠堂建筑是晚清重臣李鸿章于光绪八年,即1882年捐银修复的。与所有合肥人一样,李鸿章因有包拯这样的乡贤而高兴,并且想必对包公心存崇拜,没准他就一直将包拯作为自己楷模。出钱修包公祠是一证,生前自己选的墓地要临近包公坟更是一证。

李鸿章1901年11月7日病逝于北京,十六个月后安葬在合肥东乡。早些年,这一带有"一里三公"的说法,指的是这里方圆一公里范围内葬有宋代名臣包拯、朱元璋部下大将张得胜和清朝的李鸿章。李鸿章给哥哥李瀚章写信谈到选墓地时说:"弟不知地舆,也不甚信风水,但喜临近包公坟……"可见,在九泉之下能与包拯为邻,是一件令李鸿章非常满意的事情。另外,现在包公祠内的包公墓当是很晚才迁入的。

当我们走进位于淮河路的李鸿章故居时,李鸿章的身后名位已经大大提升。李鸿章已成了旅游资源了,可以提高这座城市的知名度了。当人们持公正平和之心将李鸿章放回他所处的时代去分析、研究时,大家才发现,李鸿章不仅是出色的文学家、军事家、和外交家,更是晚清官场最具世界眼光的政治家、开创先河的改革家。清代四大军工企业中,李鸿章一人就主持和创办了三个——江南制造总局、天津机器局、金陵机器制造局。其中,江南制造总局就是现在江南造船厂的前身;金陵机器制造局就是南京兵工企业辰光集团的前身。中国的铁路和电报事业都是肇始于李鸿章之手。还有,李鸿章于1872年创办的轮船招商局仅用了三年的时间就为清政府挽回白银流失两千万两,而当时清政府一年的财政收入也就六千余万两。130年后,这家国企仍然顽强地生存并不断发展壮大了,现在仅其旗下在境内外上市的各类控股公司就有二十多家,大家熟知的招商银行就是它的属下资产。

看完李鸿章故居,给我印象最深的是李鸿章的临终诗和梁启超对他的评价。临终诗是这样写的——

老老车马未离鞍,临事方知一死难。

三百年来伤国步,八千里外吊命残。

秋风宝剑孤臣泪,落日旌旗大将坛。

海外尘氛犹未息,请君莫作等闲看。

据展厅解释,此诗为李鸿章临死前口占,由其子李经述笔录的,浓缩了李鸿章曲折而又悲壮的心路历程,充分表达了李鸿章对清政府所面临国际形势的清醒认识和深切忧虑。

"吾敬李鸿章之才。吾悲李鸿章之识,吾悲李鸿章之遇。"这是被视为李鸿章"政治公敌"的梁启超对李的最终评价。他还说李鸿章,"不学无术,不敢破格,是其短也;不避辛劳,不畏谤言,是其长也。"梁启超认为,李鸿章是时势所造的英雄,而不是造时势的英雄。所以,得知李鸿章逝世,李鸿章怀着十分复杂的心情写就一副挽联道——

太息斯人去,萧条徐泗空,莽莽长淮,起陆龙蛇安在也?

回首山河非,只有夕阳好,哀哀浩劫,归辽神鹤竟何之。

应当说,到目前为止,对李鸿章的批评和把握尚没有超出梁启超的。

进出李鸿章故居的人士和参观包公祠的游客一样络绎不绝，而李鸿章在人们心里追赶包拯的脚步显然缓慢，不过好在没有停止，后人观包拯已有九百多年（包拯死于1062年），观李鸿章方百年，李鸿章还有时间。

（2016年5月）

红叶的思悟

香山红叶,久已闻名。近日去北京访友,正赶上金秋十月的几次夜霜之后,正是观赏红叶的好辰光。

临行之前,心底欲先做一番描画,幻想那红叶的景致。它们像长沙岳麓山的红枫叶吗?虽然我没目睹过那红枫叶,但可以从"霜叶红于二月花"和"万山红遍、层林尽染"的诗词中领略其中意境。它们像南京栖霞山的红叶吗?南京的红叶,在我心底留有极深刻的印象,它们娇柔似水,艳若胭脂,重叶拥枝,望去恰似亭亭玉立的红衣少女。

香山的红叶,有人以为冠绝天下。不管此论是否公允,它反正绝不会与长沙、南京的红叶相重复的。只是我心里仍有一个小疑问:是因为香山地处京畿,曾为皇家狩猎名园,才使得游人争往尽识,故而有此论?而今,我可以撇开历史与传闻的光晕,尽情一识香山红叶的韵味了。

汽车出中关村,过颐和园,一路便是郊区景色,再没有高楼遮拦视线。天空高远,树木稀疏的紫铜色山岭,随着汽车近移,益显嵯峨;西山是燕山的余脉,有着亘古以来的非凡气象。忽地,满坡的红叶从连绵山岭的那一头跃入我的眼帘,便心知那就是我久已神往的香山胜景。车近了,仰头而望,淡蓝的天底下巍巍山岭迎着微寒的秋风,漫山红叶,在晴爽的光线中,飞彩流霞,灿烂辉煌。

为了细品红叶,我避开游人如织的公园北门,那里长长的石级和穿行的缆车都离红叶林很远。我上了山坡,一头扎进红叶林里。林中被游人踏出的小路,积满了厚厚的尘土;若是有古老的石径,当显得分外幽深清寂。而这里的小路在枯草旁掩中蜿蜒,所到处满目红叶,确是没加雕饰的真的野趣。这里红叶纷披的树叶叫黄栌,它红透的圆圆叶片,散发出一股微醉的香气。香山之名,即源于此叶此树。

秋风里,红叶舞动,偶尔有几片随风飘落。我不禁觉得,它们是无声无息的小精灵,是栖息的蝴蝶、太阳的剪影。它们那浓烈的红色,不只为重霜所染。更凝聚了时光轮回中的一个完整片段:清风朗月、迷雾细雨……每一个精心观赏的人,都可以从中隐隐领悟到自己生命历程中与红叶相同的景象,体验着充实、愉悦和成熟的情感。是啊,这满坡的红叶,就像从天而降的音乐,它的激荡与回响,使人心境变得澄静,并给心灵倾注纯净的激情。我想,大概这也是红叶美的本质所在。

沿着红叶最浓艳的路走,不久到了被游人踩塌的围墙,不少游人就在这坍墙上前行,欣赏墙内外的重重红叶。"红叶如潮破长墙",我感慨地诌了一句诗。上山到半山腰,从树疏处的一方空间远眺,我仿佛泳者从浪底探头,满目红叶的潮音。走累了,拣一处平坦的山石小憩,我看红叶掩映,衬托了莹淡的天空,就在离繁叶几尺远的地方,发现竟有一弯轻盈素月!农历九月二十三的晌午,遇到这样清雅的奇景,久处深城的我不觉忘情痴望,久久不想离开。

我走出红树林,太阳已偏西。莽莽群山,在逆光中隆起,于天边化为一片紫色雾霭。近处,那边山梁上有几丛红叶树,都像一堆堆燃烧未熄的火。我上到一带数十里西山的绝顶——香炉峰，凭栏望处，苍穹边缘正飘起雾缕云丝，华北平原从天际延伸至这里的山脚下，整个京城，就像茫茫宇宙中不知谁摆的棋局，任日月梭行返照，漫想它的悠悠岁月，一种神秘诱惑，一种怀古幽情，就这样随凉风四面袭来。我望着斜阳顺山坡照耀着远处的那红叶林，它们呈现出鲜艳柔和的影调，这样的顿悟忽生自心底：漫漫历史的长河中，个人存在的美亦如一片红叶，如果它曾美到极致，构成茫茫世界大美中的一部分，那么它虽然只存在一瞬，也就达到永恒，这，就是生命美的真谛？

（2013年12月）

青海情

2005年夏天在青海开笔会，顺便观赏了一些名胜古迹，听取了朋友关于当地民间特点和趣闻的介绍，实现了我目睹西部高原的一大夙愿。回沪后以文字形式，回味了对青海这一神秘地区的深刻印象。

青海是个富有色彩的地方，青海又是个充满着感染力的地方。"青海青，黄河黄"，银色的雪山，金色的庙宇，使得青海绚丽动人。黄河的黄是流着的激情，青海湖的青是不息的思索；雪山玉洁，是孤傲的挺拔，庙宇泛金，闪烁着民族的智慧。"西部歌王"王洛宾老人的民歌，敲打着每一个爱歌人的心扉，每一颗富有乐感的心脏都急切地想看一眼那位处在"遥远的地方"的"好姑娘"。

青海七月里的烟雨，又是最多情的。不似江南的梅雨，惹你心烦；不似岭南的暴雨，扣人心弦。如丝如线的细雨，滋润着海东蛛网般的农田，哺育着海西无垠的草原。站在日月山头，哪一个阳光灿烂的日子，劲风不把文成公主从云端撒下来的思乡泪水打上你的脸庞？青海有句民谚"过了日月山，又是一重天"。日月山东，是种田人的庄园。湟水河赤褐色的流水，染红了荞麦，浇开了玫瑰。每一个湟水拐弯的地方，都是一带沃野，飘动着缕缕炊烟，杨柳树蘸满着雨珠的枝条，随风拍打着庄户人家庭院的黄土围墙。风急时还会惊得守门犬急吠几声。乍晴乍雨的日子里，迎着夕阳启门远望，只见含泪青山露出了金色的笑容，用无声的力量摇落山麓草木上的水珠。日月山西，是马背上民族的世界。霜天秋肃，青海草原上的草不是碧绿的，而是青白色的。青白色的草原，孕育着藏民族的凝重与深远。草原上的风是天边雪山中传来的吼声，和着野狼群凄厉的嗥叫，卷起草海起伏难息的波涛。青海草原的神韵，还在于在这清白的底子上，总有几座横亘长空的雪山遮断画幅。你可知什么是高入云天？什么是一望无际？"远"和"高"在青海的草原达到了最完美的结合。"志当存高远"，有志者在这里才会发现自己同自然之间潜在的和谐旋律。

青海最具神韵的，还是青海湖。青海湖并没有妩媚的姿色，如西子湖般勾起对那个浣纱越女的遐想；青海湖也不会如滇池般宁静祥和，随白族姑娘的舞步绽放出粼粼细波。青海湖中不盛亡国泪，自然不会令人发出"万水千山，知它故宫何处"的柔弱之音。青海湖边生活的是体格强健的民族。鸣镝声便是由上古传来的青海湖之乐章。天上白云走，地上白羊跑，青海湖滨的牧草养成茁壮的羊群，据说湖溪咸咸的牧草最合羊的胃口，这里才成了草好羊好风光好的好地方。远山含黛，碧涛蒸雾，有谁能相信那个海怪的神话？千万年前大地的断层错位，在天地的倾斜中迸裂出这个中国的大湖泊，青海湖的精灵不过就是大自然的无限伟力罢了！青海湖畔的七月，是油菜花开的季节。淡黄色的花潮，随风涌动不息，同湖水一起跌宕起伏。水在跳，山在动，风赋予了山与水牵手共舞的机会。数十年来，农垦人的汗水，终于浇开了青海湖暗绿色的沉闷，把鲜艳的活力注入湖溪的土壤。这油菜花的嫩黄，或许就是世界上最纯的色彩，因为它除了被细雨洗、水雾罩过外，还浸泡着人的汗水。青海湖的明丽不但如画，

更是靓丽如村姑，俊丽中又添坚毅。生不见底，墨绿如暗玉的青海湖啊，你荡漾着多少悠远而离奇的思索？

青海又是一片具有独特性格的土壤。七月里，大红色的牡丹、粉红色的玫瑰开满了青海循化县爱花的撒拉人的土地。玫瑰花丛里闪烁着撒拉姑娘三三两两的身影，保加利亚玫瑰河谷里不过也就是这份清韵吧？花儿盛开，启迪了青海人能唱的天才，青海人最爱唱的就是"花儿"了，"花儿唱透心上的事"，青海人唱"花儿"时极洒脱的。年年"花儿会"，年轻的小伙儿穿着黑坎肩，戴起小白帽，美丽的姑娘这披着浓黑的面纱，在明快的节奏里，一同踏着轻盈的步子，用简单的舞蹈和奔放的歌声表达着丰富的内心世界。

青海的性格塑造着青海人的性格。十世班禅大师自幼年在塔尔寺坐床以来，爱国爱教，永远替人民说话，人格如金如玉，今天已化为日喀则扎什伦布寺中那璀璨夺目的灵塔，照亮了雪域高原虔诚信徒的心灵世界。大师的人格是青海的骄傲，每一个踏入塔尔寺的人都会感到大师风范，是如何的山高水长！看酥油花，燃藏香，浓浓的宗教气氛中又带着多少我们民族间共同的心愿？哲人们的魂魄融入了青海人的精神，青海人才是这么富有感情，青海人才能用一副宽厚的肩膀挑起历史和未来，在明丽如画的江山间奔走不息，用自己憨厚的笑声挽起最美丽的感情之结！

（2016年8月）

望海楼拜"见"范仲淹

前不久应朋友之约,前往历史文化名城泰州览胜游景。刚到栖息之地,尚未卸下行囊,也顾不得去观看泰州的许多景观,慕名径直前往望海楼景区,去"拜见"曾在泰州做官后成为一代名相的范仲淹。仰望着望海楼前范仲淹高大威严的铜像,即想起了他如椽之笔写下的不朽篇章《岳阳楼记》,其中的"先天下之忧而忧,后天下之乐而乐"成了千古名句。随着导游的认真介绍,我们似乎穿越历史,逐渐走近了范仲淹。

范仲淹,字希文,谥文正,北宋著名文学家、政治家、军事家、教育家。祖籍邠州(今陕西省彬县),后迁居苏州吴县。他两岁死了父亲,跟着改嫁的母亲背井离乡,生活十分贫困。他从小很有志气,爱好读书。经过艰苦的学习,范仲淹获得了丰富的知识,同时养成了严肃认真和刻苦节俭的作风。他在青年时期就考中了进士,开始做官。早年的贫困生活使他了解并同情民间的疾苦。他决心为国家和百姓做一番事业。

宋夏战争初期,宋军不断失利。公元1040年,范仲淹被派往陕西,前去抗击西夏。范仲淹到了延州,发现一个很不合理的现象。当时,宋朝政府把边兵分给各级官员带领,官职越高的带兵越多,官职越小的带兵越少。这本来是正常的现象,但宋仁宗却下了一道命令,说敌人进犯时,不管来的敌人多少,一概由官小的带领自己的少量人马去作战。这样做哪有不败的道理。范仲淹却不管皇帝的命令，立即改变做法。他把延州的一万八千军队，分给六个将领带领，每个将领三千人，负责训练。有了敌情，该多派就多派，该少派就少派。同时，他又下令修筑一些城堡。经过一番整顿，延州的防守力量顿时改观了，西夏军队看到范仲淹防守严密，他们再也不敢轻易进犯延州了。

公元1043年，范仲淹由陕西调回京城，担任副宰相。

那时候，北宋政治非常腐败，封建官僚的特权大得惊人。做官全凭关系，升迁更靠资历。只要一个人当了大官，家属亲戚都可以做官。结果大小衙门里塞满了多余的官员，好多官员又尽干坏事。

范仲淹早就看不惯这种状况。他担任副宰相后，决心改革，就大胆地向宋仁宗提出十项改革方案。这个方案的主要内容包括：明确规定官吏提拔或者降职的办法；严格阻止凭借特权、关系等取得官职；改革科举制度；慎重选择官员；重视生产；加强武备；减轻劳役，等等。

宋仁宗当时正信任范仲淹，对他提出的改革方案全部接受。因为范仲淹是在宋朝庆历年间提出这个方案并进行改革的，所以历史上称为"庆历新政"。

为了推行新政，范仲淹首先整顿官吏制度。他派一些官员担任监司（监察官），到全国各地视察，然后根据他们的报告，把各地的坏官从登记簿上除名，加以撤换。

有一次，和范仲淹一起推行新政的大臣富弼，看到范仲淹在登记簿上勾掉坏官的名字，心里不忍，就上前劝阻说："一笔勾掉一个名字很容易，可是，被勾掉的一家人都得哭了。"

范仲淹毫不动摇，斩钉截铁地回答说："一家哭总比一路（北宋的政区名称）的百姓哭好啊！"

富弼听了，觉得范仲淹既有胆量，又有见识，心里非常佩服。

新政在推行中，触犯了一些封建贵族的利益。许多保守的官僚纷纷起来反对，诽谤范仲淹和推行新政的人结成朋党，滥用职权。

宋仁宗动摇了。新政只推行了一年多，范仲淹就被降职，调到外地做官去了，新政也跟着失败了。

范仲淹虽然遭受打击，但他忧国忧民的信念却丝毫不变。不久，他到邓州（今河南邓州）去做地方官。这时，他的朋友滕子京也被降职，在岳州做地方官。滕子京在岳州重新修建岳阳楼，请范仲淹写一篇纪念文章。范仲淹答应滕子京的要求，写下了著名的《岳阳楼记》。文中反映范仲淹伟大抱负的"先天下之忧而忧，后天下之乐而乐"一语，已成为千古传颂的名句。

公元1052年，范仲淹又被调到颍州（今安徽阜阳）去当地方官。他在上任的路上生病离世。老百姓得知清官好官范仲淹不幸去世都很悲痛。

纵观范仲淹的一生，后人给予了崇高的评价。王安石称他是：一日之师，由初起终，名节无疵。欧阳修认为：公少有大志，每以天下为己任。《宋史》写道：自古一代帝王之兴，必有一代名世之臣。宋有仲淹诸贤，无愧乎此。范仲淹"文武兼备""智谋过人"，无论在朝主政、出师戍边，均系国之安危、时之众望于一身。他对某些军事制度和战略措施的改善，使西线边防稳固了相当长时期；他领导的庆历革新运动，虽只推行一年，却开北宋改革风气之先，成为王安石"熙宁变法"的前奏；即使在担任地方官时，他也殚精竭虑，鞠躬尽瘁。范仲淹不仅是北宋著名的政治家和军事家，还是一位卓越的文学家和教育家。

作为宋学开山、士林领袖，他开风气之先，文章论议，必本儒宗仁义；并以其人格魅力言传身教，一生孜孜于传道受业，悉心培养和提拔人才；乃至晚年"田园未立"，居无定所，临终《遗表》一言不及私事。他倡导的"先忧后乐"思想和仁人志士节操，为儒家思想中的进取精神树立了一个新的标杆，是中华文明世上闪烁异彩的精神财富。千载迄今，各地有关范仲淹的遗迹始终受到人们的保护和纪念。

离开望海楼，回头再望望968年前力主改革、爱民如子的清官范仲淹铜像，笔者联想了许许多多，也陷入了沉思之中……耳畔仿佛响起范仲淹的诗句：年年春自东南来，建溪先暖冰微开。溪边齐茗观天下，武夷仙人从古栽。

（2016年8月）

朱子故里品五夫

前不久，应福建战友盛情邀请，我们几个文友组团前往中国著名的风景旅游区——武夷山市览胜。在短短的几天内，我们被武夷山九曲溪入诗入画的秀美景色所陶醉，也被闻名遐迩的当地武夷山各色品种的岩茶而吸引。观景品茗固然惬意，但参观儒学集大成者、宋代理学家朱熹故乡五夫镇，更觉流连忘返，留下了极为深刻的印象。

历史名镇群英荟萃

五夫镇位于福建省武夷山市东南部，自然环境优美，气候宜人，物产丰富，人烟稠密，盛产白莲、红菇、田螺，闻名近远，是武夷山市重要的农副产品区林地之一。五夫镇自古就有"邹鲁渊源"之称，是理学宗师朱熹的故乡，朱子理学的形成地，朱熹在五夫从师就学长达四十余年。五夫是重要的历史文化名镇，历代名人辈出。至宋代已是鼎盛时期，名人学者云集，工商士农极为繁荣，抗金名将刘子羽（朱熹义父）、吴介、吴遴在五夫降生；词圣柳永以及他家"柳氏三杰"在五夫孕育；胡安国家族的胡氏五贤出自五夫；理学宗师在五夫从师就学，可谓"群英荟萃"。无论是血洒疆场的武将，还是治国安邦的文儒，他们对家国的贡献不绝，都当得上"丈夫"二字，更不用说五夫历史的深处，还树立着朱熹这一位理学集大成者的伟大身影，由此可见，从名字发端，五夫的血脉里充盈着浩然正气。但你若往五夫施于一瞥，又将发现，这充满阳刚浩然正气的小镇并非简单而粗线条，它柔美静谧，青石板、红灯笼、白莲绿樟，屏山秀带一水长，纯然是一个温婉动人的江南水乡。这两种气质毫无冲突地在古镇上混合着，轻轻落入书院、牌坊、万亩荷塘，入则独处守心穷天理，出则振臂高呼为天下，不因刚强损其柔美，不因柔美损其刚强，亦动亦静，这岂不是朱熹由诚意正心至治国平天下的修养哲学？五夫，既是传统的化石，又是文化的活水，它在文化地图上的被重新发现是太迟了，迟得令人遗憾，但好在为有源头活水来，今日今时再去品味五夫，尚不算晚。

红莲绿樟点缀五夫

车至五夫，万亩荷塘迎面而来。秋末初冬的季节，已无法见到盛夏的荷塘之美，但眼前这一望无际的万亩荷塘足以让我震撼。导游绘声绘色地为我们讲解着（准确地说是赞美）盛夏季节的荷塘之美：一朵朵爆开的粉色烟雾，在荷塘中升腾。热风吹去，大片大片荷叶翻身倚着塘水，露出银白的叶底，卜卜作响，如同亮出千万把兵器，莲花莲蓬轻轻摇晃，似杯盏相碰，像是胜利后的宴饮——白日的荷塘景色，热闹欢欣。

那晚上的荷塘景色呢？我在一旁禁不住问。

晚上再游五夫荷塘，景象又有不同。我们随着导游的介绍，眼前又换了一幅画面：筑在水面上的木栈道曲曲折折伸进荷塘深处，荷叶在两侧交掩遮断前路，放眼望去，丛丛荷叶上但见人影在欢笑移动，却不知道是游人，还是月夜下飘扬的仙子；

三三两两亭子高出荷塘，有人在上面饮酒谈笑，荷叶翻涌连成波浪，那亭子似静又似动，已不知那真是亭子，还是水面悠游的画舫。明月悬空，荷叶上还残留着白昼急雨后未倾尽的水珠，每粒水珠里都映出一个圆圆晶亮的月亮，朱熹曾有一个浪漫的比喻：天理映照在万物上，就如月亮在万川里。此刻荷塘里，水底是月，荷叶上滚着的是月，连莲花蓓蕾上小小的那一沁，也含着一个完整的月亮，微尘中见世界，难怪莲花被视为佛典中智慧的化身，一支幽香，周颐咏过的莲花是哪一朵；半亩方潭，朱熹吟过的云影又在哪一方？走在晚风中的五夫荷塘里，遐思翻涌而来。

　　红的是莲，环抱着五夫的湿地，绿的则是樟，点缀在五夫的高处。据说在村口植樟是福建农村的习俗，五夫的樟树，从河畔、墙头、屋顶伸向天空，又俯身洒下一片清阴，最有名的一棵，莫过于朱熹故居紫阳楼的那株千年樟树。这棵巨樟耸立在小河边，树身一侧巨大树干俯身向河面，仿佛哲人在水边徘徊低语。巨大的树干由于年代积累，中间已经空荡荡，可以摆下一张茶桌纳凉，但无数的养料和水分依旧沿着剩余的躯干不断输送到每根细枝的顶端，催出新芽，阳光从细碎的叶缝间投射下来，无数细小的树叶和枯朽的树枝轻轻飘落。相传这棵樟树是朱熹亲手种植，纪念师长对其做学问要深深扎根以求博大的教诲，转眼千年已过，这棵巨樟的根系已经深入黑暗的地下，最微小的根须也许已经遍及五夫古镇的每一个角落，朱熹的思想也已经在中国文化史上深深扎根，成长为朱子学这棵枝繁叶茂的参天大树。

　　在红绿两色的五夫行走，最令人难忘的并不仅仅是草木的丰泽秀丽，而是它们和古镇的建筑、人居的配合无间。你既可以推开窗户，凭水欣赏那一川明秀，把荷塘作为家居的背景，也不妨采一枝莲花，撷一片荷叶，养在客厅里，让它带给你一屋清

香。有时走过一道土墙，会发现一枝新绿探过墙头看你，或是香樟，或是桃李，青苔细草点缀在民居的石缝间，额坊上，为喧闹的人间带来一抹水意。

书院散发文化场力

五夫的自然美，美在草木，人文美，美在兴贤古街。古街上的兴贤书院就是当年朱熹讲学授徒的地方。遥想朱熹在书院讲学的时节，四面八方的学子前往五夫求学，兴贤古街商户富集，学者如云，细细的石板路上如雨般洒下求知的脚印，思辨的争论滔滔和门前曲水一争短长。

兴贤古街自桥始自桥终，自然带着一弯水，这水不甚大，只有窄窄一条，行舟自然是不行了。我们一行人缓步在这一弯水边时，只见街上的几个妇人在那里洗涤物什，她们的脸庞倒映在清澈的水面，引来了一阵"咔、咔"的相机快门声。但这水，却让坚实方正的建筑又有了柔软摆荡的气质，整条街也随着曲水弯成一条绶带，兴贤书院，则是这绶带上的一颗明珠。古街的建筑浑朴，色调以黑白灰为主，雄立街中的兴贤书院却色调鲜明，热烈的捣椒红泥墙侍立两侧，颜色鲜艳，门饰砖雕精美的门楼耸立，均象征着这座书院在这古街上的地位不凡，就连书院门口临着水次的那块小小平地，上面的青草和苔藓也似乎比别处绿的明亮些。一切均因这里是朱熹讲学授徒的书院，是五夫之所以成为五夫的文化源头，是不断散发着文化场力的五夫古镇的核心。走入三井的书院，内堂里挂着模仿朱子手迹的匾额，明亮安静的桌椅散发着学而不倦的气质，门楼的屋檐上，依次挂着状元、榜眼、探花三顶纱帽，墙壁上可见造型精巧别致龙首鱼身的鱼龙浮雕，无须讳言朱子哲学里追求功名利禄的强烈出世精神，正如五夫古镇亦静亦动的气质，朱熹穷其一生都致力于将个人内心修养和匡扶天下结合在一起，这种以天下为己任，百舸争流的精神，是一股源头活水，涌流出五夫古镇的文脉不绝。

  厚重的历史渊源又物化为古街上密集的牌坊，密集到只需抬脚三五步，就有一方新的横额迎面而来。在这些形形色色的横额当中，一方"过化处"最耐人寻味，它高悬于兴贤古街的一个拐弯处，走过"过化处"，这进入弯的这一头，由"过化处"退回，则进入弯的另一头。原来这过化处是人烟稠密的市井和静心学习的书院的交界处，一进，则巷道安静，书声琅琅，一出，则叫卖高声，热闹非凡。过化者，教化也。是书中沉静的先贤哲理教化热烈淋漓的世俗社会？还是热烈淋漓的世俗社会教化涉世未深的读书人？抑或是相互教化？站在教化处的牌坊下，一眼瞥见巷子那头，导游拎着喇叭高声招呼游客，沿街的农妇叫卖莲子，这个古人思索的老问题，时至今日仍然新鲜不已。

  旅程结束时，回望兴贤书院和紫阳楼，我似乎更应感谢这条最简陋最寂寥却也是最真实最久远的巷子，它用直接的方式，让沉浸在草木的丰泽之美和建筑的圆熟之美的我，重新思考五夫镇作为地图上浓墨重彩一点的意义。让我不禁重新返回巷子，返回古镇，返回明月荷塘香樟，再去探寻五夫那思之不尽的美……

（2017年7月）

西栅情思

去乌镇之前，我是没有一点准备的，甚至不知道西栅的名字。不单单是因为出行时间的紧迫，实在是我想找一找萍水相逢的感觉，让心中沉沉入睡的激动被一种陌生的呼唤叫醒着，飞扬在高远的天空。

不巧，游览乌镇的那日却下起了雨。这雨，不紧不慢，不大不小，和人的耐力一起赛跑。后来我才知道，老天是何等的眷顾于我，竟让我在飘飞的雨丝中看到了乌镇素面朝天的真颜，听到了乌镇最纯粹的声音！

乘车穿过道道青翠的桑林，乌镇的街市已在脚下。同行的一位朋友建议先去游览西栅，大家同意了。在我看来，东栅西栅应该是乌镇怀抱里的一双儿女，亲近哪一个都让我欣然往之。

或许是因为雨天，或许是因为西栅的位置距镇中心远一些，来西栅的游人并不多，且几乎都是散客。没有了团队那种呼呼啦啦的喧闹，倒使西栅出奇地安静，连飘落的雨点也羞涩无声。

一只手摇的木船载着人们踏上了铺满青石板的老街，于是，一眨眼的工夫，一群人便如鱼儿一般，无声无息地淹没在陌生的雨巷中。

依旧是江南的黛瓦白墙，依旧是古镇的朱门镂窗，依旧是水乡的石桥木船，依旧是亭中的水阁茶屋，被一道道的雨帘装饰得朦胧而悠长,浸润得苍老而又柔曼,犹如古旧宣纸上的一幅水墨丹青,韵味自在其间。而我们这些散客,只不过是这幅图画上活跃的墨点,带着这个时代的气息,走向陌生的过往。

我们几个人,沿着镇中的一条主河,循着河边一条弯弯曲曲的老巷,缓步而行。雨点轻轻地落到石板上,轻轻地溅起细碎的银亮,轻轻地触碰着行人的鞋面。默默地注视着这一切的,是巷子两旁大都空无一人的老屋。这些完全保留着古旧风貌的老房子,门窗微启,轻轻地推开,似乎能感觉到历史在时空的变换里的苍老呼吸。这种感觉是奇特的,独有的,不管我走出多远,打开多少门窗,穿过多少宽堂窄厅,抑或是走出华丽走进斑驳,历史生生不息的韵脉清晰可辨。这样的感觉是撩人的,情不自禁地,看着同行的朋友手扶一扇朱门侧身而立,我的镜头里就藏不住晶莹的湿润。我看着他,更想阅读他背后的故事。

巷子里很少能看到做生意的人家,居住在巷子里的更是少见。偶然的几家小吃店,也是以备游人之需而设。没有晃眼的招牌,没有招客的叫卖,只在安静里看着我们路过或停留。因为这样,我的双眸装不下的除了古镇的朴素,就是刻在每一条街道每一座石桥上的或短或长的诗行。短章如果记载着乌镇的厚重与苍凉,那么长赋就该是乌镇曾经繁华与兴盛的秀骨风姿。读懂这样的诗赋无人最好,雨中最好,心静到无声,历史才会吟唱。我突然这样想。

不知不觉,早已经错过午饭的时间。我们在临河的一家小店窗边落座,透过敞开的窗口,看河面的乌篷船静静地划过,留下几痕舒心的波纹;看无语的石桥一座座安详地睡在河面之上,枕着时光的臂膀抚弄着柳绿花香,心如畅饮了几杯家乡崇明米白酒,微醉似潮。难怪同桌的朋友捧着一碗素面,满嘴却飘着烧肉

的浓香。那一刻，在这样的清幽里简直要迷失了自己，我不知道自己是窗里的画中人还是窗外的静立者。时间的连接在此已经无痕无隙。

坐在窗边，我想起了电视剧《似水年华》中英小姐的一句话："在乌镇，会令人想谈恋爱。"心在最安适的时候，情才最饱满。在这样的温润里，一帘幽梦开始摇曳生花。

返回的途中，漫步在西栅，在雨中，在小桥流水人家的氤氲里，我的思绪会从老邮局移步到灵水居，在穿梭的人流里听一听长者的足音；会从水上戏台荡舟至蓝布坊，于四季的喧腾里见证一段劳动的哀歌。素面朝天的历史，留给我们的不仅仅是简单。当生命在这里出人意料的奇遇，历史才有了剪不断的筋脉与琴弦。

听说，西栅正在加紧改建，择日全面开放。我不知道，在被现代化装饰一新的商流里，历史还能够清丽的歌唱吗？

（2014年7月）

第三辑　行旅散记

夜市的妙想

　　所谓夜市，是一个城市夜晚最明亮的地方，这里充斥着烟火气、食物的香气和人潮涌动的乐趣。夜市里有各式各样的酒店小摊，有着各色各样的话语。诚然，"吃"，在夜市处在核心地位，比如上海滩那著名的黄河路、乍浦路两条"美食街"，在疫情到来之前，街上人头攒动，几乎所有的酒店宾客爆满，时而从酒店的门窗传出一阵阵推杯换盏、猜拳行令的哈哈笑声。

　　其实夜市在我的记忆里故事很少"历史短暂"。年轻时在生活贫困的乡下农村，别说是夜市，就是大白天的"昼市"也没有去过几次。后来年少当兵在海防前线的军营里，军纪严明，熄灯号一响就老老实实地躺在床上就寝，谈何夜市。后来转业工作在上海并出差至海南、广州、重庆、大连、青岛等城市，对夜市有了逐步深刻的理性认识。那形形色色的夜市情景，用上海话说就是"花头透了"，特别是那烟雾腾腾、人声鼎沸的夜排档，几十张桌子一字排开，食客们烤啊、喊啊、吃啊……没有占位的顾客只能咽着口水在一旁等着，据说这些夜排档通常夜里七八点钟开张，一直到天亮为止。诚如唐朝诗人王建感慨的那样：夜市千灯照碧云，高楼红袖客纷纷。如今不似时平日，犹自笙歌彻晓闻。

　　因种种原因，夜市那曾经车水马龙热闹非凡的大排档渐渐萧条甚至偃旗息鼓，也因为年前疫情的缘故，上海那美食街的几兴店门可罗雀，夜市显得冷冷清清。

世界上的事循环往复，总会有开始也就有结束。近来街头巷尾的排档又开始活跃了起来。疫情结束不久的有天晚上，我终于按捺不住"吃货"的心，带着几个从外地来探望的战友去夜市溜达。

夜市的人不比以往少，有卖烧烤的、有卖瓜果的，还有卖衣服的……在卖烧烤的小吃摊儿，有一个6岁的小妹妹特别引人注目，她有一双大大的眼睛，穿的衣服也干干净净的，她提着十几个小袋子在卖炒瓜子，一袋两元钱。我觉得那么一点瓜子就卖两元钱好贵呦！听一边的介绍说她是勤工俭学的小学生，我们应该支持一下她，我觉得很有道理，就买了好几袋瓜子。

咦！怎么刚吃完饭就觉得饿了呢？原来是烧烤的香味儿钻进了我的鼻孔！征得战友的同意，我们迅速占领了街旁的一张小排档的桌子，买了一堆烤香肠、烤蟹棒和烤花菜，大家以狼吞虎咽的吃相，肯定了这些菜肴的色香味质量！

夜，已很深了，可夜市里来来往往的人还是非常多，依然热闹！我们的胃在这种客观环境下消化地也真是快。看着夜市里的美食五花八门，有酸酸辣辣的臭豆腐，香香甜甜的烤玉米，滑滑嫩嫩的豆花……形形色色，样样令人食指大动、胃口大开！香气扑鼻的蚵仔面线，是我的最爱，只要十元，就让我品尝到古早味的美食，一口又一口的鲜甜，仿佛感受到大海的赐予，真是物超所值！再吃些小点心，试试鸡蛋糕，真是言语无法形容的美味啊！个中滋味，只有亲自来品尝最能体会。对了，再来一根烤香肠，鲜嫩多汁，忍不住的诱惑，让人想要一吃再吃。看老板烤得满头大汗，我们真该感谢他的辛劳。吃饱喝足后，来打九宫格，平时可以很随兴，但这时可要努力瞄准啊！

行文至此，逛夜市时那种嘴里咬着鸡蛋糕，左手拿着烤玉米，右手拿着烤热狗的情景依然在眼前，想着下次去夜市时，一定要带狮子的胃，或是把夜市搬回家，哪怕家人调侃我是一只嘴馋如猫的吃货……

（2016年7月）

心安于山水间

前一段日子，我像一个失了魂的病人游荡在自己的世界和俗世之间，我被外界的压力和内心的压力挤迫得敏感而神经质；就在这样一种心境下，在一个不太坏的日子里，闲闲地背着包，选了有山有水的——无锡的鼋头渚，那里是充满温情和水的好去处。放逐一下心灵，去体验一种没有任何目的和压力的轻松。

投身于鼋头渚，便少了平日身居城市的喧嚣和嘈杂，多了一份幽静，一份诗意。其山光水色酷似一只硕大的围棋盘。当然不是黑白子对阵，而是绿色与水色相撞。一片绿环绕一方水，一方水依着一片绿，你中有我，我中有你，透出了太湖特有的空明灵秀之气。

"太湖佳绝处，毕竟在鼋头。"站在游艇的船舷上，一片透彻，满目清新，水汽轻吻着面庞，连人都变透明起来。还没有看够如墨如黛，如诗如画，千姿百态的山峦，游艇已向鼋头。踏上鼋头，立即被一重重，一层层绿色所包围。空气中仿佛被深绿、浅绿、粉绿溢得满满的，轻轻一碰，都会流出绿色的汁液。极目远眺，峰峦缥缈，碧波荡漾；似乎在向游人讲述着一个古老的美丽的传说，一座山就是一个耐人寻味的故事，一段水就是一行梦幻缥缈的诗文。

湖风揉乱了我的头发，山风扯动着我的思绪，我伫立在鼋头山顶，仿佛嗅到了一种亘古不变的历史文化，它慢慢漂浮在夏日的山顶石阶,如此厚重又难以把握。身在山和水之间,我渺小得如同一滴太湖水,一捧山土,被动地感应着大自然赋予我的灵性。也是一瞬间,我心头一松,我是谁?我为什么不快乐?"人生得意须尽欢,莫使金樽空对月。"原来,古人早已迷惑过,思考过,在出世和入世之间,选择了快乐。这种快乐,可以是"对一缕绿杨烟,看一弯梨花月,卧一枕海棠风"。人生苦短,何必纠缠不清。鼋头,这个连名字都浸润着浓浓仙气的山水地方,就这样驻在了我心灵深处,那是一个不能说不能解的谜。我暗自猜度,这就是一种山水境界。

禅家有妙语。说是:先是见山是山,见水是水;再是见山不是山,见水不是水;后来又是见山是山,见水是水。

山,已是如此神秘;水,更是以视野中的温润积淀了几个世纪的宽容。所以,再面对太湖时,我无语。于是,我明白,在这个世界上,所有的境界,是需要用心灵默默地体验的。比如爱情,"衣带渐宽终不悔,为伊消得人憔悴"是一种境界;"昨夜西风凋碧树,独上高楼,望尽天涯路。"是一种境界;"蓦然回首,那人却在灯火阑珊处"又是一种境界。

回到湖岸,我赤足伸在湖水中,背后又是青山,那柔软的水滑过足间,我忽然觉得自己在这一片碧水青山中单纯得像歌中的小女生,哼着歌,踩着水,忘记了许多无谓的烦恼,简单而快乐。涤荡的湖水像生命的轮回,生生不息上演着自己才懂的剧情,那是怎样的一种美丽啊!

山和水的宁静,博大而忍耐,使我有了一种柔和的心境。终于明白:每一个人都是心灵的戏子,关键在于如何演绎出属于自己的悠然和快乐。

(2014年8月)

心中的古城

去年冬天，寒风劲吹，温度也很低，我们一帮文友结队出游，迎着风踏着雪，慕名走进了平遥古城。

平遥古城位于中国北部山西省的中部，始建于西周宣王时期，明代洪武三年扩建，距今已有2700多年的历史。迄今为止，它还较为完好地保留着明、清时期县城的基本风貌，堪称中国汉民族地区现存最为完整的古城，与同为第二批国家历史文化名城的四川阆中、云南丽江、安徽歙县并称为"保存最为完好的四大古城"，也是目前我国唯一以整座古城申报世界文化遗产获得成功的古县城。

为什么一定选择平遥是这次出行最重要的一站？是因为那厚实的城墙，是因为那曾是中国金融中心，还是因为它是世界文化遗产呢？不是！这一切都不是我心中所想的。因为我心中牵挂着中国厚重的文化积淀，因为我想感受依稀存在的中国农耕文明的市井文化，因为我想让自己回归到那古朴的过去……

我们的到达时间没有安排到中午，而是想安排在晚上或是早晨。因为只有在熹微初露的清晨，或是在夜幕低垂的傍晚，更或是在沉沉的深夜中，才能让我和古城的气息相交融，才能让我那颗焦灼的心灵得到慰藉。因为在穿越时空、回归过去和感悟历史的过程中，得到的是精神的升华和心灵的熨帖。

拾级而上，穿过深深的门洞，向客栈园内走去。忽然眼前一亮，整个典型的"三截二井"式（相当于我家乡崇明岛老宅的"三井两场心"）的民居建筑出现在我的眼前。院落整齐有致、精雕细刻、描金彩绘、古色古香，似乎一下子把我拉到了明清时期。趁着暮色刚刚降临，放下行装，我急切地走出院门，踏着看似轻松却也沉重的步伐，穿过街巷，让自己淹没在整个古城之中。或许也只有这样，自己才能真正地回归到过去！

清晨我起得很早，我想赶在古城苏醒之前，进入她的怀抱。因为这种感觉我已经期待了很久，我不想迟到。冬日清冽的风吹着，脸、手和脚都有些冷。

走近日升昌、蔚泰厚、百川通等诸多票号，依稀能感受到当年众商家们坐镇平遥、雄观四海、运筹帷幄，以四两拨千斤之力，执中国金融之牛耳达一个多世纪。缓缓走在明清商业街上，当年的市井生活如在眼前，两侧店铺吞云吐雾，接纳海内商贾。登上市井楼，放眼望去，古城墙围绕着民居，搭配和谐、浑然一体。民居中，突出的高楼就像富巨贾一样，鱼跃而出。参观博物馆，其实最多的还是欣赏民居。正如余秋雨先生所说：平遥的居民已经具备了博物馆的属性，简单地打扫一下，把所要展览的物品陈设进去也就成了一个不错的博物馆。

走过平遥，我的心灵似乎感触到了文化和历史的脉搏。我想任何一个想了解历史、体验生活的人，应该去平遥走走、看看。

走过平遥，我没有任何遗憾，拥有的只是装在了心里许多的收获和感触。随着自己阅历的加深，我想我还会去平遥，一定会再去的。

（2015年6月）

岩茶之王大红袍

有人说:"没见过九龙窠岩壁上那几株'大红袍'茶树不能算真正游历过武夷山,未喝到武夷岩茶便无法体悟武夷山华美之精髓。"此言不虚也。

年前与一帮文友在武夷山览胜,在岩茶之王——"大红袍"产地一饱眼福,总算了却了夙愿。

那绝非凡间草胜似仙境葩的六株"大红袍"茶树生长在终年云雾缭绕的武夷山天心岩九龙窠岩壁的裂隙处。此处一条峡谷两山如壁,各种碧绿的南方植物依附于山体顶端或夹缝间,裸露的岩石多奇形异状,不宽的谷底曲径通幽,一条小溪顺着山脚由大山深处流出,小溪旁有一小畦畦叫作"水仙""肉桂""不见天"的第二代"大红袍"名茶树的花儿开得争奇斗艳。而天心岩最深处那条裂隙犹如一道巨大的闪电自九龙窠岩壁山顶直劈入山腰,裂缝底部则依山岩走势建有不大的山石平台,六株不高却枝叶茂密的"大红袍"茶树依次种植在平台之上。仰观"大红袍"茶树叶片,嫩芽头部微微泛红,阳光照射茶树和岩石时,岩壁反射着日光,映衬的茶树顶部叶片红灿灿的耀眼夺目。因为九龙窠两山高而狭窄,谷内日照短又多反射光,且昼夜温差大,裂隙处终年有山泉滋润,这种特殊的地质气候和日月甘泉滋养,才得以修炼出那超凡脱俗的特异品质。

大红袍景区的茶工老叶介绍说:"'大红袍'的采摘时节

在每年的四月二十日至五月二十日之间,那时在春光中萌发出的嫩芽呈紫红色,远远望去茶树上红艳艳一片,极为漂亮,历史上称这为'奇丹'。六株茶树每年只产茶叶八两,显得弥足珍贵。据说曾有二十克'大红袍'茶业拍卖出了十八万元的天价。目前'大红袍'早已成为武夷山岩茶的代名词。"

"溪边奇茗冠天下,武夷仙人从古栽。"关于武夷山岩茶的由来有这样一个故事。很久以前,一位居住在武夷山下的老太太,一日见一位衣衫褴褛的老伯病卧在老太太房前,善良的老太太用家里的仅有的一点米为老伯做了一顿饭,饭后老伯的疾病痊愈。为了报答老太太,老伯送给老太太两粒种子和自己的随身的拐杖,叫老太太按照要求的时间种上种子。种子种下去竟然立即就发芽并长成了茶树,原来老伯是位仙人,送给老太太的也是两棵仙茶树籽,仙茶树从此让老太太衣食无忧,更使老太太对未来充满希望九龙窠岩壁。但过了不久,事情被当地的县官知道了,便派人来抢茶树,抢夺中茶树被毁坏了,看到坏人准备将断树残根都要拉走时老太太悲愤已极,将老伯伯留下的拐杖插入树根,奇迹出现了,拐杖变成了一条飞舞的巨龙,带着受损的茶树飞入了九龙窠并将树种在了崖壁上的裂缝之间,在那九龙窠峭壁顶端终年留下的细小山泉滋润下,两棵残茶树长成了六棵完整的仙茶树,这便是现在平台上那六棵"大红袍"。也是武夷山中那漫山遍野的岩茶,那都是它们的后代了。

那六株仙茶之所以被称为"大红袍"还有这样一个传说:一位进京赶考的秀才走到武夷山得了急病当喝下天心永乐禅寺僧人为他冲泡了用生长在九龙窠岩壁的茶后,秀才的病竟然被治好了。进京后这位秀才又考中了状元,为了报答天心永乐禅寺僧人和神茶的救命之恩,高中状元的秀才直奔武夷山九龙窠,将皇上恩赐的大红袍披在岩壁上的神茶树上。从此，人们便把这神茶取名为"大红袍"，从此有了岩茶之王的称谓。

"大红袍"茶之所以能够驰名天下，除了与生俱来的高贵品质外还在于那极为讲究的制作工艺和品茗茶艺。据武夷山制茶总公司的老总（资深权威）介绍，茶的制作工艺上有采青、做青、炒青、揉青和焙火等五道程序，这样制作出的大红袍品质稳定耐储藏，外观条索紧结，色泽乌褐油润，冲泡后汤色橙黄明亮，叶底红绿相间，具有明显的"绿叶红镶边"的美感。

那品茗的茶艺程序多的去了。我们参观的人在场听得云里雾里，看得眼花缭乱。幸亏手机录音的功能帮助我厘清了这个复杂的问题。正宗的"大红袍"茶艺讲究"焚香静气、叶嘉酬宾、孟臣沐浴、乌龙入宫、悬壶高冲、春风拂面、重洗仙颜、若琛出浴、浴液回壶、关公巡城、韩信点兵、三龙护鼎、鉴赏山色、喜闻幽香、出品奇茗、再斟流霞、领悟岩韵、尽杯谢茶"等十八道基本程序。茶艺馆中，端坐台前身穿漂亮旗袍的茶艺姑娘用圆润甜美的声音讲解着"大红袍"，同时用一双洁白且纤细修长的手端上一套古朴的紫砂茶具，茶具被一把正冒着热气的铜壶中的沸水冲烫后，一勺乌黑的茶被植入正散着热气紫砂壶中，然后把热气腾腾的铜壶高高地举起，一条炙热的清泉水再次冲入了紫砂壶……茶艺姑娘的一系列动作连贯、娴熟、协调、雅致，如同在表演一段优美的舞蹈一般。就在你看得目瞪口呆的时候，一杯刚刚冲泡出的香茶已摆在你面前。这茶在98度以上高温水的冲泡下，竟犹如一杯清澈高贵的液体玛瑙，一缕馥郁如兰的幽香，会飘入空中沁人肺腑。一盏入口那焙火炒烤后的醇厚之香润舌清喉，细品后则有甘甜环绕之感。茶艺姑娘一边聊着茶一边冲泡着，茶客也在一杯一杯慢慢地细细品味着，反复冲泡每次不超过一分钟,就这样"大红袍"在七泡八泡后仍香味绵延。当"大红袍"茶水温度高时会有热香扑面,当茶水温度低时则是冷香含蓄,便是那所谓的"王者之香"和"隐者之香",也就是"大红袍"那独特"岩韵"所在吧。

离开茶座,你仍会感到武夷山的空中随处都有幽香飘逸。

也许是这生长了350余年的"大红袍"也如同武夷山中那些多年修炼的道人一般,耐得住空山寂寞,不被世外那滚滚红尘所扰而凝神聚精提炼武夷山中那独有的青山秀水精华,才能够在这深山中修炼出如此超凡脱俗的茶的品性,才赢得世间众多爱茶人士的喜爱。

(2017年8月)

遗梦那寂寞的沈园

大多过于久远的记忆,往往像荒原上的坟冢,无人问津,更无法去辨识。然而在卷帙浩繁的典史之中,我们很容易查证出一段具有传奇色彩的爱情:陆游与唐婉。这段爱情是千古流传的佳话,更是令无数人倾心向往的永恒之爱。提及陆游与唐婉,必然会谈到沈园。他们之间的爱情,也往往习惯性地被概定于沈园,这座并不奢华却很别致、温馨和旖旎的(最早有70亩,现占地50余亩)的江南园林……

沈园,位于绍兴市区延安路和鲁迅路之间,美丽的木莲桥河畔,是绍兴市禹迹寺南的一处著名景点,其全称是沈家园(沈园初为南宋时一位沈姓富商的私家花园,故有"沈氏园"之名)。

沈园早在宋代就是江南著名的园林之一,园内山水亭台榭湖廊路花竹木,以及那些飞来栖息于枝头的鸟儿们——皆典雅、精巧。现在的沈园分为古迹区、东苑和南苑三大部分。除葫芦湖与小山两处古迹保存至今,其他都做了修葺,如孤鹤亭、半壁亭、双桂堂、八咏楼、宋井、射圃、问梅槛、琴台和广耜斋等景观,依据历史面貌或沈园文化内涵所需要,被有序地分布在沈园三大区内,形成了"断云悲歌""事情爱意""春波惊鸿""残留遗恨""孤鹤哀鸣""碧荷映日""宫墙怨柳""踏雪问梅""诗书飘香"和"鹊桥传情"等十景。各色构造匀称而又得体,颇具匠心。

站在沈园任何一个位置,一眼望去,便可见其典型的古代江南官宦私家花园的特点；随意一望，也是一幅幅天然的图画。其实，沈园的主要价值与意义在于陆游与唐婉那段凄美的爱情……800多年前，沈园，曾是陆游与唐婉等人年轻时聚会联欢、作诗赋文以及谈论时政之地。当然，最主要在于沈园是陆游与唐婉的爱之园、伤之园，永恒之梦之园……

800多年前，为缅怀唐婉，追忆沈园之邂逅，放翁先后泣书十余篇情真意切的诗文。陆游一生留下了大量的诗篇，但在同一地点写下如此众多诗歌的并不多见。也正因为这些催人泪下的故事和感人至深的诗篇，人们不仅将沈园作为怀念诗人的纪念地，而且还将沈园作为执着爱情的寄托。如今，更多的人去那里是想身临其境感受和思索那段传奇般的爱情——沈园实际上已经成了一处特别的、温馨的爱情主题公园。

前不久到沈园游览参观，导游小妹带我们去看那条廊檐，白色粉壁上有用黑色花岗石雕出来的两首同名《钗头凤》，并例行介绍陆游与唐婉的爱情故事……听到她背课文一样为我们解说："大家知道，陆游是我国著名诗人，传世之作最多，是高产诗人，共有9300多首留存于世，当然，陆游一生是我们绍兴的骄傲……相比之下，大家对唐婉也许并不熟悉……唐婉是陆游舅舅唐仲俊之女，因比陆游小一岁，所以，是陆游的表妹，相传唐婉才貌俱佳、楚楚可人，颇得当时山阴，也就是今天的绍兴的官宦名绅之子倾慕……当年陆游和唐婉在这座沈园留下了许多传唱千古的爱情佳话……"

江南温润的气候，使得绍兴没有北方那样强劲的风，树木也能一年始终保持着一种情侣呵苍翠，人、植物以及小动物们，都会有一种安逸的慵懒和闲散，连那一池水（保持至今的两处古迹之一：葫芦池）也一副波澜不惊的样子。园子真的很静，像一个寂寞的浅施粉黛的佳人，待字深闺……园里很美，或紧或慢观赏园景的游人们,徜徉其中,似温了一壶绍兴老酒,微醺地感觉着一种心情和意境……赶上游人们心情好,也常常会在园子里听到他们情不自禁地低声吟诵着那两首《钗头凤》同名之词和陆游所作的《沈园》(两首七绝),那是他们观景之后有感而发,也许只是心里涌动的感触模糊而又复杂,一时说不出来,只好借用了放翁这些现成的经典。

陆游出生于宋徽宗宣和年间(公元1125年),《宋史·陆游传》记载:年十二,能诗文。可见陆游年幼天资聪慧,加之家风严格,他深谙教诲,又被书香熏染,一生的文学收获丰盈沉实。但在仕途并不顺畅,先后在四川、福建、江西以及南宋京都临安等地先后担任过常平茶盐公事、礼部郎中兼实录院检讨官等职,但其喜乏忧多,绍熙二年(公元1191年),陆游谏被光宗罢官。此后二十年,即一直到嘉定二年(公元1209年),放翁在山阴农村度过,最后殁于山阴故居,终寿八十五。

陆游仕途不顺,爱情之路亦然坎坷,令人扼腕慨叹。

唐婉是陆游舅父之女,陆于20岁左右与唐婉完婚,结成连理,陆唐二维夫妻本是心心相印,又情趣相投,本想可以从此幸福,孰料,百般挑剔的陆母对其儿媳唐婉非常不满,因兄妹情深,但陆又不敢违母命,不忍与唐婉离婚,不得已而在外购置了一处房宅,以期能经常与心爱的人会面。陆母听闻风声后竟多次尾随察看并强行干涉,直至公元1144年陆游被母逼迫与唐婉分开、决裂。

据周密《齐东野语》记载,南宋绍兴二十一年(1151年)春(时陆游与爱妻唐婉已被迫分离七年),陆游与唐婉在沈园邂逅重逢。当时,陆游已从母亲之命另娶王氏为妻,唐婉也改嫁绍兴名士赵士程。唐婉在征得丈夫同意后,在沈园置酒肴相待陆游。在曾经一起来过的沈园,两人再度重逢,只是这一次,陆游与唐婉已没有相爱夫妻名分。对于陆游来说,唐婉已是他人之妻！无奈，悲绝，苦闷一起涌上心头。于唐婉，心头感觉莫大的痛楚，近在咫尺，却不能再像以前那样牵手、凝眸、欢颜……无声之泪如浪潮般袭漫过来……两人在共叙离别情愁之时，陆游感慨万千，心如刀割。临近分别时，陆游再也控制不住自己，将满腔悲愤，提笔在园壁上题下了千古绝唱《钗头凤》：红酥手，黄縢酒，满园春色宫墙柳。东风恶，欢情薄。一怀愁绪，几年离索。错！错！错！春如旧，人空瘦。泪痕红浥鲛绡透。桃花落，闲池阁。山盟虽在，锦书难托。莫！莫！莫！

哀莫大于心死！从此一别，天各一方！在陆游的生命中，与唐婉的爱情成为美丽的绝版，绝版的美丽……

据说，唐婉也因此赋了同题一首：世情薄，人情恶，雨送黄昏花易落。晓风干，泪痕残，欲笺心事，独语斜阑。难！难！难！人成名，今非昨，病魂常似千秋索。角声寒，夜阑珊，怕人寻问，咽泪装欢。瞒！瞒！瞒！

词中，唐婉尽诉对陆游的无限思念，泣血般表述了忧思成疾的境况，经受此番精神刺激，身心再也无法承受，不久就在忧郁中去世。陆游悲痛欲绝，心灵遭受深深的创伤，终生难以释怀，沈园从此成了他对唐婉四年的承载，成了他梦魂萦绕之地。晚年入城，必入园中凭吊。

79岁高龄的陆游曾在一天夜里，梦中又见到了沈园，真可谓思之心切，梦之情深……醒时，陆游怅然坐于床榻，四顾无人，灯昏人暗夜静，借着烛光，用那双颤抖不已的手和颤抖不已的心，作绝句二首：

其一：路近城南已怕行，沈家园里更伤情。香穿客袖梅花在，绿蘸寺桥春水生。

其二：城南小陌又逢春，只见梅花不见人。玉骨久成泉下

土，墨痕犹锁壁间尘。

难泯的情怀使他始终如一地牵挂着那座城南的沈园，那座眼里、字里、心里、梦里总是漂浮不去的心园——沈园。此时，儿孙成群、五世同堂的陆游，却难以抚平心中深深的忧伤与孤独。陆游最后一次去沈园，是他年至84岁高龄的那个鸟语花香、万物复苏的春天，对放翁来说，这是一个新春。在儿孙们搀扶下，他到了沈园。到沈园，再次触目事情的放翁，早已无泪，无语。浑浊的眼神却透着最初的心情、最初的爱恋。此次沈园一游，放翁归而又作七绝一首，题名《春游》：沈家园里花如棉，半是当年识放翁。也信美人终作土，不堪幽梦太匆匆！

我的音响里播放着罗小慈那曲《陆游与唐婉》的古筝曲，曲声悠扬而又哀婉，如诉如泣的音乐，环绕在整个空间，我感觉一直沁入心扉、沁入灵魂的冰寒，又感受到一种凄切，一种记忆的悠远与亘古……

放翁一生爱梅，现在的沈园古迹区内栽植了许多蜡梅，每当梅花怒放之时，香气充满整个园区……

驿外断桥边，寂寞开无主，已是黄昏独自愁，更著风和雨；无意苦争春，一任群芳妒，零落成泥碾作尘，只有香如故。

词中，放翁以梅喻己，其实，纵观放翁不平凡的一生，其言其文其事其行、其肝胆与情怀又何尝不是凸显着梅的品格与芬芳？梅，就是一种剑胆琴心，就是放翁的远去而又未远去的身影……

那梅，年年开，开了，谢了，飘零花语又碾作尘；那一泓如眸的池水，年年如是，沉默着，像盛着哭过的泪；那小山，更像是一处守望，等着一个人回来，等着爱的回归……

呵，沈园，一帘匆匆幽梦的沈园。

（2017年8月）

第三辑　行旅散记

幽幽白玉塔

　　前不久，由20世纪60年代服役的几个海军老战友发起，相约回老部队驻地重游第二故乡——辽宁大连市旅顺口。旅顺以其避风不冻的东方良港而著称于世，还作为京城的天然屏障，成为历史上中外兵家必争之地。驱车从大连市区出发来到旅顺口，最先映入眼帘的是那熟悉的标志性景区——白玉山。

　　白玉山屹立于旅顺口湾的北岸、新旧市区之间，海拔130米，系大连市著名旅游风景区之一。作为驻守旅顺的海防部队，我们原来的营区驻地就在白玉山下一个叫作"一场地"的地方。想当年除了队列操外，按照部队"天天练"的要求，我们这些机关干部早晚各进行一次爬山锻炼，以强健体魄。到如今半个世纪过去了，多半因为驻地是军事要塞的缘故，以致包括白玉山在内的旅顺口区的市容市貌并无太大的变化，只是白玉山上那座高高耸立的白玉塔，依然引发了我幽幽的遐思。

　　白玉塔原名叫"表忠塔"，它洁白如玉，高入云端，矗立在风景秀丽的白玉山上。塔下是湛蓝湛蓝的海水，远远望去，白玉塔的形状酷似一枚巨型炮弹。凡到这里游览的，都要细究塔的来历，必有一番感慨袭心头。不由得游兴大减，脸挂冰霜，甚至对它产生一种厌恶之感。

　　白玉塔白得透明，亮得耀眼，一旦揭开"白"的面纱，就觉得它白里透着黑，叫我琢磨不透，心烦意乱。应该说，旅顺口

201

是我国的军用良港,又曾是海盗争夺之地。据介绍,早在1904年至1905年间,日俄为争吃这块肥肉,在这里挑起一场震惊世界的海战,那宁静的海湾,炮声震天,掀起轩然大波,大海咆哮着、哭泣着,海水被煮熟了,山峦、村寨被烧焦了,好端端的旅顺口沦为日本帝国主义殖民地,那"万人坑"里的累累白骨,见证了日本侵略者残害居民的滔天罪行。

作为日俄战争的战胜国,日本于1905年9月5日强行签署了《朴次茅斯合约》,从此日本占领旅大地区,开始长达40年的殖民统治。1905年11月至1907年3月,日本殖民当局为了美化侵华历史,抓了两万多中国劳工,耗资25万日元,在旅顺口白玉山北巅修建了一座日式祠院风格的神社——"纳骨祠",将在日俄战争中死亡的22 723名日本将士的尸体骨灰存放在祠院内地下3个拱形墓穴中,以此炫耀战功,大肆鼓吹军国主义。同时,在白玉山南巅,修建了一座"表忠塔",该塔高66.8米,塔内有螺旋形阶梯273级,塔顶烛尖仿制280毫米榴弹炮炮弹的形状,高8.8米,周长3.3米,寓意祭奠日本殖民者所谓"纳骨祠"亡灵的蜡烛长明不熄,表面上是悼念日俄战争中阵亡的军人,实际上是纪念和宣扬对中国的军事占领的胜利。所以,白玉塔是不折不扣针对中国人建造的一座占领者纪念塔。1945年将"表忠塔"这个浸透了日本军国主义毒液的名字改为"白玉塔",1985年又改为"白玉山塔",这座塔已成为日俄侵占旅顺口的铁证。

当我们一行怀着复杂心情离塔下山的时候,旅顺军港码头的一幅幅壮观的图像映入眼帘:一艘艘现代化的导弹护卫舰、导弹驱逐舰、导弹快艇和核潜艇静静地停靠在码头,在夕阳光辉的照耀下,舰队显得威武雄壮。不一会儿,有几艘军舰在码头地勤人员的配合下,舰首指挥台正灯光闪闪、手旗飞舞地与黄金山观通站请示联络，准备离港远航进行战备训练……

离开旅顺口时我和老战友们十分感慨，真为当下有一支有效守卫祖国海疆的强大海军而骄傲，同时觉得应该把白玉塔作为爱国教育基地，因为它记录了一段屈辱的历史，又是一部历史"教科书"。

（2018年8月）

在鼓浪屿感受不一样的艺术时光

有一种旅行,没有目的,没有期待,没有预期的伴友,只带着自己的热情随即而去,但当你第一次踏上这片乐土时就情不自禁地爱上了这里。不得不承认的是,鼓浪屿,已经成了心怀岛居和小资惬意梦想以及追求艺术的度假客直达的站点,也让我顿时找寻到清新情调和艺术气息的完美融合处。这也正是自己想要的和最喜欢的。

从厦门隔海相望的小岛就是鼓浪屿,坐着往返式船票的轮渡缓缓靠近了鼓浪屿岸边,一棵参天榕树映入眼帘,虽老,形态却美得动人,宛如风韵犹存的长发妇人低头在向我们点头微笑。经历了半个多世纪风雨的老建筑竖满全岛,像小孩子的画作没有规律却很温馨、不突兀,他们更多的是躲藏在龙眼树、香樟树、大榕树中,看上去保存的很完好,至今仍然很适合居住,有点被保护起来不让随便参观了,有的改成了欧式咖啡店,而有的则变成了浪漫的旅馆,甜蜜而惬意。沿着万国风貌的建筑走,在菽庄花园驻足了好一会,它原为台湾富商林尔嘉私人花园,一九五六年园主亲自将此园献给国家。菽庄花园背倚晃岩,面临大海,东临观海园,西眺港仔后。单单站在园内就已被独特的景观艺术吸引的心跳加速。转过蜿蜒的林荫道,爬上几蹬台阶,一阵阵悦耳的琴声环绕耳际,那是有人在林间弹钢琴吗?手指不禁跟着弹动,脚步也跟着加快。原来是一栋透明玻璃墙体的二层小楼,铁门的把手相当特别，我不由得跟随着音符走了进去。这便是陈列了40多台古钢琴的鼓浪屿钢琴博物馆，其中有世界最早的四角钢琴，最早最大的立式钢琴，古老的手摇钢琴还有千姿百态甚至有夸张之嫌的古老钢琴。我沉迷于其中无法自拔，甚至想偷偷地打开一台弹奏一曲，我想无论是对于普通游客还是艺术家，这里带给我们的艺术熏陶和音乐启迪都是无穷尽的。

相比那些带有韵味的建筑，我更喜欢漫步于每条小巷中。阳光从木瓜树缝隙中闪闪晒过，抚过古老的墙壁，朴素的民宅，穿过夹着苔藓的石板路，望着不同颜色的分类垃圾桶，时不时巡逻而过的警察，和嬉闹的老人小孩子，闻着路边摊飘来的奶茶香和海蛎煎、鱼丸味儿，没有交通工具，没有任何污染源，没有杂乱，没有喧嚣，不慌张，不寂寞，不枯燥，轻松的如找到了追寻依旧的归宿，走上几天都不会感到厌烦。累了，随便进一家咖啡馆，一张木桌，两张竹椅，若干只猫，四处点缀着花草，自在游玩的金鱼，这些质朴的琐碎，正印证了"大隐隐于市"这句老话。习惯了海阔天空，忽然这样静下来，反倒有种别样的知足。在这里，喧嚣或者寂静其实由乎你的心情，如果你想同时拥有阳光和安静，那么，听着店内的音乐，岛内的钢琴声，窗前的鲜花会在眼里凝固成恬静的微笑，懒散的猫咪会带你慵懒地伸腰，就这样不知不觉，鼓浪屿的小巷便带你度过了不一样的艺术时光，成了闹市里最舒心的甜蜜。

也许，鼓浪屿上的人，天生对猫有一种特殊的感情吧，每一家店，都少不了与猫有关的东西，暂且把它称之为"猫艺术"吧。在鼓浪屿上的店铺中，它将这种艺术真正带入生活的感觉以及游客强烈回应都足以显示出它有多美好，有多迷人。这种别样的艺术把我的心花怒放放大之后再反哺回生活，以至于每家店我都进,都看,都吃。就在这窄窄的小巷上星罗棋布着各式店铺,不少私家店见其名就知道经营什么,如"私家御饼屋",店里的装饰大都朴素又淡雅,小小的吧台、纯棉桌布、窗前摆满小盆栽的各式各样的花朵,望向外面的人来人往,可惜没有看到那只镇店之猫"杰克"。在奶茶铺停留了好久,这里既卖纪念品又卖奶茶咖啡,我点了份招牌奶茶和烤香肠,翻看来往的人在这里留下的札记。张三疯是只肥猫,说是鼓浪屿最有名的猫了,也遗憾的没见着,最后在很小但很有格调的装潢墙壁前和张三疯画像自拍了一张。紧挨着的就是潘小莲酸奶,排队的人很多,拱形的外卖窗口镶嵌了美丽的玻璃,装修设计独树一帜。浓郁的香甜味道扑鼻而来,但之前吃了太多,实在只能饱饱眼福。在鼓浪屿,像这样好吃好喝的店铺实在多得数不过来。诺拉和皮埃诺是两只猫的名字,也是小店的名字,虽然店面不大但是门前的红色猫咪信箱、铁艺长颈鹿和摆放好的小桌椅让过往游客争相拍照,我也欢乐的摆了一张。和它一样,米糖也是一家经营市内装饰品和小饰品的店,东西精致、趣味。同样售卖创意物品的虾米堂,位于鼓浪屿音乐厅旁,装修考究特别,它用白描刻画厦门的风骨,用闽南语写真咱厝的活色生香,更让人感受到了不一样的艺术气息。最后,不管累不累,都要寻到赵小姐的店,她隐匿于角落的花园,古朴却又端庄优雅,店内木质桌柜、银质相框、黄旧而有质感的书籍、各式包装的茶叶,无不让人沉迷和心境安怡。临走前,外带了招牌凤梨酥、馅饼拼盒和茶点,欲把鼓浪屿式的馅饼艺术带给家人享受。

鼓浪屿虽小,在我看来,却是真真生活的地方,保持着被时光遗忘的古朴建筑,却活跃着有欧美气息的小资风尚,既没有游客如织急切奔向某地的紧迫感,也不必被鳞次栉比的纪念品店铺乱了心情，满眼都是风景，满眼都是历史，都是艺术。而最让人感动的是这里对艺术的宽容度，古老且自然，却可以同时承载各类生机勃勃的文化艺术，古建艺术也好，钢琴艺术也好，小资猫艺术、奶茶馅饼艺术也好，这里就是一个文化小岛，艺术小岛。它吸引我们的，是感觉，一个人的感觉，几个人的感觉，或者，是一种超凡脱俗、远离尘嚣的宁静和归属感。如果有机会，定会再来一次鼓浪屿，感受不一样的艺术时光。

（2015年6月）

赞美大山,她美丽而纯朴

从平原出来的人大都稀罕山、喜欢山,就像大山里的人喜欢大海一样。最初依稀见到的大山是在幼时电影里看到的,后来长大服役离岛,辗转海防驻地,出差公私兼顾,见到了梦寐已久的各式各样的名山大山。时至今日,笔者每每出游的首选地,依然是风光旖旎的崇山峻岭。

喜欢山的理由无法言尽。你看,苍翠的群山层层叠叠,宛如海上起伏的波涛,汹涌澎湃,雄伟壮丽;朦胧的远山,笼罩着一层轻纱,影影绰绰,在缥缈的云海中忽远忽近,若即若离就像几笔淡墨,抹在蓝色的天边。山有雄壮的风采,上也有朴素的品格。山豪迈,山也俊秀。山,时而鬼斧神工,时而平淡无奇。山的性格是刚强的,不惧怕任何压力,但平素却显得和蔼慈祥,文质彬彬,英俊而柔情。因为有山,流水乃为之改道,因为有山,城市才缘依环绕。大山以浑厚坦荡容纳万世汇聚百川。

喜欢山,一个人到那里去感悟和释放,让那些难以表达的郁闷和痛苦,和那些积在心底的浮华,化云而去。回来时,已是满身的清爽和满心的清透。我相信人类的快乐属于感觉,这观念应该是科学化的,生于情感而又回到情感,如果说要超出感觉的界限,那可说它是没落的。在山里,我享受的是一份纯朴的回归。

盘山而上,车速并不快,一路的风景,犹如生活中的片段,过眼,或留于心间或遗忘不再挂念。生活中的片段,犹如一路的风景,上演,或是花絮或是佳话史篇。车窗开着,阵阵的风吹进来,感觉很舒服,我抑郁的心情,仿佛从开着的窗落魄地逃跑了,越近山顶,越觉得满身心的轻松。

站在山顶,我分不清是投入她的怀抱,来感谢她长久的等待,还是我伸开双臂拥抱了久别的她,只觉得一切很和谐亲切。那满眼的绿从不会对每一个来访者吝啬,那大山的情也不会因为你的渺小而忽略你,你站在那里,能看多远就去看多远!

目之所属,意之所游,身之所容,无我。此刻,那一滴泉是我,润着山的肌肤;那一棵树是我,遮着山的脸庞;那一块石是我,托起山的脊梁!我与山同呼共吸,这里有我。心如山的沉稳,如山的细腻,如山的奔放,如山的坚强,没有什么能把这份感受阻挡!血液像小山泉一样在歌唱!悟得心胸的豁达,悟得品德的厚道,也悟得再唯美的场景,再炫枝的镜头,所得到的也不过是没有灵魂的影像"空壳"。此刻想起一个作家朋友写过的一段话:黑暗中,你是一团燃烧的火;灾难时,你是一张希望的帆;危急中,你是一杆凝聚的旗;雷雨中,你是一把遮挡的伞;不懈追求,骨子里刻满钢的坚硬,坚定信念,生命如倔强山的挺拔。你耕耘的土地上绽放着美丽的花朵;你走过的道上一路收获着朴实无华。总是带着微笑出发!

季节流转,岁月变换,看似缄默的大山,其实一直在用自己的方式向人们道出天机。一叶一菩提,道法本自然,心宽才能走得更远。让我们带着微笑从这里出发!

(2014年7月)

长白山印记

20世纪六七十年代投笔从戎，在东北海防军营摸爬滚打了十几个春秋，贡献了人生最宝贵的青春。由于军人的特殊使命，以致无暇游历包括长白山在内的东北许多名胜古迹。今年仲夏时节，怎么也按捺不住游览长白山的宿梦，约上几个朋友，租了个小巴，随导游兴致勃勃地出发了……

听导游介绍，长白山以"原始、富饶、天工、神奇、博大"及其独特的原始状态、科学品位和自然历史价值，屹立于世界名山之林。长白山有着得天独厚的自然资源和文化资源优势，素有"神山、圣水、奇林、仙果"之美誉。是中国北方民族的发祥地、关东文化的根基地，是闻名中外的生态资源宝库，具有重要的生态价值、资源价值、旅游价值和社会价值。巍峨高耸的长白山纵横于千里，蜿蜒于祖国的东北边疆吉林省东南部，是欧亚大陆东端最高山系、中朝两国界山。山体呈东北至西南走向，地势以主峰天池火山椎体为中心，南北长约310公里，东西宽约200公里。总面积为七万多平方公里，火山地貌分布面积10000平方千米，火山椎体的面积为8000多平方公里，辽宁的千山，黑龙江的完达山，朝鲜的金刚山都是长白山的余脉。长白山还是我国东北地区也是欧亚大陆东部最高山系，是中朝两国的界山，36号，37号，38号界碑分别在长白山的南坡、西坡、北坡，长白山就是镶嵌在吉林大地上的一颗璀璨的明珠。

第三辑 行旅散记

长白山是一座神仙山，清王室甚至将其尊为"圣山"，清代的几位有作为的皇帝康熙、乾隆、嘉庆都曾亲自来此地，祭礼其祖先的发祥地——长白山。

无数美丽的神话故事和优美的诗句本已让这座仙山令人神往了，再加上近年来山上的天池不时发现有水怪出没的迹象，更加增添了长白山的神秘色彩。早知道去长白山的路途遥远，再加上多是山路，艰险崎岖，也正因如此，多年游长白山的梦想才难以实现。一大段近十个小时的路程，确实让很多人生畏。但这些与对长白山的渴望和探究长白山的神秘相比，是难不倒我们的。车行在群山环抱的山路上，我们庆幸如今的路况，让我们少了许多颠簸与危险。一路上，两侧山花烂漫，风景如画，朋友们不时欢呼惊叹，忘却了旅途的疲劳。实际上，一进入这连绵起伏的群山，我们就已经进入了长白山脉。多年来出差也好，旅游也好，我们多是游历秀美含烟的江南，或是水天一色浩渺的大海与金色的沙滩；而北方粗犷雄奇的群山，幽深浓密的原始森林，只是我们渴望的梦想。车在起伏的山路上行驶，重峦叠嶂，近处的山坡呈现出各异的景色，在五色的野山花中，更有人工种植的成片的向日葵花让人惊叹，朋友说终于找到了画儿里的景色了。坐落在深山谷中的小小村落，时隐时现，让人感觉是那样的幽深和原始的美，幽静、安详，一缕袅袅炊烟悄悄升起，让我们这些来自城市喧嚣的人们感觉到他们的生活一定赛过神仙。天空是那样的湛蓝，没有一丝的污染，朵朵白云演化着各种身姿，让人们产生着无限的遐想，如丝的白云时而缠绕在青山腰间，如同少女佩戴的玉带；时而盘绕在黛色的山顶，如同男人佩戴的礼帽。汨汨的溪水清澈而清凉，欢快地奔向远方……

因为是下午出发，晚上我们来到了长白山近处安营扎寨了,大家兴奋地从车上搬下我们自带的酒水,来到饭店共进晚餐,每个人的脸上都是欢笑,不带一丝旅途的疲劳。酒宴间大家觥筹交错,谈笑间都是满腹的愉悦,美景、友情交融在一起,好不惬意。

第二天,大家早早地起来,向长白山进发了!这时我们已经到了长白山主峰的脚下了,拾级而上,映入我们眼帘的是那一片片高高的白桦林,青翠的绿叶、洁白的主杆,映衬得是那么鲜明,给人一种清清白白的感觉,做人又何尝不是如此啊!笔直的针叶松,挺拔入云,如同北方人那种刚直的性格。古老而遒劲的原始森林,神秘而幽奇,茫茫林海让我不禁想起了《林海雪原》那部书中描写的新中国成立初期,解放军小分队在这长白山脉剿匪的一幕幕场景。其实,这部小说是我刚上小学不久读的第一部长篇小说,书中描写的故事情节、英雄人物以及关东风情深深地吸引了我,也正是这部小说中描写的人物性格影响了我的一生,那里的英雄人物都是我所崇拜的人物,包括我今天的性格里面都有那里人物的影子。但我对书中描写的神奇的长白山脉古老的自然风光和物产,以及关东风情更有一种神秘和好奇感。长白山的人参、鹿茸、靰鞡草,那时被称为关东三件宝,还有漫山遍野的野兔、蘑菇、棒打狍子瓢舀鱼,直到刚刚穿过老爷岭隧道时,头脑中还上演了那一幕幕的场景……

今天是个特别晴朗的天气,温度也比往常高,这样我们也免去了上山穿长袖衣服。听游人说上长白山不是每次都能看到长白山天池的,由于天气不好,雾锁深山,天池被云雾覆盖,那时是看不到天池的,算我们运气,今天一定能看到天池了!

已经气喘吁吁了,这时忽然听到了哗哗的水声,游人们不禁都高呼了起来:"瀑布到了"!我们紧登几步石阶,眼前一幕神奇的景象出现了：一幅白色的玉带从天而下，溅起的水雾弥漫在峡谷里，真是人间仙境啊！我不禁想起了李白"飞流直下三千尺"的诗句，真是身临其境啊！泉水是蓝色的没有污染，由于长白山的灵气，这水也透着灵气，游人们都用矿泉水瓶灌上一瓶这有灵气的泉水，亲自喝一口，带回一瓶给家人品尝，共同分享一下这灵山秀水的僻佑。

长白山是一座火山，天池就是这座火山的喷火口。自清乾隆以后，长白山就停止喷火，原来的喷火口成了高山湖泊。因为它所处的位置高，水面海拔达2150米，所以被称为天池。

游人很多，排了很长时间的队，终于坐上了开往山顶的越野车了，72个弯道的盘山路左拐右拐，车在路上疾驰，人们随着车转弯左拥右倒，发出阵阵的惊呼声，真是好惊险啊！但这丝毫不影响我们欣赏窗外景物的心情，随着海拔的增高可以明显地感觉到植被种类在变化，刚刚还是参天的大树，一下就变成灌木丛了。

再往上走，就只剩下苔藓类植物了。天空中白云朵朵，霞雾蒸腾，变化万千，仙山之名果然是名不虚传，不知不觉之间就到了山顶，下了车还要步行一段台阶才能到观景台。山顶很凉，周边都是火山灰形成的山，没有任何植被，登上观景台，往下望去天池像一块瑰丽的碧玉镶嵌在雄伟的长白山群峰之中，它是我国最高最大的火山口湖泊。是东北三条大江——松花江、鸭绿江、图们江其一松花江的发源地。柔美的天池白云缭绕，五色斑斓波光岚影，群峰环抱，蔚为壮观。池边群峰竞秀，山野如洗；池上蓝天映衬，丽日当空；池中奇峰倒映，细波水蓝。置身山巅池边，真如同神仙一般。

正如当代著名文化学者余秋雨评价长白山的那样：中国起

步时,它是历史走廊;中国辉煌时,它是半个大唐;中国蒙难时,它是冰雪战场。完成这一切,突然发现,它还是全世界最稀缺的生态天堂。

带着满足,带着依依不舍,我们下山了,回眸远眺天池,回望那绵延千里的长白山,心中顿生无限感慨,大自然的鬼斧神工,造就了人间如此美景,让人欣赏,让人流连。山山水水尽在梦中,美丽风景留在心间。

(2018年8月)

这方景致让人醉

景让人醉,您信吗?有人肯定说是夸张之虚。

前年初秋,笔者随市局组织的公安团队去山西太原、大同之间的宁武县休养参观,领略了一番醉人的精致,让人今生难忘。

山西宁武县,传说是宋代杨家将镇守边关的一关——宁武关。此县境内旅游资源丰富,有酒类名品汾河大曲的酿制之水汾河源头和丁玲的小说《太阳照在桑干河上》背景的桑干河源头,有明朝崇祯皇帝的四子出家后圆寂的舍利塔,有原始森林和山顶草原,有千年的冰洞,有古栈道和悬棺……一山一景细细观来,每每都有新感觉。

走在静静的汾河源头,你会在一份天降般的意念中感受到名酒的醇香,飘悠悠的醉意在不经意间注满你的周身……

桑干河清澈的水流,会将你带回到半个世纪前的岁月里,感受那个年代的风流,战斗的气息,火热的生活……

久远更给人一种无尽的想象。当年李闯王打进京城,一夜之间父死朝灭,四太子沦为无家可归者,远逃边关,出家为僧,一方小庙哪里容得下享尽荣华富贵的太子?而方丈不留情面地训诫大伤太子的自尊,一人之下万人之上的太子终不忍屈辱自尽而亡。300多年,小小的舍利塔静静地矗立在远离京城的山间,独守一份空灵和寂寞……

九月,沪上的暑热尚未散尽,华北的山西已经渐凉。尽管还不够冷,可山阴下的冰洞却冰凌悬垂,冷气森森。据说,数伏的七月,这里的冰柱依旧悬垂,犹如钟乳石笋,石柱般给人阵阵凉意。

古栈道德险让人望而生畏。空手攀爬尚不敢下望,况手执工具修葺乎!不仅佩服当年的工匠。栈道依山崖而修,有洞般隧道,需俯身前行;有临崖望风孔,需探身而望,胆小者爬行一探不为过分。游过古栈道,顿生探险般刺激。

悬棺以长江三峡最为著名。而观三峡悬棺,是乘船远眺,在山崖之巅,星星点点望到,视线不好时,只能望到个影子。宁武悬棺,就在游人足下,骷髅、骨骼逼真地就在你的眼前,一具年代并不久远的尸体,一只脚的软组织来不及腐烂即被风干,依然形状不变地附在足面。历史和现实展现在同一空间,你会感觉人类的渺小,人生的短暂。

天公不作美,下起了蒙蒙细雨。当地人说,雨中游原始森林和山顶草原路滑,会有危险,不如改游情人谷。情人谷则是少男少女喜欢的地方。当初犹犹豫豫地去了,却有一份意想不到的情趣。

雨蒙蒙,雾蒙蒙,为柔情似水的情人谷营造了一份浪漫与朦胧,潺潺的溪流,古朴的木桥,芬芳的野花,清香的植物,不愧是谈情说爱的好地方。山谷深处的峰峦被缕缕浓雾缠绕,平添了一份空灵和神秘,沿小路攀爬,雾气弥漫在眼前,不知山顶在何方,几个兴致颇高的年轻人相约,爬到一个大家认可的高度即返回。望不到顶的山爬起来时很累的,于是在一个貌似山顶的地方停了下来,四周浓雾蒙蒙,视线不出半米就被折射回来。就在游伴们兴趣索然,准备离去的一刹那,好像有一只无形的手,将厚厚的雾幔轻轻拨开，眼前立即显现出一幅绝美的景致，远远近近的山峦，郁郁葱葱的树木，犹如海市蜃楼一般！所有的目光都被眼前的奇景惊呆了，所有的神情都表现得极度夸张，所有的嘴都张得大大的，所有的眼睛都瞪得圆圆的，然而来不及等我们细细品味，那只无形的手就像请人赏宝又不允许久久观赏一般，又将雾幔轻轻掩上，眼前顿时又是一片缥缈的雾气……

试问，这样的景致，您游了，会不醉吗？

（2015年6月）

正是春浓忆周庄

江南古镇,是个集合概念,近代专指苏南和浙北一带的古镇。江南古镇,是文化遗产群,主要包括古镇古建筑群、古镇老街区、古镇民俗等。

退休前由于职业特点等种种原因,没去江南古镇游览欣赏,退休后的六七年里,我和家人几乎走遍了江浙一带的所有古镇,实现了以往多年的夙愿。印象最深的古镇恐怕要算周庄了。

周庄,中国第一水乡,位于苏州城东南,昆山的西南处,故称贞丰里。春秋战国时期,周庄境内为吴王少子摇的封地,称摇城。北宋元祐元年(1086年)周迪功郎舍宅200余亩捐于当地全福寺为寺,始称周庄。

游水乡周庄,特别适合于怀旧。似乎能把我们带回到童年时代。故乡是平原海岛,小时候的春夏季节,一下雨我就特别兴奋,浇过雨后,鼻尖总是很光洁、眼睛亮亮的,回到家用干毛巾将小和尚头(光头)一擦,跟没事似的。雨季里我们总会缠绵母亲温柔的目光,也期待着早早下学,早早回家,想着父亲会不会已经做好了香喷喷的饭菜……

离开故乡在大城市工作多年,每每想起那种快节奏、高效率的工作要求,至今依然感到有点忐忑。来到第一水乡的周庄古镇,心头蓦然升起那种迥然不同的感觉:水乡意境空灵,水有色,雨有光,人有诗文之气,石头会讲话,青砖有眼睛,所有景物都会有人文感，无论多么众多，多么拥挤、吵闹，古镇永远保持她的平和、安静和慈祥，每个景物都会收留你的目光，接待我们的周庄友人很惊奇：这些上海大城市来的客人，若何如此钟爱在他们看来过于平素的风光。

在周庄双桥驻足最久。世得桥、永安桥建于明朝万历年间，两架桥一园一方联袂永恒相伴，一高一矮并肩相互辉映。它们相拥站立成直角，所以不用转身便可以凝视对方，多么有缘，如此相爱已有几百余年。我想它们的心也应该是一样的都是天青色的、温润的。你若抚摸青石栏杆，观赏石头的纹理便会拥有一颗天青色的、诗人的心！思古之情，油然而生。已故画家陈逸飞就是在此创作了绝世佳作《故乡的回忆》，他向世界推介了周庄，周庄也因而声名鹊起，水乡人对陈逸飞先生的思念也会像江南的水一样绵绵不绝。

沈厅也是最有特色的地方，无奈游人太多，无法细细品味，不过参观里弄的人少，却非常有味道。里弄极窄，只容两人平行通过；里弄极长，与厨房、妈妈、佣人的住处相连，在拐弯抹角的地方总有一两束参天的、清瘦的竹子把房顶冲破，接一线阳光进来，抚慰雇佣的劳苦（我是这样猜测的，但未必是财主的初衷呵）。

周庄镇内的文化气息极浓，出售字画的店铺处处皆是，店主也都像文化人，架一副眼镜，穿布衣，不会太殷勤，没有太多商人气。我在一个姓徐的画家开的铺店里，买了两幅仿照画家丁绍光风格的装饰画。一幅色彩极为绚丽，画中一位年轻的女子在满天繁星之下枕着一篓果实入梦。另一幅我认为叫《月光下的思念》很合适，也是女性题材，画面是静色调的，月华如水般倾泻，一女子双手扶肩翘首望月，抬肩的姿势很特别，表现了意志

的张力。当时特别想把这幅画送给一个友人,没有原因,只当是怀念吧。或许是因为只有他能体会我是如何尊重生命的初衷,不随波逐流、不趋炎附势,像个孩子似的追寻个性真实、宁折勿弯的率性与坦荡。原本只想把纸画给友人,又担心他太忙,不懂得装饰,没有时间好好装配,所以在美术馆对面的百花工艺店把两幅画装饰了一下。放在办公室里摆放两天,心里美美的!整个房间生辉不少,像是把周庄古镇搬回来了。

此时浓浓的春意已经弥漫,三年前游周庄古镇的情景依然历历在目。再忆周庄古镇,她的湖光山色、楼台亭榭、诗文字画跃然脑海心田,禁不住自问:什么时候再去古镇周庄呢?

(2015年7月)

第三辑　行旅散记

走过西北的乡村

出差去西北,特地从六朝古都西安驱车来到陕西某县的一个乡村,领略西北乡村的风土人情。

这是典型的于梦中勾勒过的西北乡村,也是贾平凹老兄笔下那经常出现的西北乡村特有的情景。天,是蓝花花不起些微波澜的天;山连山,山蕴山,山拥山,站在山巅四顾,逶迤延绵的还是那山;水,九曲回折,一路静悄悄而来,不注意一瞥,山村外围飘动一条淡泊清澈的河。山与山的开阔处,有狭长的平地,平地上有人家、村庄,鸡鸣狗吠和一条长长的街道。

我就走在这条乡村气息扑面而来的街道,以花甲之年慵懒拖沓的脚步和还算清醒的灵魂走着,疲惫地泅出一尾尾思绪的鱼。街面两旁的店铺与小摊如甲板上晾晒的衣服一般飘忽林立,阳光里晾晒记忆的老人,沧桑的额头里隐匿着悠然置身世界边缘的神情。可以想象岁月是河,默默带走的是青春、爱意、豪言壮语和许多人生的幽怨。

乡村的街道很干燥,尘土和阳光四处挥洒,每一个脚步的回应,都伴有虚空的感觉,抬脚处,尘埃紧紧黏附全身。走累了便停下来,看颇衰的戏楼和一个嘶吼秦腔的老人。据说老人曾是这戏楼修建的倡导者之一,如今岁月如刃,戏楼在朔风中哑然伫立,曾经的显赫与荣耀只有在老人嘶哑的腔调里丝丝缕缕般寻觅,戏楼和老人,这历史的守望者,使我看到了老人对秦腔的执着和坚守，就像每个人都要担负各自的责任一样，只有勇于担负才能活的洒脱吼的精彩，哪怕走过这个乡村，我也要多回望戏台上的老人，顺势而去，发现台下深深的脚印走向天际。红尘中我不能推卸自己该扮演的角色，得意和不如意终将会是一场梦，梦里还有老人如夏花般绚烂的影子，追寻着唱腔的回音，我仿佛置身戏台，奔逸绝尘地推开幕帘，终于潇洒的吼出了激情似火的青春。

乡村的街道和乡村的冬天一样绵长而悠远。朔风刮过，衣衫猎猎作响。那棵树，已经脱光所有青丝白发的街道边村庄，天边聒噪而来的几只老鸦，更显得路人稀疏有加。冬天，只是一种表面的寒冷，裹紧的衣衫里面是我炽热而孤独的灵魂，牙牙学语，"窈窕淑女，君子好逑"的乐章如泉般汹涌。不时又忆起山里人浪共处的逸闻，谁家叔嫂偷情的野趣和夜半而歌的鬼怪传说。不经意在凸凹不平的街面上磕碰起伏，心里便怪怪的想道："谁家的采桑女会因为我执着的走势而顾盼我一次远古般浪漫的爱情呀？"

我走在乡村的街道，迎面传来一阵颤荡的唢呐声，鞭炮响处，一群迎亲的队伍由远而近，一辆贴着大红喜字的吉普车取走了一位娇媚的新娘，也越过了一个曾经是毛驴娶亲的年代。

我就这样在乡村街道随意地行走，随意地遐想。手中《诗经》的扉页在阳光下泛着亮晃晃的光芒，抬头望去，书中真理照进现实，美好生活翻开新的一篇，不知不觉中健步如飞，原来年纪已老的我走到了街道另一头，另一片风景映入眼帘。

这，是一条与家乡迥然不同的典型的西北乡村的街道。

（2015年10月）

第三辑　行旅散记

长城，你可曾听见？

　　那是20世纪80年代我在部队服役时的轶事。记得那是一年一次的部队干部休假期，我约了几个战友在国庆节前夕去首都北京。北去的列车停在了古北口站。这里古长城的残破，使我们搁浅了原打算沿长城由古北口经金山岭到司马台的行进计划，只好走公路了。于是在这约40公里的公路上，出现了气宇轩昂向前挺进的三个大兵。

　　曲曲折折的山间柏油路似乎越走越窄。下午三时，我们看见了彤云映衬下的金山岭，长城在一条山谷的尽头，于是不约而同，决定放弃前人铺好的路，从山谷沿着山脊爬上去。路渐渐变得模糊了。我们进入灌木丛，开始真正意义上的披荆斩棘。然而，就在这个地方认识了几个新朋友，他们使我们心灵深处受到了震撼。

　　那是在我们爬到一处凸起的石头上喘息，招呼着正在攀登的两位战友。在这一个几乎寸步难行的地方，我听到了这样的呼喊："嗨……上得来吗？要不要帮忙？"

　　登上位于司马台和金山岭之间的望京楼，清楚地看见密云水库那浩瀚的水面和独具特色的雾灵山时，我们和这支"救援部队"已俨然是老朋友了。他们共有四名成员：小李，新华社英文翻译；海，我国驻外某使馆工作人员；锐，海的朋友，某外国公司驻中国代表；柠檬，她在某国驻华大使馆工作。

暮日映红了天空，蜿蜒的长城被大自然的手笔勾勒成巨幅雕像，在遥远的地方与山与天交结在一起。锐开始对那颗红得耀眼的太阳挥动双臂，一件鲜红的运动衣成为海手中挥动的红旗，接着从胸臆间迸发出这样的歌声："五星红旗迎风飘扬……""越过高山，越过平原，越过奔腾的黄河长江。""今天是你的生日，我的中国。"听得出这歌声发自他们的内心，完全是一种真实感情的宣泄和流淌。

在残缺不全的古长城上我们继续向司马台攀登，但终因夜幕降临未达而返。我们回到了望京楼。

"北京放花啦！"锐高声呼叫起来。远处的夜空霎时灿烂夺目。礼花想一朵朵盛开的菊花从远山背后升上嵌慢星星的藏青色天空，斗奇争妍、五彩缤纷。闪烁的光辉映照着我们每一个人的脸庞。此时我们的新朋友们突然欢呼起来："中华人民共和国万岁！""祖国万岁！""中国共产党万岁！"这从心底爆发出的呼喊，竟使我们三个军人不知所措、张口结舌，但不一会儿我们也跟着呼喊起来。这喊声持续了很长时间，很久很久仍持续在长城内外。

再次施放礼花的时候，我们和他们一起放开喉咙歌唱。从"红星闪闪"到"一条大河"，从"日落西山红霞飞"到"红太阳照边疆"。在一首"河山只在我梦中，我心依然是中国心"之后，新朋友和我们三个军人都沉默下来。

我暗自思忖着呼喊和歌声的分量。这几位外交、涉外事务工作人员，年纪比我们大不了几岁，在没有任何约束的情况下，由衷地发自内心的歌声和呼喊，反映了他们怎样的一种精神世界啊！

终于，小李喃喃地说："我们会发达起来的！"柠檬跟着附了一句："我想会有那么一天的！"锐和海加重语气："一定会有那么一天的！"几乎是异口同声。

我的泪随风滴落在古老的长城上。

几位新朋友似乎感觉到了我的哽咽，开始为他们刚才的深情表露做注解。海似乎在提问："假如你整天和一群看不起你，看不起中国的人处在一起，你的心情会怎样？"锐也在问我："假如你的外国老板颐指气使，骂你笨，甚至骂你的民族都是笨蛋时，你唯一想做的是什么？"柠檬告诉我："在外国人劝我出国定居，当外国人说他们那儿什么都比中国好的时候，我只希望中国立刻就能富强起来，能让我毫不客气地回答他们，中国什么都是好的！"

原来如此！

我真正明白了，他们选择国庆节这一天，登临长城的深刻蕴含。

长城啊，你可曾听见？祖国，你可曾听见？你的儿女们曾在此欢呼，在此落泪。在此为你祝福……

（2015年9月）

参观世界文化遗产

——个园纪实

扬州是江南名园林立的美丽城市,最有名气的要数个园,早在多年前被世界教科文组织命名为"世界文化遗产"。笔者于去年十月中旬,参与由十几位公安文友为主的作家旅游团,饶有兴致地参观了该院。只见院内精心设计建造了江南名园应有尽有的花卉名木、小桥流水、楼台亭阁及奇石怪竹等各类造型,让人目不暇接,啧啧称道。

据导游介绍,个园由两淮盐业总商黄至筠建于清嘉庆二十三年(公元1818年)园主酷爱竹,以竹叶似"个"字,也是取了竹字的半边,迎合了庭园里各色竹子,个园的主人情趣和心智都在里面了,故取名个园。园区分住宅、花园、竹园三个区域,花园内四季假山被园林界泰斗陈从周先生誉为"国内孤例",展示了中国园林登峰造极的叠石技艺,与颐和园、避暑山庄和拙政园并称中国四大名园。个园建筑非常别致,经历了漫长时间的洗礼,至今仍然保存完整。应该说参观个园给我留下了较深刻的印象。江南的建筑与北方的建筑风格完全不同,这里的建筑很有特点,既讲究,又别致,我十分喜欢这种建筑风格。

个园是一处典型的私家住宅园林。从住宅进入园林,首先映入我们眼帘的是月洞形园门。门上石额书写"个园"二字。园门两侧各种竹子枝叶扶疏,"月映竹成千个字",与门额相辉映。

　　个园里运用不同石料堆叠而成"春、夏、秋、冬"四景很有特色。以门景的竹石为春,以湖石山子为夏,以黄石山子为秋,以宣石山子为冬。春景是由门外两边大片竹林中插植着石绿斑驳的石笋组成,以"寸石生情"之态,状出"雨后春笋"之意,其竹林茂密、幽深,呈现生机勃勃的春天景象。夏景位于园之西北,东与抱山楼相接。夏景叠石以青灰色太湖石为主,叠石似云翻雾卷之态,利用太湖石的凹凸不平和瘦、透、漏、皱的特性,叠石多而不乱。池塘右侧有一曲桥直达夏山的洞穴,洞之幽深,颇具寒意,即使炎热的夏天,人们步入洞中,顿觉清爽。夏山宜看,远近高低都是景,让人左顾右盼,目不暇接。在园之东部便是气势雄伟的秋景。秋景用黄山石堆叠而成,山势较高,面积也较大。整个山体分中、西、南三座,有"江南园林之最"的美誉。冬景安排在南墙之下,背靠高墙几乎终年不见阳光,这里用宣石堆叠,石质晶莹雪白,地面用白石铺成。所以无论是近观或远看,都似覆盖着一层未消的残雪,隐隐散出逼人的寒光。从个园运用不同石料堆叠而成的四季景色看,充分表达出"春山艳冶而如笑,夏山苍翠而如滴,秋山明净而如妆,冬山惨淡而如睡"的诗情画意。

　　这里的假山很有特点,最有印象的是黄石假山,它是用粗犷的黄石叠成,拔地而起,险峻摩空。山顶建四方亭,山隙古柏斜伸,与嶙峋山石构成苍古奇拙的画面。山上有三条磴道,一条两折之后仍回原地,一条可行两转,逢绝壁而返。唯有中间一路,可以深入群峰之间或下至山腹的幽室。在山洞中左登右攀,境界各殊,有石室、石凳、石桌、山顶洞、一线天,还有石桥飞梁,深谷绝涧,有平面的迂回,有立体的盘曲,山上山下,又与

楼阁相通，在有限的天地里给人以无尽之感，其堆叠之精，构筑之妙，可以说是达到了登峰造极的地步，我在里面游走差一点走迷路了。

置在一园之中，人们可以随时感受四时美景，这种独特的艺术手法在我国传统园林中是极为少见的。我们可以通过此园品味那个时代人们的生活情趣和文化特征。而一个盐商竟有如此优雅、别致的私家园林真让人震撼。

（2020年8月）

第四辑

光阴留痕

光阴的路上，总会有些人，让你念念不忘；总会有些事，让你忘记了悲伤。那些走过的日子，馨怡了人生，温暖了时光。当我用温和的方式在一盏茶香里怀念我们的故事，不是已经忘记，而是更深的刻在心底，懂得，最好的相守是相安如在。

保持乐观心态的美妙结果

同一件事情,切入角度不同,所持心态不同,形成的看法也不尽相同。就说考学落榜吧,悲观的人光往坏里想,结果愈想愈沮丧、委屈、绝望。而乐观的人,则会以落榜为契机,认真检视自己,总结经验教训,重新确定目标,尽快迈出新的步伐。这两种人心态不一样,结局大不一样,拥有乐观心态的人享受更加美好幸福的人生。

在现实生活中我们总会遇上许多不太顺心的事情,乐观的心态就显得尤为重要了。不管你是天生丽质还是相貌平平,都可以通过尝试下面的几项内容,很快就会保持乐观,而且好好享受其带来的美妙结果。

学会感恩。大家都是天生幸福快乐的。我们生活在如此现代而又民主的世界上,享受各种权利和保障。绝大多数人吃得好,穿得暖,有地方居住,得到保护。而且我们每天可以饮用清纯的水,呼吸清新的空气,享用安全的食物。绝大多数人远离战争,摆脱饥饿。这些是如此的宝贵而又平常,甚至我们都很少注意和珍惜。乐观的人,应该庆幸我们现在说拥有的一切,并乐在其中。如此,一种活着即是幸福的感激之情也会油然而生,对生活中的其他不顺心的事情也会看淡很多。

与乐观者同行。俗话说,近朱者赤,近墨者黑。研究表明,与什么样的朋友交往会影响到自己的心态。悲观主义者的消极态度会像疾病一样感染。乐观的情绪依然会感染别人。因此,选择朋友的时候要选择那些乐观健康，积极向上的朋友——如果你不想被悲观主义情绪围绕的话。选择与乐观向上的朋友交往，你的生活环境传递给你的信息是积极向上的，你的心态自然也会变得乐观起来。

学习他人。为什么别人能够保持健康乐观的心态，为什么别人在困难来临的时候能够做到平稳心态，应对自如？我们可以通过学习别人的正确做法。通过学习那些著名的乐观主义者的故事，为人做事的态度，很快也会有所心得体会。

帮助别人。学着乐善好施，经常帮助那些需要帮助的亲戚、朋友甚至是素不相识的人在自己时间和条件允许的前提下，可以去做自己力所能及的事情。比如无偿献血，做志愿者，义工，等等。学着慷慨大方，向别人敞开自己的心胸，向需要帮助的人伸出热情的双手。当你对别人如此做的同时，别人也向你敞开了他们的大门，爱就在不经意中流淌。

投身自然。我们所生存的自然社会和生物是如此的复杂和高级进化，通过投身自然之中，体会大自然的美妙之处，也会刺激乐观积极的心态。与大自然亲近，可以使我们的灵魂净化，心绪安宁，心态平稳。但在此出现的时候，也许是精神抖擞，心旷神怡，做好了一切准备接受更大的挑战。

综上所述，乐观在我们的生活中显得非常重要。乐观，就能以幽默的眼光看待不愉快的事情，以轻轻一笑缓释痛苦，甚至以不幸的万幸聊以自慰；乐观，就能在困难中看到光明，在逆境中找到出路，尽快走出阴霾，铸就辉煌；乐观，就能发挥自己的优长，激励自己的热情，开掘自己的潜能；乐观，还能吸引和感染周围的人，争取他们的理解、支持与帮助。这就是乐观的力量。乐观，既是一种心态、一种情绪，更是一种素质、一种智慧。

（2018年7月）

泡一杯茶，在岁月里等你

　　生命中总有一个人安静的来，安静的去，却始终不离不弃。热烈过后便是清寂，所有的一切只是一个过程而已，有些话说未必出来就是好的，不如就这么静静地坐着，突然喜欢一个"淡"字，淡中识得人生味，静中品得日月长，淡是一种静美，一种超越凡俗的净化。

　　你来，为你沏盏茶，不须言语寒暄：好久不见。然后，一席茶事，一段时光，裁一寸光阴，画一地月光，再让那炉火光，燃于心底。我会记着那些茶语，那颗茶心，那缕袅袅茶烟。有些茶，相遇不早却一见倾心。相遇时间不算长，却总占据心底。仿如生根落地，固执的葱葱郁郁。

　　清水煎茶，新绿初开，是水给了茶叶第二次生命，从茶树梢上的一抹嫩绿，缱绻成茶叶罐中的一生苍老，然后在滚水中重生，片片新绿，在水中舞蹈，尽情绽放。

　　给自己沏一杯淡淡的茶，静品清茗，把所有的心事，委屈，思念全都稳妥地安放。情在心里，无言也温暖。痛在心里，放下就没事。即使被朋友出卖和羞辱，只要心里无愧，权当手里的一块肥肉被无理的野狗叼走了，要知道，尽管它偷了你的肉，但它同时把心留下了！

　　给自己泡一杯茶吧，水是沸的，心是静的，看铁观音蜷缩的叶子在热水的浸泡下慢慢舒展开来，轻轻呷上一口，一丝淡淡

第四辑 光阴留痕

的甘苦沁入心底……

独享一个人的清凉时光，此刻，时光安恬，心安然向暖。禅茶一味，心留余香。其实，茶与我有不可言喻缘分，茶，喝的是心境，品的是人生，还有，那一盏茶香里等待的那个人。偶尔，会选择合适的时间，静下心来品品茶，情用水调，茶需静品，让我们把心变成一壶茶，包容百味，吐故纳新。

盛夏如烟，迢迢水运，隔着一水的距离，让等待如诗。隐约，是谁在耳边喃喃细语，轻轻，剪一段素白的时光，裁一缕月的清辉，给心一片明媚。心灵的相伴，是一种默契，一种心照不宣的感应，无须言语，丝丝缕缕的情愫，脉脉流淌在彼此那清澈的心溪里。那种感觉，如一缕柔风，若一杯淡茶，清润了斜风细雨的时光。我只愿这般安静地想你，把美好的情愫绣刻在月白风清的日子里。

当年华远去，青春的容颜不再，无力与窗外的花花草草交谈时，而那时，独坐在夜深人静的幽梦里，听风吹起清亮的旋律，那时的人，那时的景，依然是温存在心里的美好。岁月如水，淡淡的不留痕迹。想来，生命就是一场无尽的等待，等春风绿了北川，等夏荷红了南岸，等你，青灯相伴，花落水边……

时光温良，花儿依旧在每个季节散发着芬芳，横目触斜千万朵，赏心只需两三只。能够放在心里的，是沾染了清露的色泽，与日月共长。光阴的路上，总会有些人，让你念念不忘；总会有些事，让你忘记了悲伤。那些走过的日子，馨怡了人生，温暖了时光。当我用温和的方式在一盏茶香里怀念我们的故事，不是已经忘记，而是更深的刻在心底，懂得，最好的相守是相安如在。将尘世喧嚣冲泡成手中的一杯茶，任汤色一点点淡去，慢慢读懂茶的品格与韵味。当你用心品茶时，茶叶绽放出的美丽、茶

香亦是不同。守一怀清静，盈一眸恬淡，因为懂得，所以慈悲。茶若人生，沉时坦然，浮时淡然。待这茶尽之后，自有人会记得你是如何的真香满溢。

（2016年7月）

第四辑　光阴留痕

憧　憬

　　生活中有两类人。一类人从来都一帆风顺，似乎上天一直很眷顾他，他身上并非有出类拔萃的才能，也没用治理超凡的头脑，却天生与好运有缘，所以在别人走来荆棘坎坷的道路，他却走来如履平地，连沟壑山间也都轻松跨过，真可谓是上帝的宠儿。但上帝也懂捉弄人，看你不思进取，就故意在谋道浅溪抽掉一块踏板，于是"幸运儿"也不幸运了，而且自喻为他平生摔得最痛的一次。他沉浸在这次痛苦的经历之中，挫折让他没有勇气再往前走。殊不知这一次伤痛在他人跨越的九十九道险滩，翻阅的九十九座峻岭目前并不算什么。

　　另一类人却正好相反，从来都翻山越岭，披荆斩棘，虽然走得疲惫，走得慢，但始终都在走，没有抱怨过什么。在他看来，上帝生来就给他安排了这条自力更生的道路，你不走，就没有出路。他也相信终于一天会峰回路转。有时上帝也许是有了同情心，在他的前方移平了几道沟壑，让他有机会不那么吃力地接近一个小小的目标。这次成功，他于是欢喜雀跃，以为从此自己可以高枕无忧了，以为目前的成功完全是他自己努力的结果，就放下砍伐用的柴刀，沉浸在已过去的喜悦之中，而不再行进。

　　真的是"人生如戏"。每出戏的结局都不是上帝所预料到的，他喜好在戏里临时安排一些小插曲，看到第一类人走得太快，挡他一下，看到第二类人走得太慢，送他一程，只是他未曾

想到两类人都沉浸在已逝的乐与悲中，而不向往未来。上帝也束手无策，他的本意是想让他们懂得生活的真谛，没有一帆风顺的道路，也没有终生的坎途，总之没有一成不变的命运。

我们经常劝慰第一类人，因为我们通常觉得经历痛苦的人比获得快乐的人更值得同情。"忘记痛苦吧，既然已经过去了，何必再耿耿于怀，老在心间徘徊不休，徒自和自己过不去。应该相信明天会更好。"把已经在记忆中消失了的痛苦，再拉回来重新刻画它，会使我们背上沉重的包袱。可是我们也不能忽略了获得暂时成功的人，也需要这样的规劝。因为他们被成功的喜悦冲昏了头脑。如果说痛苦于前一类人似藤蔓缠住了他们的脚步，那快乐于第二类人却似雾障遮住了他们的目光，于是两类人都将在原地踏步。

过去的已经死了，未来的才是活泼有生命的。

擦把脸，忘记过去吧。

（2015年6月）

第四辑　光阴留痕

春节的文化意义

回故乡过年，几个知己文友相约品茗侃大山，话题从春节的吃、喝、玩、乐很快转入了正题：春节的文化意义。大家觉得，离开了文化意义谈春节，似乎俗不可耐，相反，厘清春节的来龙去脉及其文化底蕴，显得意义非凡，再后来索性拟就了这篇陋文，以求教方家。

春节是特殊的文化现象，说它特殊，因为它不像一种普通的生活方式，可以简单替换或改变。春节在几千年的传承中形成一个巨大的历史文化传统，她负债着厚重的历史积淀，是亿万中国人的情感的聚合。"有钱没钱，回家过年"。过年回家团聚，成为中国人的一种文化习惯。人是群居的社会动物，除了一般的生理满足外，还寻求文化的归属与心灵的安顿。在信奉耶稣基督的西方社会，人们以圣诞作为最盛大最神圣的节日，他们在圣诞节日仪式中获得精神愉悦。而中国人的春节与西方的圣诞有着同样的文化功用，只是春节更充满人世伦理色彩，人们奉祀家族祖先，亲人聚会欢乐，人们的精神在亲情的浸润交融之中得以升华。

春节从其起源上看，是由古代的丰收祭祀活动演变过来的。《说文解字》曰："年，谷熟也。"上古以作物成熟为时间标志，后来历法知识进步，根据天象、物候来确定四季循环的起点与终点，年成为一年四季的时间总称。过年就是在新旧年交接的节点上。新旧时间代换的过程在古代人们心目中,是一个由紧张到放松,由严肃到喜悦的过程,人们创造了种种民俗节日来保障新旧的时间转换。春节是农耕社会时间节奏的产物,是农业文明的花朵。它超长而世俗,喧闹而温情。

近代以后,中国社会逐渐发生变化,西方的时间体系进入中国,春节就是在阴历一月一日被定名为元旦之后得名的。传统年节名称的改易,虽因立春气节的贴近与传统习俗的延续而不显突兀,但现代时间体系对传统的冲击已经开始。

随着改革开放政策的全面推进,中国与世界的联系增强,中国社会由传统进入现代的进程明显加快,传统文化的大节——春节,遇到了前所未有的冲击。这次冲击来源于社会结构内部。传统农业社会赋予春节的种种实际的文化效用,在现代工业社会与信息社会中出现了弱化与传承困难的问题。春节本来是主体文化结构中的重要组成部分,现在却成为漂浮在现代文化体系之外的"遗留物",或一种文化符号,或商业运作的机会。同时伴随着西方物质文明进入中国的是西洋的生活方式,洋节流行,一些时尚青年可以送圣诞贺卡,但却吝啬春节的祝福。虽然其中大多是时尚好奇,不一定形成民俗,但的确在消解着传统的春节民俗心理,加之人们对春节意义的种种误读,使怀旧与悲观的情绪由此而生。

在现代社会,我们对待传统的态度经常处在彷徨之中。是回归还是告别?是在回归中告别,还是在告别中回归"我们应该找到一条适合民族文化发展的道路。"

我们进入现代社会,享受科技进步的便利,并不一定要以抛弃传统,特别是主动抛弃传统为代价。因为传统与现代并不天然为敌,传统的智慧与情感反而可以作为现代社会建设的文化资源。春节关联着我们的民族感情，春节成为我们的文化胎记。传统虽然作为整体的文化体系被打破，但其中许多有价值的文化片段，可以作为我们连缀当代精神生活与社会生活的金缕玉片。尤其是春节这样的民族文化节日，它有着独特的时间优势。在冬尽春来的这样一个自然时节，人们就着天时的便利，举行各种春节的仪式，重温着家庭亲情，协调者人际关系，放松身心，脱离紧张忙碌的现代生活节奏，回归传统的悠闲。春节传统内涵的传承与扩展，对于现代社会来说，在文化建设上具有正向与健康的意义。

春节节俗的传承更是我们的当务之急。我们应该重视具体的春节民俗事项，特别是那些关联着我们的民族情感，具有生活情趣的节俗。正是春联、年画、鞭炮、灯笼、舞狮、团年饭、拜年、庙会、社火、压岁钱、春节礼物等民俗项目营造了春节的气氛。我们不妨在民族节日中对礼仪的、象征性的、细微而温情的文化事项多加强调、提倡。

（2019年2月）

此刻就是幸福

幸福，成了眼下许许多多人最大问题的同时，也成了许许多多人未来最重要的目标。

可是，幸福在哪里？

前不久，认认真真看了中央电视台名嘴白岩松的泱泱26万字的随笔集《幸福了吗》。他在序言里说了那么一句话：幸福在哪里暂且不说，痛苦却是随时随地可以感受得到。在书里他对幸福二字绝对没有也不会给出正确的权威的结论。

前不久，回故乡探望一位生病的友人，聊起很多从前的事情，计划很多未来的事情，他忽然问我：对于你来说，最幸福的时刻是什么？

想了半天，竟然没有一个很合适的答案。

那阵子，经常携带这个问题去和人打交道，不管是新朋还是故友，聊到酣畅时总是抛出这个问题时就会出现冷场，当然，有时收获的答案也是五花八门——有人说，幸福的时刻就是加官晋爵时买房购车身体无恙中；有人说最幸福的时刻就是父母双全爱人平安孩子快乐领导待见粉丝忠诚仇人遭谴……

都对，但都不打动我。

直到有一天陪朋友去见一位来自美国持绿卡的崇明籍朋友，朋友说：他的人和他的文章一样禅意幽深。

茶过三道，我忍不住继续兜售这个问题时，他微笑着给我

一个意想不到的答案:

过去的事情来不及衡量是否幸福,将来的事情没必要揣测是不是幸福,所以,在你问我这个问题的时候,我能想到的最幸福,就是用心享受面前的好茶,让此刻愉快的感觉更醇厚,而面前与我谈新叙旧的你们更是我的幸福之源。

我终于领会了何谓醍醐灌顶。

生活中似乎有太多可以论证他这番话的例子。

曾经去外地参加笔会,花了不少钱买了一件挺括的西装,因为太喜欢,就舍不得穿,除非参加什么重要的活动,或者出席需要表示自己诚意的场合时才穿上身。使用率太低,慢慢也就忘记自己有这样一件衣服。换季的时候,爱人帮我整理衣柜的时候,才想起自己原来有过这样的一件衣服,因为躲过了水洗日晒的蹉跎,它依旧崭新笔挺,但是款式却已经过时,讪讪地也是自责把它小心包好继续收进柜底,回忆起当初对它的喜欢,忍不住感叹那些快乐都成落花流水了。

很年轻的时候,也曾喜欢过什么人,一点一滴、一颦一笑都让我有无尽的话想要表达想要歌颂。但总是怯于启齿,小心翼翼地把那些事静静地窝在心里,折叠得整整齐齐,幻想着总有一天,会勇敢地站在她的面前扑啦啦地全部抖开。等啊等啊,最终这些情愫就像一粒种在晒不到太阳又缺乏雨露的泥土里的种子,只能腐烂在密不透风的土壤里。

我们都太喜欢等,固执地相信等待是永远没有错的,美好的岁月就这样被一个又一个遗憾消耗掉了。

没有在最喜欢的时候穿上笔挺的西装,没有在最纯粹的时候把这种纯粹表达出来,没有在最看重的时候去做想做的事情,以为将来会有收获的硕果,结果全都变成了小而涩的果。

品尝这种酸涩时,我们唯一能做的就是自责:如果当初我多穿几次那件西装,如果当初我有足够的勇气对她说……那会是多么幸福。

生命中的任何事物都有保鲜期。那些美好的愿望如果只是珍重地供奉在理想的桌台上,那么只能让它在岁月里,积满灰尘。

当我们在此刻感觉到含在口中的酸楚时,也就应该在此刻珍重身上衣、眼前人的幸福。

(2014年6月)

第四辑　光阴留痕

冬天的诗情画意

"忽如一夜春风来，千树万树梨花开。"四季轮回，转眼间不知不觉已到了冬天。"天寒色青苍，北风叫枯桑"，在多人眼里，冬天一派萧条、荒凉，了无生机，死气沉沉。然而，冬天在唐代诗人笔下却无比美好，处处充满诗情画意。

雪是冬天的精灵。提及唐诗里的冬天，自然离不开雪，因为雪是冬天的精灵。元稹在《南秦雪》写道："才见岭头云似盖，已惊岩下雪如尘。千峰笋石千株玉，万树松萝万朵云。"南岭的山头，雪花纷纷扬扬，好像数不胜数的精灵翩跹起舞，远山变成了一根根美玉，十分耀眼夺目；松树叶上落满白雪，像朵朵白云，层层叠叠，非常壮观。诗人将皑皑的白雪写得生动有趣，令人心醉神往。高骈的《对雪》："六出飞花入户时，坐看青竹变琼枝。"诗人登高远眺，只见整个大地犹如披上了一件银装，无比浩瀚、美丽，仿佛置身于一个晶莹剔透的童话世界里，让人流连忘返。祖咏的《终南望余雪》："终南阴岭秀，积雪浮云端。林表明霁色，城中增暮寒。"诗人以清新的语言描绘出终南山雪后的寒意画卷，深深地温暖着人们的心。在所有的咏雪诗中，写得最传神的是柳宗元的《江雪》："千山鸟飞绝，万径人踪灭。孤舟蓑笠翁，独钓寒江雪。"仅二十个字，就把空灵的大地，俱寂的万物，纷飞的大雪，一个穿着蓑戴着笠乘着一叶孤舟，在寒江上独钓的老翁形象刻画得淋漓尽致，栩栩如生。读来

243

让人感到明净、空灵、悠远，恰似一幅美不胜收的画卷。

梅是冬天的佳人。冬天里的梅花色香俱全，别具一格，唐代诗人以梅花入诗者不乏佳篇。张谓的"一树寒梅白玉条，迥临村路傍溪桥。不知近水花先发，疑是经冬雪未销。"诗人以错把梅枝当作雪枝来反映梅花皎洁似雪的特点，写出了诗人远望似雪非雪的迷离恍惚之境，让人从中领略到梅花傲然屹立在寒风冰雪中悠然的韵味来。王冕的《白梅》："冰雪林中著此身，不同桃李混芳尘。忽然一夜清香发，散作乾坤万里春"。诗人在颂赞梅花的高风气节中，表达了自己"不要人夸颜色好，留作香气满乾坤"的执着追求。"品若梅花香其骨，人如秋水玉其心。"这份绽放在寒冬中的美丽，让人想起一种人生态度：清淡、坚贞、傲骨。齐己的《早梅》："万木冻欲折，孤根暖独回。前村深雪里，昨夜一枝开。风递幽香出，禽窥素艳来。明年如应律，先发望春台。""幽香""素艳"两个词将梅花素雅高洁的风韵展露无遗。香气随风四溢，就连鸟儿都忍不住来欣赏，可想而知人们看见它有多么的惊奇和欣喜。

说起唐诗里的冬天，我们不能不提白居易的《早冬》："十月江南天气好，可怜冬景似春华。霜轻未杀萋萋草，日暖初干漠漠沙。老柘叶黄如嫩树，寒樱枝白是狂花。此时却羡闲人醉，五马无由入酒家。"在诗人的笔下，虽然时值萧瑟的早冬，但冬天的景色里依然有着春天般的可爱。尤其是"似春华"三个字更描绘了诗人对早春美景的赞美。

在寒冷的冬日，我们不妨端一杯热茶，捧一本心仪的唐诗，从中品味出冬天的美景和暖意，让那些充满诗情画意的句子温暖我们的心房，让我们的冬天也充满诗意。

（2019年11月）

第四辑　光阴留痕

丰满人生得失间

生老病死，生离死别，这恐怕是谁也难以逾越的一道坎。人生，总在得失之间。有得必有失，得到与失去总在一念之间，只有失去了才能感觉到原来拥有过的美好。

贫穷时渴望财富，孤寂时渴望爱情，年老时渴望青春年少，死亡前又流连生命。痛苦时伴随欢乐，健康与疾病并行。如同有朝阳升起，就有夕阳的落下；有天上的月圆，人间就注定有月半。聚散离合，忧患得失，全在一念之间。

有得必有失：生就男儿身，便失去了女儿态；得到了成熟，就失去了天真；选择了某种职业的艰辛，却体会不到另一种职业的责任；拥有了喧嚣的城镇，就丧失了寂静的山村；有了安全的港湾，就没有理想的漂泊；想要小溪的清澈，就看不到大海的磅礴……

失去也意味着一种得到：磨炼换来成长，辛勤带来收获，泪水领略人生百味，挫折引领成功之路，遗憾又不失为另一种美丽……仗义疏财，得到人心；肝胆相照，得到知心；淡泊名利，得到安心；清心寡欲，得到舒心。

世人总以为天下什么都可以得到，却不知往往失大于得。

总有人长吁，得不偿失；总有人短叹，失之交臂。人生在世，顶天立地，秉承天地之精华，是一种莫大的得。人的一生，坎坎坷坷，不如意事常八九，是一种无奈的失。

年轻的时候，不懂得失；中年的时候，舍不得失；到了暮年，才知道有些东西，当你完全拥有时，才觉得索然无味；有些东西，当你永远失去时，方知珍贵无比。

人生苦短，得失之间，只要你耕耘过，播种过，浇灌过，收获多少不是成败的唯一标准，重要的是藏在细枝末节里那种使你痛、使你恨、使你爱、使你终生难忘的一次次痛心疾首、刻骨铭心的经历。

世上没有十全十美的事，然而做过的不必后悔。做出选择的那一刻就注定了结果，无论怎样都要尊重自己的选择，也许放弃的那个选择会更糟糕呢，学会释怀吧！生活从来都是善待有坚定立场的人。

人不可能两次踏进同一条河流，一如人生，不能重新来过。所有的到来都是刚刚好，我们应该尊重自己选择的现在。因为昨天属于过去，明天属于未来，只有今天，现在才属于自己。

得之，乃幸！失之，乃命！丰满人生全在得失之间。

（2017年9月）

第四辑　光阴留痕

真诚乃真实诚恳

　　真诚即真实诚恳。真心实意，坦诚相待以从心底感动他人而获得他人的信任。真诚也是个人文学描述性词语，用以形容人格。以诚学习则无业不兴。真诚能够使我们广结善缘，使人生立于不败之地，能够缔造幸福美满的人生。真诚能够使人笑口常开，好运连绵，祥和社会温暖人间。

　　真诚犹如一潭幽静的湖水：宁静，淡泊，高贵而且美丽。它有时也许会有泥块和砂石的袭击，但它凭着那份自滤，污秽也会沉淀，始终保持自己的容颜光彩照人。高山真诚了，展现出身躯的伟岸；大地真诚了，把沧海变成了桑田。真诚的为人，您将是豁达的；真诚的为人，你将是健康的；真诚的为人，你将是潇洒的；真诚的为人，你将是出类拔萃的；真诚的为人，你将是超凡脱俗的。

　　儿时读蔡志忠的国学经典漫画集，让我懂得了做人最基本的道德与礼仪；少年时读《苏菲的世界》，带我走进哲学这一学科的大门；最近读完《活法》，内心久久不能平静，触动心灵的感觉油然而生。一本好书可以改变人的一生，深深地影响着一个人的实现和行为。读过此书，给我最深的启示就是怀着一颗感恩而真诚的心，活在当下，拥抱未来。

　　也许有人认为《活法》一书更适合管理者来读，普通人读并没有多大的意义。初读此书，并没有吸引我的地方，只因内心怀揣着一分好奇，稻盛和夫究竟有着哪些卓尔不群的思想，可以成就这样一番事业。读完此书，我发现，稻盛和夫所做的事情看似简单，但是我们做不到。他会追寻自己内心最真实的声音，用一颗平等而真诚的心对待每一个人，每一件事，他是一个真正简单而纯粹的人。我们有私欲，我们有杂念，这一切阻碍了我们前进的道路。"霹雳千仞，无欲则刚"。央视热播辛亥革命时，我在想孙中山成功的秘密是什么？朋友回答说："是无私"。的确是这样，正是因为孙中山的无私，才有那么多忠诚的追随者，愿意和他干革命。这是一个成功领导者必备的品质。稻盛和夫以零薪水出任日航董事长，员工们被稻盛和夫的真诚与无私所感动，上下团结一心，一年的时间创造了1800亿日元的利润，这是日航的奇迹。

稻盛和夫曾三次受邀中央经济频道《对话》栏目，无数的经营管理者向他学习经营之道，而我只想从慈祥的老人那里学习最简单而朴实的人生道理，学习简单的人生哲学。每次看完他的对话，都会给自己带来内心宁静的感觉。在这个物欲横流的社会，要是能有更多的人怀着像他一样纯净的心灵生活该有多好。稻盛和夫曾在第一期《对话》栏目中最后留给大家四个字——"敬天爱人"，在第三次做客《对话》时，最后留给大家的两个字是——"真诚"。我觉得敬天爱人可能需要博大的胸怀才能做得到，但是真诚却是每一个人都应该并且能够做得到的事情。真诚，诚实而真诚地活着。做一个诚实的人，就会少犯错误，犯了错误也会承认错误，进而修正自己的行为。

真诚的眼睛是清澈的，真诚的声音是甜美的，真诚的态度是和缓的，真诚的行为是从容的，真诚的举止是涵养优雅的。故真诚能行之永久，是处事立身的根本，是人生休咎的曾国藩先生曾经给"诚"下过定义:一念不生是谓诚,故"诚于中,必能形于外"。真诚在内心就是纯净无染,表现于外就是真实不虚、率真自然;如此则自然心怀坦荡正直无私。因此,真诚的心行就像阳光雨露般,能温暖人心,净化心灵。诚是立身处世的不二法门,其力量无远弗届,源源不绝。任何对立和冲突,都能在真诚的言行中化解;任何怨恨不满,都能在真诚的关怀中消融;任何困顿厌倦,都能在真诚的交流中圆解。故"真诚"是立身处世成败的关键,其意义深远,是我们须臾皆不可离开的。我不知道真诚是什么样子,但我知道这世界若少了真诚是什么样子,真诚不是人际相互倾轧、欺诈,说话处处留心,做事时时防备,你诽谤我一寸,我损你十分……不累吗?真诚,是心灵的翅膀。不管是顺风,还是逆风,它都能让我们的生命轻轻飞翔,触到蓝天的洁净和白云的舒展,卸去征程中的疲惫,获得精神上的安逸。做一个真诚的人很难。人与人之间的沟通不是简单地方程,你真诚的举动,可能换来的是别人的冷嘲或者热讽。那颗安在自己胸中的心脏,常常为别人而无私地跳动。

我非常享受内心安静的感觉,看过稻盛和夫的书,听稻盛和夫的讲话都会带给我这样的心境。我们生活的并不真诚,对自己不够诚,对他人也不够诚。只有当我们真正静下来的时候,才会倾听自己内心的声音:我们喜欢什么,我们究竟想要的是什么,我这样做会不会给他人带来麻烦。诚实待人,诚实待己,做一个真诚的人;不再浮华,不再虚伪,做一个真诚的人。

(2016年8月)

古筝唱晚

　　人活在世界上，缠在红尘中，为身外之物忙碌奔波着，往往冷落了自己，渴望找个清静的地方和自己独处一阵，释放一下自己近乎麻木的心灵。于是选择了江南道教名山——茅山道院的"五关"之一的乾元观。

　　暮春的黄昏，从山脚一步一步将自己搬上一层层石阶，夕阳穿过茂盛的竹林斜照着，柔和的春风亲吻我的脸庞，走进道观一步一景看得痴迷，便随步神摇，朝里走去。

　　乾元观，幽静如常。

　　香火袅袅飘飘着，砖墙通道曲径通幽，一阵低沉、委婉的音乐飘逸过来，通到幽处，只见一道姑端坐在古筝前，弹奏着《空山忆故人》。她一身银灰色道服，脚蹬布鞋，满头的青丝高高绾在头顶，两鬓的发丝有点花白，分不清她的年龄，正如她后来告诉我一样的，她们那里是不讲年龄的。我轻手轻脚跨进门槛，她竟未觉察，弹琴到如此地步，也算达到一种境界了。突然她换了《梅花三弄》的曲子，我的眼中似乎看到了这样一幅画面：一位饱经风霜的老人在丛林中伴着清风明月，和着叮咚的泉水声，穿悠着，在向她的晚辈倾吐着情为何物？人的真善美。此时，素养、心情、寄托形成了艺术理解力及曲子的优雅，握拨一弹之间，洞识世事的乐趣，人生的情怀，哀乐都尽在里头了。突然《潇湘水云》的曲子，自然而奇妙地响起，仿佛真的会像云水交融一样，有云飞水涌的气势；

也仿佛声声蒙络雅健高亢而悠远的音绪，缭绕弥漫成为一个厚重而又宁静的空间。我不敢惊扰她，但又舍不得离开那氛围，便默立着，片刻之后，她回顾头来，两人的目光相遇了。

茶水过手，我在她对面落座。品着正宗的"茅山青峰"茶，幽雅清香沁人心脾，真是"清思朗爽满天地"……话题打开了。当她知道我在部队多年从事文艺工作特别是会演奏扬琴等乐器后，问了许多弹拨乐器和"江南丝竹"等常识问题，以她愉悦的面部表情似乎告诉我，在音乐方面她遇到了知音。接着她给我讲宫观文化的高雅，讲宫观文化的通俗，深入浅出，如数家珍，娓娓动听，讲得我心驰神往。

我轻轻地问她，在道院弹奏古筝的蕴意，她没有回答我，只是独自闭目轻拂琴弦。噢，那每一节奏的跳跃挪移，不就是包含着人生不堪的长喟吗！我国现代琴学的泰斗级人物查阜西先生就认为古筝音乐的灵魂是"弹以无邪之意，听以清白之心，使弹者听者一同移情归正。"

一种心灵的感应在召唤吧，她不知不觉向我吐露了她的经历，她叫慧，来自湖南，她35岁出家的，已近十年了。毕业于一所名牌大学，分到一家报社当记者，曾经有一个幸福的家，可是弃文从商的丈夫拥有了金钱，却失去了灵魂，她不愿意做金钱的奴隶，她觉得一切都无法挽救了。唯有进行修道，只当以前的她没有了。先是在武当山修道，后在省道教协会的推荐下，归隐茅山。我看着她的眼睛问，你是否感觉过孤独寂寞？她用平静如水的眼光望着鞋尖，答道：人孤不孤独，不在所处的环境，我在名山修行学道，每当翻开道家典籍，就觉得自己在跟众多的高道真人对话，一点儿都不觉得孤独。

一抹斜阳透过木棂，照射在古筝上。透出一束幽幽的光。这时，一位约20岁的小道姑从我的面前走过，长长的青丝高高绾在头顶,丰满光洁的额头,在柔美中平添了几分超然,一身粉红色的道服使她生出了几分飘逸来。慧看着她离去的背影,伤感地告诉我,她叫柔,江苏人,是她父亲亲自送她上山为躲避一段纠缠不清的情缘。她眉头间的聪颖,常使慧怀疑,她能否与尘缘断得干干净净?因为在许多个晨钟暮鼓,香火木鱼声的日子中,她常倾诉着她那些撩人的爱心历程。摊在慧面前的是一张近日的《新华日报》,她指着副刊上一篇蒋子龙的《赌性》给我看,"你看这世界就被这些人面兽心的魔鬼糟蹋了。"又指着下面一篇文章《钱与钱就是不同》,她也感慨地说出一句:当然这世界上好人也蛮多的。

这些道姑中,曾经好多人追求过学业、职业、爱情,但在理想与现实的撞击中,她们的理想的光环被罩上了一层阴影,有的甚至被撞得粉碎。于是逃避滚滚红尘,来到深山,拥有一方净土,捧出一颗真心,寻觅一片真情。

暮鼓敲响了,打破了道院的静谧,我也该下山了。我有不解地问慧:"色不异空,空不异色""空即是色,色即是空",如何真正悟呢?她说了一句似乎与我的问题无关的话:"世界上有许多事情只有经历了才能超越!"

道院的茶喝了许久,心,清了,轻了,静了……不舍离去,此种心境实在是难得,但又不得不下山回宾馆。走出乾云观大门,就坐在石阶上,背朝山下,脸朝向乾云观。顿觉自己拥有了一片宁静,真是"听到声心俱静后,固知山水本无声。"

真是,有人喜欢热闹,有人喜欢宁静,有人热闹过了守着宁静,有人宁静久了趋向热闹,各种格式的需求形成了大千世界,但人的所悟所觉是当向上的,向善的。何为上?何为善?如老梅古愁,星光散芒,如采采白苹,江南晓烟,仿佛无心造语,却能得之自然。

(2019年8月)

第四辑　光阴留痕

好心或有好报

　　早些时候听过这样一个故事：一个猎人上山打猎时，在山坳里看见一匹折了腿的狼，正准备开枪时，竟然发现那是匹怀孕的母狼，顿时引发了猎人的恻隐之心。结果他不但没有开枪，还把狼受伤了的腿进行敷药包扎。后来，每逢冬季大雪封山，猎人无法出门打猎时，总会在自家的后院里发现被咬死的野鸡或野兔，猎人知道这是那匹母狼在报恩。

　　我们无须考证这一故事的真实性，只需记住它提示的一个通用法则，那就是：知恩图报，好心或有好报。

　　这个世界是公平的，有取就有予，给予是你索取的源头活水；只取不予，不懂得知恩图报，只能使你快速走近山穷水尽的境地；"给比拿愉快"，将感恩之心内化于心，外表于行，才能不断丰富和拓展我们的内心世界。好心，是或有好报的前提；善举，不一定就能像故事中这位猎人那样得到"好报"的结果。但常怀感恩之心，常施善良之举，知恩图报，知恩必报，则是我们起码的做人行世的准则。

　　众所周知，我们的生命成长自始至终都是离不开他人的付出的。就像一棵树，不管它成不成材，长成什么形状，目前是否枝繁叶茂，是否硕果累累，它都同样根植于土地，同样接受了阳光雨露。人是一种群居的有情感的高级动物，他（她）不可能单独存在。

"锄禾日当午,汗滴禾下土。谁知盘中餐,粒粒皆辛苦。"

一粥一饭,当思来之不易;半丝半缕,恒念物力维艰。比如我们天天吃的馒头,从耕耘、播种、施肥、除草、浇水、收割,到面粉加工、馒头制作,期间就经历了无数道工序,浸透了无数人的劳动。

你生活的目标,不能只对自己有益,还要有益于他人的生存和发展。如果由于你的存在,让这个星球多了丑恶,那你就会为这个社会所不容。

我们之所以能够成长与活着,正是因为在恣意攫取了外界的物资能量、精神食粮和交际智慧的前提下,才有了我们今天的生命的千姿百态。所以,只要我们愿意跳出自我的小圈子,多想想社会和他人对我们的施予和恩泽,多想想自己肩负的道义与责任,我们就会拥有异样灿烂的人生。

(2016年5月)

第四辑 光阴留痕

湖畔雏菊冷月无声

飒飒西风吹斜了潇潇冷雨,穿过残叶满地孤寂无声的园林幽径,吹醒了在湖畔听风的语言的雏菊,编织出温柔得如甘露般的花香。天放晴后,隐没云中的明月露出明亮的慵懒的淡黄色的光辉,掺杂着花香的气息,温暖了万物的温度,湖中冷月的倒影停止了晃动,渐渐圆满静止。

人生的剧场徘徊在湖畔,雏菊,冷月的剧情里,循环往复,轮回在一个接着一个的辉煌与期许中。

年幼时的我们心中有一片清澈无边的湖水,波澜安静地流淌着,像时间一样,纯净得不夹杂任何杂质与尘埃。也像明镜一般,无波平静,安静地成长,安静地守望,仿佛整个世界因为我们的圣洁单纯而会变得寂静无声。我们睁大双眸望着如云般变化莫测的世界,手中握着湖畔的一枝雏菊,任承载着斑斓梦想的湖水缓缓地流在心中每一个温暖的角落。

湖畔的雏菊,凌寒怒放,迎寒屹立,进入生命另一阶段的我们在不停地问着为什么的过程中渐渐长大,慢慢成熟。为什么有人会哭泣,为什么有人会痛苦,为什么有人会绝望地挣扎,这个世界太复杂了,并不是每个问题都有答案。直到穿上一身军服,后来又穿上一身警服,成为部队的一名军人和公安机关的一名人民警察时,仿佛一切的模糊不解幻化成清晰的宽敞的大路,当别人需要帮助时,我们军人或警察会始终冲锋在前,用我们的身体与双手解救陷于困境中的人民群众,在经历着这样一个接一个的历练中,我们努力承受着困难一波又一波的冲击。身处严峻冷冽的环境中,释放自己,坚决地奔向最需要我们的地方。明亮的青春年华,仿佛与湖畔的雏菊融为一体,不屈从于飒飒西风,不在潇潇秋雨中低下头,尽情绽放自己的花朵,飘走的花香使哭泣的人民群众露出欣慰的笑容,使在熊熊烈火中、汹涌波涛中的人民群众脱离危险,使在灾难中的人民群众看到希望而不再绝望挣扎。

秋天的月蕴藏着"纵浪大化,不喜不惧"的"冷感"与"寂静"。冷月是一种归宿——精疲力竭后,千疮百孔后,以一种姿势仰头望月,忘记炼狱的伤痛,融在冷月的包容与开阔中。冷月是一种等待——从等待生之绚烂到等待死之沉静,它都影射着人生在等待中变得皎洁变得圆满的真谛。冷月是一种过滤——化繁为简,禅化沧桑,滤去多虑与焦躁,纠结了,累了,让自己一个人失忆,仅留下云海中充满"大道无形"质感的无声冷月,让自己升华,在精神归宿里,安全地等待。作为公安机关的一员,何尝不需要冷月的意义呢?

湖之水,是生命的起点;菊之香,是生活的支点;冷之月,是人生的原点。

（2014年6月）

第四辑 光阴留痕

唤取春来同住

"春归何处?寂寞无行路。若有人知春去处,唤取归来同住。"读到这首词时,便有一种春的萌动悄悄浸入心怀。当二月的雪花还在飞舞,雪的残块还未消融时,人们的心中已再难寻觅颓废的痕迹,那细腻如丝的春风便带着吉祥的祝福飘然入梦。我知道,辽阔的山川大地在这粗犷的冷色调中开始了自己的路程。从一片雪的消融到河水的渐渐浮涨和泛青,从爆竹声声贺新春到春风化雨润万物的悄然转移,从枯枝抽芽、小草露青、花蕊绽放到江河水暖、牛羊嬉戏;滚滚的江河、清澈的湖泊、连绵的雪山、坦荡的平原、茫茫的戈壁……那些敏感的耳朵和心灵仿佛都听到了,春风正带着一腔热血和柔情在每一个角落传唱着一首激情澎湃的歌。

举目四顾,那灿烂明媚的阳光,饱蘸着春风的暖意,掬起心中的热望,洒向绿树成荫的江堤上;那一只只飞鸟,抛开了所有的负重,在红花绿柳的枝头,上腾下跳,呼朋引伴,清亮的歌喉嘹亮了天空,也嘹亮了一颗休眠的心;那阶前砖石缝隙挤出的簇簇青草,宛如一位位灵性的胎儿,带着无数的渴望与柔情,执拗地刺破了大地的肚皮,欣欣然展露出唐诗宋词的生气;那一双双燕子在古老的屋檐下交颈呢喃,为早春的海岛平添了一道鲜活的靓丽;那一株株迎春花,芬芳的绮念层层折叠于房前屋后,小心翼翼擎起黄土地春天的秘密……

"天街小雨润如酥,草色遥看近却无"。尤喜故国的春雨落地无声的壮美情景。那爱的春雨下起来柔柔弱弱似有还无,但那滴滴珍贵如油的雨滴飘飘荡荡,搅得远山近水大地生烟,到处一片朦朦胧胧生动景象。遥遥望去,一片淡淡的蓝烟,裹着山抱着树,踩着黄土地干涩的脚踪,落在田野里,击在山崖上,粘在炊烟里,时急时缓,犹如古筝弹奏,马铃轻鸣,带着独有的清凉与豪爽,在天地之间画着道道美丽的弧线,留下如烟如雾、如梦如痴的幻影。此时此刻,或许川蜀古道、漠北寒烟、江南靓影、北国雄奇……都用心倾听那最美妙的雨声,会感受到春雨的婉约含蓄,春雨的单纯温柔,春雨的深邃透彻,春雨的洒脱奔放;此时此刻,故乡虽被一片贫瘠的土地包围着,但它偏偏又呈现出千姿百态的史诗般的杰作。春雨的思绪滋润着莽莽昆仑的神奇、巴山蜀水的魅力、梦回乡关的诗意、西湖浪漫的传奇、敦煌飞天的飘逸,让爱的使者为世界捧出亘古少有的奇迹;此时此刻,刘禹锡"杨柳青青江水平,闻郎江上踏歌声"的含情脉脉,高鼎"草长莺飞二月天,拂堤杨柳醉春烟"的诗情画意;贺知章"不知细叶谁裁出,二月春风似剪刀"的精雕妙刻,王之涣"羌笛何须怨杨柳,春风不度玉门关"的深沉感悟,都在粗犷刚烈的节奏中找到快乐,让诗意与浪漫零距离地融入大自然,走进故乡的情感世界。

对于如花似玉的春天,我有太多的感悟。不管是春光、春花、春风、春雨,它都像一片灵动的火花,在春的照耀下不甘平庸不甘寂寞地燃烧着,让整个生命的内涵不再拘禁在固有的圈子。"你如果永远面向太阳,那么你永远也看不到阴影"。所以,沐浴在暖暖的春风里,不要感叹流年,不要担忧未来。看看高山峻岭、江河湖海,思绪就会随春风一起飘逸,去珍惜每一缕春天阳光的温暖,每一簇春风的微笑,每一片春柳的茁壮,每一只雄鹰的豪迈,每一次拥有的启迪。因为,又是一度阳春路,春风已过玉门关。用信念扛起春天赋予的精气神,迈向属于生命奋斗的时光,以坦然和自信去耕耘那个属于自己的春天。只要你真心拥抱这个季节,你心中的春天就永远不会感到寒冷。

(2017年3月)

价 值

曾经读过这样一则故事：

一次，一位著名的演说家到一座大礼堂里演讲，里面坐满了前来一睹大师风采的观众。开始前，演说家从上衣兜里掏出一张崭新的钞票对大家说：这是20美元，有谁想得到它？

在座的人差不多都举起了手。演说家并没有把手里的钞票送给其中的哪一位观众，而是说，在给你们之前，我得先做一件事。他把钞票握在手里用力地揉搓，直到揉到皱皱巴巴的。然后对大家说：还有谁想要？人们又都举起了手。

演说家还是没有把钞票给观众。这回，他把钞票扔在地上用力地用脚踩踏，等他把钞票从地上捡起来的时候，已经脏得面目全非了。他拿着这张钞票问：现在，谁还要这张钞票？台下的人异口同声地喊道：我想要。

演说家把钞票放回自己的衣兜里，笑着说：你们的热情让我弄懂了一样东西："价值"。我试着用外力改变这20美元的价值，但是你们的表现证明，不管它看起来有多脏，其自身拥有的价值始终没有改变。

演说家用一种近似幽默的小实验证明了价值不变的定理。与其说是他弄懂了一个东西，倒不如说他用一个浅显的小例子让观众明白了一个大道理。

是啊，现实生活中你也许遇到过这样的问题：你可能因为自身的因素,或者受环境的影响而失意、落泊,甚至潦倒,可能还会感到自己一无是处,其实,无论已经发生什么,或者将要发生什么,你自身的价值都不会改变。无论平展、干净,还是皱褶、肮脏,对于爱你的,你始终珍贵无比。

一位哲人曾经说过这样一句话:人生的价值不在于你认识谁,而在于你是谁!

是的。人,最重要的是要真正认识自己的价值所在。

假如你也喜欢关注中年大叔或老年大伯,假如你也想加入这支队伍,一起成长、一起阅读、一起分享美好时刻,那么请你从他们人生中的价值中汲取可贵的营养,不断地充实自己、发展自己!

(2015年4月)

静寂随想

"英气有余、沉郁不足"这是老者对我的评价——我曾对他说：我要使自己拥有青年人的朝气，中年人的智慧，老年人的淡泊。

对他的话，我是不以为然的。我总想，若能以中年人的明智、老年人的淡泊去控制青年的精力，那么这年轻的前途岂不更加无量？

但是，那八个字里面积淀着老者八十年的一生，我又怎敢轻而视之呢？终于有一天，我悟了。这英气与沉郁、这朝气与淡泊其实都和谐地融会进了一个美妙的世界——静寂。

静与寂总还是有分别的吧！

引一句徐志摩的诗：

"庭院是一片静，看当头月好。"

能体会到吗？一股恬静似一涓涓细流淌过你的心田。

那日，天气骤暖，我陪东北来的战友在家乡江堤上散步，看着落日余晖，倾听着那位学者型战友结合自己多年研究和苦练书艺的实践，讲述中国传统美学的审美价值，煦暖的春风夹裹团团扬絮，从我脸上抚过。一种静，在我周身运行、酥软、欢畅。

静不是停止，静不是休止，她是一种积蓄。只有在幽静宁谧之中，你才可以悄然地蓄积你生命的力量，如涓滴之归向大海，沉沙之堆积丘山，不知不觉间，形成了你的强力与伟大。也唯有在静境之中，你才能内圣而自省，悟知"今是而昨非"或是

"今非而昨亦非"进入一种不着痕迹的空灵之中，重新审视人生，开始跋涉于另一段艰难的心路历程。此时，"以出世之心，行入世之道"也便湛蓝于胸了。

寂是什么？寂是一种灵魂上的苦闷与孤独之感。在"夜静酒阑人散后"的情景下我们感到他的存在；在"半生飘零羁旅"的境况中我们体味到他的意境。

乐圣贝多芬一生寂寞孤独，可他却说："当我最孤独的时候，也就是我最不孤独的时候"，因为他在寂寞孤独之中，才更能把情怀寄托在领略大自然的美妙上，才更有机会去整理他那不平凡的思想和灵感。

许多有名诗句的创生也都得力于此吧。"枯藤老树昏鸦，小桥流水人家，古道西风瘦马，夕阳西下，断肠人在天涯。"又如张若虚的《春江花月夜》中的"江天一色无纤尘，皎皎空中孤月轮，江畔何人初见月，江月何年初照人"全都深深地刻画出了作者当时那前不见古人，后不见来者的寂寞之情。

这真是太妙了。让我的心中嵌上一片宁静吧，让我生命的小河向前流淌吧，沿着平静的河岸。我多么渴望在灵魂深处保有一份静寂，让一切在这之中慢慢酝酿成熟，正所谓"养其根而俟其实，加其膏而希其光。根之茂着其实逐，膏之沃着其光晔"！

英气的余、沉郁的亏都缺少这样一份静寂。人，唯有在静寂之时才是热情与理智的完美结合。人们应该了悟。十年磨一剑的幸福在于磨而不是在于剑。如果是为剑而磨，那得到的将会是快乐的一刹那与痛苦的十年。

愿你我保有一份英气，积攒几分沉郁。

（2016年7月）

良言一句三冬暖

俗话说，良言一句三冬暖，恶语伤人六月寒。我做了几十年办公室工作，对口德修养颇有感触。现实中，修口德就是处处与人为善，人前背后多说些赞美、鼓励、支持的话，不要口不择言，动不动就怨声载道，批评指责别人。

闲言碎语确实是一大负担，听别人说自己的，听别人说关于别人的，只会徒生烦恼，所以对惯于飞短流长的人，最好敬而远之，如果说无法避免地听到了不想听到的，甚至是听到了毁谤人格的言语，也不必过分在意，一笑置之，千万不要怀恨在心，埋下仇恨的种子。汪国真先生生前在一篇关于《毁谤》的一文中曾有这样的论述："只要对你的毁谤还没有严重到触犯法律的程度，遭人毁谤不必太过认真，也不必非要与毁谤者理论清楚。既然毁谤是小人所为，同小人总能理论得清楚吗？争取最大的成功，成就更大的事业，这不但是对毁谤者最有力的回答，也是最高明的回答。不要因为一时的不愤而影响力长远的追求。'小不忍则乱大谋'，是为至理"。

我以为一笑泯千仇，是心灵的修持，心性的修养。与此同时，警惕自己更要重视口德。得人善言，如获金珠宝玉。见人善言美于诗赋文章。听人善言，乐于钟鼓琴瑟。而伤人以言，甚于刀剑。古人说，"口能吐玫瑰，也能吐蒺藜。"还有，当你生气的时候说出伤人的话，往往就像墙壁上钉了钉子，待悔悟时拔下钉子，却永远留下了疤痕。正如你捅了别人一刀，不管你说了多少次对不起，那个伤口永远不会消失，这个伤痛会一直存在。语言切勿刺人骨髓，戏谑切勿中人心病，便是这个道理。还有一说就是心地再好，嘴巴不好，也不能算好人，一个人若有一颗豆腐心，却长着一张刀子嘴，也往往会恶语伤人六月寒而不会良言一句三冬暖。开口讥诮人，不惟丧身，足亦丧德。

口德是反映性格的一面镜子。倘若口中无法容下人，什么人什么事到了他口中，都变成不好，讨厌之至，他自身也好不到哪儿去？

总以善良待人的人，必然思想清静，心地纯良，与善人言，暖如布帛。从这种人外表的微笑中是可以看见他们内心的微笑的。

（2015年7月）

灵感来源于生活

常常碰到人不经意地问我，你哪来那么多东西写呢？因为这话来得突然，我的思维往往没有做好准备，一时还不知道怎么回答。不过究其原因，是我从来没有思考过这个方面的问题。因为作为一个作家，从来不会考虑写作的东西究竟发源思维的哪个位置，取自于哪个记忆仓库，或者是从哪段生活流程上剪裁下来。他所关心的，只是那段生活在他的情感深处留下了怎样深刻的印证，对他的人生有着怎样的影响，是否具有更为广泛的意义。正如某作家所说，鸡下了蛋，鸡不会去追寻蛋是从哪来的。

但后来认真想想，觉得事实并非如此。那些文章应该有一个感情的出口，它必定是经过了灵感的触发，引发作家情感的发酵和思维的过滤与加工，然后才能来到笔端，落到纸上（键盘）形成文字的。它的源头，就是我们通常说的灵感。因此，灵感那东西在写作中占据着相当重要的位置。它一如一位长者，端坐在思维的上席之上，调用人的生活积蓄，拨动人的情感琴弦，并与深刻的哲理和人生的意义握手言欢，这样，一篇精彩的文章就诞生了。

然而，如果细细的追究，灵感那东西却又有着古怪的脾气，它并不按照人的意愿行事，规规矩矩地出牌。当你想要它的时候，它总是千呼万唤不出来。在某个特定的时刻，它却又那么不经意地来到了，那么兴奋地矗立在人的意识天空，将一切生活积蓄都点亮了,为写作者指明灿烂的方向。所以,待在人的内心世界里的灵感有着神秘莫测的个性,它需要通过人的艰苦努力,认真地挖掘,才能现出它的真面目。而更加奇怪的是,它并非单独存在的某种物体,而是与一个人的知识、勤奋、修养等等联系在一起的,只有通过与它们的联姻,它才会心甘情愿地露脸。所以说,灵感是一个古怪的精灵,当你足够勤奋,又具有丰富的知识储备时,它才会动用它神秘的手指,打通人的内心里的所有开关,让你收获到勤奋的快乐。

而默默无闻地待在人体内的它,却又长着一双明亮的醒目的眼睛,当人的双眼看到了某类物事,并与情感和知识联系到一起时,灵感就及时醒来发挥着它应有的作用。或者是它的主人经过长期的探索与思考之后,它绝不会辜负主人的付出,必定送上它的馈赠,从潜意识里游出表层,让它的主人能顺利地捕捉到。所以它欣赏的是人的创造性,奖赏的是人的不懈追求。

但它对懒惰之人却从不待见,即便它能偶尔显身,因为人都懒惰没有及时放进记忆之中储存起来,它很快就会消失得无影无踪。而对那些勤奋之人,它却是从不吝啬的,除了及时现身之外,还把那无以言表的兴奋赠送给了它的主人。所以从这个意义上说,灵感是无法用黄金购买的无价之宝,是上帝对人的一种奖赏。

秋，灵魂里的醇香

秋，用一种低调诠释着岁月，不奢华、不艳丽，却有一种无法企及的深邃，淡淡散发着醇香。一路风尘，一路沧桑，静静地沉思，感悟人生的况味，品味一叶知秋的美丽。

九月的天最是舒怡，鸟儿啾叽，花草清新，田园一派丰收的景象。即便是雨天，也是温润而明澈的。雨后的湖水潋滟着波光粼粼，在阳光的照耀下，一切就像初生，那么明亮，那么美。

请相信善良、信念和爱，相信梦想。用脚走过的路，再长再远，远不如用心行走的路丰富和深刻。无论走多远的路，都要想着回头观照一下内心。心若澄明，路的尽头，必然是憧憬的模样。

金秋，把美丽的山河渲染到了极致。路边白杨的叶子变成了黄色，在夕阳下闪烁金色的光亮。风从山的那边逶迤而来，送来阵阵清香。我坐在小院的一角，静静地听远处传来的乐声，院落里，那些被秋露打湿的喇叭花，虽香气不似夏日时的芬芳，却全然不顾秋的薄凉，开的恣意而灿烂。

秋叶，正沿着岁月的韵脚，轻轻地落在我的身旁，好似一抹清浅的时光，翩然而柔美。云儿，悠然在蓝天之上。秋意，是藏在时光里的诗意，是悠然开在岁月里的尘香。

一场秋雨一场凉，喜欢清凉的感觉，淡淡的，凉凉的，静静的，若雨后的草香有了余味……这个季节的山河盛世，应该沉静无言。夏荷还在，只是少了几分艳丽，多了一些静美。时光仍旧骄傲地流淌着。始终相信，万物的存在，都带着使命，无论起落，都有其自身的风骨。

拂面而来的清风，带着淡淡的野花香，不再是潮湿的味道，让人神清气爽。季节的路口，树叶黄了，雁儿也南归了。秋天，演绎着生命的斑斓。万物日渐饱满成熟，生命与情怀，亦感殷实而丰厚。想起了诗人王勃的佳句落霞与孤鹜齐飞，秋水共长天一色。

九月，淡淡心念，缠绕着岁月的眉梢，一些记忆，潋滟着心湖，晕染了秋色。花开花谢，雁去雁归，都是一种自然规律。把那些历经的美好存于心间，删繁就简，走在如画的秋天。

秋，既有凋零的惆怅，又有成熟的喜悦。既有离别的感伤，又有相思的美好。秋天，是有韵味的，更是有灵魂的，它的悲喜里，藏着一弯明月，藏着瓣瓣落红的凄美，藏着淡淡雨痕的寂凉。秋天的天空高远而明净，秋天的山峦层林尽染，秋天的田园硕果累累。

生命的季节到了秋，就连每一条小路都染上了斑斓的色彩。秋，让我们更加成熟笃定，感悟岁月的冷暖，体味人生的薄凉，懂得只有努力才有收获，把爱心藏，一路珍惜一路拥有。秋，带走了一切的浮华，留下的是心的宁静，与散发在灵魂里的醇香……

生活，就应该用一颗明净的心看世界，把多余的时间交给灵魂，用心感受岁月带给我们的丰盈和斑斓。

（2018年7月）

秋夜斗蚊

我素爱小动物，因其小巧玲珑，活泼伶俐。常在朋友面前宣扬我博爱精神的难能可贵。朋友窃笑。"有一物，你定没法爱它。"没法爱？天方夜谭！像我如此广大的胸怀岂有不容之物？"是什么？"我极不满。"蚊子！"朋友大乐。

蚊子？怎能扯上这个？望望朋友"不怀好意"的脸上点点红透的"蚊咬豆"，我方知其用意。一时词短，但仍不甘示弱："好，我敢对天发誓，今晚上在家睡觉不放蚊帐，与它们交流交流。"

说到做到，熄灯后，我拉开床帘，故作轻松地躺下。好一会儿，还没有一只蚊子。啊，苍天有眼，可怜我"营养不良"。今晚西线无战事，我且睡吧。

刚要合眼，"嘤……"一只蚊子"如期而至"。我自岿然不动。大有"天塌下来我顶着"的悲壮气概，兵来将挡，水来土掩，蚊子小姐来有振环先生在，阴阳相生相克，有何惧哉？

曾拜读梁实秋先生的文章。他把蚊子访问工作分为十大程序：（一）蚊子奏细乐；（二）我挥手致敬；（三）乐止；（四）是我不小心，手碰到了蚊子的嘴；（五）我痒；（六）我抓；（七）我还痒；（八）我还抓；（九）皮破；（十）出血。这种礼数，本天衣无缝。然今晚非官方访问，乃私人约会，一放的蚊子，很是西洋味。刚见面，就给我一个长长的热吻。立即奇痒无比。但顾及我的博爱名誉，只得忍气吞声。它心满意足后竟不辞而别。

我正为蚊子的"喜新厌旧"而欣喜，但随即又有蚊来访。而且，是两只，也许是夫唱妻和，分外只得其乐。一会又来了一大家子，然而是一个部落倾巢出动，一夜酣眠已成妄想。心中顿生一股无名之火："蚊子啊蚊子，你也太不识相了。吻就吻嘛，干吗还让人睡不成？"手，也下意识举起来。"啪"我左边脸挨了左手一掌；"啪"右边脸也挨了右手一掌。在接下来十分钟内，两边脸与两只手一直在作"一一对应"的热身运动。火辣辣的感觉遍及每处神经末梢。"唉，百无一用是书生。"我自嘲；蚊子叫得更响更欢，在"助嘲"。

是可忍，孰不可忍。一骨碌爬起，严阵以待，眼观六路，耳听八方。

"啪"，一只蚊子应声而落。总算找回了一点心理平衡。速战速决的伟大策略果然立竿见影。不一会儿，那些可爱的美丽可人都香消玉殒了。战斗结束，和平到来。我放下蚊帐，忽然灵感袭来，明日可以为朋友朗诵一首诗："秋眠时觉晓，处处蚊子咬。夜来巴掌声，蚊落知多少？"

（2015年7月）

让自己感动自己

前不久,有一位喜欢文学的大学同学来到了我供职的杂志编辑部,拿来了他的作品,写的是他自己年轻时的故事:他爱上了一位姑娘,缠绵了好长一段时日后,姑娘却要离他而去……

"其实我的那位姑娘也很有些不可爱的地方,她很无情地伤害过我几次,但是,我依然爱她,我自己都无法解释这原因。我在写这幅情景时,总有股莫名的感动。"他说。

我说:"你是被自己感动了。"

自己被自己感动,这是一种很高的精神境界,它的美丽只有自己才能品味得到,它是由极痛苦转化而来的精神果实。

生活中有很多使我们失意的事情。比方说,自己对友人满腔热情,真诚相待,却会无端被这友人或明或暗地"捅了几刀";使出浑身解数全心全意干工作,却还要受领导的歧视和同事的白眼;自问对自己的兄弟姐妹是充满爱心的,而对方常常会为蝇头小利对自己耿耿于怀……

生活中还有一些使我们失望的对方。比如说,本来一个很了不起的英雄人物让自己感动,不料过些时日那英雄的某些不光彩的事曝了光;比如说,一场精彩的演讲使自己激动不已,但往深处一想,却发现演讲者的浅薄;再比如一部电视连续剧精彩纷呈,使自己感动了好长好长一段时间,但偏偏编剧毫不留情地宣布那是"纯属虚构"……

失意的很多很多，失望的很多很多，它会使备受创伤的心灵深深地孤独起来。弱者常会把失意转化成仇恨，把失望变成绝望。但生活的强者却把失意和绝望转化为前进的动力。退一步说，即使真的感到在这个世界上没有什么东西感动自己了，那就要靠自己感动自己。虽然这仍是一个孤独者的精神境界，但是却不失为一个真善美的境界。对一个人来说，自己感动自己，其实就是完成了一个精神升华。

而且，你跟着还会发现，感动你的因为随着时间的推移而扩展开来，你不仅自己感动自己，而且开始感动他人和为他而感动。完成了这个轮回，你会发现其实你并不孤独，世界原来是很美丽、很美丽的。

听过这样一句话：先感动自己，才可感动别人。这句话让我绕梁三日，记忆深刻！多么富有哲理的一句话！它告诉我们：要得到别人的认可，首先你要做得够分量。否则，如果连你自己都感觉是在敷衍，自欺欺人，又怎么能感动他人？怎么能达到你的预想呢？

（2017年8月）

人生中的三把伞

人的一生中,有的时候会用伞遮挡风雨,保护自己。

其实,人在一生中,将会用到又离不开的有三把伞。

第一把伞,是飘雨的路上,炎炎的烈日下顶在头上的伞。这把伞各色各样,如一朵朵绚丽的花,给了人温馨,以及许多故事。如果,没有风雨就会被收藏。

当漫天的雨雪落下,无法出行,不能归家的时候,家人、朋友撑开的一把伞,使你顺利到达目的地,有一份感激,有一份温馨。零星的小雨下,一对恋人撑着伞漫步,是一份快乐,是一份甜蜜。

当一个人静静地独坐,看到某一个故事中出现的伞,会引起回忆,想起忘记的时间、地点、故事、主人公……

第二把伞,是受到挫折、伤害的时候,寄居受伤心灵的港湾。当一个人需要鼓励、渴望帮助、期待安慰的时候,给你力量,帮助的人就是一把伞。如果,一直成功就体会不到它的存在。

人不可能永远一帆风顺,所以面对坎坷时,不能压抑、颓废,要找到失败的原因继续努力,而听你倾诉辛酸、痛苦的人,就是一把伞,是你歇息、逃避的港湾。即使没有劝解,只是倾听,只是送一角拭泪的纸巾,也是一丝安慰,那一刻委屈的你会感觉温暖。这把伞是你的家人、知己,港湾能使你歇息,平静烦躁的心、受伤的情,你可以重整旗鼓、再创辉煌。这个给你帮助、支持的人,是对你真心的朋友,能给你出主意、想办法、不求回报,充当了保护你受伤心灵的伞。

第三把伞,是维护社会稳定、保护人民生命财产安全的卫士,是人民群众在危难时刻出现的人民警察。如果没有这把伞,不敢设想世间会是什么情景。所以,这把维护社会治安的伞、为人民服务的伞一直撑起,永远不会离去,永远也不会失去。

许许多多意外的事情在发生,为了保护人民群众的家园,民警,这一群可爱的人,用一颗真挚的心,用忠诚与热爱谱写着为人民服务的宗旨,用平凡与无私诠释着壮举。民警,这一群可爱的人,以保驾护航为己任,是保护人民安居乐业的伞。

如果窗外有雨,撑着伞雨中漫步是一种浪漫。如果心灵受伤,避风港里能够得到安慰,烦躁在摇曳中渐渐平静,耐心等待就有明日的朝阳。如果生命财产受到威胁,维护正义的人民警察就会挺身而出,给予保护。

如果第一把伞撑起,会有一片无雨的空间。如果撑起第二把伞,会有一个歇息的港湾。如果撑起第三伞,会有一个和谐的家园。

在伞下无雨的空间,可以欣赏飘雨,可以到达目的地。在伞下的避风港湾,可以抚平伤痛,可以东山再起。在伞下的和谐家园,可以创造美好。

撑第一把伞的人,是因为关爱,所有的亲朋都会为你撑,是你脱离困境。撑第二把伞的人,是因为呵护,是真挚的亲友,就会为你撑,使你脱离无助。撑第三把伞的人,是因为使命,只有人民警察,才会为你撑,使你脱离危险。

无雨的天空下,不需要第一把伞撑起;没有受伤的挫折,

不需要第二把伞撑起；没有危难的发生，第三把伞依然撑起，默默无闻地守卫着家园。

在雨中、阳光下，与关爱你的亲朋漫步，是一种温馨的感觉，倾听坎坷、伤痛，劝解、鼓励亲友，给你温暖的感觉；社会稳定，和谐的存在，才能正常地生活、工作。

第一把伞以物质为柄、支撑为骨、遮挡为面、关爱为力，撑起了一片天空。

第二把伞以热心为柄、帮助为骨、真诚为面呵护为力，撑起了一条道路。

第三把伞以正义为柄、忠诚为骨、平安为面、法律为力，撑起了一个家园。

我愿为你撑第一把伞，遮挡漫天的雨雪，使你免受雨淋雪打。我为你撑一把伞，与你倾诉心声，风雨中一路同行，走向阳光灿烂的天空。

我愿为你撑第二把伞，在你经历坎坷时，听你倾诉给你帮助。我愿是一个港湾，让你歇息给你保护，在人生的道路上给你呵护，共同到达成功的彼岸。

我愿为你撑第三把伞，与同事的千万张伞连在一起，共同努力维护稳定，形成一片没有尘沙的晴空；用每一份对职业的热爱，铸成一条守卫和谐的长城。

（2016年8月）

第四辑 光阴留痕

人生重要的是学会登场，学会收场

　　在四季流转当中不断地放下手中的、再接过他人给予的、命运给予的。好的欣然接受、不好的默默承受。

　　默默来、默默离开。我们牵不住的，除了身边的人，还有时光。对于季节的流转，我总是心怀伤感。毕竟，年年岁岁花相似，岁岁年年人不同。繁花硕果一番，人就又老了一岁了。

　　秋天描写了人生的两个极端，一面硕果累累，一面衰败萧条。胜利者收获耕耘的果实，失意者收拾满地忧伤。播种、耕耘、收获，仿佛并没有人们想象的那样顺理成章。有时候，有心栽花花不开，无心插柳柳成行。对于勤奋耕耘的失意者，更多了几分悲情英雄的嗟叹。

　　我会在这个季节常回故里，除了省亲外，喜欢倾听长江堤岸外芦苇荡旁那已泛黄干枯的芦叶发出的吵吵声响，在岸转河边的柳树下，看着树叶旋转着飘落于河面。这样的谢幕，仿佛是日落后的小夜曲和一次美丽的舞蹈，仿佛是生命最后的一次吟唱：此生无憾！在回忆中，表舅单位的后院里种满了杨树，杨树的叶子粗犷，落叶时厚厚的一层，散发出植物腐败的气味儿。我穿着破旧的球儿鞋在里面蹚着走，树叶与尘土在早晨的阳光中，挥扬成一团雾气，在树与树的间隙当中，形成一道屏障，透出几分魅惑的气息。而我最爱的，是银杏的叶子。在扬琴老师家门前，有着很多细小的银杏，秋天的时候，树叶黄透未落时最美。小小的

扇子形状如同雕琢，美得刻意，我喜欢这种"做作"。植物和人一样，你的状态与他人的评价是无法完全契合的，如同我赞美了银杏，却用了"做作"这词。而我，却坚持着想用这个词来形容她的美丽。

长大成人，经历的秋天越多，越是不愿去踩干枯的落叶，不愿去登高望远，感叹天凉好个秋。我宁愿掩盖了心中的宁静伤感而去为收获狂欢。失意带来的阵痛若是必须经历，又何必以弱者的模样？在为成功的朋友庆功的同时，自黑一下，也未尝不是让自己变强的一次锻炼。

我们想留住时光，如同想留住身边来来往往的过客一样，心有余而力不足。时光太瘦、指缝太宽，我们捧不起的咸涩海水已经渗透到心底，成为抒发伤感的眼泪。迎来送往，对于季节、对于朋友、对于亲人，我们在四季流转当中不断地放下手中的、再接过他人给予的、命运给予的。好的欣然接受、不好的默默承受。将肯定褒奖作为鼓励，将批评与轻视作为动力。因为无论如何，我们需要继续前行，就算我们想要退后，也无法完成，人生本就无法逆流成河。

在前进的路上，不需要计较那么多里短外长，无论是成功还是失败，重要的是我们的人生，自己学会登台，自己学会收场。

（2019年9月）

如梅女子

盼了多年的雪，记得在2008年隆冬的一天，终于在故乡老屋的睡梦中悄然降落。

清晨起来，天、地、雪浑然一体起来。那些细碎的柔密的白色精灵，或东或西、或南或北、毫无规则地随风落下，田野、山峦、街道、屋脊、树梢、车辆、行人的肩背甚至俊俏姑娘们长长的睫毛、矍铄老者雪白的胡子上都落满了晶莹、透明、六角形的花朵……如此美丽晶莹的世界，是最最适合赏梅的啊！要不苏东坡大学士怎么说梅花是"玉雪为骨冰为魂"呢。

梅以韵胜、格高、气洁、神傲和雪辉辉映成趣，成就了多少千古佳话。

倘若是岭南初冬，或是江南早春，梅花绽放，清香优雅，或灿烂似霞，或洁白如云，或淡粉如脂。傍高山，临浅水，横窗棂，疏禅房，安详的雪景中，暗香浮动着梅的韵味……这些都不足为奇。但是这在中原和江南，在北方，恐怕无法雅淇心事。

那就让我们赏一些"如梅"的女子吧，她们或是被小说家杜撰出来的佳人以示倾慕；或是用令人惊叹的书写让世诚服；或是把绝美的才华撕裂成悲剧诠释才德。但是，不论怎样，或有或无、隐隐约约的女子都会让后人在一种花的空间中思考：人若梅花，美若其人！这些女子能够一了你我慕梅的心愿。

先说说李清照吧，在浮云渐化成了秋水、帘卷西风，菊花成霜，人生的凄凉浸透她如满天纷飞的雪花一样的婉约的才气。淡的冷、暖的热，点点清凉，丝丝遗憾，缕缕哀婉，她就那样宁静地面对，不向命运低头，宁可被判刑九天，也绝不委屈自己再继续委身于那个品不见日月的右承奉郎张汝舟！用自己高洁的品行给千秋万代的宋词填上浓墨重彩的一笔！唉！世事怎样的颠沛流离，她都固守如梅一样的洁白，一样的剔透，一样的雅致！那是怎样一个至情至性的女子啊？我就叫她作江梅吧，野生未经栽植的梅花，花虽小，但极疏瘦有韵，香最冷，最是性情。凡山间水滨，荒寒清绝之地，都能见到。但是望之脱俗，皆是自性。因为，这梅的心性是不恋尘世的啊！就像我们伸手去抓想留住雪花，落到掌心就会化，俗人的手是配不上握紧她的。所以，张汝舟极尽权势之能，不得清照！清照属明城亲亲千古。

再说曹雪芹笔下那个有"咏絮才"的林妹妹。少女情怀总是诗，无论是"冷月葬花"的无奈，还是最终映照了"玉带林中挂"的悲凉，她都是来自上天的赐予。浓浓的清冽中洗去了曾经所有的暧昧和污浊，平和沉静，悲悯悄然，不张扬地抚慰着世间孤傲寒艳的灵魂，尽管她可能同样寂寞。但她却怎么也不宽容地拥抱凡尘的一切高贵和奢华，神韵极若绿萼梅！绿萼梅自古以来即被推为梅中隽品，个性峻立，花萼碧绿，烟翠浓涨的恰似玉环腕上的"贵妃镯"，连梗也是青色的，怡红钗女中，独她为异，绿萼梅喻以黛玉，即是绝喻。

掬水月在手，弄花香满衣。当我在心中缠绵于这些如梅女子时，便想着了跋扈却伤感的自恋，朱砂梅即是！红梅的一种，花开为粉，繁密如杏，香亦类杏。朱砂梅艳丽绝伦，人间罕有。这朱砂梅便是有着传奇一生的张爱玲了。这个出身名门才华横溢的中国近代女作家，用天女散花般的小说和散文将自己推上文学的巅峰，她活得逞才放纵、顾盼生姿；当她遭遇不平凡的爱情时，既热情如火的爱过又毅然决然的退出，她活得神采飞扬。当她将世间皆看尽，悄然把自己埋葬时，她走得洗净铅华、从容不迫。

如梅的女子可以同时承受至高的赞誉和极度的寂寞。

梅于花的世界是力争做佼佼者的，所以，梅花独辟蹊径，选择了冰天雪地，选择在寒冷季节怒放，这与人的世界是清高孤傲并保持距离的。

著名的哲学家金岳霖，倾其终身不娶，只是爱慕林徽因，他孤世独立，在林徽因知天命不幸香消玉殒之时，他的挽联形容其"一身诗意千寻瀑，万古人间四月天"！林徽因——一个共和国都要记住的名字，永远活在金岳霖的精神家园，在灵魂的迦南地与金岳霖相牵相伴，梅果欲结必并蒂，他们影只而魂双逸双飞。

实际上，林徽因纤细柔美，空灵飘逸，她是灵动的飞檐，美丽的阑额，她未等到霜发覆额，就香魂散去。在尘世繁华，她的丈夫梁思成的名字永远和她紧紧地依偎在一起。他们伉俪情深的爱情，他们熠熠生辉的事业就如同那鸳鸯梅一般，花底同心结子肥。我在此祝福彼国的他们，只此一蒂而结双梅，梅中珍品。

如梅的女子啊，从远古一路走来，在前所未有的静穆与安乐中，心境如梅一样明澈，又有几个像这样鸳鸯梅一般特殊迷人的！又想起王维国"天目偶开觑红尘，可怜身是眼中人"的佳句。

唉，这倒是又像极了那枝干纠曲万状，苔藓鳞波丰满花身，苔藓垂在树枝之间，有风吹动时，丝丝飘飘，幽幽咽咽的古梅了，诗人皆唤古梅为"癯仙"。此名此景，于女子，神韵似

"癫仙"，永留一缕香魂绕指柔，这不是梅艳芳还能是谁！女人花啊。

满园的梅，当我们一株株、一朵朵用心赏着时，却早已是珠泪点点，泪溢双睫了。这不是满园春色，这是绿肥红瘦。这梅，是饮尽学语风霜、把自然的丑陋和恶劣都默然吞下后的美丽啊！是一只只在观赏者心中玲珑、晶莹、冷艳、华美旷世无双的瓷樽，在赏者的心底才是最最完美的啊！

雪花仍在无声无息地飘落，远山如烟，穿越尘世的目光，望断关山千叠。

（2014年5月）

第四辑　光阴留痕

生活是部大电影

　　每次上海举办中外电影节,再忙我也会去看,因为电影具有其他艺术形式不可替代的魅力,也因为自己长期以来从事文艺、文化工作的缘故,所以对电影艺术情有独钟。

　　许多电影只看一遍,就像许多感受只经历一回,静静地在屏幕前体会声光影的结合,抽丝剥茧。电影的魅力在于体味别人的生活,进入不属于自己的世界,感受似曾相识的情感,跨越年龄、性别和岁月,重复再现或者尝试许多不同的情感事件。我们在这个过程中暂别现实,进入一个理性化的境界,而每每又会随着银幕的暗淡回到现实,或惋惜或流连,抑或淡然一笑,梦与现实的距离,有时仅仅为几秒钟或十几米。

　　我们的生活其实也像电影,起、承、转、合,开端、建置、对抗、结局,哪怕是最按部就班波澜不惊的生活,也会有这些变化。只不过,我们大都在这些平淡的日子中选择了默认和妥协,忘记了那些每一次需要我们为之一搏的"转"和"对抗",我们往往在"起"和"开端"时努力向上,拼命使尽所有的力气,而却在中间段需要改变和需要发力时丧失了信心,抑或是向生活的疲惫所妥协,从而中途从赛跑的跑道上退却,或是跑上了另一条大多数人在跑的道路,陷入茫茫人海,穿上西装革履,为了锦衣玉食而奔劳,只是心中少了一份那青涩的执拗,而手中却多了一份简易的便当。生活就是这样,梦想时常会在便当前变得

卑微。

所以我们寄情于电影,寄情于那现实而又虚幻的、源于生活又高于生活的梦想的集合。我们在那里遇上并不懈追逐到了真爱,我们在那里不惜抛弃荣华而获得梦想,我们在那里可以付出而不求回报,我们在那里可以实现一个小人物拯救大世界的心愿。而当片尾曲响起,众演员谢幕、花絮映出的时候,我们知道,这短暂的一两小时的梦结束了,正如我们每日清晨醒来看到的陌生清晨,我们该整理衣装、拿起饮料瓶走出,融入这暗淡灯光中拥挤的人群,走到现实,离那个大屏幕越来越远。为梦而生的人啊,注定该在物质的世界中茫然。

退休后在乡下的住房里,给自己奢侈地弄了一个小小的工作室,书桌、书架、一台19英寸的小液晶屏。关上门、拉上窗帘、打开音响,一部部免费下载的电影便映于眼前,梦想开始的同时,我会沏上一杯上乘的绿茶,在这里的这个时段,生活是完美的。而每当电影放罢后打开窗户,又发现,其实世界也是美丽的。

(2014年8月)

诗意生活

记得电影《北京遇上西雅图》里女主角的一段台词很有意思：你说有人去国怀乡，满目萧然，有人竹杖芒鞋轻胜马，一蓑烟雨任平生；而我两者都不是，我是黄沙百战穿金甲，不破楼兰终不还。这种诗词与白话相结合的语言方式让人感受到文字背后一个充满诗意的人物轮廓。

带着这份久违的诗意，来到黄山的莲山峰、天都峰和光明顶，去找寻心底的本真，感受大自然最原始的魅力。只有真正走近山水之间，才能懂得什么是钟灵毓秀、人杰地灵，不禁让人想起"明月松间照，清泉石上流"的泠泠禅音；漫步在挺拔耸立的青山之间，仰望直逼天际的山峰，让人想起"两岸青山相对空，孤帆一片日边来"的苍茫悠远；远眺碧空如洗的天空，仿佛呼吸之间可以将那一抹清澄的蓝色收入心底，直教人发出"晴空一鹤排云上，便引诗情到碧霄"的由衷感叹；穿行在荆棘密布的曲径之中，绝处又突然闪现出一片天地，顿时理解了"山重水复疑无路，柳暗花明又一村"的疏朗释然。景随人走，心随景动，真应了欧阳修的那句"四时之景不同，而乐亦无穷也"。

自从退休以后便有了游山玩水的清闲时光，每每行走山水之间，才能体会什么是诗意。其实诗意就是自然之景与个人心绪的融合，让人暂离人事纷繁、争名夺利。有人说，生活就是你眼中的样子。确实，如果眼中只有灯红酒绿，那么就会追逐物欲横

流、纸醉金迷的生活；而如果眼中是满目苍翠、山明水秀，那么就会向往自然而然、恬淡平静。

　　身处闹市的人，最容易迷失自我。疲惫时不妨停下脚步，让春风拂面，听鸟雀呢喃，感受大自然最真实的话语，寻找心中那份诗意和本真，顺着心的方向享受诗意生活。

（2016年8月）

第四辑 光阴留痕

水仙情结

是文人雅士也好,是寻常百姓也罢,大多人家爱养一盆水仙,置于案前,闲时凝望,一位冰清玉洁,素衣青裳的"凌波仙子"俏立水中,幽香暗波,令人神清气爽。

江南的寒冬季节,虽没有朔北的搅天冰雪,却也百卉凋零,万木萧疏。而我家的水仙却开得正好,在百叶窗下沐浴着明媚的阳光,幽幽地吐着芳香,而在残月斜挂清冷的夜晚,微风拂动着花影,像是两袖微斜的仙子跃跃欲舞似的。伏案写作久了,我常常停下笔来悄声问她相思否,寂寞否?而这清丽淡雅的水仙果真如通了人性一般,在这寒天深夜,那银白的花朵,罗袜生尘,凌波独步与我脉脉相对,进行心灵与情感上的对话。那箭蕾初绽的朵朵小花,宛如一只只盛满琼浆玉液的金盏,邀我共享丰盛的夜宴。

说起这还是前年冬天的事了。一直期待能拥有这样一位水中仙子的我从街头花市购得一粒水仙花球,又欢天喜地从店中买来一只景德镇产的精致磁盘,兴冲冲带回家,蓄上清水,以几粒晶莹圆润的雨花石扶持,放在临窗采光充足的书架上,精心呵护,不过十来天工夫,水仙花球的底部便伸展出数不清的细须,球茎上也吐芽抽叶,绽出几片嫩绿。几天后那绿叶忽忽直往上蹿,青翠挺直,我的眼前似乎幻化出满枝满朵盈盈溢香的"金盏玉台",期待已久的愿望眼看着即将变成现实,心中那一份畅意是难以用文字表达出来的。

为了能早日看到水仙开花，我异想天开地从药店买来几片阿司匹林，碾碎注入水中。奇迹果然出现，水仙叶片的高度陡然增长许多，然而，春节过后，仍未看到花苞出现，我开始着慌，后经一位懂得花道的老花匠解释才知道阿司匹林的激素作用扰乱了水仙体内细胞的平衡，只能促进营养生长，却无法进行生殖生长。眼看着他人的水仙相继开花，在夕阳微照之中淡雅轻摇。我为自己叹气，叹没福气去领略那种微妙的动感和虚渺恬然的美感。

如果仅仅是因为我的滥施肥料造成水仙陡长而改变了其生长规律也还罢了，最让人意想不到的是初春的一个下午，一位来访的文友在看了我那不开花的水仙后突然大笑起来，笑话我的水仙不是真水仙，而是野生的石蒜，是那些不道德的花贩子利用水仙与石蒜相像的缘故，冒充水仙花球出售，这是一般人所看不出来的。友人的一席话使我怅然若失，原来令我日夜牵挂的"佳丽"是个伪劣产品。人们对某一事物在寄予特别厚望的时候，而发现它又往往不是你想象中的美好，心中那一份遗憾和失落是自不待言的。

后来，是这位好心的文友大概看出我无精打采的表情，于心不忍，主动送了我一盘货真价实的水仙，解了我的水仙情结。在清晨的阳光柔柔的照耀下，在夜晚月光清冷的辉映下，我爱点上一支烟，静静地聚思凝神，似乎真的有一位清丽淡雅，绝代容华的佳人向我深情地款款走来，让我产生一种生机，一种活力，一种超脱世情俗念的无为境界……

水仙依然是水仙，而石蒜终归是石蒜，即使某种时候，虚伪代替了真美，欺世盗名地走上了大雅之堂，也只不过是短暂的一瞬，只要我们心中存着对真、善、美的牵挂和对假、恶、丑的抵御，总有一天，我们能够彻底地区分他们。

（2013年6月）

第四辑　光阴留痕

有多少往事追忆

　　人这一生，真正宝贵的，去头掐尾也就是三十年时间。不过想起来，人过一生还是如小品所说，只有三天，昨天，今天和明天。

　　年少时并不能真正理解时光匆匆的含义，更无暇去认真思考这样的问题，甚至很自我的认为，我愿意花时间买开心。就算我说一句时间就像把杀猪的刀，也未必能得到真正的认同。但近段时间，我却越来越感觉到，时光是最无情的，它总是悄悄在人们的容颜上刻下道道皱纹，令人唏嘘。连菲尔普斯都不能例外，在2012年奥运会男子400米混合泳决赛中，菲鱼告别了属于他的黄金时代——这是菲尔普斯15岁参加比赛以来，第一次在正式比赛中没有获得任何奖牌。还记得2008年的北京奥运会，意气风发的他如神鱼一般地收揽了几乎他所有参与的比赛金牌，短短4年，"自古美人如名将，不许人间见白头"，竞技场残酷，27岁的他已是老将。韶华荏苒时光飞逝，物是人非如流水，带走一切不留痕迹。

　　部队转业至地方机关办公室工作，每年写总结，通常这样开头：光阴似箭，日月如梭，一年转眼间又过去了，回首这一年，如何如何。其实写是这样写的，我并没有真正理解这八个字意味着什么。对时间的理解，我认为，如果有一种企盼，你这样的企盼就是时间的刻度，从这一格到那一格，印象颇深。

站在热闹的街头，看着不夜的景色，我很孤独。没有人能和我聊聊天，问问我心里想什么，更没有人告诉我，该如何面对这个陌生的城市，该怎样不虚度年华。重复着简单的工作，人来到这个世界，匆匆几十年，苦短人生，无论是健康，财富，还是爱情，在时光面前都显得不堪一击。红楼梦中有这样的句子：秋光荏苒休孤负，相对原宜惜寸阴。"

我经常一个人在想，岁月如果可以追忆，我又能做些什么？每天都在忙碌中过去，每天睡下的时候，我总是在想今天我做了什么事，收获了什么，这样的忙碌，又有什么实际的意义？这样忙碌的工作，每天做无聊的事，重复无聊的事，一年又一年，直到我慢慢老去。这样的荒废，有时候显得是那样的无奈。

什么样的生活才算有意义，我也想过很多，也许在某个春光明媚的日子，带着家人外出旅游，能收获一份好心情，能看看外面的世界，能相识一些你能带来正能量的朋友，给我启迪，给我扑面的友情，我觉得这很有意义；也许每个晚上坐在孩子身边，看着她一点点进步，长大，有一天孩子大了，我仍不厌其烦告诉她，人应该及早规划自己的人生，就算她似懂非懂，但这对她来说，也是一分收获，毕竟总有一天她会理解我的良苦用心；或者在家人需要的时候，我守在他的身边，为他递茶倒水送药，就算付出再多的时间与精力也值得，我付出的时候也会得到家人的关爱；或许难得有一个双休能在家中，悠闲地拿起一本翻了无数次却始终看不完的书，细细读到最后一页，可以从中学到我所不掌握的知识，从不同层面与角度审视人生与这个社会……其实人的一生有很多有意义的事。

青春不再，每个人都得面对每一天在老去，当意识到时光的宝贵，岁月的无痕，会不会舍弃一些毫无意义的休闲，多一些对家人、朋友的关爱，多一些对自己的反省与检讨呢？

时光荏苒，不觉我将过花甲之年。只是我也会时而迷茫，迷茫自己的方向，迷茫自己的追寻，迷茫如何寻找着自我的价值与心灵的归宿。我只能靠着良知的指引，去尽力前行，让心安稳。随着年龄的增长多了份沉重与沧桑，也懂得了世间的许多无奈，明白冥冥之中，有些东西不是自己去向往、去努力就可以得到，懂得了顺其自然随遇而安。不再为那曾经的过往而痛惜，也不会为那未知的将来而不安，坦然走过，平静面对。有时觉得，自己就是那只偷人苞谷地的猴子，走了一路，摘了一路，也丢弃了一路，不曾多，不曾少。每个人，都曾有过或大或小，或新或旧的梦，不同的是，有些人，为了梦想，朝思夕虑，呕心沥血；不离不弃，践行一生。有些人，心中有梦，却困于现状，苦于生活。到最后，只付之沉重的一声叹息……

前些日子，接到一年轻朋友的电话，告知我，他已辞去了工作，就读理工科大学读MBA班了。那晚，作为忘年交，我们聊了许久许久，谈了很多很多。从遇见各种趣事，到各自发展的不同经历；从现实不得不面对的真正困难和抉择，到内心深处的美好愿景渴求；从自身烦琐生活的鸡毛蒜皮，到诸多友人的近况现状……

交谈始于黄昏直到深夜，我是真切地为他高兴的！每个人都有梦想，并愿意为之奋斗努力一生。在职场游荡了多年，没有褪去他身上特有的坚毅与淡泊。他终究是想重回校园，再作书生了。希望他能如愿，日后成为一名大学教授，教书育人，桃李满天下。想必，这是最适合他的路了！

同样有过的梦，许多人因为果敢，因为坚持，已践行了千里，在身后留下重重的足迹印痕。而我却仍常常地独自幻想喟叹：如果没有生活牵绊，没有世俗所胁迫，没有家庭亲人所左右，我真愿意就此放下身边的一切，卷起大大的行囊，用步伐丈量土地，走遍我所魂牵梦绕的城市、山川、古镇、村落，追溯心中的圣地，探寻梦里的故乡，阅读每座城的各个角落，将自身的气味留在各地的山水尘土，这方叫生活吧……

最近，我终又愿意在夜深人静、旁无烦扰时端坐于台灯下、书桌前静静地书写记录时下、过往与未来。这大多是在秋天的黄昏以后。每日，看着窗外暮色渐浓，炊烟四起，百鸟归巢，无边的黑暗慢慢吞噬周边的一切，书房亮起了淡雅鹅黄的灯，电脑键盘上无声地活动着我那略显笨拙的手指——而往往此时，我竟然难得地又重拾了往昔的情怀，一切都变得那样的淡泊宁静，幸福愉悦，身心被一种深切的满足与充实所包围和萦绕。

向来刻板，可以说中规中矩，我对先锋派做人态度一向持谨慎态度。倒不是不欣赏性情中人，也并非不向往率意的生活，只是感觉很多理论一旦沦落红尘，常常迅速消失了美丽的色彩，变得令人失望起来，久而久之，不再完全相信理想，而是更加尊重现实。多年来，把"理论往往是灰色的，而生活之树常青"作为座右铭，走路都尽量避免在中央，经常溜着墙根悄悄而过，感觉这样挺好！哗众取宠是一种活法，平静低调也是一种活法，各有各的妙处。相比而言，更欣赏后者，因为生活更惬意。

经常有朋友说，看你真人绝不像文章那样老气横秋，有些意外。其实，我也喜欢激情，生活不喜欢随心所欲的表达，想生活得不疙疙瘩瘩，最好活得低调一些，这样彼此都好受。

不论内心喜欢什么，都要对传统做出足够的尊重。有人理想，有人现实，掐得不可开交。而我，一向推崇理想现实主义。什么叫理想现实主义，就是按理想的规划设计感情，但按世俗的规则尊重生活。

这些年，我追逐着自己的梦想，消融在这纷乱与混杂的世间，心中的柔情早已被岁月的沧桑抹去。

于是，在某个秋日黄昏的灯下我与自己约定：空了就常出去走走看看，踏足远方，亲近古迹山河和人文景观，阅读各地渊源，丰富经历见闻。不为世俗、不为名利，不为凡尘杂念，只为朝夕心情、岁月步履、人生点滴……电影《阿甘正传》中有一句台词："生活就像一盒巧克力，你永远不知道下一颗会是什么？"所以，对生活，我从来都心存感激，因为不论它将我抛向哪里，都会有希望相伴，让往事追忆。

（2017年7月）

在冬天里想念雪

20世纪60年代在东北部队服役时,那满天飞雪、银装素裹的北国风光,至今依然萦绕在脑际。转业回上海工作后的几十年,雪花飘飘的景象鲜有见得。

这个冬天的雪能下吗?和以往时候一样,我有一种莫名其妙的期待。

等雪,这似乎是个遥遥无期的等待。每天早上,我走在晨练路上的时候,有霞光或者无,天空瓦蓝或者雾霾;每天中午回家,阳光或亮丽或暗淡,影子似有似无。每天晚上,守着电视台的天气预报,看到新疆、东北、华北甚至安徽、浙江都下雪了,可上海,却日复一日的总无雪。

气温有时像春天,有时像秋天。甚至连厚点的羽绒服都没机会穿过。

心中不免生出适时地想念:雪啊,你什么时候才肯姗姗再来呢?

这样想念的,估计还有田里的大片麦苗,甚至,她还必定是渴望——在干渴中盼望。瑞雪兆丰年,可以说,田野里所有的庄稼,没有雪可待如何?

想念雪的时候,就会想起东北军营的屋里四季如春的暖气,也想起那年老班长接兵在崇明老家时说的"南方的冬天屋外比屋里暖"的感慨。

第四辑 光阴留痕

当下，不管是北方还是南方，甚至是全球的暖冬现象已引起了全世界科学家的高度关注。

任思绪恍恍惚惚：回忆小学时背诵过的"原驰蜡像""银装素裹"和"大雪压青松"；回忆小时候在冰河上玩耍、家中水缸里结冰、洗脸毛巾被冻得难以取下的情景，还有那早晨冻得煞白煞白的泥路，太阳出来不久就开始氧化成湿漉漉的泥泞小道了……

作为一名曾经的警察，想起那时紧张的战斗时光，对生活的要求并不高，犹如对雪的期待。太大的雪容易成灾，给我们带来职业上的忙碌和劳累。比如高速会封路，各种大车小车会翻山越岭走普通道路。饥饿、寒冷、拥堵、抛锚……世界因大雪而混乱，警察这个职业的人必须更有责任区为人排忧解难，战斗在风雪第一线。所以，盼雪，只盼隔三岔五来一场叫雪的雪就好，可以很小，细粒地下，可以不长，一天即可，但一天即化。这样的雪好啊！既满足了对雪的念想，又不至于给生活造成长时间的困扰。

最好有那么一场酣畅淋漓而又懂得适可而止的雪。那天，会比往常有更加安静的夜、更加安好的睡眠。清晨，被孩童们欣喜的声音吵醒，他们撒着欢在喊：下雪了，好大的雪啊！于是在他们的尖叫和欢笑声中赶快起床，甚至不等穿好衣服就跑去掀开窗帘的一角，果然看到房顶上，院落里，远处的高楼，近处的树，都盖着厚厚的、绵绵的雪被。天空中还纷纷扬扬地飘洒着大朵大朵的雪花儿，跳着既整齐又自由的舞蹈，纷纷奔向大地母亲的怀抱。好一个洁白的世界，好一个纯粹的世界，好一个精灵的世界！

太阳未出，雪未及融化，踩着嘎吱嘎吱的雪，伸开双手小

295

心提防着脚下的滑溜，走在上班的路上。一路上，充满欣喜地看学生们互相丢着雪球，看马路上打着喇叭小心翼翼行驶的车子。雪花在头上、肩膀上亲着吻着，很快成片。在雪的王国里，连呼吸都那么飘逸和浪漫，伴随着步伐的紧凑和缓慢，一缕缕热气飘散在左边、在右边，或者在身后消失不见。

喜欢在大雪来临的时候，结伴跑到长江堤岸的砂锅港边，看雪落的壮观和纯美。喜欢端起相机，拍拍雪中长江堤岸边一排排高耸翠绿的水杉树、雪中的乡村田野，还有雪中微笑的自己。

那么喜欢雪，还是因为由衷地庆幸过自己生活在每年可以享受到四季分明的地方。可是，此刻，我却不得不在这样一个冬天的午后，一边任阳光洒在我的面颊上、书桌上、键盘上，一边在心里，很想念那个叫雪的天使……

（2016年12月）

冬天的诗情画意

"忽如一夜春风来,千树万树梨花开。"四季轮回,转眼间不知不觉已到了冬天。"天寒色青苍,北风叫枯桑",在多人眼里,冬天一派萧条、荒凉,了无生机,死气沉沉。然而,冬天在唐代诗人笔下却无比美好,处处充满诗情画意。

雪是冬天的精灵。提及唐诗里的冬天,自然离不开雪,因为雪是冬天的精灵。元稹在《南秦雪》写道:"才见岭头云似盖,已惊岩下雪如尘。千峰笋石千株玉,万树松萝万朵云。"南岭的山头,雪花纷纷扬扬,好像数不胜数的精灵翩跹起舞,远山变成了一根根美玉,十分耀眼夺目;松树叶上落满白雪,像朵朵白云,层层叠叠,非常壮观。诗人将皑皑的白雪写得生动有趣,令人心醉神往。高骈的《对雪》:"六出飞花入户时,坐看青竹变琼枝。"诗人登高远眺,只见整个大地犹如披上了一件银装,无比浩瀚、美丽,仿佛置身于一个晶莹剔透的童话世界里,让人流连忘返。祖咏的《终南望余雪》:"终南阴岭秀,积雪浮云端。林表明霁色,城中增暮寒。"诗人以清新的语言描绘出终南山雪后的寒意画卷,深深地温暖着人们的心。在所有的咏雪诗中,写得最传神的是柳宗元的《江雪》:"千山鸟飞绝,万径人踪灭。孤舟蓑笠翁,独钓寒江雪。"仅二十个字,就把空灵的大地,俱寂的万物,纷飞的大雪,一个穿着蓑戴着笠乘着一叶孤舟,在寒江上独钓的老翁形象刻画得淋漓尽致,栩栩如生。读来

让人感到明净、空灵、悠远,恰似一幅美不胜收的画卷。

梅是冬天的佳人。冬天里的梅花色香俱全,别具一格,唐代诗人以梅花入诗者不乏佳篇。王冕的《白梅》:"冰雪林中著此身,不同桃李混芳尘,忽然一夜清香发,散作乾坤万里春",诗人在颂赞梅花的高风气节中,表达了自己"不要人夸颜色好,留作香气满乾坤"的执着追求。"品若梅花香其骨,人如秋水玉其心。"这份绽放在寒冬中的美丽,让人想起一种人生态度:清淡、坚贞、傲骨。齐己的《早梅》:"万木冻欲折,孤根暖独回。前村深雪里,昨夜一枝开。风递幽香出,禽窥素艳来。明年如应律,先发望春台。""幽香""素艳"两个词将梅花素雅高洁的风韵展露无遗。香气随风四溢,就连鸟儿都忍不住来欣赏,可想而知人们看见它有多么的惊奇和欣喜。

说起唐诗里的冬天,我们不能不提白居易的《早冬》:"十月江南天气好,可怜冬景似春华。霜轻未杀萋萋草,日暖初干漠漠沙。老柘叶黄如嫩树,寒樱枝白是狂花。此时却羡闲人醉,五马无由入酒家。"在诗人的笔下,虽然时值萧瑟的早冬,但冬天的景色里依然有着春天般的可爱。尤其是"似春华"三个字更描绘了诗人对早春美景的赞美。

在寒冷的冬日,我们不妨端一杯热茶,捧一本心仪的唐诗,从中品味出冬天的美景和暖意,让那些充满诗情画意的句子温暖我们的心房,让我们的冬天也充满诗意。

(2016年12月)

第四辑　光阴留痕

珍惜拥有，感恩相守

　　岁月匆匆像一阵风，人生有太多的来不及。之前想着某一天还觉得遥不可及，可一转眼的工夫，曾经那个遥远的日子就已经被远远地甩在身后，变成了过去。所以，不要站在此刻觉得未来还很遥远，一眨眼就是一天，一回头就是一年，一转身就是一辈子。活着的每一天，都应该好好珍惜，好好爱。心有纠结的时候，退一步；发生争执的时候，让一步。这世上能跟你依赖任性闹脾气的，都是你生命中最亲近的人，别人他也犯不着。

　　要知道，这辈子唯有朋友的真诚最好，健康的身体最好，亲人的平安最好。除此之外，还有什么可值得计较。人活着谁都不完美，人和人都是相互的。多一些珍惜，少一些抱怨；多一些赞许，少一些责备。

　　对方开心，你也快乐；对方不开心，我不信你自己能快乐到哪去。人都说，家是讲爱的地方，不是讲道理的地方。因为爱而宽容，因为爱而心疼，因为爱而理解，更因为爱，而退让。只有灵魂相近的人，才能看到彼此潜藏的内在；只有灵魂相惜的人，才能触动内心的那份感觉。

　　生命没有永远，珍惜才是重点。人生最可悲的，不是失去，而是错过。错过了每一次的遇见，错过了那个最爱自己的人，错过了最值得自己去爱的人。这个世上有多少人，拥有的时候从未真正放在心上，等到失去后才发现，原来早已入骨，只是

自己不知罢了。

人生就是一道减法题，见一面就少一面，没有那么多来日方长，只有且行且珍惜。总有一天，你会静下来，像个局外人似的，回望自己走过的路与有过的悲欢，然后笑着摇摇头说，谁还没个年轻的时候，没什么好说，活着就好。

心怀善意和温情，走好每一天，每一步。蓝天之下，必有朗朗；天涯之上，必有回响。这世界本自安静，浮躁只因人心。人活就活个心态，珍惜拥有，知足感恩，和善处世，宽宏待人，人生自然就是一片快乐的净土。不要去想永远有多远，一切忠于内心，一切随意随缘。只要是源自内心深处的美好，刹那即永恒。

好好珍惜那个满心满眼都是你的人，不是没你不行，只是她选择为你屏蔽了整个世界。用心平气和的态度，去过随遇而安的生活。生活是晨起暮落，日子是柴米油盐。让爱给岁月以滋养，让相惜成为彼此相伴的阳光。

且听风，带来一树花开的消息，香过心间，便是温润。花开花落，是起伏的人生，春去春回，是别致的风景。爱你所爱，行你所行，在余生清浅的时光里，做一个温柔且深情的人，让活着的每一天，都充满爱与温暖，从不辜负，也不会留下遗憾。

（2020年10月）

第四辑 光阴留痕

夕阳颂

一天之中,我以为最美的还是夕阳。一生之中,我以为最美的年华是暮年壮心风光好!

日出东方,旭日东升之时固然美丽,但我最爱的,仍是那一天之中,将近黄昏的时候,那轮夕阳延伸到天边的尽头,将那蔚蓝无垠的天空,印染成一片红,随着时间一点一点地流逝,慢慢地消失在天边的尽头。我常常想,夕阳西下的时候,不也就如我们一般,我们从一开始,便是那初生的旭日,而后艳阳高照,到最后,化作那轮夕阳,慢慢地往西行走,慢慢地消失于天地之间,而后,再也不见踪迹,就这般了然无痕,一去不复返。

人生,似乎从一出生开始便在行走。从呱呱落地的婴儿,到天真烂漫的童年,到稚嫩懵懂的年少,再到成熟稳重的中年,再到木讷的耄耋之年,这一生,我们都在行走。一路跌跌撞撞,许是为了追逐名利,追逐更美好的前程;许是为了年少时曾对某人许下的诺言,而决定要去追一个人,愿意倾尽自己的所有去爱一个人;许是为了做一番大事业,为了能够让周遭的所有的人都对你刮目相看,为你而鼓掌,因此而认可且赞许你,你一路战战兢兢,克服种种桎梏与障碍,克服重重考验,所求得的,不过是别人的一次赞许与表扬而已。只是,走的路多了,看过的风景多了,遇见与离别的人多了,我们从一开始的脆弱,从一开始的故作坚强到真正学会了坚强,从害怕孤独到习惯孤独,享受孤独。

这一路走来,又该是历经了多少的苍凉与无奈,该是历经了多少风霜雨雪的洗礼。

我也曾言:"红尘远没有想象中那般纷乱混浊,有许多美丽的风景,是我们不曾察觉,在流淌的光阴,无端被辜负和虚度了。"而这世间的一草一木,一花一叶,总让人如此地赏心悦目,只是,我们渐行渐远,每走一步路,距离自己的起点便越来越远,我们总难免会被自己心中的欲望所左右,因此而止步不前,或是忘记了自己原本的初衷,忘记了自己该如何往前行走。如若你真的累了,真的感到迷茫无助时,不妨就卸下身上沉重的包袱,与山水清风相伴,与草木相依,与清茶相守,感受这世间最洁净美好的大自然,让自己从中得到释然,从中得到舒坦与快乐。

正如这一轮夕阳,它并不是你每天都能见到。正如每天的太阳都是最为崭新美好的,但今天太阳终会成为过去,而明日的太阳,虽然也是最崭新的,却早已不是今天的太阳。在这匆匆流走的韶光里,我们所能做的,也只是珍惜好,把握好当下的每一刻而已。而那夕阳,在不同的人眼中,也有着不同的情感。在漂泊在外的游子马致远看来,是"夕阳西下,断肠人在天涯";在思念故乡的崔颢看来,是浓浓的乡愁"日暮乡关何处是,烟波江上使人愁";在杜牧看来,却是一番美景,"夕阳熏春草,江色映疏帘";在李商隐看来,则是一种无奈的感慨"夕阳无限好,只是近黄昏";在杨慎看来,却多了几分的豪迈之气,"青山依旧在,几度夕阳红"。在我看来,却是另外一种景象,"但得夕阳无限好,何须惆怅近黄昏。"

虽然我也与众人一样,害怕黄昏,害怕夕阳,害怕自己红颜老去的迟暮之年。害怕有朝一日,在镜中见到的自己,不再是一头乌黑的飘逸长发,亦不再有光润细腻的皮肤,而是两鬓斑白和蹒跚的步伐。但尽管如此,我还是愿意选择坦然地去面对这一切。欢喜是一日,悲愁也是一日。既然如此,又何不令自己快乐一些,我不愿被往事所困扰,也不想为未来的事担忧,我只想活在当下,过好当下自己想过的生活。纵然我知道,夕阳西下,便是预示着一天即将落幕,即将迎来黑夜,但只要在这一天里,尽己所能做自己所喜之事,尽全力去做好每一天事情,只要不曾辜负时光,便不会生出太多的惆怅与忧伤。

有人活着,是为了完成前生未了的夙愿;有人活着,是为了过细水长流的日子。有人活在过去,有人活在未来。被忽略的,总是今天。沉溺于过去,或是一味地担忧未来,都不如选择选择活在当下,安于今朝,努力去做好每一件所想做之事,其结果如何不必太过于在意,只要享受其过程的美好与快乐,似此,便已足够。

就像每日黄昏之时,我总爱和家人一同在乡间小道散步,几个人,就那样静静地行走,享受着日落烟霞的美景,在余晖之下我们的影子被拉得很长很长。这时候,是我最开心的时候。因为能与家人在一起共度的时光,始终都是最美好的时光。而我们,一家人能够团聚在一起,不必承受分别两地的思念与牵挂,可以每天都聚在一起。一同吃饭、一同散步、一同促膝长谈人生的真谛,于我而言,这便是我最大的幸福了。

我也曾许下心愿,此生若有机会一定要带着家里的亲人,一同游遍祖国的大好河山,或是行遍塞北江南,将世间的美景都尽收眼底。也曾想着,若此生真的未能做到出人头地,成为他们心中的骄傲,我也会一直守护他们,只要我们一家人在一起,无论在何处,都是最温暖的家。这条乡间小道,我会一直陪他们走

下去，一直走在夕阳下山。我的父亲母亲，你们虽然早已仙逝归天，但你们的心灵魂魄依然与我们在一起，你们也一定为子孙的成功与幸福而欣慰！

是啊，"但得夕阳无限好，何须惆怅近黄昏。"只要做到今日事今日毕，只要无愧于心，便好。如若可以，今生我只想做一株遗世独立的梅花，守着寂寞的年华，手挽着自己的亲友，一起静观日落烟霞……

（2019年7月）

第五辑

军警生涯

也许,时光可以带走许多往事,但有一种记忆却令我刻骨铭心,魂牵梦萦,那就是难忘青春奉献国防的军旅岁月和维护治安的警察生涯,难忘"向前,向前,我们的队伍向太阳"那嘹亮铿锵的《军歌》;难忘"人民警察的身影陪着月落、陪着日出的《人民警察之歌》"。我伴随着《军歌》,目送战鹰腾飞搏击长空,眼见战舰奔驰劈波斩浪;我陪伴着《人民警察之歌》,眼见神圣的国徽放射出正义的光芒,目击金色的盾牌守望着千家万户。

《军歌》引我向前

在建军93周年即将来临之际,作为一名曾经的老兵,此刻心情十分激动,试写一段文字权作对建军节的纪念。

也许,时光可以带走许多往事,但有一种记忆却令我刻骨铭心,魂牵梦萦,那就是难忘青春奉献国防的军旅岁月,难忘"向前,向前,我们的队伍向太阳"那嘹亮铿锵的《军歌》。

20世纪60年代末,我离开了崇明岛东望沙那热火朝天的围垦大军,带着青年人的理想和激情,跨入了非常向往的军营,开始了军旅生涯。从此,《中国人民解放军军歌》(原中国人民解放军进行曲)就成了我军营生活的主旋律。

清晨,嘹亮的起床号过后,早操,在铿锵有力的《军歌》声中,走出军人整齐划一的步伐。阅兵,在雄壮的《军歌》声中,展示军人一往无前的雄姿。队列训练唱《军歌》,唱出军人的自信,唱出军人的豪迈。开会之前相互拉《军歌》,体现着军人的团队精神,体现着部队的钢铁意志。

日常生活,《军歌》相伴。《军歌》时刻回荡在军营里。

我伴随着《军歌》,目送战鹰腾飞搏击长空;我伴随着《军歌》,眼见战舰奔驰劈波斩浪。

部队正规的教育训练,使我懂得了"帽徽为什么这样红,肩章为什么这样重,祖国的山河在心中,军人热血铸忠诚"。十几年的部队生活,我养成了责任、荣誉、付出的军人品质,为树立正确的人生方向打下了坚实基础。军营，是我踏上社会的第一所学校。在那里，我训练了体能、磨炼了意志，经受了苦与累、生与死的考验；在那里，我丰富了知识、开阔了视野、增长了才干；在那里，记录下了一个农村孩子，成长为一名部队领导机关政工军官的成长历程。

闲暇之余，我时常回忆起在军营时的艰苦场面。入伍后，作为部队文艺工作者，经常随战士文工团，深入担负海上战备巡逻的舰艇部队、高山海岛的通信部队以及野外作业的工程部队，进行慰问演出。那狂风之下的海上颠簸、环山公路的险峻旅程和岛屿缺水缺菜的艰难情景，一幕幕浮现在眼前……在那些日子里，难忘与战友们留下一串串深与浅、曲与直、苦与乐的足迹，更多的是无私无畏的牺牲和无怨无悔的奉献。

作为一名摸爬滚打了十几个年头的军人，尽管因没有经历枪林弹雨的战火淬炼而遗憾，却也为曾经有过生死考验的抢险经历而自豪。那次救火抢险，发生在20世纪70年代初期。记得一个隆冬的深夜，我们民族乐队的合奏节目排练结束后刚准备休息，突然听到军营院子一阵阵尖利刺耳的哨音响起，有人高喊："快！快起来救火！"当我们冲出院子，只见离部队驻地约有三四里路远的一家大型木器家具厂火光冲天。驻地的陆海空三军的指战员们，附近的居民和青年学生们，从四面八方飞奔火场。只见工厂路旁的一根根木质电线杆火红火红的，就像刚出炉的钢轨铁棒，偌大的木器厂成品车间几乎成了巨型火炉，滚滚浓烟处伸出一条条褐红色的火舌，发出噼噼啪啪的声响，刺鼻的油漆味几乎将人熏昏窒息。就在这生死关头，我和我的战友们肩扛着水龙头拼命地往里冲，哪里火势危急，哪里就有解放军的身影。前面的人昏倒了，后面的人接着向前冲……大火终于被扑灭了，但我的两个战友却永远倒在了火场,还有几位战友因烧伤留下了永久的残疾。失去战友的悲痛之情固然难以言表,但现场让我看到了十分惊人的一幕:有几位青年学生因英勇救火光荣牺牲,成了难以辨认的木炭。看到这几具烧焦了的尸体,我情不自禁地喊着:青年,依然是最有希望的新一代!当我回到军营驻地,身穿的棉衣棉裤因被水龙头通透浇湿而成了冰坨,在火炉旁蹲烤了好长一段时间才得以融化解脱,当卸下那笨重的大头鞋时,才发现双脚被铁钉刺伤流血。

十多年的军旅生涯,弹指一挥间。如今,脱下了戎装,转业到警营工作已近四十年了,却脱不掉军人的纯真与作风。退出了现役,褪不去军人的本色和激情。离开了军营,总有一种曾为军人的自豪感,总能梦见威武的军徽在风雨中闪耀光辉。

军旅生活难忘,难忘军旅生活。军人的称谓是我们永远的骄傲,军人的作风是我们永远的财富,军人的生活是我们永远的激情,军人的经历是我们永远的荣誉。

离开军营多年,当兵时打下的基础,仍是我今天做好工作的动力之源。我依然流连火热的军营生活,依然深深眷恋在部队中结下的首长情、战友情,《军歌》依然时刻萦绕在耳际……

(2020年7月)

第五辑　军警生涯

蓝天畅想

四十多年前我作为海军部队的文艺工作者，经常随团队前往部队基层演出。除了海防驻地的军港外，更多的演出地点是远离军营，驻扎在高山岛屿的观通雷达部队，慰问那里常年艰苦驻守的战友们。除舟车劳顿之外，沿途给我留下深刻印象的是，崇山峻岭，大河小溪，地面植被与建筑。但作为来自南方平原的军人，仍无从知晓眼前青山绿水那种大自然的万千美感。终于在当兵第三年提干后出差外地，第一次坐上飞机在低空和天上，俯瞰了祖国万水千山的英姿，也领略了蓝天畅想的爽快。

马达轰鸣，飞机渐渐驶离跑道，随着不断地加速，飞机终于离开了地面，穿云破雾，直刺蓝天。我透过舷窗注视着窗外，清晰的树木，夺目的花坛已经不见，连鳞次栉比的高楼大厦也变成火柴盒般大小，路面的汽车好似儿童玩具一般，像甲壳虫一样在路面缓缓移动……

很快，我们的飞机就飞离了城市上空，只见平时仰视的山峰现在已经屈于脚下，座座山峰连绵起伏，而江河如一条银带，穿行于崇山峻岭之间。纵横交错的道路，将山切割为若干块，像交织的网络连接着八方。这山、河、路就像经过艺术加工后的军用沙盘。此时，看到祖国这壮美的景色，让我浮想联翩。这美丽山河的建设，离不开中国共产党的领导，离不开几亿华夏儿女辛勤的耕耘。曾为军人、警察，其中也有我的一份贡献，我怎能不

| 309 |

为之骄傲和自豪!

　　这时飞机已经穿过云层,周围碧空如洗,好像在蓝色的海洋上遨游,舷窗外的天竟然是那么蓝,再往下看,身下浮云一团团、一簇簇,似棉絮、似莲花,透过薄雾的大地更衬托出云的美丽,它们像悠闲自在的少女,洁白无瑕、三五成群、窃窃私语、结伴而行。脚下的云越来越密,大地已躲在云下。它们团团簇簇紧密相连,它们翻滚涌动着,藏住了山,盖住了河,白白的、软软的,让你有种摘一朵在手中仔细观赏的冲动。这时我才真正领略了什么是"云海"。

　　云,在运动,在变化,原来云也像一个各民族组成的大家庭,一个家族一种表现形态,各有各的特色。这时的云海,像一条巨大的看不见头尾的大鲤鱼,片片大鱼鳞特别均匀,每片鳞的边缘呈立体状,排列整齐。我真不相信自己的眼睛,仿佛这鲤鱼随时都要跃起,简直美极了!鲤鱼渐渐退下,而前面的云更让你吃惊不已,那层层的梯田是天上仙人们耕种的吗?那一条条垄沟种的又是何种鲜果呢?那片状结合体、那球状结合体又是哪位淘气的仙女们玩的魔术呢?我已经是目不暇接了。

　　多看几眼这云的奇迹吧!我真不舍这美景飞过。我睁着眼睛,不能错过这转瞬即逝的窗外美景,痴迷地向远方眺望,竟然在茫茫云海中看到了耸立的山峰。云海将它托举得是那样的神圣,它正穿透云层在向我招手致意,那种傲立于白云之上的巍峨和伟岸,难道不是中华民族的象征吗?许久,我还沉浸在这震撼人心的美景之中。

　　是啊,大自然无穷的魅力能使紧张的情绪得以舒展,能让内心与自然产生共鸣。美,在陆地上的山川河流、文物景致。美,也在空中那蓝天白云,浮云涌动。美是一种心境,美是一种生活，要热爱生活、感受生活，观察生活过程的每个细节，哪怕是一件小事，一个小小的机会，你都会体验到她的魅力无限，你都会抓住那美好的瞬间，美在其间，美就环绕在你的身边。

人生是短暂的，何不让自己敞开心扉去领略、感受、寻找大自然赐予我们的无穷的美呢？

（2015年10月）

两首歌曲伴一生

——献给伟大祖国七十华诞

一首经典歌曲,经久传唱而不衰,成为激励人们昂扬向上的动力。

回首自己的职业生涯,可以用"两首歌曲伴一生"来概括。一首是《中国人民解放军军歌》,一首是《人民警察之歌》。

20世纪60年代末,我离开了崇明东望沙那热火朝天的围垦大军,带着青年人的理想和激情,跨入了非常向往的军营,开始了军旅生涯。从此,《中国人民解放军军歌》(原中国人民解放军进行曲)就成了我军营生活的主旋律。

清晨,嘹亮的起床号过后,早操,在铿锵有力的《军歌》声中,走出军人步调一致的步伐。阅兵,在雄壮的《军歌》声中,展示军人一往无前的雄姿。队列训练唱《军歌》,唱出军人的自信,唱出军人的豪迈。开会之前相互拉《军歌》,体现着军人的团队精神,体现着部队的钢铁意志。

日常生活,军歌相伴。军歌,时刻回荡在军营里。

我伴随着军歌,目送战鹰腾飞搏击长空;我伴随着军歌,眼见战舰奔驰劈波斩浪。我在军歌声中成长,在军歌声中成熟,在军歌声中履职,在军歌声中奉献,其乐无穷。

第五辑　军警生涯

部队正规的教育训练，使我懂得了"帽徽为什么这样红，肩章为什么这样重，祖国的山河在心中，军人热血铸忠诚"。十几年的部队生活，我养成了责任、荣誉、付出的军人品质，为树立正确的人生方向打下了坚实的基础。

离开军营多年，当兵时打下的基础，仍是我今天做好工作的动力之源。我依然流连火热的军营生活，依然深深眷恋在部队中结下的首长情、战友情，依然爱听爱唱《军歌》：向前、向前、向前，我们的队伍向太阳……

军歌，时刻萦绕在耳际。

脱下军装，着上警服，伴随着《人民警察之歌》，开始了职业生涯的二次之旅。

职业变了，环境变了，工作内容、方式方法也变了，永远不变的则是军人的品质。军人的品质与人民警察的品质是相融的，激励我要当一名合格的警察。《人民警察之歌》，她那沉甸甸的音符、激昂雄浑的旋律，彰显出人民警察嫉恶如仇、除暴安良、铁肩担道义的凛然正气，彰显出服务社会、服务人民的职业特点，激励着公安战士为神圣的使命而奋斗。

和平年代，警察的职业充满着荆棘与危险。面对错综复杂的案件、形形色色的犯罪嫌疑人和难以预料、随时可现的各种险情，生与死的考验往往就在一瞬间。民警选择的则是无怨无悔，令人肃然起敬，由衷赞许。在各种险情的历练中，民警的人生境界得以升华，深深地感染、影响着我。万家灯火，和谐盛世，是千千万万民警牺牲个人利益换来的祥和安宁的社会环境。

每当唱起《人民警察之歌》，责任感、使命感油然而生。歌中有正义，歌中有责任，歌中有担当，歌中有情怀。

我庆幸自己成为共和国警察队伍中的一分子，为此倍感骄

傲与自豪,对《人民警察之歌》更是情有独钟。

伴着《人民警察之歌》,我们走街串巷进社区,为民便民开展基础工作。伴着《人民警察之歌》,我们迎日出、送晚霞,加班加点,挑灯夜战,布局构思着一份份公文。伴着《人民警察之歌》,我们抓歹徒、擒恶贼、追逃犯,为人民群众除暴安良创造和谐的环境。

累并快乐着。因为警察的职业是崇高的、神圣的。

我爱警营、爱人民警察这个职业、爱唱《人民警察之歌》:"在繁华的城镇,在寂静的山谷,人民警察的身影陪着日落、陪着日出,神圣的国徽放射出正义的光芒……"

过去,伴随着《中人民解放军军歌》,拉开职业生涯的序幕,书写美好的人生。今朝,将继续伴随着《人民警察之歌》,走向明天,走向未来。

(2019年8月)

戎马一生乃胸腔里的忠诚

　　戎马一生通常指从军作战一辈子的老革命老军人。作为他们的晚辈，我的戎马一生是指自参军在部队摸爬滚打十几年及转业至公安警营奋力拼搏的三十多年。与前辈比，我的戎马一生算不上轰轰烈烈，更不值得夸夸其谈，但这一身军装和警服几乎从没有离开我的躯体，乃是我一生的最爱，戎马一生，胸腔里始终装满着对党、国家和人民的忠诚，是我终生的荣耀。八年前退休后，时常将自己的思绪拉回至献身海防事业的青春时代，更多的是流连那几十年火热的警营生活。

　　驻景挥戈，四季佺倏。战时路过的风景，犹如天边的色彩素描，笔笔坚韧。纷繁复扰后的寂静像珍珠般光润，因为挥汗拼搏，所以一切难得。

　　泛着光晕的车水马龙，倚着西风的桥路栏槛，一场战役后，封存的是硝烟弥漫的金戈战场，翻滚的是恢宏增添的惊涛拍岸，烙印的是血泪纵横的慷慨陈词，激扬的是荡气回肠的圣音礼赞。

　　警营是每个民警眼中光耀的大殿，也是他们心中温暖的家。虽然纸页纷飞的办公室，没有风花雪月的华丽辞藻；电台嘈杂的指挥室，没有莺歌燕舞的靡靡之音；车辆川流的十字口，没有诗情画意的溪流；但是我们那奉献光阴、浴血奋战的疆场上，有扬蹄嘶鸣的战马，有忠实冷静的头脑，还有意气风发的心。

我们胸腔里的忠诚,是一种精神,一种信仰。化作亘古不变的庄严誓词,生生不息,久而弥坚。这忠诚是国家不朽的魂魄,是民族崛起的脊梁。无论纷繁社会的环境怎样风云变幻,我们对国家的无限忠诚不变,一定会托起兴国安邦的间距重任;对党的无限忠诚,筑起了拒腐抵变的坚固防线;对人民的无限忠诚,竖起了保卫群众生命财产安全的中流砥柱。

我们思想里的服务,是一种坚守,一种智慧,化作一幅幅壮丽的画卷,一首首无言的歌。曾几何时,群众满意,就是我们检验工作成效的最高标准。时间在岁月流转里飘走,寒暑交替,我们的服务就是大地上平凡的巡逻查访;夜深月明,我们的服务就是夜幕中无尽的警灯长明;欢声节庆,我们的服务就是睡梦中百姓的甜蜜笑靥;和谐稳定,我们的服务就是心坎间不变的铮铮誓言。

戎马一生,练就我们如战马般坚硬的铁蹄和敏锐的眼睛。这坚硬的铁蹄,让祖国和人民需要的地方,布满了足迹。在实践中锤炼作风,在训练中磨砺品格,从此寒风中有我们挺拔的身姿,烈日下有我们整齐的步伐,在软环境建设下金色盾牌熠熠生辉。这敏锐的眼睛,守护着百姓在平安的道路上前行。不管是匆匆过客,还是茫茫路人,我们的眼睛如黑夜灯火,通透明亮,是非对错瞬间分晓;我们的眼睛颇似水柔情,看穿违法者失意悔恨的凄凄落寞,微笑过路人敬畏崇敬的羡慕礼赞。

战马嘶鸣,震碎了违法的坚冰;铁蹄奔腾,踏破了黑暗的牢笼;纵情驰骋,警察的身影与日月同行。我想,这戎马一生,值了。

(2019年8月)

第五辑　军警生涯

我的警察生涯和文学创作之路

　　1983年，我在部队服役整十三年后，"向后转，起步走"，从军营走到了警营，一晃就是三十年。期间，没有像刑警日夜奔袭去侦查破案、追击逃犯，没有像交警、治安警忙忙碌碌的进行执法管理，也没有像社区警常年走家串户了解社情民意和服务市民，而是在公安机关里当文字匠，长期从事警察实务理论的研究、领导讲话稿、工作方案、专题调研报告的起草等日常公文写作以及理论刊物的编辑。先后就职于地区党委政法委、基层分（县）局、市公安局研究室和《上海公安研究》编辑部。因为从事的工作直接为领导服务，其特点往往是：任务重、时间紧、要求高。加班熬夜是家常便饭，平均每年的公休时间一半以上将是奉献的。有付出必有回报。这么多年来，我多次立功获奖，有7篇调研论文被公安部和市委办公厅全文转发。尽管如此，一有空我还是惦记着那块属于自己的自留地，报纸、杂志能时常刊登我的文学作品，就是对我的鼓励和褒奖。多年在高层机关工作的经历，加上长期跟随领导出入案（事）件的现场，深入基层调查研究，使我对社会形势大局的判断分析上，在对公安民警以及各阶层干部群众心理变化的把握上，不断由感性认识上升至理性认知的高度，也为我日后的文学创作特别是公安题材的文学创作奠定了思想基础，提供了大量的创作素材。迄今为止，我在全国多家媒体发表小说、散文、报告文学、诗歌等共计170余万字。

其中，20万字的散文集《绿叶情怀》于2013年10月出版发行，书中分为"往事钩沉""笔走心缘""游憩悠哉""书海掠影"四辑。散文集中，有的是我对其亲人对家乡的真情流露，有的是我对客观事物和社会现象的透视解析，有的是我对祖国美好河山的由衷赞美和歌唱，还有的是我对佳作名篇的赏析和感慨。这本书比较受欢迎，连续加印三次，共计发行8000余册，尤其受青年学生的青睐。书中的几篇散文还成了崇明中学高中毕业班的教学范文。

在文学创作的道路上，我对公安文学的写作倾注了很大的热情，在已经发表和出版的文字中，我的公安文学创作占全部创作的三分之一左右。这是缘于我对警察这个职业、对我一个战壕里战友们的那种发自内心的挚爱。我那散文集中的好多篇章，尤其是新近出版的中短篇小说集《旁观者迷》，抒写的是对于公安卫士的殷殷爱意和款款深情。三十多年的从警生涯，使我深感警察这份职业的光荣和神圣，更有其不为人知的艰辛与苦涩。尤其是刑警，犯罪分子作案从来没有时间表，警情就是命令，随时都要有火速奔赴第一线的思想准备……而且，每天还要面临流血牺牲的危险。

作为警匪博弈的目击者和亲历者，我曾经历了许多重大刑案的侦破过程，见证了发生于身边的一个个动人故事。因为是当事者和局里人，因而对民警的工作和生活有着异于常人的深刻体验，公安战友们那种奉献、担当和不怕牺牲的大无畏精神，那种英勇、机智和大义凛然的气概，总是萦绕在心头，令我久久不能忘怀。这种感人的记忆，激起我强烈的写作冲动。于是，我以手中的笔，把发自肺腑的对于公安民警的爱，融进一篇篇小说的情节里。《崇明报》《文汇报》已登载了该书的评论文章，有几篇中篇小说还将在有关报刊连载。

公安文学作为文化领域的独立分支,在文学百花园里将继续绽放绚丽多姿的花朵,展示一个个有血有肉、光彩夺目的警察人生的光辉形象。作为一名退休的警察作家,我尽管已退出了公安队伍的行列,但对公安文学始终不渝的热爱,特别是对公安警营的流连,对警察战友们为忠诚履行历史使命而日夜兼程、坚守岗位、顽强拼搏、流血牺牲、无私奉献的精神,无疑将继续铭心刻骨地印记在我的脑海里,不断鼓舞着我用手中的笔再现他们的英勇形象,谱写他们可歌可泣的动人诗歌。

(2019年8月)

漫道征途映丹心

——浅谈对警察使命的理解

军旅生涯十三载，文舞墨练续新篇。
砥砺人生荣辱事，步履欣然踏征程。

回首十三年的军旅生涯，荣辱与共，得与失并存，苦与乐常在，把人生最美好、最宝贵的青春年华都奉献给了军营，与其说无怨无悔，不如说是心中盛满则理想和信念。今天，重新梳理一下自己的情绪，畅谈一下从军人到警察的经历，对警察使命的理解。这是回忆、是喜悦、是兴奋、更是思考……

1969年2月1日，我光荣地成为一名中国人民解放军战士。1972年10月3日，我荣幸地步入中国人民解放军军官的行列。

1982年2月，我又如愿以偿地成为一名中国人民警察。

1982年1月，我正式告别军旅，踏上了"向后转，向前走"的征程。刚转业那阵子，心里想是衣锦还乡，还是荣归故里？一时间陷入了痛苦、悲观、失望和郁闷之中，一连串的思考撞击着我的心扉，转业后能干什么，想干什么，会干什么，经过一段思想斗争，我毅然选择了人民警察的职业。

回想自己的成长岁月，从普通文艺兵到机关军官，从文学青年到刊物编辑，从转业军人到人民警察。这一段段履历，记载着我的过去、现在和将来，无论何时何地都将历历在目，记忆犹新，永生难忘。

今天，采撷点自己的亲身经历，浅谈一点粗糙的看法，抒发一下真情的实感，感悟一下人民警察的平凡与崇高，旨在鼓舞鞭策自己在今后退休的生活里，慎独谦卑，老有所为。

其实，从军人到警察，既是一种向往，又是一种延伸；既是一种企盼，又是一种渴望；既是一种洒脱，又是一种殊荣；既是一种责任，又是一种使命。

昔日军人牺牲奉献报国家，今朝警察维护和谐护平安。走进警察队伍的第一天，我就给自己定下规矩：彰显军人本色，续写警察风采；扑下身子工作，真诚坦荡为人；认真扎实做事，平安自然生活。即便官位卑低，无功无禄，也敢堂堂正正，问心无愧，进退自如，因为我用满腔热血，去践行了自己的承诺，所以活得轻松自然，无忧、无虑、无惧。

回想从警三十多年的历程，我没像其他警察那样，从侦查办案到追捕嫌犯，从繁华都市到偏远乡村，从厂矿企业到旺景豪宅，从城乡街道到田间地头，都留下侦查办案的身影。没有像其他战友时而夜以继日细心研判，时而风餐露宿蹲坑守候，时而披星戴月缉拿顽凶，时而连夜奋战身心疲惫……我一直以来所从事的工作，概括起来就是调查研究和公文写作，先后在县公安局办公室、政治处，后调至县委政法委办公室，再后来调至市公交分局指挥处和市公安局研究室，退休前的几年在一公安理论刊物做编辑。

正如海明威获诺贝尔文学奖受奖辞里的那句话：写作是孤独的事业。长期从事写作，使我深深体会到文字工作的不易和辛苦。在领导机关、首长身边工作，一部分时间要参加领导组织的许多会议或查阅上级机关的文件，叫作吃透"上面精神"；一部分时间必须下基层调查研究,叫作摸清"下面底细";再一部分时间就是躲进小楼整理素材、计算数据、推敲观点,挑灯夜战拟就或改写稿子,别人称我们这些秀才叫作"夜猫子"。寒气逼人的冬夜,只有眯着眼睛的大灰猫蹲在书桌的一角陪着我"爬格子";蚊虫肆虐的夏夜,只能躲在密不透风的蚊帐里"熬猪油"。在所写的不知其数的文章中,最难最苦的是两类:一种是领导讲话稿。通常是任务急,时间要求快,质量要求高。假如没有平时的情况积累和写作的基本功,没能正确领会领导的意图,那么任务的质量是可想而知的,搞不好还会误大事。一种是领导交办的专题调研任务。通常是上级机关主要领导特别关注的重要课题,或者是社会普遍关注的热点问题。因而必须情况摸得透,原因分析找得准,对策措施具有针对性和可操作性。功夫不负有心人。尽管多年来并未做出十分骄人的成绩,但通过努力,在领导和周围同志的关心帮助下,我的文字工作也有了长足进步。先后有30多篇文章被上级机关录用,其中有6篇先后被中央政法委和市委、市府办公厅的刊物全文转载,我也因此多次立功受奖,被评为优秀共产党员和优秀公务员。最主要的收获应该是,我对警察的性质使命,警察职业的职责定位,以及警察个体素质的基本要求,有了深刻的理解。

人民警察担负着巩固共产党执政地位、维护着国家长治久安、保证群众安居乐业三大政治和社会使命。

警察是阶级社会的产物,是国家行政机关的权力机构;警察是捍卫共产党执政地位的基石,是国家和人民的忠诚卫士;警察是维护社会和谐稳定的勇士,是保护人民群众生命财产的尖兵;警察是犯罪分子为非作歹的克星,是人民群众的保护神;警察是立警为公、执法为民的实践者,是为民动真情办实事的奉献者，是维护社会长治久安的守护者……

在工作实践者，我对警察的理解是：警告他人，警示后人，警醒自己，警惕犯罪；明察秋毫，察言观色，体察民情。人民警察只有在执法中自我管理，生活中自我教育，言论中自我约束，品德中自我完善，行动中自我监督，才能在处事中防微杜渐，在做事中刚正不阿，在从事中居安思危，在干事中不辱使命，才能真正践行忠诚可靠，秉公执法，英勇善战，纪律严明，无私奉献的新时期人民警察精神。

警察的职业很神圣，神圣的是担负着政治使命、社会使命和时代使命，是和平时期一支英勇善战的铁军。

警察的职业很辛苦，辛苦的是每一次行动都科学谋划，进行研判。有时静观其变，以静制动，追踪围捕；有时废寝忘食，昼夜兼程，风雨无阻。

警察的职业很危险，危险的是每一次战役，都面临生与死的考验，都有在正义与邪恶的较量中斗智斗勇，挺身而出，冲锋在前；在追逃路上，有时针锋相对，巅峰对决，有时枪林弹雨，流血牺牲。

警察的职业很清贫，清贫的是没有富贾显赫，没有荣华富贵。在大发展、大繁荣、大挑战的时代，宁可安贫乐道，抱残守缺，也不离不弃。因为在警察心中盛满的是核心价值观信念，是全心全意为人民服务的宗旨。

警察的职业很富有，富有的是拥有崇高的理想，优秀的品质，良好的觉悟，过硬的作风，敬业的精神，高尚的情操，美丽的心灵，果敢的勇气，精湛的技术，健壮的体魄，豁达的胸怀，睿智的头脑，骄人的业绩，顽强的意志，宝贵的经验，瑰丽的人生。

警察的职业很平凡,平凡的是从群众中来,到群众中去,宁愿一身苦,保得万民安,在人民群众需要的时候,招之即来,来之能战,战之能胜。

警察的职业很伟大,伟大的是把祖国和人民的利益高于一切,是一支政治上可靠,思想上纯洁,行动上一致,关键时刻拉得出、冲得上、打得赢的队伍,随时挺身而出,勇于担当,用行动去实现人民警察的铮铮誓言,为光荣的人民警察事业丹心一片,奋斗终生。

清朝诗人顾嗣协说:"骏马能历险,犁田不如牛。坚车能载重,渡河不如舟。舍长以取短,智高难为谋。生材遗适用,慎勿多苛求。"人民警察要盛满信念,坚定信心,振奋精神,有所为有所不为。在有为中求地位,在地位中求生存,在生存中求发展,在发展中求壮大。相信,只要你是千里马,终究一天遇伯乐。如果你觉得怀才不遇,那就以史为镜,另辟蹊径,但陶渊明第一,柳宗元第二,用胆识和气魄,亮出自己,拿出勇气,施展才华,闯出一片新天地。

中庸之宝典也在告诫大家:慎独自修,忠恕宽容,至诚尽性。倡导"过犹不及"为核心,要求做人做事适度守信,恰到好处;提出不偏不倚为最佳,越位和缺位,过度和失度,欲望和妄想等都违背了中庸的宗旨;强调"中立而不倚",独立自主,笃行慎独,才是生活中的强者。

没有实践就没有发言权。若没有长时间的观察和亲身历练,我不敢任笔由缰,信口开河。花甲之年即将离开警营的岗位时,我时常在回忆一些事情,感悟一些东西,或用以自勉,或封存记忆,或寄语他人,或留给自己。

通过三十多年的实践和感悟,我觉得人民警察应具备的素质能力是：组织领导能力，谋篇布局能力，运筹帷幄能力，指挥驾驭能力，果断处置能力；化解矛盾能力，辨别是非能力，适应生存能力，总结归纳能力，逻辑思维能力，洞察解惑能力，分析判断能力，沟通协调能力，随机应变能力……

就人格魅力而言，人民警察还应该具备：为人处世的亲和力，交流协调的沟通力，心怀信仰的向心力，群众眼中的公信力，谋篇布势的决策力，举止言行的感染力，立警为公的感召力，执法为民的影响力，组织领导的号召力，维稳防范的控制力，社情判断的洞察力，特殊时期的敏锐力，诱惑面前的约束力，欲望面前的自控力，是非面前的鉴别力，拒腐防变的免疫力，打击犯罪的威慑力，合成作战的凝聚力，缉凶除恶的战斗力……

只有这样，我们才能践行"忠诚、为民、公正、廉洁"的人民警察核心价值观。

用你的执着，向亲人汇报，从警生涯勤奋敬业，成为妻儿老小的叮咛与牵挂，成为亲朋好友心中永恒的骄傲。

用你的业绩，向组织汇报，从基层一线走上领导岗位，成为政法战线的带头人，成为组织招贤纳士的后备。

用你的赤诚，向人民汇报，从舞台一角走到舞台中央，成为人们眼中的大英雄，成为同行们钦佩学习的楷模。

头顶国徽走天下，肩挑金盾闯天涯，忠诚为民情无价，公正廉洁你我他，我们是光荣的人民警察。金色盾牌的背后，是人民警察用赤诚和大爱凝结的回报，是用忠诚和热血铸就的警魂，是用理想和信念谱写的赞歌，是用脊梁和胸怀绽放的风采。

正如一首歌唱道："你的奉献是无私的奉献，你的付出是无悔的付出，你的笑容是无愧的笑容，你很普通，但与众不同。"

按照中国人的传统，六十年为一个甲子，八年前我依照上

级的退休规定,离开了我熟悉和深爱的警察岗位。退休意味着告别人生的第一个时期,迎来人生第二个时期。从工作岗位退下来,说明告别了无数个"昨天",我深知,唯有珍惜今天,方可迎来脚踏实地、富有情趣的"明天"和"后天"。

夕阳无限好,何惧近黄昏。

(2020年9月)

第五辑　军警生涯

了解别人明白自己

20世纪80年代初从部队转业回地方参加机关工作那时，与之共事的不少是50多岁的，每每听到前辈自嘲"快50岁的人了……"心中暗想：好大的年龄啊（那时我才三十几岁），那会儿年轻气盛，精力过剩，在工作中缺少经验，闹出了不少笑话。惹出纰漏来都有"师傅"妥善处理。岁月真的不饶人啊，一晃几十年弹指一挥间，我也"解甲归田"好几年了，忆想起这多年工作的磨砺历程，各种甜酸苦辣涌上心头，觉得人到中年至接近退休的时光，是人生道路上压力和困难的"鼎盛"期，好像突然明白了许多年前单位同事对年岁增长的感慨。

在同一个城市，你打过交道的人，或许今后再也见不到了。其实，你与他相隔并不远，也许只有几百米，可就是不会相见了。有的人好好的，却突然有一天有人告诉你，某某人去世了。你便不由大发感慨，说这么一个大活人，怎么说没有了就没有了？曾经认识一个人，年纪不大，辞职做了生意，没几年工夫成了家财万贯的企业家了，可是谁料到正是他前途光明事业蓬勃的时候，在一次酒后车祸中丧生了。这可能是个例，命运谁也无法预料。更多的人还都在为生活奔波，像一条急于找到水的鱼一样，在城市里的街巷奔忙，本来一张张光洁青春的脸，渐渐出现了皱纹，出现了艰辛，出现了世故，出现了难以让人感动的笑容。

当然也有时能够偶尔见上一面的人,你望着他脸上那些丰富的难以捉摸的表情,心里会产生一种针刺般的疼痛。觉得这张原本熟悉的脸居然这么陌生,如果不仔细地端详,一定以为认错人了。人其实是没有认错的,他仍然是他,只是他变得让你一时认不出来了,他说话的腔调也让你有了一种陌生或许还是一种厌恶。做了一点小官,口袋里装着别人的一点意思,嘴里却打着官腔,一双眼睛似看非看地望着天花板,这个啊那个啊不错的嘛,某某同志啊也是不错的嘛。这人怎么变成这样了呢?以前这人身上的那些真诚那些质朴说没有就没有了,岁月就是这样无情地一点一点地从人身上把那些可贵的东西偷走了,真是不可思议。因此,你下次再见到他的时候,就会像见了瘟疫一样地赶紧躲开,心里在暗暗地诅咒岁月这个可怕的小偷。

经历的事情多了,走过的路长了,见识的人增多了,会发现渴望自己被人了解,被人接受,但事实上最难懂的就是人。会遇到在阳光明媚的日子里愿意把伞借给你,而下雨的时候,他却打着伞悄悄地先走了。这时,千万要理解他。因为他自己不愿意被雨淋着(况且那是人家的伞),也不愿意分担别人的困难。你能说什么呢?还是自己常备一把伞吧!

工作中会遇到在你手中掌握着处理业务、主管一摊即所谓的有权力的时候,围着你团团转,而你调离了岗位,直白地说不能给别人办什么事了,他却躲锝远远的。这时,千万要了解他。因为他过去为了某种需要而赞美过你,现在没有这种动力了,也就没有必要再为你吟唱什么赞美诗了。此时,你需要静下心来,想明白这是人性使然。

在你年轻的时候会遇到对你倾诉深情的人,语言的表达像流淌的一条清亮、甜美的大河;而在河床底下,却隐藏着一股污浊的暗流。这时，千万别憎恨他。因为凡是以虚伪的假面来欺骗别人的人，人前人后活得也挺难的，弄不好还会被同类的虚伪所惩罚。你应该体谅他的这种人生方式，等待他的人性的回归和自省吧！

雨果的《九三年》我曾读过好几遍，里头一个比喻也很让我印象深刻。雨果说一块巨石从山顶上滚落下来，遇到任何一粒小石子，这巨石的运动方向都会产生意想不到的改变。在变的过程中，看到真、善、美的同时，也看到了道貌岸然背后的伪善，也看到了美丽背后的丑恶，了解了微笑背后的狡诈。会明白：生活里总有掰不开的事，过不去的坎，但是放在你的心里，不要放在你的脸上，都挂在脸上也于事无补；很多和你想的不一样的人，很多甚至和你背道而驰的人，但是他们不一定就是错的，眼里要放得下和你不一样的人，心里要盛得下和你不一样的想法。

（2016年7月）

警察的赤橙黄绿青蓝紫

警察本色即警察本来的颜色是什么颜色？你说是藏蓝色。不对，不只是藏蓝色，警察的本色共有七种颜色：

警察本色是红色。

警察们在鲜红色的中国共产党党旗的光辉照耀下，曾经戴过红色国旗的一角和佩戴过红色的共青团的团徽，他们对伟大的党、对伟大的祖国、对伟大的人民和伟大的社会主义有着赤胆忠心。看哪！他们在"四人帮"横行的年月里被撅上胳膊押到台上挨批斗、被赶到农村，晚上住牛排，白天冒着酷暑下到水田里除杂草的时候，他们对伟大的党、对伟大的祖国、对伟大的人民和对伟大的社会主义的赤胆忠心没有丝毫的动摇。

他们为了维护国家的利益和人民群众的生命财产安全，面对凶恶残忍的犯罪分子勇敢地冲上前去与之进行搏斗，被犯罪分子用刀刺破了胸膛，鲜红的血染红了他们的衣衫。他们面对着红色的党旗、举起右手攥着拳头在宣誓，胸前戴着大红花上到主席台上接受党和人民给予的最高奖赏。

警察本色是褐色。

看啊！他们日复一日、月复一月、年复一年地头顶烈日站在公路中间的岗台上戴着白色手套，一手持着红白相间的指挥棒，一手上下左右打着手势，给各种车辆的司机下达着命令。他们身上被头上烈日烈焰照射得汗流浃背，他们的脸被柏油路面反射的地热烘烤成了褐色。

他们常年走南闯北到全国各地追捕作案后潜逃的犯罪分子以及调查取证，常年地走街串巷进行治安巡逻常年地下社区处理居民之间的民事、治安纠纷，他们的脸晒成了褐色。

警察本色是黑色。

看哪！他们奋不顾身地冲进冒着浓浓黑烟的火海，背出将要被火海吞噬、被黑黑的浓烟窒息而死的老人孩子，冒死抢出将要爆炸的液化气罐，他们的脸被熏成了黑色。

他们无论是在办案时还是在审核批准各种行政许可的时候，他们都能够一视同仁地严格坚持"法律面前人人平等"的执法原则，像是黑脸包公似的。

警察本色是蓝色。

看哪！头戴藏蓝色的警察大檐帽身穿藏蓝色警服的警察：

在信访接待室接待来访的群众，在户政大厅接待前来办理身份证或户口迁移的居民。

站在举办大型体育赛事或文艺活动的场馆，一丝不苟地进行着入场时的安全检查，在维护着场馆周边的治安秩序。

警察本色是紫色。

看哪！他们肩扛着铁撬棍用力撬着地震震塌的房屋沉重的水泥板，在抢救身体被压在水泥板下的受灾群众，因为用力的缘故他们的脸憋成了绛紫色。

他们寒冬腊月跳进冰窟窿，奋力拉上在冰面上玩耍时落入冰窟窿里的孩子，被冻得手脚麻木、脸色发紫。

警察本色是黄色。

看哪！他们经常走在荒郊野外黄色的乡间土路上，口渴了喝一口矿泉水，肚子饿了咬一口金黄色的铁饼子，匆匆忙忙地赶往案件证人的居住地去找案件证人取证。

他们因患有疾病以及其坚强的毅力忍受着病痛,脸上不断滴下汗珠面色发黄,但仍然坚持战斗在警察的岗位上想群众所想、急群众所急、办群众所需。

警察本色是月色。

看哪!他们有时望着满地的月光思念着自己的家乡亲人但不能如愿,更多的时候是在岗位上忙碌,经常是身披月光从机关出发或返回机关。

他们在接待来访、接待前来办理各种行政许可的人们的时候,在回答路人的询问指示道路方向或听取警风监督员的意见和建议的时候,总是那样的耐心,总是那样的和颜悦色。

警察本色是白色。

看哪!他们冒着纷纷扬扬的大雪在公路上执勤,指挥着来来往往的车辆,大雪落在他们的帽子上、衣服上,把他们变成了一个一个白色的雪人。

他们在严肃拒绝或婉言谢绝着心怀各种目的的宴请和送礼,他们的身影像是出淤泥而不染的白色荷花,他们的内心是那样的洁白无瑕。

赤橙黄绿青蓝紫,谁持彩练当空舞?是人民警察,是人民警察的本色在闪亮。

(2015年7月)

第五辑 军警生涯

取景框里的美好生活

从年轻时起就喜欢去大自然中看远山的背影,闻花草的香气,在雨、雪飘飞的窗前写小诗、叙散文。按女儿的话说:"老爸骨子里具有浪漫的小资情调。"

离开部队转业从警后,虽然大部分时间要穿梭于忙碌的警务工作与烦琐的家务事儿之间,但情感丰富的我对快乐生活的追求和热爱却始终没有停止。特别是几年前在朋友的引领下接触到了摄影,从那一刻起,我在镜头的那一端仿佛看到一个新奇的世界,多么生动的细节、精彩的瞬间通过取景框收于眼底,极大地感染着我,激发着我,让我在工作之余、假期之间不断去探寻生活之美,生命之美!

暖暖的春日,我迫不及待地推开窗子,看燕子是否归巢、杨柳是否吐绿。我会举着相机耐心地守候一朵花儿的绽放,甚至一颗小小的露珠都那么让人着迷。春雨沥沥的午后,地面渐湿,新生的草儿如同调了饱和度一般亮丽,连干渴的泥土都散发出润泽的芬芳,不禁使人肾上腺素升高,心情陡然悦郎。慢步于公园小径,在镜头里品味新春的味道,闭上眼睛仿佛置身于家乡江堤岸边的林中,耳边传来浪花拍岸的潺潺水声和岛上人家独特的吴侬软语……

炎炎盛夏,我绝不会躲在空调房里度过假期,时间流逝得飞快,我可不愿意浪费,哪怕是一点点儿。那……就和一样是摄影发烧友的战友一起去赏荷吧！在城市身处、闹中取静的荷塘，低垂的柳丝在清风中摇曳，优雅的荷仙在绿水碧叶间婀娜，金色的蜻蜓与含苞待放的小荷窃窃私语。为了拍摄一朵最美的花，我会耐心地不停搜寻目标、调整角度，一不小心就会成为别人镜头里的风景。身旁既有稚嫩可爱的孩子、相依相偎的情侣，也不乏鹤发童颜的老者，他们是如此专注，又是如此快乐，哪怕汗流满面也没时间擦，顾不上抹……

秋风萧瑟的季节，我会远途跋涉前往北方，钟情于塞外草原如童话般绚丽的白桦林，那金黄色的叶片如同飘逸的蝴蝶在风中轻舞，调好光圈和快门，用相机记录下这美丽的景色，因为我相信秋季是第二个春天，每片树叶都是灿烂的花朵。傍晚时分，慢步于林间，夏日里遮天蔽日、郁郁葱葱的叶子已经所剩无几，树的枝干无奈地向叶子们告别，寂寞地守望着它们离去。而叶子们却很坦然，丝毫不为生命的消逝遗憾，经历了春的萌发、夏的生长，秋的成熟，它把最美的瞬间留给了人们，在寒冬来临前选择离开，回归到泥土，回归到自然，虽是短暂的一生，却活得倍加精彩。清晨，站在千里之外的白玉山上，和昔日的老战友们一起等待旭日东升、朝霞满天，静静倾听身边的快门声、赞叹声响成一片……

白雪纷飞的寒冬，每次去首都北京我喜欢登上陡峭的箭扣长城，那漫天的雪花，飘飘洒洒，纷纷扬扬，无声的亲吻、拥抱着起伏的山峦，把逶迤连绵的雄关漫道装扮成一条银装素裹的玉龙。此时此景，使人忘却了室外的纷争和无谓的烦恼，心灵顿时感到无比纯净。站在茫茫雪中，我们共同感受岁月的沧海桑田，感悟伟人宽广博大的胸怀，在古老残破的墙垣间遥想它昔日的雄浑与壮观！

细数那些有摄影陪伴的日子，我深深体会到生活从来不缺乏美，而是缺少发现；而摄影恰恰就是寻找美、发现美的过程。每当透过小小的取景框，从容地欣赏四季变换、感悟喜乐悲欢的时候，岁月变迁、情绪转换都在按下快门的一刻留下鲜明的印记，只是我用镜头放大美好与快乐；缩小丑恶与忧伤；把幸福与温暖拉近；将痛苦与寒冷推远；聚焦、提取生活中最美丽、最感人的画面，从更多角度、更多层面观察世界、品味人生……

（2015年8月）

第六辑

访谈实录

　　国庆前夕,接到一个陌生电话,对方直截了当地向我提出要求:"老战友是作家,请你一定帮帮我这个瞎子的忙。"接着是一段难以名状的沉默,话筒里还传来一阵轻微的哽咽声。他接着又说:"请你写写热心帮助了我多年的老战友施云家。"

百年黄浦渡船

——黄浦江轮渡变迁记

当日历翻到公元2011年1月5日这一天时，正逢上海市轮渡百岁华诞，迄今为止它已经走过109个年头。百年市轮渡，不仅是时光流年的飘逝与岁尾的交替，更是这座东方大港一百多年来成长发展的真实写照。前不久，笔者怀着十分浓厚的兴致，在市轮渡公司工作人员的帮助下，"走"进了这艘驶过百年风雨航程而仍不服老的"老"轮。

一水难隔两岸人

上海，地处太湖下游，襟河濒江，早在古代，这里水网密布，港汊纵横，水上交通一向是当地人主要的出行方式。

元末明初，由于地处太湖流域的苏州、松江和嘉兴地区水利设施既不合理，又年久失修，致使河道淤塞，海塘损毁，素有"天下粮仓"之称的苏南浙北，水患频频。明永乐元年（1403年），皇帝朱棣指派户部左侍郎夏原籍前往灾区治水。通过考察、研究，提出了一个大胆的计划：拓宽并打通原本并不直接通海的黄浦江，使其成为出吴淞江以外的有一疏导太湖上游水系的重要通道，以此消弭太湖下游的水患。于是，在夏元吉的主持下，动员十多万民工，历时一年有余，大功始得成功。

凡事皆有利弊。在水患得到治理的同时，一条宽阔的黄浦江，也把江东大地划为东西两个区域。过去，当地人把黄浦江称为"歇浦""申江""春申江"，拓宽后江面最宽处达千余米，水波浩荡，很是壮观，"黄浦秋涛"，甚至成为闻名遐迩的"上海八景"之一。自此，一江之隔，而有"浦东""浦西"之分。

近代上海开埠以后，由于两岸发展的不平衡，浦东地区远远落后于浦西。当浦西早已鳞次栉比，街市车水马龙，放眼一派繁华之时，浦东却显得有些清寂，依旧是举目皆农桑，抬脚上田埂。乡间野趣固然怡情可人，但因交通不便而造成的社会闭塞，严重阻碍了浦东融入城市发展大趋势的局面，却是不争的事实。

明代以后的两百多年间，浦江两岸的人们一直靠木质人力小船摆渡往来，岁月既久，渐渐形成了比较固定的渡运网络。据清同治《上海县志》"津渡"记载，黄浦江两岸的渡口有38处。

上海城周边的这些津渡，有的属公益性质，称为"义渡"，设施相当简陋，仅可应付使用的最低标准，但不收费，平民百姓使用最多。此制度始于明代嘉靖年间，由上海知县郑洛书所设，可算是为民办实事善事的清官大老爷。用当下的说法是"民生工程"。

据史料记载，在机器轮船尚未问世前，用作黄浦江、吴淞江摆渡的主要工具是人力木船。一种叫划子，体积很小，最多乘二三人，船工用木桨驾船，速度较慢，一遇风浪，完全无法抵御。另有一种叫舢板，体积稍大，船上有蓬，可以遮阳避雨，通常可以乘五六人，船工驾船用橹，虽还是人力，但船速比划子要快一点，只是摇摇晃晃，完全谈不上舒适。体力较大的人力木船，用于长距离航渡，如前述闵行到上海县城的航渡，就可以乘

坐二十余人，还能适当装载一些货物。

近代以后，上海地区，特别是浦西地区城市规模发展迅速，黄浦江和吴淞江两岸次第建起不少工厂、码头、仓库，往来两岸的人越来越多，原有的义渡、民渡虽有随叫随走的便利，却很不安全，加之既无定班，就难以控制时间，给那些急匆匆赶着执行公务的政府人员的出行，以及企业职工的上下班，都造成了很大不便。城市的迅速发展，促使上海必须具备独立而有效的江河航渡，这已成为一种趋势，在所必然。

官办轮渡的衍变

1843年上海开埠后，与苏南腹地直接相连的浦西地区发展迅速，却因黄浦江阻隔，浦东地区与腹地往来多有不便，始终无法与浦西同享对外开放的实惠。到了20世纪初，这一矛盾越发突出，时有热心地方事业的有识之士提出，建议利用当时上海已初具规模的机器轮船制造业，来打造一个专门为黄浦江两岸航渡提供方便的轮渡业。至今仍可作为上海城市一道独具地方特色的风景线——浦江市轮渡，当年正是在这样的背景下应运而生的。

有关近代上海官办轮渡首航黄浦江的文字记载，最早见于清宣统二年农历十二月十一日。63年前出版的《上海市轮渡》纪念册（1937年4月由上海市轮渡管理处及兴业信托社编纂发行），为当年官修市志系列之一。在其"沿革"一章"唐工局办理时代"一节中有如下记述：

本市浦江轮渡，始于清宣统二年，办之者上海浦东塘工善后局也。先是唐工局因东沟上宝界浜口沙涨水浅，阻碍航行，禀由县道咨准浚浦总局疏浚。宣统元年十一月，先从东沟施工。次年九月，唐工局为便利办公起见，拟租赁小伦行驶浦东西，附载旅客，酌收渡资，藉资挹注，禀准县道各机关立案，遂于十二月五日试航。

这样看来，在黄浦江上开出第一班"官办轮渡"，的确是在"宣统二年"，确切时间应该是公元1911年1月5日。这一极受欢迎的便民举措对近代上海城市发展具有重要意义。毕竟，以此为标志，开始改变了黄浦江拓宽以来两岸一直靠木船摆渡的局面。

近代上海早期的官办轮渡，创设时间不能算早，相比当时上海租界中西人企业自备的渡江交通艇而言，无论技术还是数量，也都并不突出。不过，从另一个角度来看，正是依靠这一基础，日后才逐渐形成了覆盖从闵行到吴淞口的黄浦江流域的"市轮渡"，这也是近代上海唯一由中国人掌管的非营利性的近代化城市公共交通系统。即此而言，其社会意义和历史作用，当不可小觑。

从官办轮渡衍变的历程看，黄浦江轮渡曾经历了跌宕起伏的艰难岁月，方才迎来"东方大港"的艳阳天，使本不起眼的市轮渡，仍称为当年往来浦江两岸的重要交通工具。1911年1月5日正式开办自同仁码头至东沟的对江轮渡。1917年，增辟由同仁码头驶往西渡的航线。同时，商家也进行集资筹办商业轮渡。

1927年，上海特别市成立，为改变黄浦江上婚礼的林渡运营管理，在撤销整编浦东唐工善后局后，将其原下属的市轮渡业务收归上海特别市公用局管理经营。

1935年，市轮渡拥有对江轮渡6条，钢结构浮码头9座，木质码头3座，渡轮12艘，可载座客5026位，年运输乘客1298万人次，货物475347件，至战前的1937年，市轮渡成为浦江渡运的主

要力量,构成官办为主、商办为辅的渡运体系。

抗战爆发后,市轮渡因战争遭到严重破坏,业务萎缩至三条航线,到1945年,市轮渡原有的长途渡轮只剩3艘并因引擎故障无法运营。1947年3月,官商合办上海市轮渡公司成立,逐渐恢复原有航线。截至1949年,市轮渡共有渡轮19艘,钢质浮码头13座,木码头2座。

1949年12月28日,上海市军管会征用上海市轮渡公司。1956年,上海全市轮渡行业进行公私合营改造,传统的民营舢板因安全问题全部取消,同时购置增添新型轮船,开辟新的航线。到1993年,市轮渡公司共有航线21条,日客流量达100万人次,最高日增110万人次,年运输客流总计3.7亿人次。至2011年,上海市轮渡公司共有对江轮渡线18条,各种渡轮55艘,日均乘客为25万人次。

除旧布新三十年

1949年5月27日,上海全境解放,城市轮渡事业自此翻开了新的一页。但是,从20世纪50年代中期起,直到20世纪70年代后期,中国的政治运动此起彼伏,上海作为最大的工业城市,轮渡业的发展也毫无疑义地受此影响。尽管如此,党和政府组织带领市轮渡公司广大干部职工,克服种种艰难困苦,在除旧布新的30年里,取得了显著的成效。

一是搞好解放初期的接管、恢复和整顿。1949年5月25日,人民解放军攻占了苏州河以南的所有市区。次日,民营周江线"新明兴1号"轮渡员工不顾硝烟未散,勇敢地开动轮机,驾驶轮渡从浦东运送解放军某部八连过江,还有不少通过地下党组织发动的民船,也作为渡江工具,运载大军渡江。同日,已获解放的东线轮渡站又开出了29号渡轮,运载普通乘客,这是上海解放后真正意义上恢复的第一班民用轮渡。

5月28日,人民解放军上海市军事管制委员会派军代表等38人前往进驻市轮渡公司,对其实施军管。军代表督促全体员工各就各位,做好本职工作,尽快修复被破坏的船只、码头,并恢复黄浦江轮渡交通。这一时期国民党军队的飞机不断空袭上海,市轮渡船只和设备也频频遭到枪击。8月7日3号轮在行驶近庆宁寺码头时遭敌机机枪扫射,1名乘客不幸罹难,6名乘客重伤。8月13日,21号轮在塘桥码头被敌机投弹击沉,由于乘客及时撤离,幸未造成伤亡。9月22日,其昌栈轮渡站被炸,22号轮一船员不幸牺牲……

在组织员工积极防空、维持正常运营的同时,军代表还牵头开展了对原市轮渡公司各项资材和业务的接受工作,并成立了清点委员会。根据调查清点,市轮渡公司时有船只19艘(总计1690.13吨),码头15座,航线6条。经对公司资产初步评估,确定为44亿2458万2531元。

通过整顿,市轮渡的对江渡、长渡、车轮渡以及两条远程航线的运营状况也较前一时期有了明显的提升。

二是全面改造民渡。新中国成立以后,为了彻底改变民间船渡管理混乱、缺乏安全的弊端,市轮渡公司通过社会主义改造的方式,逐步对私营民渡进行了全面整顿。1951年4月29日,上海市济渡商业同业公会正式成立,同年8月15日,奉上海市工商局令,改称上海市船渡商业同业公会。公会会员除上海市轮渡公司外,还包括在黄浦江和苏州河两岸间经营摆渡业务的私营业主30多户。上海轮渡全行业完成对私改造后,全市的渡运业纳入了

公私合营上海市轮渡公司的统一经营管理之下。1966年5月1日,市轮渡公司与原上海市内核运输公司合并成立上海市内河航运公司。轮渡业对私营企业改造的基本完成,为政府实现对轮渡业的集中管理,统一经营,提供了必要的前提和条件。

三是在风雨中艰难前行。正当广大市轮渡职工准备在新的建值下,为沟通和顺畅浦江两岸的人、物交流做出更大贡献时,一场史无前例的"文化大革命"开始了。在业务上,市轮渡原有的管理系统和各项规章制度受到批判,安全监督被视为管、卡、压,船员考试发证制度被废除,船舶检验工作近于停顿,随之而来的便是各类事故数量的大幅上升……

尽管存在这样或那样的破坏与干扰,轮渡公司仍有许多技术人员和职工顶住政治压力,为推进轮渡事业的发展而"逆水行舟"。如技术员成功设计了船舶的气动移门装置,大大减轻了轮渡工人的劳动强度,此举不仅在中国首创,在世界造船史上也罕有先例。再如在轮渡码头革新使用电动牵引卷扬机来帮助载货人力车上下船,给过江的人力货车带来了极大便利。另外,技术人员经过多年的不懈努力,成功研发雾天导航装置,为确保在大雾等恶劣气候下轮渡的安全航行,提供了不可缺少的重要条件。

20世纪70年代以后,上海的城市规模开始有所扩大,不少中小企业在浦东地区落脚,一部分新住宅在浦东岩浆地区落成,这样,每天来往两岸的职工、居民人数大大增加。随着崇明岛、浦东等地区工农业生产的发展,人口迁移显著,陆岛运输与黄浦江轮渡出现了运能大幅递增的需求,为此,更新船舶就成为当时缓解供需矛盾的重要手段之一,而替代原有船型(400、500客位)、朝大型化发展则是更新的基本方向。

为了尽可能改善渡轮老旧、运能不足的状况,市轮渡部门自行设计的700客位、1000客位渡轮，33米14车位渡轮，以及200客位250客位交通艇先后投入黄浦江渡运。这类较新的船型在1975年被国家船舶标准化委员会确认为标准船型。与此同时，改造轮渡码头和改善候船条件，以缓解客流量剧增的矛盾。通过改造扩建一批轮渡线站、增辟新的航线，便成为70年代以来缓解"过江难"矛盾的另一项基本举措。

至1976年，上海市轮渡事业已有了显著的变化，航线发展到客渡航线19条、车渡航线5条，比1949年时增长了7倍多，码头70座（1949年是16座），渡轮107艘（1949年是19艘），总载客量33900客位，是1949年的5倍半，轮渡年客流量1.9亿人次，是1949年的15倍多。市轮渡工人们更是以往我的劳动，辛勤的汗水，夜以继日地兢业于每个岗位上，为缓解水上交通的压力默默地奉献着。

标本兼治出成效

"文化大革命"结束后，市轮渡面临的最大困惑就是设施落后、管理粗放、人员的职业素质参差不齐。这些弊病，难以适应改革开放所带来的快速发展及需求日益增大的压力。对此，市轮渡的干部、职工一直在艰难探索，试图寻找到一条标本兼治的有效途径。

按照调整、改革、整顿、提高的方针，从1978年到1985年的8年中，市轮渡部门在条件十分困难的情况下，拨乱反正，采取了以下措施：

其一，新建大容量渡轮，应对人、物流骤增。随着经济社会形势的变化，浦东地区住宅建筑面积日益增大，浦西居民大量迁入浦东，浦江两岸的工农业生产也飞速发展，由此，骤然增加的客流、物流给轮渡带来了极大压力。为了应对这一巨大的变化，1978至1981年期间，新建了1000客位渡轮7艘，14车位的大型车渡轮两艘和300客位的交通艇4艘，载客及载车量都有所增大。1981至1985年间，增加1000客位对江渡轮13艘，700客位对江渡轮2艘，5年内增加总客位14 400个。

其二，改善码头设施，改建、扩建轮渡站。5年中，先后扩建了延安东路轮渡站双线码头，新建宁国路轮渡站大楼，改建了杨复线浦东轮渡站候船室以及南陆线车轮渡码头，新建了东门路轮渡站码头和七层综合大楼。先后对南陆线、淞三线、上定线等轮渡站进行了改扩建，共计增加引桥10座，加大引桥3座，从而使这些轮渡站的候船容量和吞吐能力有所改善和提高。

其三，改进经营管理，调整管理体制。1982年7月将原市轮渡的第一、第二管理区和第三管理区的淞三线合并成立上海市内河航运局轮渡业务部，对黄浦江轮渡实行统一领导、统一管理、统一规划、统一调度、统一制度，提高了设备利用率。与此同时，还制定和健全岗位责任制，实行岗定人、人定责、责定分、分记奖的经济责任制，改善了安全服务质量。

其四，汲取血的教训，采取断然措施。1987年12月10日，陆家嘴码头因浓雾笼罩引发了数万人滞留码头，进而发生了重大的踩踏事故，导致11人当场死亡，5人经抢救无效死亡，6人重伤，65人轻伤。突如其来的特大伤亡事故，震惊了上海，迅速引起了政府、市民对市轮渡的重视。市人大财经委员会立即组织人员进行调查，分管本市交通的副市长倪天增在相关会议上对"12·10"事故做了自我批评，决心认真吸取教训，举一反三，防止再出事故。针对当时上海各企业普遍实行的考勤制度中存在的绝对

化规定,上海市政府迅速做出了反应,在惨案发生后次日的《解放日报》头版上,向全市发布了如下通告:

为加强轮渡管理,保障乘客安全,特通告如下:

一、轮渡因受迷雾、强风等恶劣气候影响,按规定必须停航时,由市轮渡公司发布停航通告,并及时向广播电台通报。广播电台应每隔一小时广播一次,直至轮渡恢复航行为止。

二、职工因轮渡停航不能按时上班的,各单位可比照公假处理。

三、因轮渡停航轮站乘客积压时,有地区公安部门会同航运公安局、市轮渡公司等单位,维护好轮站码头秩序。各轮站必须加强宣传,候渡乘客必须服从现场管理人员指挥,违者按有关规定严肃处理。

四、在渡口乘客拥挤时,为避免发生意外事故,可在候船室大门外划定一定范围的安全隔离区。公共交通部门要主动配合,加强调度。

五、气象台要及时将恶劣气候的预报告知市轮渡公司和公安等有关单位,以利及早做好防范工作。

六、全市各单位都要做好对职工、居民、学生的宣传教育工作,协助执行上述规定。

鉴于血的教训,市政府于1988年提出了改善黄浦江轮渡6条措施,实施"9426"工程。"9"是指与轮渡站相接的9条道路的整治和拓宽工程,"4"是指改造4个轮渡站,"2"是指新辟两条渡线,即游龙路至新开河自行车专渡线和居平车渡线的建设项目,"6"是指建立6个停船基地。该工程除辟新线未按时完成外,其余项目均于1992年内完成。

市轮渡公司一方面加速改善基础设施,另一方面认真吸取

1987年"12·10"事故的教训,制定应急方案和"关于确保迷雾等恶劣气候时轮渡安全的有关管理规定"等十余项规章制度,进一步落实各项岗位责任制。在实施完成"9426"工程的同时,抓管理、上等级,改善企业经营机制,提高企业员工素质。公司连续3年被评为交通运输部优秀设备管理企业,1988年跨入市级先进企业行列,1990年通过国家二级企业评审。1989年有两个轮渡站被评为市优质服务二级窗口,9个轮渡站被评为市优质服务三级窗口,被评为市优秀服务明星两名、局级优质服务员22名,公司级优质服务员33名。

转型改制迎新貌

进入20世纪90年代以后,特别是中央作出开发开放浦东这一重大决策后的初期,对上海越江交通的要求更高,轮渡问题显得更为突出。1988年以来,延安东路隧道和南浦大桥建成后,又有10多条越江隧道和10多座浦江大桥以及多条轨交线相继建成,使市轮渡的车、客运量分流加速,尤其是与大桥较近的相关轮渡航线,流量呈急剧萎缩趋势。几十年来独家经营的浦江市轮渡,面对的是新形势下新的压力,即一家独大的优势不复存在,自身的存在价值受到挑战。如何通过企业改制,增强竞争力,并争取政府部门的关心与支持,继续保持其运营,已成为必须解决的当务之急。

首先,解决改制问题。上海市轮渡有限公司根据市经委关于轮渡重组方案,由多元投资组成,并于2002年改制成立,建立了完善的法人治理结构和监督约束机制,使公司的管理和运作更加符合现代企业制度。

其次，转变思想理念。上海市轮渡公司认识到，改制后的格局所承担的对江航渡，从机构和设施方面来看，并无很大的优势，关键在于树立与转型直接有关的理念。那就是：

明确轮渡的定位。浦江市轮渡是越江交通必要的辅助手段。在未来数十年内，越江交通中的大桥、隧道、轨交尽管会有较大发展，但轮渡业仍将作为辅助手段，主要满足非机动车和周边市民工作、生活出行以及部分特种车辆过江的需要，发挥其特有的不可替代的作用。伴随着两岸厂区码头搬迁，功能更新改造，市轮渡将更多地为前往浦江两岸游览、观光、休闲的上海市民和国内外游客服务。

明确轮渡的公益性。尽管越江快捷通道大量建成，但从衔接陆上公交、方便周边市民出行、浦江观光游览、非机动车和特种车辆过江等方面考虑，市轮渡仍具有一定的便捷性优势。作为伴水而生的上海，市轮渡也是一个重要的历史人文景观，在今后一段时间内继续保留城市轮渡，不但是政府"便民利民"政策的体现，还可以增添水都城市的历史韵味。

明确轮渡的历史机遇期。上海成功申办"中国2010年上海世界博览会"主办权后，特别是2010年世博会举办期间及闭幕以后，都市旅游肯定将作为新的经济增长点而引人注目。

正是在这一理念的指导下，上海市轮渡有限公司的管理层审时度势，抓住黄浦江两岸功能转换和开发建设的有利契机，在做好日常航渡工作的同时，又大力发展水上巴士和水上出租业务，满足市民对交通、观光、游览的需求，取得了令人信服的成效：

——做精、做优水上交通。为了应对过江客流量逐年下降的总体趋势，公司主动积极地对主业运营结构进行适度调整，通过对各轮渡站开收渡时间、班次、高低峰时段投放的运力等的调整,既满足了乘客的需求,又降低了企业的营运成本。2005年7月,市轮渡有限公司3艘空调轮渡投入营运,并根据市场需求变化,采取调整航班、增加运力、延长营运时间等措施。年内,空调轮渡共载运乘客266.59万人次,日均客运量从开通之初的542人次上升到7300人次。目前,公司在营的17条轮渡航线中有15条为空调航线。

——做大做强水上旅游。公司的水上旅游巴士业务经过市场化运作,有了快速的发展。浦东开发后,随着两岸建筑不断矗起,黄浦江旅游正以30%的速度递增,2002年浦江游览达到110万人次。尤其是上海获得2010年世博会主办权后,浦江两岸景观已经成为新上海最具魅力的风景线。到2005年,水上旅游巴士分公司全年完成11 513航班次,接待中外游客88万人次,比上年上升35%。浦江游接待的游客量比2000年增长26倍,达到87万人次,游客量占到黄浦江水上旅游业务市场份额的35%左右。

——世博再立新功。2010年,市轮渡有限公司直接参与并圆满完成了世博服务保障任务。在为期184天的会展期间,市轮渡有限公司通过园区外东昌路水门和园区内越江航线,共投运世博客渡船104 123班次,运送观博游客2365.28万人次;仅东昌路水门一处,就共计航行2394班次,运送世博游客27.75万人次。通过184天的不懈努力,顺利完成了服务保障世博的光荣使命。

采访快结束时,笔者发觉公司领导的脸上瞬间掠过一丝不易察觉的复杂情感,紧接着他不无遗憾地谈了客运量连年大幅下降的情况。上海市轮渡曾经在城市公共交通中起过十分重要的作用,然而,时代在进步,城市在发展,人们的社会生活方式也发生着与时俱进的变迁。1991年轮渡客运量为3.6亿人次,日均客运量近百万人次，但随着更多越江隧道（16条）、跨江大桥（7座）的建成通车，再加上近年来快速发展的地铁轨道交通（10条），市轮渡乘客数量呈日趋下降之势在所难免。到1999年，客运量为2.2亿人次，日均客运量为62万人次，比1991年下降37.5%；2016年客运量5000万人次，日均客运量为15万人次，与1991年相比，客运量下降80%。少数有百年历史的轮渡渡口，已消失在市轮渡航线图上。

尽管如此，上海市民心中的"轮渡情节"没有消失。依托黄浦江观光游览项目，换个方式、换个角度，市轮渡新提供的风景更加迷人：水上餐饮、水上婚礼、水上嘉年华……登上现代化游轮，穿梭在浦西外滩万国建筑博览群与陆家嘴"新高度"之间，昔日天天摆渡的老上海们，不觉产生了欣喜的"陌生感"：轮渡希望你永存；上海，因你而精彩！

（2016年7月）

军功章里各有一半

军人的青春献给了军营,军嫂的青春献给了军人。

——题记

八一建军节前夕,笔者前往上海市消防总队采写军人的爱情故事。总队政治部的有关领导如数家珍地讲述了一个个有血有肉、感人至深的"军旅情歌"。

(一)

军人——这是一个伟大而又光荣的职业;军嫂,这是一个满含荣誉与敬意的称呼,而兼顾军人与军嫂的双重特殊身份,对于市黄浦区消防支队装备科副科长顾邵飞的妻子——火箭军某部宣传科干事问金子来说,意味着她必须比常人更加坚强与刚毅,更意味着她必须比常人付出更多的艰辛与操劳。相恋十年,异地八年,结婚五年来,1000多公里的路程,一张张数不清的火车票见证了他们对爱情和亲情的坚守与追求。

平凡的妻子,不平凡的贤内助

顾邵飞自2009年到黄浦任职近8年里,他以强烈的事业心和责任感，认真履行职责。在后勤装备岗位上，他从一名一无所知的新人，到现如今入选总队装备人才培养计划，他一步一个脚印，在本职岗位上越来越专，越来越精。2013年他荣获上海市消防总队后勤岗位练兵能手并荣记三等功一次，之后又多次荣获嘉奖奖励。顾邵飞还利用工作之余，考取中国科学技术大学火灾实验室在职研究生。在这些荣誉和成绩的背后，有问金子无怨无悔地对丈夫的支持，对消防事业的理解。

问金子在山东工作，与丈夫分隔两地。每年只有休假的短短40天两人可以相见。顾邵飞父母在安徽，问金子父母在江苏，每年还要利用这休假奔赴两地探望父母。2016年的除夕，问金子忙完单位的事后，才得知心爱的外婆去世的消息，原来父母为了怕耽误工作没有告诉她。年末岁尾，顾邵飞依然坚守岗位。这个时候问金子忍住心酸的泪水对他说：你安心工作，我回老家送外婆，爸妈那边你放心，有我呢！这又是一个不能团聚的春节。

平凡的工作，不平凡的成绩

问金子不仅是一名军嫂，本人也是一名军人、一名优秀的部队干部。2009年6月问金子大学毕业后，曾经在江苏省淮安市金湖县闵桥镇双庙村担任大学生村官半年。年底全国面向社会公开征召女兵，问金子得知后，义无反顾地选择了参军入伍。入伍后，她表现突出，是军营晚会的主持人，重大项目任务的解说引导员，代表单位参加演讲比赛多次获奖。作为优秀士兵代表进入军校进行培训，在军校期间被评为"优秀学员"。回到基层后，历任排长、助理工程师、宣传科干事。多次承办单位文化活动和文艺演出，担任大项迎检任务解说员，得到首长和官兵的好评，

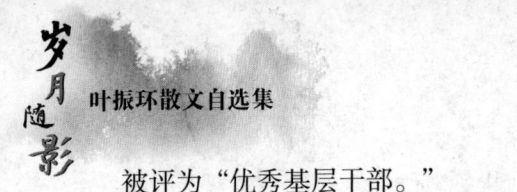

被评为"优秀基层干部。"

（二）

在距离上海300公里的江苏扬州，有这样一位军嫂，她与丈夫恋爱八年，结婚六年，整整十四年的时光，一个人默默付出，一个人执着坚守，用无私的大爱撑起了整个家庭。她就是二等功臣、上海市消防总队"模范士官"、周渡中队中队长助理章文锋的妻子石翠云。

柔弱的肩膀，撑起消防军人一个家

石翠云和章文锋是"青梅竹马"，两人高中毕业就确定了恋爱关系。2001年，章文锋参军入伍，来到上海当了一名消防兵。2008年，结束了八年爱情长跑的两个年轻人相携走进婚姻的殿堂。正当他们憧憬着幸福美好未来的时候，家里却出现了意外——她的公公因与他人合伙"做生意"，被骗了近10万元。公公婆婆遭受打击，且年事已高，养家的重任一下子压在了石翠云纤弱的肩膀上。为了尽快还清外债，她承包了近50亩地，这对于普通农户家庭而言，已是相当沉重的负担。然而，石翠云并没有退缩，这个看似柔弱的女子充满了惊人的力量。之前很少干农活的她，白天下地辛勤劳作，晚上在家自学农业知识，把50亩地打理得井井有条，成为远近闻名的"种田大户""致富能手"。但无论再苦再累，在电话里，石翠云总是安慰章文锋说："家里近来都很好，农活也不累，你放心好了！"

2014年5月,"亚信峰会"在上海召开,章文锋所在的周度中队是"亚信峰会"安保的主战场,官兵们有近半年的时间无法休假。3月的一个夜晚,儿子因为急性肠胃炎上吐下泻、高烧不退,石翠云想尽办法都无法缓解儿子症状,可是深更半夜又找不到车,她就一个人背着儿子徒步近3公里到了镇卫生所,在那里陪护了整整一天一夜。看着过度操劳疲惫但仍挺足精神的石翠云,医生感慨地说:"你是我见过最坚强的母亲!"

可谁又承想祸不单行,年迈的公公因胃穿孔引发严重感染,手术后极度虚弱、卧床不起。石翠云刻意隐瞒了公公生病的消息,白天她外出干农活,晚上照顾躺在病榻上的老人,为他按摩、端水、喂饭,并且每天打温水为他擦身,就这样一路坚持了三个月,整整瘦了5公斤。安保任务结束后,章文锋探亲回家,站在老父亲病床前得知这一切后,这个消防硬汉拉着妻子的手早已热泪盈眶……

辛勤的汗水,浇灌消防事业参天树

石翠云对丈夫的支持,更体现在实实在在的行动上。每当农闲时节,她总是到丈夫所在的中队看望慰问官兵,给战士们带来家乡的土特产,还为他们买水果送冷饮,帮他们洗被单缝衣服。大伙儿亲切地称她为"云姐"。

2013年8月,战士小沈考军校由于几分之差名落孙山,心情变得极度郁闷,甚至有自暴自弃的念头。石翠云得知这一消息后,主动打电话到中队,并且经常给小沈写信,鼓励他要正视挫折,振作精神。在石翠云的殷切鼓励下,小沈的状态一天天恢复,他重新找回了信心,又恢复了往日的生龙活虎。白天,他积

355

极训练；夜晚，他挑灯苦读。功夫不负有心人！今年8月，在部队院校招生考试中，小沈以优异的成绩考入昆明消防指挥学校，人生的轨迹从此发生转变。小沈在收到录取通知的第一时间，就兴奋地打电话给"云姐"汇报。

丈夫章文锋自2010年起，就担负起了带训新入警大学生干部的重任，每年都有近六个月的时间在外地，而这也就意味着他不能正常休假。尽管如此，石翠云也从未有过一句抱怨。章文锋入伍13年来，他先后荣立个人二等功1次、三等功3次，被部局评为"灭火救援尖兵"，被市公安局评为"优秀共产党员"，被市消防总队评为"模范士官""优秀士官"。

（三）

走进惠南消防中队见有一张合照，细看照片之中的他和她，明明都是三十出头的年纪，却已成40多岁的容颜。采访结束得出了感人至深的结论：他显老，是因为风里来雨里去，无怨无悔的奉献；她显老，是在如同织女般的7年时光里，敬老育幼，勤俭持家，时刻扮演好贤妻良母的角色，却无暇自顾怜惜——他们就是上海消防总队浦东支队惠南中队中队长助理项培丰和他的妻子沈海燕，这一张两人的合照背后，记录着项培丰和他妻子沈海燕的点滴岁月和属于他们俩的一路艰辛、一路幸福。

军嫂之名，是与丈夫工作一切的融合

"嫂子"，沈海燕每次来队探亲时对这个"称呼"总感到特别亲切。为了让丈夫少些挂念，她每年都会带着儿子来队探望,还给战士们捎来特产,中队里发生的故事也渐渐成了她和丈夫聊得最多的话题。2013年,新兵小王引起了项培丰的注意,孤僻、寡言的个性使他显得与他人格格不入。对于这位年幼时父母双亡的新兵,项培丰却显得有点束手无策,唯有寄予更多的关心和同情。沈海燕在交谈中得知此事后,她立马将"结对助爱"的想法告诉了丈夫,并与中队作了沟通,得到中队的支持。情感上,她发挥女性优势,以长辈的身份介入,通过电话、探亲机会,迅速与小王建立起良好的感情桥梁。生活上,自身家庭条件并不好的她,定期给小王生活补贴。结对半年多以来,小王变了,不仅爱笑了,而且业务上也突飞猛进。

军嫂之"光",在军人成功背影中闪耀

都说"男主外、女主内"。可项培丰清楚,沈海燕"内"主得太辛苦了。她不但不埋怨,反而经常给丈夫鼓励。"亚信峰会"消防安保工作是2014年上半年的首要任务,但不曾料到,4月底,岳父因突发事故被山上的坠木砸断了两根手指;5月初,继父又因高血糖引起脑梗死、抑郁症等并发症,住院治疗。"屋漏偏逢连夜雨"。沈海燕因为照顾两位老人,在家独自玩耍的儿子又不慎摔倒划破脸颊,稚嫩的小脸被缝三针。但沈海燕对丈夫却只字未提,一个人扛了下来。面对医生的质问"你丈夫呢?就你一个人行吗?"沈海燕沉默了,因为她无法回答。完成保卫任务后休假,本想与妻子分享胜利喜悦的项培丰,却被家里发生的一切惊呆了,看着儿子脸上留下的疤痕,他埋怨、心疼、感激……百感交集,面容憔悴的沈海燕却安慰道:"不想让你分心,所以没告诉你。"结婚7年来,沈海燕一直就是这么做的。项培

丰荣获的模范士官、部局先进个人、三等功的军功章里确确实实蕴含着沈海燕一半的功劳。

军嫂之爱，是无条件包容

有人问沈海燕，嫁给一个军人，经济上他给不了太多，生活上他照顾不了多少，感情上他也不怎么浪漫，不觉得生活很有压力吗？她回答说："当然有压力，但是我敬重他的职业，他也珍惜着我的付出，这就足够了。"但言语总比现实来得轻巧。为了减轻家里的经济负担，她没有选择放弃事业，反而更加忘我工作，直至因胆囊有问题而不得不手术治疗。作为母亲，她也深知父爱的重要。于是她便经常给儿子讲述父亲的故事。今年8月，老家寄来一封信，项培丰略带疑惑地打开信封，呈现面前的竟是一幅画，画的是一个人，画风幼稚，歪歪扭扭，但依稀可以看出图中画的是自己的样子。他知道，这是来自远方儿子的思念，更是妻子的一片良苦用心。

军人的爱情故事许许多多，采访结束走出军营，给我一个强烈而深刻的印象就是，军人是国家的脊梁，军嫂是家庭的支柱。不管是天各一方，还是目之所及，军人在守卫祖国的每个战斗岗位履行着奉献和牺牲的天职，而"守候"都是军嫂的"青春必修课"。军嫂也姓军，每个军嫂都是不穿军装的"兵"，她们的牺牲更令人动容！

写完此稿天已大亮，耳畔传来军营官兵们出操跑步的"踏踏"声，还传来耳熟能详的《我是你家属》的歌声：

多想夜夜用如水的柔情

抚慰你这一身铁骨

再难挺得住
再等不说苦
只因为你是军人
我是军属
咽下甜和苦
伴你从军路
假如人生有来世
我还是你家属
……

（2017年7月）

不负使命，续写荣光

——一家三代人与上海农商银行的不解之缘

一个家庭，两次选择，陆家三代人见证了上海农信事业的开拓与革新。普惠金融的传承之光在陆安走村串户的双脚，在陆亚萍拨动算盘的指尖，更在叶天明的心中。

1980年：决定两代农信人交接班的一次家庭会议

1980年，一次家庭会议改变了陆亚萍的命运。父亲陆安叫来他们姐弟三人时，她没想到，今后的自己会与农信社、农村信用合作事业紧密相连。但她深知，从今往后将沿着父亲从业的足迹，担当起新一代农信人的历史使命。

1954年5月，崇明县解放后第一个信用社——新平乡益群信用合作社成立。同年下半年，各乡、镇陆续建社。至1955年年初，全县已建社106个，入股社员68 578户，实现了乡乡有社。曾任小区乡长、农业中学校长和卫生院长的陆安，就在这一时期被组织分配至五滧信用社，负责外勤工作。

1958年，崇明县乡村工业兴起。村办、乡办企业如雨后春笋，镇上的橡胶厂、针织厂、农机厂、轧钢厂都有了贷款需求。陆安负责信贷审批，虽然工作繁忙，但是对待每一笔贷款都一丝不苟。根据规定,核实清楚,确保贷款的真实性、有效性,才批准放贷。信用社人手有限,他就亲自去实地考察;他不会骑自行车,就靠着自己的双脚,走村串户,深入企业了解生产经营状况。在女儿陆亚萍的记忆中,父亲在农信社工作几乎没有休息日,平均一个月才能回家一次。那时崇明的工业基础较为薄弱,不少村办企业欠缺经验,经营都是摸着石头过河。有时出现了呆账、坏账,父亲这名老党员还要上门"做思想工作"。

信用社始终扮演着农村普惠金融主力军的角色。1958年,乡村工业(社队办企业)年总产值2479.6万元,仅占崇明县工业总产值的37%。从1976年起,乡村工业总产值开始超过县属工业。党的十一届三中全会以后,崇明县乡村工业在国家税收、贷款等方面的积极扶持和城市工业的影响下迅速发展,出现了队队联营、社队联营、工农联营等新的经济联合体。1980年,乡村工业年总产值在全县工业总产值占比超过66%。崇明农村信用社在乡村工业发展壮大的过程中功不可没。

1980年,陆安年满54岁,即将从崇明农信社五滧分理处副主任的岗位上退休。根据接班顶替政策,父母退休、退职后,其子女可以顶替空下来的名额,进入原工作单位上班,于是便有了这场陆亚萍记忆犹新的家庭会议。

名额只有1个,陆家有姐弟三人。对陆安夫妇来说,手心手背都是肉,还是应该尊重孩子们的想法。大弟率先打破沉默,"姐姐是生产队的会计,又是共产党员,她去信用社工作更合适,让姐姐去吧"。二弟也微笑着同意,"我们以后有的是机会,还是姐姐去接爸爸的班吧"。农村的习惯,重男轻女的思想,或多或少都有一点。但是在弟弟们的谦让与支持下,1980年10月,姐姐陆亚萍正式进入合兴信用社工作,幸运地成了"第二

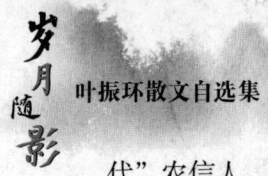

代"农信人。

1983年年初,中共中央发出关于发展农村商品生产的有关文件后,农村集体经济得到进一步巩固和壮大,乡镇工业发展更快,农民收入也有了大幅提高。1984年,崇明农村年人均收入312.9元,比1956年的43.2元增加6.2倍。1956年后,信用社几经并撤,业务规模进一步扩大,将金融服务延伸到农村最末端,始终是农民最信赖的金融机构。到1984年,崇明全县24个信用合作社共有153574户入股社员,股金总额21万元,分别比1954年增长1.5倍和2.2倍;信用社各项存款5789.9万元,各项贷款3077.4万元,分别比1954年增长732倍和668倍。

"早起三光,晚起三慌",在农村,往往天才刚刚亮,很多人就已经开始做事了。为了方便村民存取款,农信社实行早班制,排到早班的柜员早上6点就要到岗,为村民们办理存储业务。8点以后,可以办理与生产队结算等对公业务。那时候没有电脑,对账结转都靠手写来完成。一支笔,一把算盘,几大叠厚厚的账本和传票,"三铁"(铁账、铁笔、铁算盘)是农信人的立身之本,也是那时农信人严谨作风的见证。利息提取要计算,全靠算盘打出来;对定期存单要一张一张地复打,也全靠手工;至于科目分户账的转结、报表、登记簿之类,也全靠手工来做。"手工算账,尤其是存款利息分几段算,要仔细核对,一不留心拨错珠数,或者大小写不对应,算错了用户存款,可是很麻烦的。虽然有时只差几分钱,但都是老百姓的血汗钱,所以大家算盘都打得很仔细。"陆亚萍回忆道。

说到打算盘,陆亚萍不无骄傲地说道。有一次参加县信用联社组织的外勤业务考试中拨得头筹,获全县第一名。"由于我做了很长时间的会计业务,以致算盘打得又快又准。同事都很羡慕我。"

从1980年到2008年，陆亚萍先后在合兴信用社、五滧信用社、崇明县信用合作联社、上海农商银行会计结算部等处工作，做过会计，也跑过外勤，还担任过信用社分站负责人。虽然工作几经变动，但陆亚萍一直严格要求自己，认真完成每一项工作任务，做到本职业务无差错。"父亲的工作态度给我留下了深刻的印象。我时常提醒自己，要像父亲一样，一丝不苟地对待工作。"随着2008年3月的正式退休，陆亚萍细心、谨慎的工作态度以及农信事业践行普惠金融的历史使命，传承给了第三代"农商人"。

2003年：一次求职选择

2003年，非典之年的毕业季，刚刚完成大学学业的叶天明，站在了人生的十字路口。在读研、考公计划被疫情打乱后，叶天明最终选择了入职浦东新区农村信用合作社联合社。"想到外公、妈妈都在这里工作过，我就觉得农商行很亲切，因为从小就跟这里结下了很深的缘分。"

陆亚萍在信用社工作的时候，女儿叶天明就常常在妈妈工作的营业厅里度过自己的暑假。通过笔试、面试层层选拔，走上工作岗位、再次与农信社相遇的叶天明对这里有一种熟悉的农信业务单一；如今的业务种类繁多，仅对私业务就有理财、基金、保险各个方面；曾经的农信，出纳、复核分人记账；如今的农信，综合柜员一人就可解决，一位大堂经理在柜面外就可为客户解决很多事情；曾经，客户办理业务要亲笔填单，如今的农信，填单机代替手工笔，移动展业、自助设备、科技进步将各类业务开到客户门前。

但是，老百姓对信用社的认可与口碑没有变。2003年，上海农民人均收入超6658元，增幅为近6年来最高。收入水涨船高,农信社仍然是城镇居民办理资金业务的优先选择。同年,上海农村信用合作社联合社围绕"农村城市化、农民市民化"的发展主题,以园区建设和农民进城为主要的支农切入点,有效强化"立足郊区,发展城镇,辐射市区"的市场定位,积极探索"零售银行"发展道路,随着业务发展构架的布局完善,全市涌现出10家"小巨人信用社"。叶天明当时工作所在的浦东联社北蔡信用社,就是"小巨人"之一。"刚上班的时候,早上开门,一批客户全涌进来,很多是熟悉的面孔,是住在附近的人来办理代收公共事业费。后来,业务越来越多元,客户群体增加了很多年轻的'新上海人'。缴纳水电煤也只要办一张我们行的卡,办好手续后可以自动扣款,不用再特意跑来网点办了。"

2003年,上海市217家信用社全部实现盈利,系统实现利润6.92亿元,其中,有83家存款增长超亿元信用社,有22家小型信用社存款规模超过亿元。至2004年年底,上海农村信用社全市有网点326家,员工总数4000余人,总资产1086亿元,各项存款余额903.75亿元,各项贷款余额529.27亿元。2005年,上海农村信用社组建成为一家新型的股份制农村商业银行。改制后,全市农村信用社234家法人机构将由三级法人归并成一级法人,建立了完善的法人治理结构,按现代商业银行的经营管理模式实现集中统一。同时,作为服务于"三农"和市郊经济的社区型零售银行,加快业务创新和功能完善,为市郊经济组织(特别是中小企业和涉农企业)和个人、为客户提供全方位、有特色的金融服务。

算盘变成了键盘,账本变成了笔记本,勤劳的指尖变成了飞舞的双手,认真负责,严谨细致践行普惠金融的初心未曾改变。"世博会期间,浦东是主战场,我分管浦东区域的窗口服务规范,有一次凌晨2:30接到电话,是有一台ATM机的警报响了，我连夜赶过去，还好最后确认没出什么大事。"从入职到现在，十七年间，叶天明从基层会计岗、客户经理岗、国际业务岗、秘书岗、工会工作岗、浦东分行团委书记一直到目前的浦东分行办公室主任兼安保部经理，她对上海农商银行"家"的归属感越来越强烈，努力以共产党员的标准严格要求自己，起先锋模范作用，除了多次被评为年终优秀个人外，自走上基层领导岗位后，还先后获得了许多个人和集体荣誉：荣获上海市志愿服务优秀组织者；两次荣获上海农商银行优秀团干部；连续四次荣获上海市农商银行优秀工会工作者称号；市国资委系统基层团干部培训示范班优秀学员；浦东新区青年英才培训工程优秀学员；她所带领的分行青年突击队荣获2017年度上海市标杆青年突击队称号，作为团委书记她还带领分行团组织分别荣获上海市青年文明号（示范集体）、上海市青年五四奖章集体；浦东新区陆家嘴街道"十佳"公益合作伙伴。她尽管工作生活在浦东，她也会常常陪着妈妈回崇明看望外公，三代"农信人"聚在一起话家常，不禁感慨上海农商银行十五年的发展巨变，也深情憧憬步入新时代后上海农商行进一步发展的广阔前景。

2019年，陆安收到了一枚特殊的"90后"奖章，奖章上，"以农信开创之业，传农商一脉之承，以潮头破浪之勇，鼓继者高展之气"格外醒目。对于陆家而言，"农信"并非三次巧合地选择，而是三代共产党人的不解情缘，是一个家庭的执着坚守。对于上海农信事业来说，曾属于像陆安、陆亚萍这样"农信人"的时代不会随时间逝去，他们的开拓、奉献精神将永远会被像叶天明一样的农商后继者们所铭记。农信工作岗位的传接频繁且平常，但农信精神、践行普惠的使命传承厚重而深远！

（2017年8月）

为了天下无贼

——记全国"我最喜爱的十大人民警察"陈峥

上海公安反扒民警陈峥自1999年到2018年，连续十九年坚持奋战在反扒第一线，和同伴先后破案1200余起，抓获各类犯罪嫌疑人1700余人，破获200余个犯罪团伙，为群众挽回经济损失650余万元。曾荣立个人二等功两次，2009年当选第二届全国"我最喜爱的十大人民警察"，并被授予"全国公安系统二级英雄模范"荣誉称号，同年荣获"全国三八红旗手"，2010年荣获"上海市巾帼建功先进个人"，2011年荣获"全国政法系统优秀党员干警"，2015年荣获"全国先进工作者"荣誉称号。

作为陈峥曾经的同事，我与她是熟悉的。最初为她撰写先进事迹还是在2000年，那时她刚去市公交公安分局一年多，我在分局指挥处任职。因她成绩斐然，我便将她的事迹整理后上报，得到了领导的肯定。不久我去了市局机关，相互依然保持着联系。今年"三八"节前夕，相约于黄浦区反扒支队队部，记者又一次采访了陈峥和她的同事们。陈峥依然快人快语，"为了天下无贼，为了维护人民群众的利益，我只是尽了一个反扒民警应有的责任。"

第六辑　访谈实录

投笔从戎，只为彰显正义

　　陈峥从小在部队大院里长大，整天与男孩子野玩：打弹子、抓蟋蟀、下河游泳、玩老鹰抓小鸡的游戏。陈峥的父母是军人，平时忙于公务，她的顽皮曾让他们担心。当她18岁考上大学时，除令父母感到欣慰外，也令部队大院里的人们惊讶："这丫头这么调皮能考上大学，以后一定有出息。"

　　1983年，陈峥大学毕业后投笔从戎，先在上海市公安局后保处从事科研工作。原以为就这么一辈子平平安安地当"粮草官"了，谁知，1999年机构改革，她被分配到新成立的公交公安分局。听说是每天与扒手打交道，她一下懵了：我快到不惑之年，且瘦小体弱，能行吗？回到家她哭起了鼻子。老公劝慰道："别难过了，你适应能力强，应该有自信，你先试试，过了第一关就会好的。"

　　陈峥抱着试试的心理走进新单位。改行后，过去的生活秩序被打乱了。原先陈峥为了送儿子上学，每天早起床，骑着自行车从浦东赶到浦西的高安路小学，再赶去上班。而现在，她凌晨4点就被铃声叫醒，她要赶早晨5点的头班车。觉不够睡，更无法接送儿子。但是与搭档一上车她就显得特别兴奋，什么牵挂、疲惫一股脑儿都没了，眼睛像雷达一般开始扫描。在师傅们的带领下，一个月后她就有了收获。三个月里，与搭档共抓到了15名犯罪嫌疑人。

反扒如舞蹈，是有节拍步调的

　　师傅第一次带陈峥执勤时说："反扒首先要识别对象，然后再找机会抓捕。识别主要是看他的眼睛,一般候车的乘客都急着张望车来的方向,而犯罪嫌疑人的眼光却飘忽不定,专看别人的口袋和提包,且目光散乱;二是他们的手到处触摸别人的提包和口袋,想从中发现里面是否有'货',也就是他们行话所说的'搭脉';三是他们乘车不正常,来回乘车,没有明确目的地。"

师傅还告诉她:"动手抓捕时一定要掌握火候,不能早了,早了没有证据。常言道,抓贼抓赃;但也不能迟了,迟了他把赃物扔掉,等于没有证据。要在他动手作案一瞬间当场扭住他,人赃俱获,那才算成功。"反扒技能就像舞蹈那样是有节拍步调的,就像诗歌那样是有韵律的,要踏准节拍和韵律,方能一招制敌、人赃俱获。

陈峥第一次抓犯罪嫌疑人是进公交公安分局一个月后的事。那天晚上,她与师傅乘上了58路公交车,师傅悄悄告诉她:"对面来了个可疑人物。"只见那人不停偷窥着别人的口袋,第一特征出来了;他的手不停地触摸一乘客的口袋,突然刹车时,他趁惯性迅疾掏了一乘客的右裤袋,第二特征也有了。由于陈峥观察得太直白,结果被嫌疑人发现了。他竟伸出手来嬉皮笑脸地说:"我这儿有东西吗?"陈峥没搭理他,而是悄声对师傅说:"去问一下那人少了东西没?"师傅上去一问,对方摸了下口袋说:"我的零钱没少,但我感觉有人摸我口袋。"有了指证,陈峥果断上去一把抓住这名嫌疑人,将其带下车,虽然没有搜出钱包,但搜出了一个"文曲星"快译通。对方却一脸的无辜相,并不服气地问:"你有证据吗?你凭什么抓我?"

陈峥左右为难。带人走吧,没有证据;放人吧,又不甘心。她灵机一动,打开"文曲星",见里面有原主人的地址和电话，她立即问那男子："你叫什么名字？"对方瞎编了一个名字，明显与"文曲星"主人姓名不符，这下露了馅儿。陈峥马上按照"文曲星"里的号码打电话询问，对方说"文曲星"是今天下午在69路车上被人窃走的。当犯罪嫌疑人被带上警车时，他突然对陈峥说："本来我想吓唬一下你，没把你这个女人当回事，没想到你竟然是个警察！"

通过工作实践，陈峥体会到：其实，人的潜力是巨大的，就看你有没有信心，有没有毅力。

反扒民警的工作节奏无规律可言，一般是跟着犯罪嫌疑人走，不分寒暑，没有双休。刚开始陈峥还不是很适应，支撑她的动力仅仅是为了抓捕小偷那瞬间的刺激感。2000年7月的一个周六，她和师傅上了一辆42路公交车，当车开到陕西南路时，目标出现——只见有一个人鬼鬼祟祟地向一对老年夫妻靠去，陈峥随之悄悄贴上去。看到犯罪嫌疑人将手伸向老伯的口袋，她并没有行动，耐心等待着。当犯罪嫌疑人把厚厚的一沓钞票夹到手里时，陈峥马上扑过去，死死地按住其手。事后，那对老夫妻说，他们揣着2000元是去赴孙女的婚宴。当时他们两人的退休金加在一起才400多元，2000元对他们来说实在不是一个小数目。老夫妻俩对陈峥师徒十分感激，当场向他们鞠躬。望着他们满头白发和真挚的笑容，陈峥的心被震撼了，连声说："这是我们公安干警应该做的。"陈峥突然意识到反扒不再仅仅是抓小偷，反扒的过程不再只有快乐和刺激，它是一项蕴含着百姓需要、实现自己身为一名人民警察人生价值的神圣使命。她常说："反扒工作说不辛苦是假的，但为了天下无贼，为了彰显社会正义，为了维护公安的尊严，为了百姓脸上的笑容，这种奉献再辛苦也是值得的！"

危险，时刻潜伏在身边

反扒民警，不仅要有"一辨二等三抓赃"的业务技巧，还需要有擒拿格斗技术和充沛的体力。陈峥在师傅的引领下掌握了擒拿格斗术。但女性体力天生不及男子，加上她人瘦个小，扒手见她便会竭力反抗，为此，她被摔倒过，也扭伤过脚，甚至手指骨折、韧带撕裂等。

2000年夏天的一个早晨，陈峥一人乘上中巴。当车停靠在共和新路时，上来了一个40多岁的男子。陈峥感到此人似曾相识，仔细一想觉得曾经跟踪过他。该男子至提篮桥站下车，陈峥悄然盯上，见他又上了另一辆车，并在车子前门用右手闪电般掏了一名乘客的后裤袋。陈峥果断上前实施抓捕，并叫住被害人。被害人一摸裤子后袋，皮夹子果然不翼而飞。嫌疑人见对方是一个瘦小女子，立刻疯狂反抗，拼命掰她的手。陈峥被对方扭得钻心地疼，但她始终不松手，还下意识地狠狠咬了对方一口，疼得对方松了手。被害人见状上来也扭住犯罪嫌疑人，陈峥乘机掏出手铐"哗啦"给其铐上。原来被害人是常州来沪为父亲治病的，被窃的五千元是向亲戚朋友借来的救命钱。一个星期后，常州男子特地送来一面写有"反扒神探"的锦旗和感谢信，字里行间倾注了老百姓对公安民警的真诚感激。

普及防范知识，助推社会治安

警察抓犯罪嫌疑人难，女民警则更难。在反扒这个几乎清一色的男人世界里，陈峥作为女性与男同志比，体力存在明显的劣势。但她通过实践，找到了自己的优势。

陈岿心思特别缜密,她人矮,所以隐蔽性强,在跟踪取证方面,恰恰可以做到男同志想做而难以做到的事,从而达到出其不意的效果。2004年陈岿和战友在老北站执勤。当时,有一犯罪嫌疑人从公交车下车。扒手一般都有反侦查的意识,喜欢甩尾巴。往往在公交车进站时,不像普通乘客等下车的人走完了开始上车,而是等车门即将关闭时,突然上车,让侦查员猝不及防。假如这时男性侦查员硬是敲门上车,很容易被小偷发现,而女侦查员常不被注意。那天,当这名犯罪嫌疑人采取这种方法时,陈岿紧赶两步上车。在车上,当犯罪嫌疑人偷到乘客的一部手机时,被陈岿当场逮住。那犯罪嫌疑人竟然对她说:"阿姐,我们只防男的,实在想不到还有女的抓人的。"

2012年5月,陈岿成了上海公安系统英雄模范先进事迹报告团成员,数月间,她深入全市各政府机关、企业、校园、社区,参加了为期近半年覆盖全市16个区县的巡回宣讲。期间,共进行专题报告105场,直接受众近5万人,与报告团其他成员一起唱响了"立警为公、执法为民"的最强音。

2012年11月,陈岿光荣当选为党的十八大代表。十八大后,陈岿反复学习十八大精神,并结合自己的理解,记录下学习心得。为宣讲内容丰富翔实、深入浅出,陈岿还将自己在一线工作中的案例拿出来同大家分享,宣传公安防范知识尤其是公交反扒知识,收到良好成效。

在领导眼里,陈岿永远是"特别能战斗、特别能吃苦、特别能奉献"的业务尖兵;在同事眼里,陈岿永远是少说多做的反扒先锋;在群众心里,陈岿永远是"保一方平安的卫士"。而她自己,正如她在一次宣讲中所说的:"我深深地爱我的事业,在我的一线反扒工作中我总是迸发出无穷的力量。离开了我的事业，我就像无本之木、无源之水一样失去了活力。"近年来，领导考虑到陈峥年纪大了，几次准备调她到机关去工作，但是陈峥仍坚持在反扒第一线。

最难人间风雨情

——记最美退役军人施云家

"莫放春秋佳日过,最难风雨故人来"。是的,最难得的是人在风雪交加困难时雪中送炭。

——题记

(一)

国庆前夕,接到一个陌生电话,对方直截了当地向我提出要求:"老战友是作家,请你一定帮帮我这个瞎子的忙。"接着是一段难以名状的沉默,话筒里还传来一阵轻微的哽咽声。他接着又说:"请你写写热心帮助了我多年的老战友施云家。"

我想起来了,原来是20世纪60年代末,与我同在海军旅顺水警区服役的老战友,名叫唐士贤。他于1973年从海军部队退伍后,大部分时间担任村干部和村办企业负责人。1985年不幸患病。十年前他因病导致双目失明。八年前,他的妻子和孙子在一场突如其来的车祸中不幸丧生,可谓祸不单行。好好的一家人顷刻之间生离死别,阴阳两隔。尽管在外谋生的儿女也能抽空来看望父亲,村里也安排了家政予以关心,但对一个已至古稀之年又难见光明的独居老人来说,除了精神上的痛苦之外,生活上的艰难困苦更是可想而知。就在他处于苦不堪言、意欲轻生的时候,同为战友的施云家无意中获悉了唐士贤的生活现状,悲悯之情油然而生。他悄然来到老唐家,善言相劝,传递爱心,送上慰问金、慰问品,硬是将这位濒临窘境的退役军人从死亡线上拉了回来,从此,每逢八一建军节、春节,施云家都会如期而至,至今已坚持了十多年。

施云家何许人也?

他是上海佳茂保安服务有限公司的董事长兼总经理,2020年八一建军节前夕刚荣获崇明区最美十佳退役军人的称号。我们曾是同乘一艘登陆舰去北海舰队当兵的老战友呢。

职业敏感和战友之情令我备受感动,我欣然应允战友的请求,甚至以一种崇敬的心情,开始了对最美退役军人施云家事迹的搜集采访。

金秋十月的一天,我应约来到了位于崇明区南门育麟桥路371号上海佳茂保安服务有限公司总经理办公室,进门墙壁上"厚德载物""精气神"两幅行书挂匾分外夺目,折射出主人对中华传统美德的敬仰和人生境界的精神追求,正是这种精神境界支撑和激励,他带领着团队不断创新,梅开二度。

因为是老战友的关系,我的采访无拘无束,非常顺利。

1951年施云家出生于崇明岛鲁屿镇一个干部家庭,自幼受到良好的家庭教育,"诚实、善良、好学、上进"的家风家训,在他幼小的心灵里埋下了根,成为他开启人生之路的源头活水。他少年时代就是班级里的学习尖子、三好学生,雷锋、保尔·柯察金、欧阳海等英雄人物成为他人生追求的榜样。1969年2月,他有幸参军从事海港舰船通讯业务,同年入了党,还当了班长。由于业务过硬表现突出,同年11月,被选送至海军教导团培训学习。1970年12月，他以优异成绩毕业，成为海军国际信号的业务尖子，年年被评为五好战士。

他服役五年后，退伍回乡后务农，20世纪70年代的农村，主要是靠刀耕火种，人拉肩扛的原始方式劳作，生活异常艰苦。施云家保持部队养成的"不怕苦、不怕累"的作风，带领村民战天斗地，苦活、脏活、累活抢着干，农忙时节挑灯夜战。他勤奋上进、踏实肯干的表现，赢得了农村男女老少的交口称赞，被推荐进入上海师范大学学习。

施云家毕业后被分配到崇明合兴中学任教，不久便担任学校政教主任。1988年获上海市首届优秀园丁一等奖；1989年调至崇明县教育局人任保科副科长；1993年被任命为县教育局武装部长。在学校安全保卫、国防教育的岗位上，他刻苦钻研岗位知识，认真学习业务技能，练就了一手调处校内外不安定因素的过硬本领，但凡发生"突发事件"疑难问题，经他既"坚持原则，又灵活处置"的调解处理，总能迎刃而解，多次被评为县级机关优秀公务员，并获得了国家一级安防设计评估师，二级保卫师职业资格证书。

（二）

2011年5月，施云家退休后，不甘在家赋闲，总想再为社会发展多发挥点余热。通过积极筹备，2011年7月11日，上海佳茂保安服务有限公司正式挂牌成立，这是崇明岛首家具备二级资质的安保企业。经过十年的潜心管理、精心打磨，公司很快上了等级、提升了档次。公司注册资金达5000万元；是上海市保安服务行业协会会员单位；通过了ISO9001国家质量管理体系认证；

是上海市诚信服务联盟企业。现有员工1300多人,高级保卫师7人,二级保卫师10人,助理保卫师34人,四级保安员380多人,负责全区150多所学校的安保工作。

十年来,施云家作为佳茂保安服务公司CEO,致力于打造"安全是命脉,勇于担当社会责任"的企业文化,公司多次被上海市保安行业协会评为优秀保安企业,曾入选全国优秀保安公司候选名单,公司连续三年被崇明工业园区评为服务业纳税大户,为崇明地区经济发展和居民就业做出了贡献。

按照上海市公安局治安总队、上海市教委下发的《关于本市中小学实行护校工作规范通知》精神,公司明确规定中小学、幼儿园在学生上学、放学时段校园出入口时,必须实行四名保安员规范护校,即"叠加保安"。为此,佳茂公司增配了学校保安职数,公司效益也可随之增加。十年来,佳茂公司始终恪守"诚信经营,合法经营"的理念,不唯利、守信用,公司一直保持"A级"诚信企业、"A级"纳税企业的荣誉称号。

施云家考虑到崇明在生态岛建设中,县级财政面临困难的状况,从崇明实际情况出发,细致调研,向区财政、区教育局等主管部门递交了"保安员延时顶岗方案"。在不增配保安职数的前提下,满足了"叠加保安"的勤务模式,既增加了保安员的经济收入,又为区财政每年节支经费400多万元,受到了全体保安员的一致拥护,亦得到了区财政局和教育局的好评。为此,崇明区新闻媒体还进行了专题采访和宣传报道。

作为一名退伍军人、老党员,施云家感慨地说:我们这代人,从艰苦岁月中走来,如今遇上了改革开放的好时代,也分享了改革发展带来的红利,要常怀思源和感恩之心,尽一己之力为社会做出应有的贡献。

（三）

施云家致富了，但他不忘身边生活窘困的人。他十分重视公司员工的困难救济工作；崇明地处上海远郊，交通相对闭塞，经济也相对落后，大量的青壮年外出打工，从事各类体力劳动来维持生计。经过实际情况调查，施云家发现，当地还有不少数量无任何经济收入的家庭。为此，他决定公司在录用保安员入职时，对这些困难户的求职人员优先照顾。2012年公司成立至今，优先录用了370多名农村低收入者。十年来，公司为当地安排了1000多名村（居）民从事安保服务工作，为当地百姓就业，为脱贫攻坚和社会稳定做出了贡献。

公司还采取了两个方面的帮扶措施：首先，维护保障员工合法劳动权益是企业经营的根本底线。公司坚持依法缴纳员工的社保金，交金率为100%。足额发放员工的劳动报酬，在对员工所享受的各类福利待遇方面，公司始终奉行一个宗旨：只做加法，不做减法，得到了全体保安员的高度评价和热烈拥护。十年来，公司从未因损害员工的合法劳动权益而出现过任何投诉、上访等事件。

其次，对低收入家庭的员工做好工作一直是公司关心的重点。公司内部因生病和供养子女读书等原因造成家庭困难的员工约有100多人，占员工总数的十分之一。为此，公司尽可能安排他们担任班组长，以提高这些员工的实际收入；尽可能将他们调整到叠加岗位，以增加其经济收入。通过多劳多得的帮困办法，这些员工人均全年增加经济收入大约在15 000元以上，从而改变了他们家庭贫困的窘境。

同时，施云家还不定期地上门探望身患重病、生活窘困的

老战友唐士贤，给予精神抚慰和物质资助，使他放弃了自暴自弃的念头；每逢过年，施云家还对村里许多年迈多病的老人嘘寒问暖，在物质和精神上予以关爱，在当地传为佳话。

2020年年初，疫情发生后，施云家一次性自愿捐款30 000多元，显示了一个老党员的家国情怀，令人肃然起敬。

采访结束时，我竟一时语塞，想不起用什么最合适的赞语来表达，只是紧握他的双手，千言万语，尽在一握之中。

记得清代有位大学者孙星行曾撰写过这样一副楹联："莫放春秋佳日过，最难风雨故人来"。是的，最难得的是人在风雪交加困难时雪中送炭。施云家，有着家国情怀，最美退役军人的荣誉称号实至名归。

（2020年10月）

书　评

岁月随影印风华

——写在叶振环散文选集《岁月随影》出版之际

施永培

今年的春夏之交，注定是个特殊美好的时节。以"花开中国梦"为主题的第十届中国花卉博览会在崇明成功举办。繁花似锦，美不胜收。合着这欢快的节拍，踩着这惬意的鼓点，由崇明走向大都市的作家叶振环所著的《岁月随影》即将与读者谋面。这犹如含苞待放的花蕾，将在文丛书苑里鲜艳怒放，赏心悦目；传播芬芳，沁人心脾，给人以美妙的享受、知识的补充、精神的提振。

一个月前，振环兄来电告知（我）说，要出版一部自己的散文选集《岁月随影》；并已请国家一级作家、《厦门文学》的主编和中国现代作家协会上海分会主席分别为集子作序。又说也想让我为他的这本集子也写点东西。我知道，这是振环兄对我的抬爱。凭我的这一点能耐，是无力去为他锦上添花的。出于质朴的本性使然，我没有客气婉拒，含糊敷衍；当然也没有大言不惭，豪气冲天。爽快地答应，因为，却之不恭；更是因为，振环兄对我在文学上的引领，生活上的关心，我一直想着找个机会去报答一下。现在正逢其时。然而，我的答应，语气却轻轻的，因为底气不足。君不知，那阵答应，我是涨红了脸、鼻子上冒了汗的。源自笔力不逮，难免词不达意、贻笑大方。但转而一想，不是有红花绿叶一说吗？绿叶衬红花，花儿更鲜艳。我乐当小草作绿叶。前有名家、大咖作序来喝彩，后有绿草贴地相衬托，花艳会更突出。这叫"立体状物形丰腴，珠圆玉润态富足。"正寻思着准备去写时，振环兄又打来电话，说是选集的电子稿已经通过微信发给我了，让我看后提点意见，在一周内交卷。振环兄"军令如山倒"，愚弟岂敢怠慢，立即命笔，直抒胸臆。

慕名登门拜见，注定缘深情长。20世纪80年代末，我刚到县财税局办公室爬格子当秘书。对于搞文字工作的人来说，除了希望自己所写的材料能被领导肯定认可外，还想着最好能在媒体上播发。其时，我的二弟也在县公安局办公室从事文字工作。他对我说，他们办公室有个领导叫叶振环的人，很会写文章，无论是信息报道，还是课题研究，抑或是文学作品，经常在市、县广播电台播放，报纸、杂志发表，研讨会上交流；且又是县委主管的季刊《崇明农村经济与法律研究》的编委成员。听着二弟这样的介绍，不知怎的，我的内心对叶振环这个人肃然起敬起来，顿生羡慕之情、拜见之欲。于是和二弟说好，利用一个午间休息时间，登上叶振环在西门南村的家。面对不速之客的打扰休息，振环兄热情接待，和蔼友善，温文尔雅，伸手相握。握上振环兄的手，似乎有一种气息传导给了我，那分明是振环兄身上散发出来的秀气，眼睛里放射出来的灵气，鼻梁上架着的眼镜显示出来的才气。觉得此刻相见，好似球迷见到了球星、影迷碰到了影星，有一种沾了光般的心里满足。短暂的相见以后不久，各自的工作都发生了变化，相互间的交流也就中断了。但振环兄在我脑海里的"星"位已存盘了。时间到了2018年初秋,我第一次参加老友沙龙组织的活动。那阵,我和振环兄都已先后退休,又经人介绍先后参加了中兴镇上的老友沙龙。由于二十多年没有联系见面,岁月沧桑,变化很大,曾经相识的两个人在一起活动,竟彼此如陌路。当活动的主持人叫叶振环讲话时,我脑海里的那颗"星"竟一下子闪亮起来。(等)不及他讲话,我就问他是不是原来在县公安局办公室工作的叶振环?当他答说"是的"以后,我有点激动了。于是疾走几步靠近,伸手与他握手。他被我的这一举动搞得莫名其妙。借着与他握手的一点时间,我便把二十多年前慕名登门拜见的事情简要道来。他听后仍然云里雾里,只是哈哈哈。或许他感到我与他相认的真诚,或许他认为我还没有"痴呆"不会瞎说此事,有其真实性,或许他觉得交个新朋友也可以啊,他也就握紧了我的手。自此,因着老友沙龙活动的关系,我俩见面碰头的次数增多了,加上手机微信的方便,互动频繁,交流畅快,彼此的友情迅速得到了升华。这还真如人所说的:"首次握手感觉有,再次握手就上楼。"看来我俩真缘啊!

  他对我在文学上的引领,让我有一种"终于找到组织"的感觉。刚退休那阵,我在文学上的视域不宽,交流不广,处于浑然迷惘,全凭感觉走的状态。与振环兄"第二次握手"以后,他助力使我的作品发表在更高、更多的媒体上;他让我参加到他的文朋诗友群,一起采风活动,登上交流平台,开阔眼界,获益良多;他鼓励我出版书籍,又不吝笔墨予以点赞,并在报刊上推介;他介绍我加入中国现代作家协会,鼓励我加入市作家协会,帮我找到了"组织"和"家",等等。有人说,除了爱以外,世界上最美丽的动词就是"帮助"。是啊,振环兄的这些帮助,让我豁然开朗,神清气爽,开心快乐。

他对我在生活上的关心，又让我有一种"如沐春风般温暖"的感觉。振环兄尽管只年长我4岁，但他在各方面都优于我很多。他16岁被特招进入部队大学校，我尚在小学读书，大学、小学隔着几条马路；他在部队入党提干，穿上"四个兜"的军装，我在农村种田务农，军官、农民似乎悬殊；他20多岁即在报刊上发表文章、作品，我连生产大队的土记者、通讯员都不是；他转业到地方公安局，乃至政法委工作，其文笔美誉响亮岛内外，已然成大家，我则刚到财税局办公室从事文字信息工作，属无名小卒，两相比较，天壤之别。而自从"第二次"握手以后，振环兄如兄长般对我关心，或在早晨，或在晚上，会经常给我微信问候，表情丰富；或隔三天，或差五日，便会打来电话听听我的声音，从声音上感觉一下我的身体情况，一旦听出是患了感冒什么的，就会嘱咐提醒注意事项，其情其谊，暖心暖肺，让人动容。一个人做点好事并不难，难的是经常做好事。振环兄对我的这种经常关心，如春风般温暖，如秋雨般舒心，提高了我生活的滋润度和开心度。

倾情撰文颂盛世，妙手著述谱华章。振环兄出生在新社会，在党的阳光雨露下健康成长，在改革开放的春风里奋发有为，在复兴中华梦的征程中老而弥坚做贡献。他用一支笔为祖国的社会主义建设鼓与呼、唱赞歌，在各级各类报纸、杂志上发表作品170多万字，著作散文集《绿叶情怀》，中短篇小说集《旁观者谜》，以及今天将要出版的自选散文集《岁月随影》。无论是散文、诗歌，还是小说、报告文学，都是他对党、对祖国、对社会主义事业的一份挚爱、一种真情和一腔热血，倾情于笔端后，形成一篇篇美文，一首首诗歌，传递正能量，弘扬新风尚，倡导真善美；感恩太平盛世，谱写传世华章。这里，我想用艾青

"为什么我的眼里常含泪水？因为我对这土地爱得深沉"的诗句来诠释振环兄为文中所蕴藏着的那种对党热爱的深情厚谊。真情实意的作品，自然会打动人。振环兄的作品能让人值得一读的道理也就在此。

"几度见诗诗总好，及观标格过于诗"。这是唐代诗人杨敬之《赠项其》中的诗句。意思是说，光看一个人的诗文好，不全面，要发现一个人的伟大，只有走近他、靠近他。在未走近振环兄之前，只知道他文章写得很好，能被报刊发表。但通过最近二三年与他交往多了、深了一点以后，才知道他身上的才华远不仅仅是能写文章。他会演讲，是一所大学的兼职教授，具有学者风范，传道解惑，洋洋洒洒；去军营作报告，展示的是军人气质，鼓舞激励，侃侃而谈；去幼儿园讲故事，是位慈祥的长者，轻声细语，娓娓道来，孩子们听后拍手叫好。他会弹唱，他说因为少年时跟人学会了二胡，才作为文艺兵被特招进部队，后来又学会了扬琴，他会适时地将他拉二胡、敲扬琴的美妙悦耳的声音视频发来让我分享；又在他高兴时，将所唱的红歌、沪剧、诗朗诵的音频转发在微信群里，让大家欣赏。他会书法，时不时地会将书法作品晒出来，行云流水，龙飞凤舞，可饱眼福。他风趣幽默，他满面春风，他多才多艺，因此，让人钦佩也就是件很自然的事了。

知人识文睹风采，人如其文展才华。因有国家一级作家《厦门文学》的主编和中国现代作家协会上海分会主席为《岁月随影》分别作序点评，引人入胜，打造粉丝，我自认为没有必要再在这方面去凑这份热闹了，于是我就尽其所能地将笔墨的着力点放在了介绍振环兄其人其事上了。想让读者一睹其靓丽风采，进而由人识文，感受其中丰富多彩的才华。

言犹未尽，还想说的是，《岁月随影》的书名很好。那是因为，岁月随影，踏石留印。时间的流逝，如影随形。人生百年，匆匆而过。如要问，人的一生要给后人留下些什么呢？振环兄用他的一言一行写出了《岁月随影》一书，绘画出了一幅幅华丽多彩的生活画面。《岁月随影》的出版，既可以说在文丛书苑中留下了一枝永不凋谢的花朵，又可以说在社会的舞台上展示和记录了它英姿靓丽的风采，还可以说在读者诸君的脑海里存储起它所展示出来的才华。

最后，我诚挚地预祝《岁月随影》早日能闪亮登场！早日让广大读者一饱眼福！

2021年6月4日于崇明乡下小鱼斋

（作者系上海市作家协会会员，崇明区作家协会副主席兼秘书长）

纵横捭阖,形神兼备

——评叶振环散文集《岁月随影》

陈进超

一部洋洋洒洒的浩繁巨著《岁月随影》摆在我的眼前:100多篇精彩华文,赫然分成六大辑,总计30多万字!比起他的前一部散文集《绿叶情怀》,更加琳琅满目,锦上添花!著成这部散文集的成名作家叶振环同志,乃是我现在《乡愁诗苑》诗刊的文学顾问,最近为庆祝中国共产党成立100周年,主编《老骥伏枥向阳红》特辑的大作家!

我与叶振环同志相识相交已整整三年多了。现在已是情投意合、兄弟相称了。那时他是《三叶草》的特邀主编,曾刊登过我的作品,故而有种相识恨晚之感。我钦佩他的文品,更敬仰他的人品。在中兴镇一次征文授奖大会上,我们同时获奖,并互相促膝谈心,开始结为知交。他赠送我《旁观者迷》这部讲述警匪博弈的中短篇小说集,可谓脍炙人口,令我百读不厌!后来,他欣然答应参加了乡愁诗苑,又担任《乡愁诗苑》诗刊的文学顾问,使我们的这本刊物蓬荜生辉!

现在,这位德高望重的大作家又要我为他的准备出版的散文集《岁月留影》谈点看法,我觉得有点班门弄斧,不自量力!他把书稿全都发给了我,并再一次恳挚要求我美言几句。看来婉拒已无情理，只好勉为其难了。

叶振环同志的散文，其可读、可观、可赏性在于能攫取读者的心灵，引领读者的好奇，激发读者的共鸣。无论是叙事散文，还是抒情散文，无论是纪实散文，还是哲理散文，皆以熔各家之特色于一炉，自为一体，自成一家。

语言文字富有诗意，是叶振环同志这部散文集的显著特点。观其题目即可明之。《岁月随影》即引自《红楼梦》中贾宝玉吟唱的诗句："春日早起摘花戴，寒夜挑灯把谜猜。添香并立观书画，岁月随影踏苍苔。"这样的诗句移花接木地巧妙引用于该散文集题目，真可谓妙手偶得。其实，诗句的用意是十分鲜明的。世上除了生死，还有什么事可与之比拟呢？作者对此阐明真切而精彩：我们喜欢的风景不会走得太远，我们想要的幸福也一直都萦绕在身边。伴随时间的匆匆而逝，那些伤春悲秋、陌上花开的情景缓缓而归，使我浓烈地享受生而为人的深挚体验。题目是人的额头眼睛，也是文的中心主旨，可谓提纲挈领，纲举目张。许多散文的题目亦是如此。《童年，梦一样的字眼》《仲春蒙蒙雨》《远走的蝉声》《秋日的承载》《清凉悄然逼近》《扬扬其香　幽幽其芳》《这方景致让人醉》……真是不胜枚举。而且，这种富有诗意的语言，在文中俯拾皆是。请看散文《听琴》，开篇即引唐代大诗人白居易的《好听琴》诗：

"本性好丝桐，尘机闻即空；一声来耳里，万事离心中。

清畅堪销疾，恬和好养蒙；尤宜听三乐，安慰白头翁。"

这样以诗引领，娓娓道来，引人入胜，诗意充溢全篇。再如《合肥拜谒包公、李中堂》一文中，恰到好处地引了李鸿章临终所口占的诗。同时追述梁启超对李鸿章的客观评价，从而诗情画意，跃然纸上。再看《长江之恋》在抒写对长江之恋情后，用优美的诗句作结:"宁将万樽酒,挹入长江水;竟邀千秀峰,和吾踏歌声……"接着,作者一声轻呼:"在我轻吟的时候,长江,她听见了吗?"诗意作结,卒章显志,给人一种荡气回肠之感。读此我亦不禁怦然心动了!全书这样融诗于文,文诗结合的妙笔生花之处,有心的读者也一定会随处可以采撷,甚至满载而归,值得精心珍藏的。散文的特点之一,无论叙事抒情,还是言志议论,都应具有这种丰富浓烈的诗的质素。鲁迅曾赞扬司马迁的散文巨著《史记》乃是"史家之绝唱,无韵之《离骚》",就包含着这层意思。鲁迅的散文语言在精炼深邃中透出诗意,茅盾的散文语言在细腻深刻中富有诗意,郭沫若的散文语言更是在气势磅礴中洋溢诗意。这些名家伟人的散文都充盈着诗化的语言。叶振环先生已经领悟其精髓,并在他的散文中已有很好的显露和表现,虽然凤毛麟角,亦甚可喜可贺!

形之纵横捭阖,神之凝聚深刻,形散神聚,形神兼备,是这部散文集的最为显著特点。散文的特质乃形散而神聚。形散,则是散文的形式是丰富多彩的,题材是广泛多面的,思接千载,视通万里,纵横捭阖,广采博览。《岁月随影》散文集分门别类,列为"故土亲情""读书随笔""行旅散记""有感而发""军警生涯"及"访谈实录",犹如珍珠穿线,将100多篇佳作一以贯之,鲜明夺目,可以"从一斑窥全豹"。对于一个娴熟于心的作家而言,叶振环同志在创作结集过程中,早已胸有成竹,了然于心了。唯有了解、熟悉并掌握了"全豹",方能去一一去写好"一斑",要是他仅仅看到和掌握的是"一斑",那就很难设想他能通过"一斑"而又能使人窥见"全豹"。他从对故乡见闻的浓浓乡愁思绪,联系到对年少时候的真切记忆和对自己亲人的深情怀念,再展开读书后的感慨评论,然后到对旅途中山水景物的精彩描绘，抒发对历史人物的赞许称颂和对自己军警生涯的眷恋讴歌，还剖析和鞭笞了社会林林总总的各种现象。这些材料如果说是一颗颗晶莹剔透的珍珠的话，那么贯穿这些珍珠的红线就是作者真挚饱满、深沉浓烈的热爱党和祖国，热爱社会和人民，热爱生活和亲人的炽热的人文情怀及思想情感。

编排思路清晰，有条不紊，选材不拘一格，文笔流畅清新，语言质朴隽永，亦是这部散文集之一大特点。散文在表现形式上不拘一格，奔放自如，叙事则有条不紊，起承转合，前因后果，交代清晰。写人的篇章则眉目清晰，声情并茂，描写逼真，活灵活现，如见其人，如闻其声，栩栩如生。如"故土亲情"这辑中，有对朝模好公这位祖母的堂弟的刻画与描写，有对朝天算盘叶六耆这位农村"灵魂人物"的展示，凸显其生动与光彩。《父亲的"背影"》《写给天堂里的两位妈妈》，正是作者至亲至诚地对父母亲人的思念与眷恋——"许久了，那种思念就如春夜里蚕儿吐的丝，一圈一圈地缠着，把自己越缠越紧……"作者正是这样的深刻怀恋自己的亲人，用心用情、用手用泪在思念着自己亲人。真是情真意切，催人泪下！抒情的篇章则情动于衷而发于声，喜则令人畅怀大笑，悲则让人潸然泪下。情感的波涛汹涌澎湃，语言的表达出神入化。这些不再赘述，读者自会感悟。

2021年6月4日于崇明向化镇

（作者系中国现代作家协会上海分会副秘书长、《乡愁诗苑》会长、主编）

后　记

　　《岁月随影》是我的第二部散文自选集，也是我的第四部文学著作，更是我步入古稀之年后的一部心血之作。有朋友夸我"著述颇丰"，我则不以为然。从1978年起我就在《旅大日报》《人民海军报》上发表文学作品至今，人生的日历已经翻过了四十三年。从我出版个人文学专著的数量而言，确实有点像"蜗牛爬行"，但作为一个业余文学创作者，我确实已感到非常努力和尽心了。

　　新出版的散文自选集书名《岁月随影》，取自《红楼梦》中贾宝玉吟唱的诗句"春日早起摘花戴，寒夜挑灯把谜猜。添香并立观书画，岁月随影踏苍苔。"在此移花接木，其用意是想阐明这样一个观点，世上除了生死，其余都是小事。其实，我们喜欢的风景不会走得太远，我们想要的幸福也一直都萦绕在身边。伴随时间匆匆而逝，那些伤春悲秋、陌上花开的情景缓缓而归，使我浓烈地享受生而为人的深挚体验。

　　这部散文自选集里，所精心选撷的文章，大部分是我近十年来在全国各地报刊上曾发表过的数百篇作品中遴选出来的，一小部分则是我近几年所撰写的游记随笔。这本文集珍藏的是我记忆海洋中如珍珠般闪耀的点点滴滴，蕴含的是过往几十年流金般岁月的亮丽华彩，也忠实记录了我心酸童年、拼搏青年、收获中老年的许多难忘的生活片段。那一篇篇散文，被从涩涩的抽屉里翻了出来，轻轻拂去上面层积的灰尘，反复查看，怡然激动，一丝不易察觉的微笑洋溢在脸上……

在整理编排这本散文自选集的时候，我神情专注地看着当初用一个个方块垒起来的心思、故事、认知、遐想、情感，不禁思绪万千！这些鲜为人知的精灵，构成了我大半辈子生活中的一部分，那样流光溢彩，那样姹紫嫣红！我情不自禁地为其中的人、事、景所怀恋、所回忆、所感动。斗转星移，世事沧桑，时代更替，作为具有五十年党龄的我，庆幸多年来没有在失意时悲观感伤，没有在挫折困顿时沦丧气馁，也没有因晋级获奖而沾沾自喜和骄傲自大，更没有在物欲横流的各种诱惑下随波逐流，迷失方向，而是紧紧跟着伟大的中国共产党，不忘初心、牢记使命，常常不辍耕耘在夜深静谧的夜灯下，手握"金不换"，抒写正能量，歌颂领路人，唱响新时代，力争做一个有品位有良心的作家。

在这部散文自选集即将出版发行之际，我的心中不免溢起丝丝忐忑和惆怅，未知它的走势和命运究竟会是怎样。通常来说，一本书若没有人愿意去读，那应是作者之过；一本书若有人读了，但给人带来的却是负能量，那肯定是作者在误人子弟；一本书若有温度有厚度有深度，有人爱读，并能引起他们的深入思考，那就是作者幸运地遇到了同频好友。

几次出书的经历让我深深感到，写好一本书，并不完全是作者自己的功劳，而是作者把父母、老师、领导、亲友，包括先哲、前贤们遗留和传授的精神财富，经自己兼收并蓄后，在别人的帮助下再返还给社会的一种反哺行为。所以，我深深怀着一颗感恩的心，感谢所有给我知识、给我正能量，引领我心灵成长、生命升华，在富有人生意义视域中不断拓展的人们。

后　记

这里我特别需要指出的是，在《岁月随影》成书过程中，承蒙著名国家一级作家、书画家、厦门文学院院长、《厦门文学》主编刘岸同志，在百忙之中抽暇为本书撰写了热情洋溢的序言（一）；著名作家、世界华文作家联合会上海分会主席、中国现代作家协会上海分会主席、中国散文家协会会员、上海作家协会会员朱超群同志，他不仅挤出时间为本书写序（二），还在编书策划等工作中给予我真诚有效的指导和帮助；中国散文学会会员、上海市作家协会会员、崇明区作家协会副主席施永培在百忙之中为写评论；中国现代作家协会上海分会副秘书长、上海诗词学会会员、上海诗词书画学会乡愁诗苑分会会长、《乡愁诗苑》诗刊主编、中学语文高级教师陈进超同志为本书的部分文稿热忱地提出了修改意见并热情洋溢地撰写了书评；著名作家、中国作家协会会员、《上海散文》杂志社社长兼主编沈裕慎同志，吉林作家，我部队的亲密战友齐玉田同志，他们千方百计地为文集的出版咨询联络、牵线搭桥；亲友周莲莲、施博、张大庆等也在编排书稿过程中给予了大力的支持。在此，我一并表示衷心的感谢和诚挚的敬意！

同时，我也要诚挚的感谢始终如一支持我、帮助我的所有挚友、亲人。但愿这些有点趣味有点意味的文字，能够引发读者诸君一阅后的联想和共鸣。如是这般，我则一定会感到极大的幸运和欣慰。

叶振环
2021年6月4日于崇明南海村